김민수 밀리터리 장편소설
MILITARY NOVEL

열도
파괴

dream
novel
드림노블

열도 파괴 1 그림자 전사들

초판 1쇄 인쇄 2016년 9월 19일
초판 1쇄 발행 2016년 9월 29일

지은이 김민수
발행인 오영배
기획 박성인
책임편집 이대용
표지 · 내지 디자인 공간42
제작 조하늬

펴낸 곳 (주)삼양출판사 · 드림노블
주소 서울시 강북구 도봉로 173
대표 전화 02-980-2112 **팩스** 02-983-0660
편집부 전화 02-980-2116 **팩스** 02-983-8201
블로그 blog.naver.com/dreambookss

등록번호 제9-00046호
등록일자 1999년 3월 11일

ⓒ 김민수, 2016

값 10,000원

ISBN 979-11-313-0645-1 (04810) / 979-11-313-0644-4 (세트)

1

그림자 전사들

김민수 밀리터리 장편소설
MILITARY NOVEL

열도
파괴

dream
novel
드림노블

차 례

작가의 말

　2016년 현재, 대한민국은 북쪽에는 핵을 가지고 노는 불량 국가를, 그리고 대한해협 건너에는 역사 속의 죄를 망각하고 군사대국화를 꿈꾸는, 절대 악의 소굴을 두고 있습니다. 그럼에도 불구하고 이 나라에서는 수십억, 수백억대의 국방 비리와 기강이 흐트러진 군 내부의 사건 사고가 하루가 멀다 하고 벌어지고 있으며 그러한 상황에 국민들 대다수가 무디어 가기만 합니다. 이러한 복잡한 시기에 북한과 일본에 의한 국가적 규모의 군사적인 또는 외교적인 도발이 대한민국을 강타한다면 그 결과는 우려스러울 수밖에 없는 것이 우리나라의 현실입니다.
　'역사는 반복된다'는 아놀드 토인비의 말이 맞다면, 그리고 현재 우리나라 상황에 약간의 과장을 더해서 가정한다면, 언젠가는 반드시 북한 또는 일본이 매일매일 겨우 먹고살기 바쁜 대한민국에게 예상치 못한 군사적, 외교적 도발을 감행하여 국가 간 헤게모니 쟁탈전에서 완벽한 우위를 점할 수도 있을 겁니다. 그러한 가정에 대해서 경계하고 숙고해 보기 위해서 이번 작품 「열도 파괴」가 집필되었습니다. 여러분들께서는, 비록 군사적인 도발과 음모전이 일어나는 배경이 대한민국이 아닌 일본 열도이지만 비정규 대칭 전력을 최대한 활용하여 외교적, 정치적 실리를 얻어 내는 북한과 우리나라보다 몇 수 위의 외교, 정치적인 술수를 자랑하는 일본 사이의 충돌과 대응을 지켜보면서 미래에 우리나라가 어떻게 북한과 일본을 상대해야 할 것인가 가늠해 보시기 바랍니다.

언젠가는 우리 대한민국이 우리와 절대로 공존할 수 없는, 두 악의 축들인 북한과 일본의 귓방망이를 태평양 한가운데까지 날려 버릴 수 있는 날이 오기를 바라며 이번 작품「열도 파괴」를 여러분께 소개합니다.

　이번 작품「열도 파괴」의 기획, 준비, 집필을 위해 많은 도움과 힘이 되어 주신 백서윤 님, 조성비 님, 박주헌 님, 강진우 님, 곽재욱 님, 김만욱 님, '허스키 로즈' 님, 'sunho' 님, 그리고 'island' 님께 이 자리를 빌려 깊은 감사의 말씀을 드립니다.

Special Thanks To

Frank Berg, Captain(Ret), Royal Canadian Air Force.
William G. Osborne, Master Sergeant(Ret), U.S. Army.
And Jim Becker.

Mr. Becker! As of now, I do believe the tried and true virtue is the very act, not rhetoric, as you always remark. So much obliged.

2016년 9월

김 민 수

1장
트리폴리의 전사들

　2011년 2월 17일 시작된 리비아 카다피 정권에 대한 리비아 시민들의 민주화 운동은 3월에 이르러, 시민군 무장 세력의 카다피 정권의 전복을 위한 내전으로 확산되었다.

　시민군은 벵가지를 거점으로 투쟁했던 세력과 리비아 서부 지역의 나푸사 산맥 일대를 거점으로 싸워 온 세력으로 구성되었는데, 이들은 3월 18일 UN 안전보장이사회의 지지와 지원을 시작으로 미국, 프랑스, 영국 등 서방국가들의 군사적 지원을 받기 시작했다.

　시민군은 서방국가들의 병참, 훈련, 항공 전력의 지원을 받아, 리비아 전역에서 리비아 정부군과 전투를 치렀다. 그 결과 시민군은 리비아의 일부 주요 도시들을 함락시키고 정부군은 후

퇴를 거듭하는 등 리비아 내전은 치열한 양상을 띠어 갔다.

그러던 중 2011년 8월 시민군은 서방권의 전폭기, 공격 헬기, 그리고 정부군에게서 노획한 전차와 중화기를 동원, 리비아의 수도 트리폴리에 대해 총공세를 펼쳤다. 이로 인해 정부군은 수세에 몰리기 시작했고 이때 신원 불명의 아시아인들이 카다피 정부의 요청에 의해 시민군과의 결전에 투입되었다.

*   *   *

2011년 8월 20일 03시 북아프리카 리비아 트리폴리 해안

항구를 중심으로 좌우에 뻗어 있는 해안선 곳곳에서는 강력한 탐조등 불빛들이 항구 근처의 해수면을 훑고 있었다.

그곳을 향해 5척의 IBS 보트들이 쾌속으로 향하고 있었는데 고무보트의 선수 쪽에는 러시아제 야간 투시경을 착용한 자들이 RPK74 기관총과 미제 M60 기관총으로 사격 자세를 취한 채 납작 엎드려 있었다.

그리고 그들의 뒤쪽, 보트 좌우에는 대여섯 명의 사내들이 납작 엎드린 자세로 전방을 주시 중이었다. 이들은 모두 리비아 정부군과 같은 카키색 군복을 착용하고 경기관총, 40밀리 유탄 발사기가 장착된 AK74 소총을 휴대하고 있었지만 아랍계 인종은 아니었다.

고무보트에 탑승한 침투부대원들은 북조선인민군이 자랑하는 최정예 정찰병들로서 '7635부대'라는 별칭을 가진 인민군 무력혁명 수출부대, 이른바 북한군 특수부대 군사고문단이었다.

쐐기 자로 대형을 갖춰, 항구를 향해 나아가는 고무보트들 중에 가운데 있는 지휘 보트에는 정찰병 선임 군관이자 이들 기습부대의 총조장 곽성준 대위가 자신의 RPK74 경기관총을 품에 안은 채 항구 쪽을 주시하고 있었다.

그의 지휘 보트 안에는 인근 해상에서 대기 중인 리비아 정부군의 상륙정 편대 그리고 또 다른 정부군의 저항 거점인 '시르테'의 리비아군 지휘부와 교신을 유지하고 있는 지동현 상사, 러시아제 저격소총 SVD 드라구노프를 휴대한 라현철 상위와 그의 정찰조원 3명이 완전무장 상태로 대기 중이었다.

이윽고, 항구 주변에 가까워지면서 라현철 상위가 고무보트의 모터를 작동하고 있던 정찰병에게 수신호를 만들어 보였다.

그런 뒤, 양측의 고무보트들을 향해 적외선 라이트를 깜박여 보이기 시작했다. 그 직후 지휘 보트를 포함한 좌우 측의 고무보트들이 차례로 모터를 껐고 그 즉시 침투부대의 위치 일대가 적막에 휩싸였다.

지동현 상사는 장거리 무전기를 통해 시르테의 지휘부와 교신 중이었다. 그는 시민군으로 위장한 정부군 첩자가 항구 안에서 보내온 상황을 실시간으로 전달받고 있었고 곽성준 대위는 그의 목소리에 귀를 기울이고 있었다.

출렁이는 파도에 따라 고무보트들도 위아래로 가볍게 들썩이고 있었고 그 보트들에 탑승한 35명의 정찰병들은 숨죽인 채 항구 쪽을 응시했다.

"총조장 동지!"

지동현 상사가 무전기 송수화기를 한 손에 잡은 채 곽성준의 어깨를 두들겼다. 곽 대위가 어깨 너머로 그를 응시하자, 지동현이 또박또박 말했다.

"항구 안 정황 이상 없습니다! 작전을 개시해도 좋답니다."

곽성준은 몸을 일으켜, 보트 바닥에 한쪽 무릎을 꿇고 앉았다. 그런 뒤 저격수인 라현철에게 수신호를 만들어 보였고 그는 다시 좌우의 고무보트들을 향해 적외선 라이트를 3번 깜박였다.

그때부터 각 보트들에 탑승한 정찰병들이 노를 젓기 시작했고 그들의 노 젓기와 항구 쪽으로 향하는 파도에 의해 모든 보트들이 항구를 향해 나아갔다.

항구를 600여 미터 정도 앞두면서 고무보트들은 좌우 간격을 더 넓힌 상태로 전진했다. 곽성준과 각 보트의 조장들은 먼 항구 쪽에서 근처 해수면 쪽을 훑고 있는 탐조등들의 이동 패턴을 확인하고 있었다.

정찰병들은 항구 일대를 지키는 시민군 수비대의 예상과 달리 항구 외곽의 모래사장 쪽이 아닌 항구의 한가운데, 접안 시설로 접근 중이었다.

정부군의 상륙정들이 모래사장 지역에 상륙하는 것 대신, 북한군 정찰병들의 선제 조치 후, 항구 접안 시설로 정부군 상륙정 편대가 들어오는 대범한 계획이 진행 중이었던 것이다.

이 모든 기습 작전의 초안을 세웠던 곽성준 대위는 경기관총을 오른팔과 옆구리 사이에 낀 채, 그의 앞쪽에 엎드려 있는 M60 기관총 사수 너머로 전방을 주시했다. 그의 야시경을 통해서 보이는 4곳의 접안 시설 일대에는 특별한 징후가 없었다.

접안 시설들 너머의 포장도로 위, 2층 건물들과 창고 지대가 어렴풋이 그의 시선에 들어왔다. 그곳에는 서너 명의 경계병들이 있었지만 그들은 항구 한가운데가 아닌 다른 방향을 주시하고 있었다.

"퍽!"

그때, 항구 쪽에서 번쩍하는 불빛과 함께 폭발음이 메아리쳤다. 곽성준을 비롯한 모든 정찰병들은 그 폭발음이 박격포 발사음임을 감지했다. 곽성준이 그의 병력에게 지시를 내리기 전에 각 고무보트의 키를 잡고 있는 정찰병들이 일제히 모터를 작동시켰고 그 직후 항구 주변 상공은 박격포에서 발사한 조명탄이 낙하산에 매달린 채 수면 위를 밝히기 시작했다.

"기동! 기동!"

곽성준과 각 보트의 조장들이 착용하고 있던 야간 투시경을 벗어 들며 거의 동시에 소리쳤다. 정찰병들은 노를 보트 안에 던져 놓고 각자의 경기관총과 AK 소총을 붙잡았다.

두 번째로 발사된 조명탄은 침투부대의 근처 직상방에서 환한 불빛을 쏟아 냈고 그때부터 항구와 이들의 전방 해안 지대에서 사람들의 목소리가 들려왔다.

"최고 속도로!"

선수 쪽의 기관총 사수 뒤에 밀착해 있던 곽성준이 몸을 빙 돌려 키를 잡고 있는 정찰병에게 버럭 소리를 질렀다. 그러자 고무보트 후미에서 당장에라도 터질 듯한 모터 소리가 울려 퍼지면서 고무보트가 수면 위를 들썩이면서 나아갔다.

그때에는 5척의 고무보트가 해안을 400여 미터 정도 앞두고 있던 시점이었고 침투부대의 직상방에는 모두 3발의 조명탄이 떠 있었다.

"펑!"

항구 쪽에서 발사한 박격포탄 한 발이 고무보트 편대의 3시 방향, 80여 미터 지점에 착탄하면서 물기둥이 치솟았다. 그 광경을 지켜본 라현철 상위가 무선망에 소리쳤다.

"적 박격포 초탄이 떨어졌다! 수정 사격이 이어질 것이다! 전 조원, 회피 기동! 전 조원, 회피 기동!"

그의 지시에 따라 5척의 보트들이 2척, 3척씩 짝을 지어, 최초 기동 방향에서 좌우로 흩어졌다. 30여 미터 정도를 좌우로 갈라져, 각기 반대편 방향으로 향하던 보트들은 곧 선수를 다시 반대 방향으로 돌려 좌우 측에 있는 서로를 향해 충돌할 듯이 기동했다.

그때 6~7발의 박격포탄들이 거의 동시에 보트들의 후방에 떨어졌고 폭발음과 함께 물기둥이 솟구쳐 올랐다.

두 무리로 나누어 기동 중인 5척의 보트들은 서로를 향해 부딪칠 것처럼 향하다가 이내 아슬아슬하게 피해서 교차 기동을 실행했다. 그런 뒤 다시 좌우 측 각자 다른 방향을 향해 전속 기동이 이어졌다.

2개 조의 보트들은 이러한 방식으로 지그재그 기동을 수행하면서 해안을 향해 전진했고 그런 그들을 향해 각기 다른, 최소 3곳 이상의 박격포 진지에서 박격포탄들을 발사했다.

"쿠웅! 쿵!"

보트들이 해안 쪽으로 거리를 좁혀 가면서 박격포 사격은 더욱 급박하게 이어졌고 이제 보트들에 대한 직접 조준 사격 보다는 보트들의 전방 즈음에 미리 탄막을 형성하여 공격해 왔다.

곽성준은 항구 쪽에 최소 8정 이상의 박격포들이 운용되고 있는 것을 확인할 수 있었다. 박격포탄들이 발사될 때마다 번쩍거리는 빛은 소화기들의 총구 섬광과 확연히 달랐기 때문에 다른 정찰병들도 그곳을 확인했다.

정찰병들의 보트들은 좌우측으로 기동하는 거리와 방향을 바꿔 서로 교차하는 타이밍을 수시로 바꿔 가면서 수비대의 박격포 조준을 방해했다.

"쿵! 쿵! 쿠웅!"

직전방에서 6발의 박격포탄들이 착탄하면서 물기둥이 솟구쳤고 좌측 기동조의 선두에 있는 곽성준 대위의 고무보트 안으로 물벼락이 쳤다.

그리고 그때 곽성준은 우측 기동조의 선두에 있던 고무보트가 박격포탄의 폭발력에 의해 허공 높이 솟구쳐 올랐다가 이내 수면 위로 곤두박질치는 것을 볼 수 있었다. 보트에 탑승한 정찰병들의 모습을 확인조차 할 수 없을 정도로 물기둥과 물보라가 모두의 시야를 압도했다.

곽성준은 고무보트가 물보라 속을 뚫고 나아갈 때, 해안 쪽에서 기관총 예광탄들이 날아오는 것을 확인했다. 그는 앞쪽에 엎드려 있는 기관총 사수의 어깨를 두들기며 소리쳤다.

"2시 방향, 2시 방향, 적 기관총~!"

"타타탕! 타타타탕! 타타타타!"

곽 대위의 경고를 듣자마자 그가 RPK74 기관총 사격을 개시했다. 그즈음에는 각 조의 보트들의 선수에서 해안 쪽을 향해 응사했고 허공에 수십 발의 붉은색, 초록색 예광탄들이 어지럽게 날아다니기 시작했다.

예광탄들 중 일부는 수면 위에 부딪친 뒤 허공 높이 튕겨 날아가 버렸다.

곽성준은 자신의 눈앞에 펼쳐진 광경이 과연 실존하는 세상인가 의문을 가질 정도로 실로 엄청난 양의 기관총 예광탄들이 수면 위를 날아다녔다.

"타타타타~! 타타타타탕!"

곽성준은 물에 흠뻑 젖은 몸에 개의치 않고 보트 우측에 몸을 밀착한 채 항구의 등대 쪽을 향해 RPK74 기관총탄을 퍼부었다.

그가 방아쇠를 끊어 당기는 동안에도 그의 좌측에서 2명의 정찰병이 RPK74 기관총과 M60 기관총 사격을 가했는데, 그들의 총기에서 튀어나오는 뜨거운 탄피들이 계속해서 곽성준에게 날아들었다.

그것들 중에 몇 개가 그의 목덜미 쪽을 통해 등에 들어갔지만 그는 그 뜨거운 탄피들에 등판이 데는 것도 악착같이 참아 내며 자세를 유지했다.

"이 동무들이, 적군을 잡으랬더니 우리 조장 동지를 잡는구만!"

상황을 파악한 지동현 상사가 곽성준을 향해 소리치며 웃었다. 곽성준은 지동현이 기관총 사수들을 제지하지 않도록 한 손을 들어 보인 뒤 그들과 함께 기관총 사격을 했다.

이윽고 양측의 거리가 200미터 미만이 되자 박격포 사격이 멎었고 대신 기관총과 소화기 사격이 정찰병들 쪽으로 집중됐다. 고무보트들은 여전히 지그재그로 기동했고 보트 안에서는 정찰병들이 경기관총과 유탄발사기, AK 소총으로 응사하고 있었다.

하지만 항구와 방파제 쪽에서 날아오는, 셀 수 없이 많은 기관총 예광탄들이 기습부대가 향하는 접안 시설 근처 수면으로 집중되었다. 수 발의 예광탄들이 수면 위에서 튕겨져 허공 높이 올라갔지만 대부분의 예광탄들은 비교적 정확하게 고무보트들 쪽으로 날아왔다.

선두에 있는 곽성준 대위의 보트가 항구 좌우에 있는 방파제 구획 안에 들어가자, 고무보트들은 다시 2척씩 짝을 지어 좌우로 갈라졌다. 그때쯤 공중 조명이 사라졌고 어둠 속에서 보트들을 찾는 눈먼 기관총 예광탄들이 어지럽게 항구 주변을 날아다녔다.

다시 박격포 조명이 항구 일대를 밝힐 때쯤, 고무보트들이 각자의 상륙 지점인 항구의 북쪽과 남쪽의 접안 시설을 100여 미터 정도 앞두고 있었다.

"최고 속도로!"

곽성준은 왼손으로 연속해서 1시 방향을 가리켰다. 그곳에는 소형 어업선들이 접안하는 구획이 있었고 2척의 고무보트들이 접근하는 것을 파악한 시민군 병력이 그쪽 일대로 집결 중이었다.

"타타탕! 타타타타~!"

"타타타타!"

보트 안에서 4정의 경기관총이 북쪽 접안 시설 일대로 몰려오는 수십 명의 시민군들을 향해 사격을 가했고 그쪽에서도 총구 섬광이 반짝거렸다.

곽성준은 심장이 터질 듯이 뛰는 것을 애써 무시하며, 어깨 너머로 지동현 상사와 라현철 상위를 살폈다.

두 사람은 각자 들고 있던 저격소총과 무전기를 보트 바닥에 내려놓고 빠른 손놀림으로 각자의 7호 발사관(북한제 RPG7 대전차 로켓 발사기) 사격 준비를 하고 있었다.

보트가 속도를 내면서 대기를 가르는 소리 속에서도 소총탄과 기관총탄들이 스쳐 지나가는 소리가 곽성준과 그의 조원들의 귀에 분명히 들려왔다.

동시에 항구의 북쪽과 남쪽 접안 구획으로 호각 소리와 스피커를 통해 울려 퍼지는, 다급한 아랍어도 들려왔다.

곽 대위의 고무보트가 접안할 곳을 예측한 시민군들 20여 명이 중기관총이 적재된 지프 1대, 픽업 트럭 1대와 함께 몰려오고 있었으며 곽 대위의 고무보트와 다른 2척의 보트들은 그들보다 먼저 접안하고자 모터가 터질 것 같은 속도로 전진했다.

양측이 접안 지점을 두고 목숨을 건 경주를 하는 상황, 그 자체였다.

"타타타타~!"

"타타타탕! 타타타!"

보트가 접안 시설을 30여 미터 정도 앞두고 있을 때, 선수 쪽의 기관총 사수를 비롯한 모든 정찰병들이 몸을 우측으로 돌려 집중사격을 가했다.

도보로 이동해 오는 시민군들 속에서 소형 탐조등과 50구경 중기관총을 장착한 지프 한 대가 앞서 나왔다. 탐조등은 정확하게 정찰병들의 보트들 쪽으로 강력한 조명을 투하했으며 50구경 중기관총탄들을 날려 왔다.

그리고 그때, 누군가의 목소리가 시끄러운 모터 소리에서 울려 퍼졌다.

"방사포! 방사포!"

곽성준과 그의 정찰병들은 항구의 남쪽 언덕에서 여러 개의 불기둥들이 치솟아 오르는 것을 발견했고 그때에는 10여 발 이상의, 구경을 알 수 없는 다련장 로켓탄들이 이들 쪽으로 떨어졌다.

"푸웅! 푸웅~!"

수면에 떨어져 폭발했던 박격포탄들과 달리 다련장 로켓탄들은 수면 아래로 떨어졌지만 폭발하지 않았다.

그 광경을 지켜보던 정찰병들이 안도의 한숨을 크게 쉬는 순간 다시 한 번 6발의 다련장 로켓탄들이 차례로 날아와 수면에 떨어졌다.

3척의 고무보트들이 수면 위에 지저분하게 남긴 스크류 궤적들이 사라지기도 전에 바로 그곳에 다련장 로켓탄들이 착수하면서 거대한 물기둥이 치솟았다.

그러나 그 잠깐 사이에 시민군의 중기관총 장착 지프가 정찰병들의 예상보다 더 빨리 접안 지점으로 달려오고 있었다.

"뭐하는 거야, 무영 동무! 서둘러! 서둘러!"

상황을 파악한 곽성준이 키를 잡고 있는 김무영 중사에게 목청이 터져라 소리쳤다. 그 즉시 보트가 선수 부분을 쳐들고 전진했고 3척 중 곽성준의 고무보트가 가장 먼저 접안 구획을 20여 미터 정도 앞두게 됐다.

그때 갑자기 이들의 고무보트가 급감속했고, 그와 동시에 보트의 선수가 아닌 선체 우측면을 접안 지점 쪽으로 향했다.

때맞춰 곽성준과 그의 정찰병들이 사격을 멈추고 보트 바닥에 납작 엎드렸다.

보트 선수와 선미 쪽에는 지동현 상사와 라현철 상위가 7호 발사관을 어깨에 올려놓고 사격 자세를 취한 상태였는데, 고무보트의 방향 전환과 정찰병들이 납작 엎드린 것은 두 사람이 대전차 로켓탄들을 발사할 때의 후폭풍을 감안한 조치였다.

"터터터터텅! 터터터텅!"

수면 위의 고무보트와 항구 도로 쪽의 지프가 40미터 정도의 거리를 두는 순간이었다.

곽성준은 다른 조원들과 마찬가지로 보트 바닥에 최대한 몸을 숙이고 숨을 참았다. 그때, 수십 발의 미제 50구경 중기관총탄들이 보트를 향해 쏟아졌고 거의 동시에 라현철과 지동현이 7호 발사관의 방아쇠를 당겼다.

"펑! 펑!"

엄청난 폭발음과 함께 대전차 고폭탄들이 발사되어 수면에서 5미터 위쪽의 항구 도로를 향해 날아갔다.

"쾅!"

"쾅!"

먼저 발사된 고폭탄 한 발이 지프의 우측 측면에 작렬하면서 불꽃이 튀어 날렸지만 차량이 대파되지는 않았다. 그러나 나머지 한 발은 공교롭게도 우측 후방 타이어와 차체 사이에 끼어 있었고 그 상태로 거친 불꽃을 쏟아 냈다.

"제압해!"

보트 선수 쪽에 서 있던 지동현이 소리치자, 몸을 일으키고 있던 곽성준이 다른 조원들보다 먼저 기관총 사격을 가했다.

"타타타타타타~!"

그러나 그가 날려 보낸 기관총탄들이 지프 차체를 뒤덮는 순간 이들의 고무보트가 접안 지점에 접안했다.

보트가 울퉁불퉁한 콘크리트 벽면에 닿자마자 지동현을 선두로 정찰병들이 차례차례 접안 지점 바닥면으로 올라갔다.

곽성준은 세 번째로 접안 구획에 올라온 뒤, 조원들이 항구 도로로 올라가는 계단 사면 쪽으로 달려가는 것을 지켜봤다.

두 번째 보트가 접안하면서 7명의 정찰병들이 합류했고 곧 세 번째 보트가 접안할 즈음에는, 접안 구획 벽면에 등을 붙이고 서 있는 정찰병들의 머리 위쪽 도로에서 시민군들의 인기척이 들려오기 시작했다.

다급해진 곽성준이 기관총을 한 손으로 품에 안고 다른 한 손으로 정찰병들에게 수신호를 만들어 보였다. 지동현은 그와 10여 미터 정도 떨어져 있는 계단 사면 쪽에서 곽 대위의 수신호를 인접한 조원들에게 2차로 전파했다.

정찰병들 중 6명이 그들의 전술 조끼 포켓에서 세열수류탄을 차례차례 꺼내 들었고, 먼저 수류탄을 꺼내 들고 있던 곽성준이 곧 안전핀을 뽑았다. 그는 안전 손잡이를 눈앞에서 날려 보낸 뒤, 셋까지 센 다음 머리 위쪽, 도로변으로 던졌고 6명의 정찰병들과 지동현 상사가 이어서 폭발까지 지연 시간을 최소화시킨 수류탄들을 차례로 투척했다.

수류탄들이 도로 위에 투척되자 아랍어가 시끄럽게 들리다가 이내 일제히 폭발했다.

"펑! 퍼펑! 펑! 펑!"

폭발 충격이 채 가시기도 전에 곽성준이 계단 쪽에 있는 지동현에게 소리쳤다.

"1조 돌격! 1조 돌격!"

그의 지시에 맞춰, 지동현을 앞세운 5명의 정찰병들이 계단 사면을 뛰어 올라갔다. 그리고 항구 도로에 발을 딛기도 전부터 수류탄 공격에 어리둥절해하는 십수 명의 시민군들을 향해 경기관총과 AK 소총을 난사하기 시작했다.

"타타타탕~! 타타타타~!"

"탕! 탕!"

항구 직상방에 떠 있는 박격포 조명탄들의 간접 조명을 통해 양측은 서로의 모습을 확인할 수 있었지만 최소 6발 이상의 수류탄 폭발에 호되게 당한 시민군들은 무력하게 대응할 뿐이었다.

상황을 파악한 3명의 시민군들은 아예 바다로 뛰어들었지만 곽성준은 그들을 신경 쓰지 않고 2조를 이끌고 계단을 뛰어 올라갔다. 그가 거친 숨소리를 내면서 항구 도로 쪽에 올라온 때에는 16~17명의 시민군들이 모두 제압된 상태였다.

지동현은 이곳에서 1조 조원들 일부와 접안 지점을 확보한 후, 무전기를 통해 정부군 쪽에 교신을 시작했고 곽성준은 그의 어깨를 가볍게 두들긴 뒤 주변의 정찰병들을 수신호로 불러 모았다.

그런 뒤, 그는 항구의 중심부가 있는 남쪽 방향을 향해 20여 명의 3개 조 정찰병 병력을 이끌고 달리기 시작했다.

오렌지빛 박격포 조명이 사방을 밝히고 있는 가운데, 곽성준과 정찰병들은 각자의 총구를 전방으로 향한 채 포장도로 위를 달렸다. 그는 조원들의 전투화 발소리와 총기 개머리판이 전술 조끼와 탄띠에 부딪히는 소리 속에서 곧 누군가의 총성이 터져

나올 거라 예상하고 있었다.

"11시 방향, 적 발견!"

곽성준의 좌측 후방에서 뒤따라오던 라현철 상위가 소리치자 정찰병들이 일제히 도로 좌측으로 이동 방향을 바꿨다. 그러나 그들 중 누구도 엄폐물을 찾거나 뜀걸음을 멈추지는 않았다.

항구 본관 건물을 50여 미터 정도 앞두고, 또 다른 시민군들의 무리가 트럭들과 컨테이너들이 모여 있는 선착장에서 등장했다. 그들은 트럭과 트럭 사이, 컨테이너와 컨테이너 사이에 한두 명씩 모여서 단발 사격을 가하고 있었지만 정찰병들은 멈추지 않고 달려갔다.

"좌측에 매복한 병력을 소멸하라!"

"타타타타~!"

"타타타타!"

곽성준과 그의 정찰병들은 불과 15~16미터 앞에서 자신들을 향해 사격을 가하는 10여 명의 시민군들을 향해 집중사격을 가하며 달려갔다.

정찰병들은 도로의 좌측에, 지그재그로 열을 맞춰 이동 간 사격을 가했고 잠시 뒤, 이들의 과감한 대응에 시민군들 몇 명이 트럭 차체 뒤로 엄폐하기 시작했다. 그러나 오랜 내전의 경험으로 노련한 나머지 병력은 정찰병들의 접근에 동요하지 않고, 지근거리에서 치열한 사격을 가했다.

무서울 정도로 침착한 정찰병들은 결국 순식간에 거리를 좁혀, 선착장 구획에 들어왔고 이제 5~6미터 거리에서 양측이 서로에게 소총탄들을 쏟아 내고 있었다.

그러나 곽성준과 3명의 정찰병이 트럭들을 지나 쌓여 있는 컨테이너들에 도착할 때, 누군가 소리쳤다.

"반땅끄 로켓~!"

도로 좌측, 선착장에 쌓여 있는 컨테이너들 구획을 살피려던 곽성준 대위를 다급한 목소리의 주인이 바닥에 넘어뜨렸다. 그리고 거의 동시에 곽성준의 서 있는 곳, 허공으로 노란 불덩어리가 날아왔다.

곽성준이 고개를 쳐들자, 그를 쓰러뜨리고 등에 올라타 있던 라현철이 소리쳤다.

"뭐하고 있어, 동무들? 12시 방향, 12시 방향 적 차량을 제압하라!"

라현철은 바닥에 떨어져 있는 곽성준의 RPK74를 집어 들고 직전방을 향해 완전 자동 사격을 가했다.

"타타타타타!"

그의 사격을 신호로 다른 정찰병들 또한 직전방에서 접근하고 있는 미제 구식 닷지 트럭을 향해 일제 사격을 가했다.

"펑~!"

누군가 트럭을 향해 7호 발사관 사격을 가했고 트럭 적재 칸에 장착된 50구경 대공기관총이 사격을 가해 오는 순간 로켓 고폭탄이 차체에 작렬했다. 노란 불꽃들이 사방으로 날렸고 곧 트럭에서 연기가 치솟았다.

"2차 타격! 2차 타격을 가하시오!"

라현철이 소리치자, 그의 조원 한 명이 앉아쏴 자세로 40밀리 유탄 한 발을 발사했다.

"퍽~!"

"콰앙!"

유탄이 트럭에 다시 한 번 명중하자 이제 트럭이 뿌연 연기에 휩싸여 갔다.

라현철은 그때서야 곽성준의 등에서 내려와 그의 머리와 등을 더듬었다.

"뭐하는 거야? 이 동무야."

"총조장 동지가 괜찮은지 살피고 있잖습니까?"

라현철은 곽성준의 등에서 내려온 뒤, 그에게 기관총을 건네주며 대꾸했다. 그러나 두 사람은 곧 이들 바로 후방에 있던 정찰병 한 명이 쓰러져 있는 것을 발견했다. 그는 가쁜 숨을 몇 번 몰아쉬다가 이들이 몸을 일으킬 때쯤부터 괴성을 지르기 시작했다.

곽성준과 라현철은 그의 아랫배에 박혀 있는 PG7 고폭탄을 발견했다. 로켓 부스터는 아직도 불꽃을 내뿜고 있었고 순간 곽성준은 고폭탄이 러시아제처럼 자폭 기능이 있는지 우려했다. 게다가 고폭탄에 피탄된 정찰병들은 사지를 떨면서 고통스러워했다.

곽성준은 라현철을 밀치고, M1911A1 권총을 총집에서 꺼내 고통스러워하는 조원에게 다가가 그의 머리에 총구를 겨눴다.

그 순간, 곽성준은 가슴을 강력한 주먹으로 강타당하는 충격

에 숨을 쉴 수가 없었다. 그 정찰병이 자신의 정찰조 신참 조원
인 한주한 중사였기 때문이었다.

그러나 고폭탄이 언제 자폭을 할지 몰랐기 때문에 그는 망설
이지 않고 방아쇠를 당겼다.

"탕!"

한주한 중사의 고통에 찬 괴성이 그쳤고 그 즉시, 지동현 상
사와 다른 정찰병 한 명이 그의 시신을 들어서 도로의 우측, 바
다 쪽으로 내던졌다. 그리고 거의 동시에 그의 복부에 박혀 있
던 RPG7 고폭탄이 폭발했다.

"펑~!"

한주한 중사의 살점과 피, 군복 조각 따위가 허공 높이 떠올
랐다가 우박처럼 쏟아지고 곽성준과 지동현이 그것들을 고스란
히 뒤집어썼다. 곽 대위는 진한 화약 냄새와 피비린내에 숨이
콱 막혔고 그 때문에 심호흡을 해야만 했다.

그사이에, 라현철 상위가 이끄는 다른 6명의 정찰병들은 컨테
이너들 사이에서 숨어 있던 시민군들을 제압한 뒤 계속해서 전
진, 이들이 박살 낸 닷지 트럭 쪽까지 진출해 있었다. 그들은 항
구 본관 건물까지 20여 미터 미만의 거리를 둔 상태였다.

곽성준과 지동현은 잠시 동안 아무 말 없이 서로를 응시했다.
그런 뒤, 총기를 챙겨 들고 라현철 상위의 공격조를 뒤따라 달
리기 시작했다.

정찰병들의 공격에 박살이 난 닷지 트럭 쪽에 도착했을 시점
에는 항구의 반대편 접안 시설 쪽에 상륙했던 박진성 상위의 병

력이 그쪽 구획 내, 시민군들의 저항을 뚫고 합류하기 직전이었다.

곽성준 대위 병력과 박진성 상위 병력이 사이에 두고 있는 항구 본관 건물은 넓은 3층 건물이었고 건물 안에는 아직도 건물 양편의 정찰병들을 향해 총탄들이 날아왔다.

이윽고 남쪽 구획에서 이곳까지 내려온 정찰병들과 박진성 상위, 그의 부조장 김성기 상사가 곽성준 대위 일행의 맞은편에 모습을 드러냈다.

너무 앞서간 라현철 상위와 2명의 정찰병들은 이미 건물 1층 입구에서 입구 안에 있는 시민군들과 총격전을 진행 중이었다. 그들은 3층 창가들 쪽에서 그들에게 사격을 가하는 최소 3명 이상의 시민군들 때문에 사실상 나머지 정찰병들과 고립된 상황이나 마찬가지였다.

곽성준이 전소 중인 닷지 트럭 차체에서 쏟아지는 열기에 미간을 찡그리며 손목시계를 살폈다. 그러자 그의 후방에 밀착해 있던 지동현 상사가 소리쳤다.

"조장 동지, 약정된 시간까지 이제 10분도 남지 않았습니다! 그냥 건물 안에 진입하지 않고 외부에서 제압을 하셔야 합니다. 여기서 더 지체되면 아군 상륙정 편대보다 적 지원 병력이 먼저 도착할 수도 있습니다."

곽성준은 지동현의 얼굴을 본 뒤, 자신의 주변을 쓱 훑어봤다. 항구에 상륙한 직후, 이곳까지 쇄도해 오면서 그가 이끄는 조에서 4명이 죽고 다친 상황이며, 건너편의 박진성 상위의 병력도 그에 못지않은 피해를 입었을 거라 추측했다.

곽성준과 교전 현장의 모든 정찰병들은 시민군이 2개 소대 규모의 최소 병력만 항구 안에 남겨 놓은 이유를 잘 알고 있었다.

그들은 대규모 상륙 작전이 가능한 항구에서 2킬로미터 정도 떨어진 해안에 1개 대대 규모의 주력 부대와 차량, 대전차 화기들을 배치시켜 놓았고 지금쯤에는 허를 찔린 것을 파악하고 항구 쪽으로 이동 중일 거라는 추측은 모두에게 매우 현실적인 것이었다.

곽성준은 대응 전술을 머릿속으로 정리한 다음, 지동현의 어깨를 채어 잡고 소리쳤다.

"부조장 동지, 지금 당장 정부군 상륙정 편대에 이동 지시를 전파하시오. 그들이 도착하기 전에 이쪽 구획이 정리될 테니 지금 당장 전파하시오!"

"네, 조장 동지."

그는 등에 메고 있는 장거리 무전기의 송수화기를 꺼내 들고 리비아 정부군 지휘부를 호출했다.

곽성준은 건물 쪽에서 날아오는 총탄들을 막아 주는, 전소 중인 닷지 트럭 너머로 항구 본관 건물을 살펴봤다. 그는 전술 조끼 옆구리 쪽에 고정해 둔 영국제 개인용 무전기를 꺼내 각 조장들과 약정된 교신 채널에 소리쳤다.

"여기는 총조장이다! 3조! 3조 위치를 보고하라!"

그러자 항구 도로 아래쪽, 수면 위에서 대기 중인 고무보트에서 리원제 상위가 응답해 왔다.

"3조 조장입니다, 우군 교전 지점에서 바로 아래쪽, 수면 위에서 정황을 주시하고 있습니다."

"지금 당장, 사격 위치를 확보한 뒤 본관 건물의 2층과 3층 창가 쪽을 향해 집중사격을 가하라!"

"알겠습니다, 총조장 동지!"

리 상위의 대답이 들린 뒤, 곧 고무보트의 모터 소리가 고조되었다. 이어서 수면 위에서 교전 지점을 향해 사격 앵글을 확보한 정찰병들이 M60 기관총 사격을 시작했다.

2정의 M60 기관총이 7.62밀리 탄들을 본관 건물 2층과 3층을 향해 퍼부었고 그사이에 곽성준은 닷지 트럭 쪽에서 뛰어나와 건물 앞쪽을 횡단했다.

그가 건너편의 박진성 상위 정찰조를 향해 달려가는 동안 기다렸다는 듯이 1층의 정문 안쪽에서 AK 소총 총성이 폭발음처럼 터져 나왔다. 그 사격에 라현철 상위 일행이 대응 사격을 가했고 그 틈에 곽성준은 30미터가 넘는 거리 횡단을 마쳤다.

도로의 가장자리 쪽에 집결해 있던 박진성 상위와 8명의 정찰병들이 갑작스러운 곽성준의 합류에 깜짝 놀랐지만 그는 거친 숨소리를 쏟아 내면서 정찰병들부터 살폈다. 그러고는 대형 중간에 무릎쏴 자세를 하고 있던 정찰병에게 다가가 그가 어깨에 걸쳐 메고 있는 7호 발사관 발사기를 빼앗았다. 그리고 그들에게 물었다.

"동무들 중 누가 소이 탄두를 가지고 있소?"

그의 질문을 듣고 상황을 파악한 박진성 상위가 벌떡 일어섰다. 그런 뒤, 그의 뒤쪽에 밀착해 앉아 있던 정찰병의 등 뒤 탄두 휴대가방에서 고폭탄과는 모양이 완전히 다른 소이 탄두 2발을 조심스럽게 꺼내 들었다.

곽성준은 자신의 기관총을 다른 정찰병에게 넘겨준 뒤, 박진성 상위에게서 소이탄두를 넘겨받아 발사기 앞부분에 장착했다. 그리고 사격 준비를 하면서 모두가 들을 수 있도록 큰 소리로 말했다.

"지금 2층과 3층을 우리 고무보트조가 견제하는 동안, 이 소이탄으로 목표 건물의 1층에 있는 적 무력들부터 제압할 것이오! 전 조원이 현재 휴대한 모든 수류탄, 유탄, 고폭탄 등 강력한 화력기재를 건물 안에 퍼부은 뒤에 내부 수색에 들어갈 것이니 바로 준비들 하시오!"

그가 전술 전파를 하며 발사기를 점검할 때, 박진성 상위 또한 자신이 넘겨받은 7호 발사관에 나머지 한 발의 소이 탄두를 장착하고 있었다.

두 사람이 발사기에 장착한 소이 탄두는 TBG7 탄두로서, 탄두가 표적에 작렬하여 신관이 터지면 주변에 인화성이 높은 가스를 뿜어내어 일대를 불바다로 만드는 특수 탄두였다.

두 명의 정찰 군관들은 발사 준비를 마친 로켓 발사기를 어깨에 얹고 건물의 정면 쪽을 향해 조심스럽게 이동했다.

건물의 2층, 3층 창가 쪽에서 볼 수 없는 사각지대가 끝나자 두 정찰 군관은 발사기를 옆구리에 끼고 높은 포복으로 건물 정면 지대로 이동했다.

곽성준과 박진성은 본관 건물 쪽에서 날아오는 소총탄과 이들의 등 뒤, 고무보트 쪽에서 날아오는 기관총탄 사이에서 사격 위치를 확보하려 했고 그런 두 사람의 모습을 양쪽의 정찰병들이 숨죽이고 지켜보는 순간이었다.

그러나 별안간 이들의 후방에서 쩌렁쩌렁 울려오던 M60 기관총 총성이 뚝 그치고 정적이 흐리기 시작했다.

곽성준은 바다 쪽에서 불어오는 비린내가 나는 바람 속에서 잠시 뒤 일어날 일을 우려했고 그에 호응이라도 하듯 건물 2층과 3층, 최소 다섯 군데의 장소에서 AK 소총 총성이 폭발음처럼 울려 퍼졌다. 1층 정문 쪽에서도 PKM 기관총 총성이 무지막지하게 울려 퍼지면서 라현철 상위 일행이 꼼짝도 하지 못했다.

하필, 곽성준과 박진성 상위가 건물 전면을 35~36미터 거리에 두고 있는 상황에서 보트조의 정찰병들이 M60 기관총의 탄띠를 교체하는 상황이 벌어진 것이었다.

다행히 건물에서 날아오는 총탄들은 도로 아래쪽, 수면 위에 떠 있는 고무보트 쪽으로 향하는 것이었지만 곽성준과 박진성은 머리 위로 총탄들이 스치듯 날아가는 것을 오감으로 느낄 수 있었다.

고개를 살짝 드는 것만으로도 머리가 총탄에 박살이 날 수 있었지만 산전수전을 다 겪은 두 군관들은 차분하게 아군들의 지원사격을 기다렸다.

이들의 바람에 호응하듯이 2번의 유탄 발사음이 들려왔고 건물에서 폭발음이 뒤따랐다. 그 직후, 건물 양쪽에서 거의 동시에 RPK74 기관총성들이 울리기 시작했다.

"지금이오, 진성 동지!"

곽성준은 건물 쪽의 적군들이 정찰병들의 사격에 위축되는 찰나를 포착, 고개를 쳐들며 소리쳤다. 그는 엎드린 자세로 로켓 발사기를 어깨에 얹고 간이 조준경으로 건물의 1층 정문 쪽을 조준했다.

약한 달빛에 출입문이 겨우 보였지만 그는 공이치기를 당긴 뒤, 과감히 방아쇠를 당겼다.

"펑~! 슈슈슛!"

소이 탄두가 건물 안으로 빨려 들어가듯이 날아갔고 안에서 쿵 하는 폭발음이 들려왔다. 그런 뒤 1층 내부에서 환한 빛이 밖으로 쏟아져 나왔다.

"펑~!"

박진성 상위는 무릎쏴 자세로 중기관총 사격을 가해 오던 3층 정중앙의 복도 쪽 창가를 향해 소이 탄두를 날려 보냈다. 그 직후, 3층에서도 최소 세 군데 창가에서 화염이 밖으로 쏟아져 나왔다.

이어서 양편에서 가슴 졸이며 자신들의 직속상관들을 지켜봤던 정찰병들이 일제히 건물 정문 쪽으로 달려들었다. 그런 뒤 건물 내부로 기관총을 난사하며 진입했다.

그 광경을 지켜보던 박진성 상위는 곽성준을 응시하며 짧은 한숨을 내쉬었다. 그러고는 건물 안으로 진입하는 정찰병들 쪽에 합류하기 위해 달려갔다.

곽성준도 로켓 발사기를 어깨 위에 올려놓고, 그의 뒤를 따라 건물 정문 쪽으로 달려갔다. 그곳에 도착하자 라현철 상위와 지동현 상사가 그를 맞이했다.

건물 내부에서는 김성기 상사가 이끄는 정찰병들이 치열한 총격전을 치르면서 층별 접수과정을 진행 중이었다.

라현철은 벽에 기대앉은 채, 목과 머리 옆쪽에서 흘러내리는 피를 군복 소매로 닦고 있었다. 지동현은 그의 곁에서 아랍어로 리비아 정부군과 교신을 하고 있었고 곽성준은 두 사람을 말없이 지켜봤다.

뒤늦게 바다 쪽에서 리원제 상위의 정찰병들이 건물 3층과 옥상을 향해 기관총 사격을 개시했고 이들의 머리 위로 기관총 예광탄들이 날아들었지만 이들은 그에 동요하지 않고 서 있었다.

라현철은 피가 울컥울컥 솟아나는 목의 상처를 지혈하고 있었고 곽성준은 그런 그의 입에 그가 좋아하는 담배 개비를 물려줬다. 그러자 라현철이 애써 미소 지으며 말했다.

"총조장 동지, 아직 전투 중 아닙니까?"

"현철 동지를 제외한 다른 모든 인원들은 그러하오."

곽성준은 그의 담배에 불을 붙여 줬고 라현철은 담배를 깊이 한 모금 빨았다. 그런 뒤 곽성준을 올려다보면서 말했다.

"미제 놈들은 말입니다. 항공 폭탄 말고도 이 박하 담배를 기가 막히게 잘 만듭니다. 안 그렇습니까, 조장 동지?"

그 말에 곽성준은 고개를 끄덕이고서 지동현 상사 곁으로 다가갔다.

그가 다가가자, 지동현이 잠시 교신을 멈추고 보고해 왔다.

"조장 동지, 지금 상륙정 편대가 항구 앞까지 진출해 왔다고 합니다!"

"쿠웅!"

때마침, 건물 내부에서 수류탄 폭발음이 들려왔고 정찰병들의 RPK74 기관총과 M60 기관총 총성 속에서 간간이 들려오던 AK 소총 총성이 더 이상 들려오지 않았다.

곽성준은 지동현의 어깨를 툭 치고는 고개를 끄덕였다.

조금 뒤, 지동현이 두 사람의 앞쪽에 자리를 잡고는 먼 해상에서 접근 중인 리비아 정부군의 상륙정 10여 척들이 볼 수 있도록 수타식 신호탄을 발사했다.

허공에서 빛을 발하며 내려오는 신호탄을 올려다보면서 곽성준이 일어서서 지동현 곁에 나란히 섰다. 라현철도 끙 하는 소리를 내면서 힘겹게 몸을 일으킨 뒤, 두 정찰병들 쪽에 합류했다.

곽 대위는 러시아제 야간 투시경을 쳐들고 흐릿하게 보이는 상륙정 편대를 주시했다. 지동현 상사가 다시 그들과 교신을 재개했고 라현철은 이제 정적에 휩싸인 항구 본관 건물을 응시했다.

"이제 선두에 선 아군 초계정 2척이 보일 거요."

곽성준이 지동현과 라현철에게 그가 발견한 것을 보고했지만 두 사람 모두 대꾸가 없었다.

잠시 뒤, 곽 대위가 야시경에서 눈을 떼고 아직도 교신 중인 지동현 그리고 그를 등지고 선 채 본관 전면을 응시하는 라현철 상위에게 차례로 시선을 보냈다.

라현철은 곽성준의 시선을 감지하자, 고개를 슬쩍 돌려 그에게 말했다.

"건물 내부가 완전히 접수됐습니다. 2층과 3층에서 우리 동무들이 조명 신호를 보내고 있습니다."

곽성준은 라현철 쪽으로 몸을 빙 돌린 뒤 그가 주시하고 있는 2층, 3층 창가 쪽을 응시했다. 총격과 폭발에 박살이 난 창문들 쪽에서 연기가 새어 나오고 있었고 이따금 정찰병들이 움직이는 곳에서 손전등 빛이 어지럽게 춤을 추는 게 그의 시야에 들어왔다.

곽성준은 자살 임무에 가까운 작전이 순조롭게 마무리되어 가는 상황에 안도했다. 그는 라현철의 한쪽 어깨를 가볍게 잡고 흔들며 미소를 지었다. 라현철은 곽 대위를 향해 고개를 두어 번 끄덕여 보이며 그의 분위기에 공감하는 반응을 보였다.

그렇지만 그런 두 사람의 등 뒤에서 지동현 상사의 목소리가 심상치 않게 들려오면서 승리의 분위기가 한순간에 날아가 버렸다.

"조장 동지! 상륙정 편대 쪽에 적 항공기가 출현했답니다!"

무전기를 메고 있던 지동현이 한쪽 무릎을 꿇고 앉으면서 소리쳤고 곽성준과 라현철이 동시에 반응했다.

두 사람은 각자 휴대한 단안식, 쌍안식 야시경을 쳐들며 리비아군 증원 병력 쪽을 살피려 했지만 그들은 육안으로도 상황을 파악할 수 있었다.

항구에서 수 킬로미터 떨어진 해상에서 노란 불꽃 줄기들 대여섯 개가 까만 밤하늘로 올라갔고 곧 허공에서도 노란 불꽃들이 지상으로 쏟아졌다. 그때쯤에는 항구에까지 제트기 엔진 소리가 파도 소리와 함께 들려오기 시작했다.

곽 대위는 건물 앞쪽 출입구 쪽에서 생포한 시민군들을 살피던 3명의 정찰병들에게 소리쳤다.

"동무들, 동무들! 적 전폭기가 접근하고 있다! 건물 안에 있는 동무들에게 당장 상황을 전파하라!"

곽성준의 다급한 경고를 접수한 정찰병들 중 2명이 건물 안으로 뛰어들어 갔다. 곽 대위는 각 조와 연결된 무선망에 2차로 상황을 전파했다.

"총조장이다! 각 조는 항구 쪽으로 접근하는 적 전폭기들의 공습에 대비하라! 다시 말한다! 각 조는 항구 쪽으로 접근하는 적 전폭기들의 공습에 대비하라!"

"타타탕! 타타타탕!"

곽 대위가 정찰조 무선망에 경고를 전파할 때, 시민군들이 도주를 시도했고 정찰병 한 명이 그들을 AK 소총으로 사살했다.

그 정신없는 와중에 지동현이 몸을 일으켜, 시민군들 쪽을 향해 총구를 겨누고 있던 곽성준과 라현철을 건물 쪽을 밀어붙이며 소리쳤다.

"4대의 적 전폭기들이 지금 상륙정들을 격침시키고 있습니다. 곧 이쪽으로 옮겨 올 겁니다!"

세 사람이 건물 쪽으로 달려가는 동안, 몇 명의 정찰병들이 건물에서 나왔다. 그들은 곽 대위 일행을 발견하고 그들에게 소리치며 다가왔다.

"반항공(대공) 사격을 실시하겠습니다!"

SA16 휴대용 지대공 미사일 발사기를 어깨에 올려 둔 채 건물 입구 쪽에서 서 있던 박진성 상위였다. 곽 대위는 그의 어깨를 채어 잡고 소리쳤다.

"진성 동무, 반항공 화력기재가 그것뿐이오?"

"네, 총조장 동지. 항구에 상륙하는 과정에서 이거 하나를 제외하고 나머지 발사기들을 가지고 있던 고무보트가 격침되었습니다. 이 새끼들이 박격포 사격만 가하지 않았다면 이 자리에 있는 모든 동무들이 하나씩 어깨에 올려 두고 있을 텐데 말입니다."

박진성은 대답을 하면서 미사일의 사격 준비 과정에 들어갔다. 미사일 시커를 작동시키는 그를 그의 조원 2명이 엄호하고 있었는데, 곽 대위가 다시 무선망에 임박한 공습에 대해 경고를 전파했다.

"모든 조원들은 건물 밖으로 나와, 은폐 조치를 취하라! 빨리 빨리 나와!"

라현철 상위는 건물 입구에서 쏟아져 나오는 정찰병들에게 은폐 위치를 지정해 주고 있었으며 지동현 상사는 해상에서 공격을 받았던 리비아군 상륙정 편대에게서 상황을 전파받았다.

7명의 정찰병들이 건물에서 빠져나오고 나머지 인원들을 향해 라현철과 곽성준이 고래고래 소리 지르며 대피를 종용할 때, 항구 일대에 천둥소리가 울려 퍼졌다.

라팔 전폭기 4대가 항구 지역 직상방 상공을 쾌속으로 지나쳐 갔고 곧이어 박진성 상위의 SA16 발사기에서 미사일이 발사됐다.

"퍼엉~ 슈슈슈슛!"

미사일이 건물 출입구 일대에 흙먼지와 열기를 쏟아 내면서 허공 높이, 수직에 가깝게 솟구쳐 올랐다가 이내 항구 지대를 지나친 나토군의 전폭기들을 향해 방향을 바꿔 날아갔다. 그러나 그때쯤에는 이미 수십 발의 플레어들이 허공을 밝히며 떠 있었고 미사일은 노란 꼬리를 달고 엉뚱한 방향으로 날아가 버렸다.

"빌어먹을~!"

박진성 상위가 SA16 발사기를 바닥으로 내던지면서 소리치자, 곽성준은 그와 다른 정찰병들을 건물 우측으로 떠밀면서 소리쳤다.

"빨리빨리, 은폐하시오! 이제 놈들이 이곳을 가루로 만들어 버릴 것이오!"

곽성준이 그들의 대피를 종용하며 본관의 정문 출입구 쪽에서 멀어져 있을 때, 지동현 상사가 미친 듯이 펄쩍 뛰면서 소리쳤다.

"적 전폭기들이 돌아옵니다! 적 전폭기들이 돌아옵니다!"

그의 경고에, 박 상위와 그의 조원들은 본관 북쪽에 있는 선박 접안 시설 쪽으로 내달리기 시작했다.

곽성준은 그들의 대피 과정을 지켜보다가 몸을 돌려 아직도 건물 출입구 쪽에서 정찰병들을 대피시키는 라현철 상위 쪽으로 돌아가려 했다.

그러나 갑자기 지동현 상사가 곽 대위를 향해 달려와 그의 한 팔을 잡고 박진성 상위 일행이 향한 방향으로 이끌었다.

그때에는 항구 본관 건물 직상방을 다시 한 번 라팔 전폭기들이 눈 깜짝할 사이에 지나쳐 간 뒤였다. 전폭기 2대가 수 발의 플레어를 해상 상공에 토해 놓고 고도를 높이자 그 직후 항구 직상방 상공에서 "쐐애액"하고 무시무시한 고주파음이 울려 퍼졌다.

오래전 이라크에서 미군 전폭기의 GPS가 장착된 활공 폭탄들을 경험했던 곽성준과 지동현은 지금 이 순간 까만 밤하늘에서 몇 개일지 모를 활공 폭탄들이 지상으로 떨어지고 있다는 것을 알게 됐다.

누군가를 저주하는 욕설을 퍼부으면서 지동현 상사는 계속해서 곽성준을 북쪽 접안 구획으로 이끌었고 곽성준은 그의 손길을 뿌리치고 50~60미터 정도 떨어져 있는 라현철 상위를 향해 돌아섰다.

그때, 모두의 등골을 오싹하게 만들 만큼 엄청난 비행 소음이 본관 건물 근처 상공에 울려 퍼졌고 다음 순간, 멀리에 있는 라현철 상위와 마주 보고 서 있던 곽성준 대위가 아스팔트 바닥에서 아래쪽 수면 위로 추락했다. 지동현 상사가 그의 목을 한 팔로 감아 잡은 뒤 접안 시설 쪽 수면 위로 몸을 날린 순간이었다.

곽성준이 수면 쪽으로 눕는 자세로 떨어질 때, 그는 자신의 눈앞에 갑자기 태양이 불쑥 떠오른 듯이 온 세상이 환해지는 것을 볼 수 있었다. 동시에 이 세상이 통째로 파괴되고 있는 것만 같은 가공할 폭발음을 들을 수 있었다.

2장
불량 국가

5년 뒤, 2016년 2월 10일 23시 54분 일본, 도쿄, 지요다 구, 내각총리대신 총리 관저

　일본 내각의 외교 방위위원회에 소속된 참의원 사카모토 쇼는 아베 신조가 일본의 내각총리대신이 되기, 십수 년 전부터 함께 정치 활동을 해 왔던 동지였다. 아베 신조의 뒤를 이어 두 사람의 소속 정당 자유민주당의 간사장을 지냈고 당 내부에서도 큰 영향력을 가진 인물이었지만, 무엇보다도 그는 아베의 '해결사'로 부각되는 인물이었다.

　사카모토는 한때 일본 자위대의 정보본부에서 활동했고 정계에 입문하기 전에도 당시 내각의 자위대의 해외 활동 역량 구축에 일조했던 인물이었다. 그는 자위대 내부와 일본 전역의 경찰, 정보기관에 연줄이 있었고 최근에는 내각 활동을 매의 눈초리로 지켜보는 언론 활동을 감시, 추적하는 업무에 관여해 왔었다.

따라서, 그는 단순한 참의원 활동보다는 내각 관계자나 언론이 볼 수 없는 곳에서 주로 활동해 옴으로써 정치적 동지이자 직속상관인 아베의 정치 활동을 지원하고 있었다.

사카모토는 오늘처럼 주간 업무 시간을 피해 늘 밤늦은 시간 총리실을 찾았다. 그렇게 해야만 '불결하고 영악한 하이에나 떼거리'라 저주하는 기자들과 총리실 안팎 직원들의 눈을 피할 수 있었다.

그러나 대부분의 경우에는 내일 아침 해가 뜨는 것을 기다리고 있는 아베 내각의 중대한 사안, 위기 상황 따위를 전달해야 하는 시점이 이 시각이기도 했던 것이 더 큰 이유였다.

긴 복도를 지나는 동안, 그는 모두 6명의 총리 관저 경호원들과 수행원들의 목례를 받았고 마침내 총리실 출입 문가에 서 있는, 총리를 밀착 경호하는 선임 요원을 앞두게 됐다.

사카모토는 그 요원의 깍듯한 인사에 정중하게 고개를 숙여 답했다. 그러자 그가 총리실 출입문에 노크를 한 뒤 몇 초를 쉬었다가 출입문을 열었다.

사카모토는 그를 향해 고개를 끄덕여 보인 뒤 집무실 안으로 들어갔다. 그는 출입구를 통과하자마자 넓은 집무실을 둘러보지 않고 좌회전했다. 그런 뒤 곧바로 총리의 책상이 있는 창가 쪽으로 향했다.

아베 총리와 시나가와 쇼이치로와 하시모토 켄타가 책상의 오른편 벽에 설치된 대형 LED TV를 응시하고 있었고 사카모토가 걸음을 멈췄다. 그런 뒤, 아직도 자신의 등장을 알아채지 못한 사람들을 빤히 응시했다.

곧 팔순을 바라보는 백발의 노인 시나가와 쇼이치로는 아베 내각의 정치, 외교 분야 내 극우 정책들의 밑그림을 그렸던 정객이었다. 몇몇 야당 정치인들은 그를 일컬어 '일본 군국주의의 화석'이라고 부를 만큼, 그는 과거에 강력한 힘을 가졌던 일본 제국의 재건이 아직도 실현 가능하다 믿어 왔고, 오랜 정계 활동을 통해 많은 정치인들에게 영향을 미치는 인사였다.

또 아베 총리, 사카모토와 비슷한 연령대인 한 명의 인물, 하시모토 켄타는 아베 총리를 위한 정치, 외교 공작의 달인이었다. 그는 씽크 탱크를 은밀하게 운영하면서 내각을 위해 정치, 경제, 언론, 외교 등 모든 분야에서 공작 활동을 운영해 왔다. 특히, 아베 신조를 비롯한 내각 구성원들의 야스쿠니 신사 참배와 같은 일련의 이벤트들이 대중, 대한, 대미 외교에 끼칠 영향을 사전에 계산하고 그 결과를 예측, 신사 참배를 강행하도록 주도할 정도로 총리와 내각 구성원에게 영향력이 막강했다.

TV 화면에는 심야 뉴스가 방송 중이었고 일본의 정국을 책임지고 있는 세 사람이 집중하여 보는 보도 내용은 사카모토가 가지고 온 메시지와 관련된 것이었다.

책상 쪽에 기대어 서 있던 아베는 사카모토에게 시선을 보내지 않고, 팔짱을 끼었던 것을 풀고 그에게 한 손을 들어 보였다. 사카모토가 총리에게 목례를 했음에도 그는 미간을 찌푸린 채 TV 화면만을 응시했다.

사카모토는 그의 바로 우측에 있는 소파에 앉아서 앉았다. 그리고 지금 자신의 눈앞에 있는 장면이 정확히 4주 전 새벽과 2주 전 새벽에 본 장면과 똑같다는 사실에 씁쓸한 미소를 지었다가 바로 지워 버렸다.

4주 전에는 기관포를 탑재한 중국의 해상공안청 감시선과 일본 해상방위청 순시선의 충돌 사건이 있었는데 충돌 사건 직후, 침수하는 선박에서 빠져나온 중국 해상공안원들의 구조 활동에 대해 해상방위청 순시선이 어설프게 대처하는 바람에 6명의 중국 해상공안원들이 익사했다.

그 여파로 격분한 중국 정부가 센카쿠 열도 일대에서 대규모 해군, 공군 세력을 동원, 며칠에 걸쳐서 무력시위를 했고, 그와 동시에 전 방위적인 경제적 압력을 동원해 아베 내각을 흔들었다.

특히 중국 본토에서의 반일 시위가 확산되면서 일본 기업 활동들의 생산과 무역 규모가 크게 위축되어 그 영향이 일본 열도에 미치게 되었다.

결국 2주 전, 아베 내각은 은밀하게 중국 정부와 센카쿠 열도에서의 영토 소유 문제에 대해 한 발자국 물러서는 협상을 맺었지만 이 사실이 우연찮게 언론을 통해 알려지면서 일본 국민들의 훨씬 더 큰 반감을 사게 되었다.

설상가상으로 '굴욕 외교'라는 국민들의 반발에 아베 내각이 중국과의 물밑 협상에서 물러나는 듯한 반응을 보였다가 중국 당 지도부의 반발에 협상 자체가 무효화되면서 중국과의 갈등은 극에 달하게 됐다.

그 이후, 최근에는 아베 내각의 언론 보도 통제 시도에 복수의 칼을 갈았던 몇몇 공격적인 방송, 신문사들이 센카쿠 열도 사건 이후부터 더욱 심화된 일본의 대외 무역 적자와 심각한 내수 침체 문제를 내각의 무능함으로 부각시킴으로써 국민 여론이 아베 내각을 등지기 시작했다.

그 와중에 터진 아베 내각의 실세들 그리고 자민당의 지도부 내 참의원 3명이 관련된 대규모 기업 뇌물 스캔들이 터지면서 이제 아베 신조는 벼랑 끝으로 몰리고 있었다.

오늘 이 시간에 사카모토가 가져온 메시지는 관련된 증거들이 부족했던 뇌물 스캔들 사건이 내일부터는 새롭게 확보된 증거로 본격적인 수사가 시작된다는 내용이었다.

기존 스캔들 루머 내용에 이제 놀랍게도 자민당의 부총재까지 거론되는 점입가경의 상황이 도래했기 때문에 총리 관저로 오는 그의 발걸음은 무겁기 그지없었다.

이윽고 뉴스 시청을 마친 뒤, 하시모토가 TV를 껐다. 그리고 약속이라도 한 듯 세 사람의 시선이 소파에 앉아서 천장을 응시하고 있던 사카모토에게 향했다. 그때서야 총리가 그에게 말을 건넸다.

"왔소?"

사카모토는 총리 쪽으로 시선을 보냈다. 그러자 총리가 그의 눈치를 보면서 물었다.

"카와시마 총재는 어제까지만 해도 자신은 이번 스캔들과 절대 관련된 바 없다고 확인해 줬는데, 지금 저 보도 내용은 무엇이오?"

사카모토는 대답을 하기 전에 긴 한숨을 쉬었다. 그런 뒤 힘없이 대답했다.

"내일 아침이 되면 TV 방송사들이 앞다퉈 법무성에서 입수했던 증거들 중 일부를 먼저 보도할 겁니다. 그 증거들을 통해 부총재님과 재무 금융 위원회의 일부 참의원들이 뇌물을 간접적으로 수뢰했다는 사실이 드러날 것 같습니다."

"아~! 참."

아베가 난감한 표정을 지으면서 헐렁하게 메고 있던 넥타이를 벗어 들었다. 시나가와 쇼이치로가 사카모토의 맞은편 소파로 와 앉으면서 사카모토 그리고 하시모토에게 차례로 시선을 보내며 물었다.

"그쪽 보도를 막을 수 있는 방법이 없을까요, 쇼 상, 켄타 상?"

사카모토는 대답을 하기 전에 하시모토에게 시선을 보냈다. 그러자 그는 사카모토를 향해 양 눈썹을 치켜세워 보인 뒤 들고 있는 커피 잔을 응시했다.

언론에 대한 공작의 달인인 하시모토의 반응을 확인한 후, 사카모토는 시나가와에게 고개를 가로저어 보였다.

"총재님(시나가와 전 총재), 제가 오늘 가져온 메시지가 내일 아침 이 나라의 조간신문과 아침 뉴스를 장식할, 확정된 보도 내용입니다. 시간을 끌기에는 너무 늦은 듯합니다."

시가나와는 테이블 위에 있던 커피 잔과 잔 받침을 들고 한참 전에 식어 버린 커피를 마치 지금 내온 뜨거운 커피인 것처럼 한 모금씩 조심스럽게 마셨다.

세 사람을 지켜보던 총리는 자신의 넓은 책상 뒤쪽, 넓은 창문 쪽으로 몸을 빙 돌렸다. 그가 긴 한숨을 내쉬고 중얼거렸다.

"우리 내각은 이제 끝장이야, 끝장. 여기까지 국력을 끌어올리는 데 얼마나 많은 고난과 위기를 겪고 극복했는데, 이런 뇌물 수수 스캔들 따위로 결정타를 맞고 쓰러지냐 말이야. 이거는 용납할 수가 없어. 우매한 국민들 같으니. 대외적으로는 중국과 한국을 찍어 누르고 미국을 잘 구슬려 대외적으로 외교력과 국력을 동시에 팽창시킬 수 있는 성과를 거둔 우리 내각에게 이렇게 등을 돌릴 수가 있는 거야?"

그 말에 하시모토가 꺼져 있는 TV 브라운관을 쳐다보면서 거들었다.

"그게 정치 아니겠습니다, 총리 각하."

그러나 그가 한마디 한 것에 아베의 성토가 고조되기 시작했다.

"우리가 정치가 아닌 바로 통치를 하고 있다면 이런 실정들 따위는 모두 시행착오 정도로 지나쳐 갈 수 있는데, 무너져 가는 내수 경제를 이만큼 살려뒀는데도 아직도 자신들이 처한 경제적 어려움을 모두 우리 내각 탓으로만 돌리려 하다니 이렇게 철딱서니도 없고 의리도 없고, 최소한의 존중심 따위도 없는 인간들을 위해서 우리가 대체 왜 이제껏 희생을 해 왔단 말이오."

시나가와는 찻잔을 든 채로 무언가 생각에 잠긴 듯 꼼짝 않고 있었다. 사카모토는 테이블 위에 있는 여러 개의 보고서 폴더들 중에서 '북한에 대한 동향 보고'라는 제목의 폴더를 빤히 응시했다. 그리고 무언가 떠오를 듯 그것에 집중한 표정을 지었다.

그사이에 아베 총리는 하시모토에게 다가올 보도에 대한 내각의 대응책을 마련하라 지시했다.

시나가와는 소파 한편에 올려 둔 자신의 정장 재킷을 들고 일어선 뒤, 아베에게 다가가 인사를 건넸다.

총리가 두 사람과 인사를 나누는 동안에도 사카모토는 머릿속에 떠오른 생각에 집중하느라 인사를 건네고자 자리에서 일어나지 않았다. 그럼에도 하시모토와 시나가와는 그의 태도에 개의치 않고 총리실 출입문으로 걸음을 옮겼다.

두 사람이 집무실 밖으로 나가자, 아베는 집무실 구석의 책장으로 걸어갔다. 그런 뒤 책장 속 한편에 숨겨 두었던 코냑 병과 2개의 잔을 챙겨 사카모토 쪽으로 걸어왔다.

사카모토는 그가 든 코냑 병과 잔을 대신 받고자 자리에서 일어났지만 아베는 고개를 가로저으며 그의 행동을 제지했다.

총리는 테이블 위에 놓아둔 2개의 잔에 코냑을 따라 부은 뒤 사카모토의 맞은편에 앉았다. 그러고는 잔을 부딪치거나 인사를 건네는 것 없이 잔을 들고 코냑을 마셨다.

사카모토는 잔을 든 채 꼼짝 않고 그를 응시하고 있었다. 총리는 첫 잔을 비우고 두 번째 잔을 채우기 위해 코냑 병을 들었고 그 병을 사카모토가 급히 채어 갔다. 그런 뒤 총리의 잔 안에 코냑을 따라 줬다.

아베 신조는 5번째 잔을 비우고 나서야 잔을 내려놓고 소파에 몸을 맡겼다. 그는 말없이 총리실 천장을 응시하다가 사카모토가 이제 막 집무실에 도착하여 인사를 나누는 상황인 것 같은 말투로 말했다.

"내년에 총리실 인테리어를 새로 하자고 하더군. 우리 측근들이 영국의 총리실에 있는 앤틱 분위기를 매우 인상 깊게 본 모양이오."

그 말에 사카모토가 마시던 잔을 급히 내려놓고 그를 주시했다. 아베는 소파 등받이 맨 위쪽에 머리 뒤를 기댄 상태로, 한 손으로 앞쪽 머리칼을 쓸어 넘겼다.

그를 오랫동안 잘 알아 온 사카모토는 지금 그가 취하거나 취기가 올라오는 상태가 아닌 것을 알고 있었다. 현재 그의 자세는 오랜 정치 생활 동안에 매우 민감하고 어려운 위기를 넘기려는 과정에서 자주 보였던 모습이었기 때문에 사카모토는 그가 현 상황의 중대성을 잘 인지하고 있다고 생각했다.

그러나 총리는 이성적인 대화보다는 감정적인 대화를 이끌어 갈 말을 덜컥 했다.

"우리 내각이 이렇게 무너지면 안 돼."

"네, 총리 각하?"

"우리가 벌려 놓은 대내외적 문제들을 해결하지 않은 채, 야당 놈들에게 정권을 넘겨 주면 그 아마추어 탁상공론자들은 모든 것들을 원점에서 재검토할 것이 분명하오. 그렇게 되면 이 나라의 운명은 다시 깊은 수렁에 빠져드는 거야. 그렇게 생각하지 않아?"

사카모트는 코냑 잔을 쳐들며 대답 대신 고개를 끄덕여 보였다. 총리는 굳이 시선을 그에게 보내지 않더라도 그의 반응을 본 것처럼 말을 이어 갔다.

"뭔가, 뭔가 말이야. 이 총체적인 난국을 반전시킬 한 방이 필요하오."

"총리 각하?"

사카모토가 입가에 잔을 대기 직전에 동작을 멈추고 심상치 않은 총리의 말에 되물었다.

그러자 아베 신조가 고개를 쳐들었다. 그는 소파 위에 반듯이 몸을 세워 앉으면서 사카모토에게 강력한 시선을 보냈다.

사카모토는 총리의 눈빛에 취기가 돌거나 아니면 현재의 상황에 대해 인내심이 바닥나서 폭발 직전의 분위기라고 생각되기에는, 아베 총리의 눈빛과 표정이 평소와 같다고 생각했다.

그가 보기에는 총리의 분위기는 그가 참의원 회의에서 연설을 할 때나 아니면 버락 오마바 대통령과 같은 각국 정상들과 중대한 담화를 나눌 때와 똑같았다. 그런 그가 사카모토에게 다시 말했다.

"사카모토 상, 당신은 나와 우리 자민당을 위해 불가능한 일들을 10년 넘게 해 왔잖소. 이 상황들을 타개할 수 있는 극적인 방책을 강구해 주시오."

사카모토는 알 수 없는 그의 말에 고개를 갸우뚱했고 아베는 그의 반응을 인지하고 다시 말했다.

"내가 지금 법무성 책임자들이나 방송 관계자들을 매수하거나 협박하거나 아니면 암살하라는 소리를 하는 것은 아니오. 그렇지만 그에 못지않은, 그보다 훨씬 더 극단적인 사건이 벌어져서 우리 국민들의 미래에 대한 불안과 불만이 우리 내각이 아닌 그 사건으로 향하도록 손을 쓸 수 있지 않겠소. 그런 일들이 우리 손으로 직접 가공되지 않더라도 우리가 대내외적인 이슈들을 최대한 집중하여 살펴본다면 이슈화시킬 수 있는 무언가가 있지 않겠소?"

뒤늦게 총리의 의도를 파악한 사카모토가 코냑 잔을 내려놓고 그를 뚫어져라 응시했다. 아베는 사카모토와 시선을 맞춘 뒤, 한 손가락을 쳐들어 보인 상태로 조용히 말했다.

"어차피, 수사 결과가 확정, 발표될 때까지는 시간이 있소. 우리 내각을 부정하고 불신하는 선동자들의 입을 다물게 할 수 있는 이슈, 순진하고 무지한 국민 다수가 다시 우리 내각에 의지할 수밖에 없는 그런 이슈가 있을 것이오. 그 이슈를 찾아서 부각시켜 달라는 말이오. 이거 외에는 우리가 이 난국을 헤쳐 나갈 수 있는 방법이 없잖소."

사카모토는 말없이 아베를 응시했다. 그리고 한참의 시간이 지나고 나서야 고개를 끄덕였다.

하지만 그가 고개를 끄덕여 보이는 것은 내각총리대신을 위해서가 아니라 자신이 무언가를 알고 이해했다는 제스처였다.

사카모토의 바로 앞쪽, 테이블 위에는 '북한에 대한 동향 보고서'가 있었고 그 안에는 북한의 대내외적인 핵무기 개발 활동이 작성되어 있음을 그는 잘 알고 있었다. 북한의 대외 핵무기 개발 동향을 추적하고 파악하는 데에 사카모토 자신이 수 년 동안 관여해 왔던 것이 그 이유였다.

사카모토는 코냑 잔을 내려놓고 자리에서 일어섰다. 그런 뒤, 총리를 향해 공손하게 목례를 하고는 대답했다.

"방법을 강구해 보겠습니다, 총리 각하."

아베는 앉은 채로 그를 빤히 올려다봤고 사카모토는 그를 등지고 출입문을 향해 걸어 나갔다.

*　　　*　　　*

2016년 6월 12일 02시 16분 일본 근해, 해상보안청 순시선

모니터 안에 제공되는 열상 화면 안에서는 짙은 회색과 흰색으로 모든 세상이 표현되고 있었다. 그 화면의 한가운데에는 짙은 회색의 중형 선박 한 척이 하얀 물보라를 꼬리에 달고 수면 위를 미끄러지듯 나아가고 있었다. 그리고 이 모습은 이를 지켜보는 사람들로 하여금, 마치 거대한 로켓이 연기 궤적을 남기며 날아가는 것을 연상하게 했다.

"굉장히 빠르군. 엔진을 개조한 것이 틀림없겠는데. 저 정도면 미사일 고속정 속도가 아냐?"

열상 화면을 모니터하는 승조원의 등 뒤에서 이를 지켜보던 해상자위대의 연락관 우사미 타카시 일위(일등 해위)가 입을 열었다. 그러나 그의 좌우에 서 있는 해상방위청 소속 순시선의 요시토 함장과 히로키 부함장은 대꾸 없이 해상자위대 소속의 P-3C 대잠초계기가 보내오는 추격 영상을 주시했다.

쾌속으로 도주 중인 괴선박은 P-3C기 외에도 이곳 요시토 함장의 해상보안청 순시선과 해상자위대의 호위함 1척에 의해서 추격을 받고 있는 상황이었다.

40톤 이상 되어 보이는 괴선박은 겉으로는 일본 근해에서 조업을 하는 어선들과 크게 다르지 않았다.

하지만 이 괴선박을 최초로 추격한 P-3C기의 보고처럼 문제의 선박은 수백 마력이 추가된 특수 엔진을 장착했고 중화기로 무장한 것으로 의심되었다.

늦은 오후에 시작된 추격전은 이미 밤을 넘겨 자정 가까운 시간까지 지속되었고 뒤늦게 현장에 합류한 해상자위대 제3 호위대군 소속의 호위함 키리사메(DD-104 키리사메)는 해상보안청의 순시선과 괴선박을 가운데 두고 나란히 진행 중이었다. 호위함의 선수와 우현 쪽에서 비치는 강력한 탐조등들이 괴선박 전체를 비추고 있었기 때문에 P-3C기와 순시선의 추격 영상들에서는 선박에 탑승한 자들의 일거수일투족까지 살필 수 있었다.

"본 선은 해상보안청 소속 순시선이다! 당장 정선하고 검문에 응하라! 그렇지 않으면 무력을 사용하여 정선시키겠다! 이것이 마지막 경고이다! 당장, 정선하라!"

함교의 다른 한쪽에서 보안청 소속 통역대원이 핸드 마이크를 통해 경고 방송을 했고 그가 말하는 내용은 함교 외부의 스피커를 통해 선내는 물론 외부에서도 훨씬 크고 분명하게 울려 퍼졌다.

통역대원이 한국어 방송을 마친 직후, 다시 중국어로 동일한 내용을 외부 스피커로 방송을 했지만 사실, 함교 안의 모든 보안청 대원들은 문제의 선박이 북한의 공작선이라고 거의 기정사실화한 상태였다.

타카시 일위는 모니터에 고정해 둔 시선을 거둬들인 뒤, 조심스럽게 함교 안을 둘러봤다. 순시선의 함장을 비롯해 그의 승조원들의 긴장 상태는 최고조에 달해 있었기 때문에 그들은 타카시의 시선을 감지할 수도 없었다.

"함장, 키리사메입니다."

요시토 이등 해상보안감을 보좌하는 일등 해상보안사가 그에게 무전기 송수화기를 건넸다. 호위함 쪽에서 간간이 울리는 경적 소리 때문에 잘 들리지는 않았지만, 타카시 일위는 요시토 함장이 방위청 제8 관구와 해자대 제3 호위대군의 합동지휘본부에서 사격 통제에 대한 새로운 지침을 전달받는 것이라 직감했다. 송수화기를 든 채 타카시 일위와 눈이 마주친 요시토는 마치, 그의 짐작이 맞다는 듯 고개를 한 번 끄덕여 보였다.

이윽고 교신을 마친 함장이 송수화기를 승조원에게 건네주고 그의 히로키 삼등 해상보안감과 해상보안청 소속의 특수병력 SST(Special Security Team: 특수경비대)의 파견대장을 손짓으로 불렀다. 그리고 그들이 함장에게 다가오자 두 사람뿐만 아니라, 상황에 주시하고 있는 모두가 들을 수 있을 만큼 큰 목소리로 말했다.

"부장, 현 시간부로 목표 선박에 대한 직접적인 경고사격을 가한다."

"네, 함장님. 사격의 단계는……."

"사격 단계는 괴선박이 정선할 때까지이다. 만약, 저쪽에서 응사한다면 그때는 저놈들을 완전히 무력화시킬 수 있을 때까지 사격하라."

"네, 함장님."

히로키 부장은 작전관에게 지시를 전달하면서 포술장 쪽으로 옮겨 갔다. 그리고 그곳에서 포술장이 승조원들에게 40밀리 포, 50구경 기관총의 사격 준비 지시를 하달하는 것을 지켜봤다. 그리고 그때서야, 다카기 일위 그리고 3명의 미국인 업저버들이 순시선에 오르자마자 지급받던 방탄 헬멧을 착용했다.

함교에서 각 부서 해상보안관들에게 현 상황을 전파하는 경고 사이렌과 방송이 차례차례로 이어지면서 함 내의 긴장감은 극에 달해갔다.

* * *

2016년 6월 12일 02시 23분 일본 근해, 괴선박, 북한군 75정찰대대 '초신성' 공작조

"빨리, 빨리 움직이시오!"

30대 후반의 노련한 공작원인 김정구 소좌가 어선의 조타실 안팎에서 중화기 사격을 준비하는 그의 조원들에게 소리쳤다.

500톤급 규모의 순시선과 4000톤급 호위함의 한가운데서 쾌속 중인 이들의 공작선 안에는 북한군 정찰총국의 정예공작조 병력 6명이 탑승 중이었다. 이들 외에 5명의 공작선 승조원들이 있었지만 조타실과 기관실에서 폭발 직전까지 혹사당하는 엔진과 도주 항로 선정 때문에 정신이 없었다.

김정구 소좌는 추격 선박들을 따돌릴 수 없다 판단 내렸고 그의 보고에 대해서, 북측의 지휘부는 최대한 적 선박들에게 피해를 입히고 자폭하라는 최종 명령을 방금 전 하달받았다.

이는 사실, 해상방위청과 해상자위대의 합동상황실에서 현장의 순시선에게 경고사격을 허가한다는 교신을 내린 직후에, 이를 방수한 북한의 정찰총국 지휘부에서 뒤따라 만들어진 결정이었다.

아무리 노련한 정찰총국 공작원들이라지만 자신들이 하달받은 명령이 사실상의 자결 명령이라는 점은 그조차도 실감할 수가 없었다. 그는 그저 담담하게 자신이 받은 명령을 실천하는 부하들을 보면서 가슴 한구석에서 뜨거운 불씨가 생겨나는 것을 느꼈다.

2명의 조원들이 선수, 선미로 나가 교전 계획을 짜는 사이에 4명의 조원들은 갑판 아래에 숨겨 두었던 중화기들을 꺼내 왔다. 이들은 2정의 7호 발사관(북한제 RPG7 대전차 로켓 발사기)과 2정의 화승총(SA7, SA16), 그리고 RPK74 경기관총 2정과 88식 보총(북한제 AK74) 5정을 가지고 있었다.

김정구 소좌가 가장 신뢰하는 고참 조원 최윤석 상사가 그에게 RPK74와 5개의 예비 탄창이 든 탄입대 조끼를 건네줬다. 그 동안 나머지 조원들은 RPG7용 고폭탄 탄두인 PG7을 발사기 안에 삽입하고 최종 발사 준비 과정으로 안전캡을 제거했다.

각자의 화기 사용 준비를 마친, 정찰조원들이 말없이 김 소좌를 응시했다. 김정구는 그의 조원들 한 명 한 명과 악수를 나눴다. 그가 최윤석 상사의 손을 잡을 때, 눈시울이 붉어진 그가 김정구의 두 손을 덥석 잡으며 말했다.

"조장 동지와 수많은 고락을 넘겼습니다."

"알고 있소."

"그 많은 시간 동안에 저는 조장 동지와 함께했던 것을 단 한 번도 후회하거나 원망한 적이 없었습니다. 감사합니다, 조장 동지."

"고맙소, 윤석 동무."

김정구는 마주 앉아 있는 최윤석의 어깨에 다른 한 손을 올려 놓으며 대꾸했다. 그러나 다음 순간, 정찰조원들 모두가 분명히 구분할 수 있는 특정한 주파수대의 폭발음이 밖에서 울려 퍼졌다.

"타타타! 타타타타타~!"

중기관총성이 울리면서 십수 발의 예광탄들이 공작선의 선수 쪽 수면으로 날아갔다. 그 직후, 공작선의 우현 후방에서 뒤따라오던 순시선에서 다시 한 번 경고 방송이 뒤따랐다.

"괴선박! 당장 정선하라! 마지막 경고이다! 정선하여 검문에 응하지 않는다면 다음에는 40밀리 포 사격이 이어질 것이다. 마지막 경고이다. 당장, 정선하라!"

순시선의 최초 50구경 중기관총 경고사격을 계기로, 모든 정찰병들은 김정구 소좌의 구체적인 지시가 없음에도 불구하고 자신들의 위치로 알아서 이동해 갔다. 정찰병들이 갑판 위에 있는 승조원실에서 선수, 선미 쪽으로 자신들이 사용할 중화기를 가지고 달려 나간 뒤, 김정구는 계단을 통해 승조원실 위쪽에 위치한 조타실로 향했다.

"타타타타타~! 타타타타~!"

다시 한 번 요란한 중기관총 총성이 울리면서 노란 예광탄들이 공작선이 향하는 방향으로 스쳐 지나갔다. 김정구는 계단을 올라가면서 십수 발의 예광탄들이 10여 미터 정도의 거리를 두고 그의 좌측으로 날아가는 것을 볼 수 있었다.

거친 수면으로 인해 배가 위아래로 요동을 쳤기 때문에, 그는 계단의 난간을 잡고 힘겹게 조타실까지 올라갔다. 그가 조타실 안으로 들어가자마자, 공작선의 책임자인 양정욱이 김 소좌에게 소리쳤다.

"총조장 동지, 놈들이 사격을 해 오고 있습니다. 당장 조치를 취해야 하지 않겠습니까?"

김정구는 그의 어깨를 채어 잡고 그의 귓가에 대고 말했다.

"동무, 우리가 가진 '화물'을 완전히 파괴한 뒤 저놈들에게 최대한 피해를 입고 자침하라는 명령을 받았소."

방금 전까지만 하더라도 현재의 상황에 대해 할 말이 많은 것 같았던 양정욱은 김 소좌의 말에 입을 다물었다. 그러고는 그의 등 뒤쪽에 있는 2명의 젊은 승조원들을 응시했다. 그때에도 조타실 한편에 설치된 무전기에서는 호위함과 순시선에서 보내오는 경고 메시지가 흘러나오고 있었다.

곧 그가 김정구 소좌에게 시선을 가져오며 반응을 보였다.

"알겠습니다, 총조장 동지."

"미안하오."

김정구 소좌는 그에게 한 손을 내밀며 말했다. 그러자, 난감한 듯한 표정을 짓던 그가 표정을 정리하고 그의 손을 맞잡으며 대꾸했다.

"일없습니다(괜찮습니다)."

김정구는 등 뒤에 메고 있던 경기관총을 몸통 앞쪽으로 위치시키면서 양정욱이 자신의 조원들에게 현 상황을 전파하는 뒷모습을 지켜봤다. 양정욱은 곧 무전기가 설치된 콘솔 쪽으로 가서, 그 아래쪽에 설치된 자폭장치 타이머를 작동시켰다.

그 모습을 확인하고 나서야, 김정구 소좌는 안고 있던 RPK74 기관총의 장전 손잡이를 당긴 뒤 조타실 바깥으로 나왔다. 조타실의 좌측 출입 문가에 서자, 그의 시야에 해상방위청의 500톤급 순시선의 좌현이 들어왔다.

김정구의 시선이 계단 아래쪽, 갑판으로 향했다. 선미 갑판에 있는 정찰병들이 위장용으로 설치한 소형 크레인 근처에서 RPG7 사격 준비를 마치고 대기 중이었다. 그는 다시 몸을 빙돌려, 선수 쪽을 쳐다봤다.

선수 쪽에서는 막 방수포를 벗겨 낸 12.7밀리 중기관총 설치를 마친 2명의 정찰병들이 역시 그의 사격 명령을 기다리고 있었다.

김정구는 탄띠의 허리춤에서 신호탄이 장전된 권총을 꺼냈다. 그는 두 손으로 움켜쥔 권총을 총구가 하늘 쪽으로 향하게 잡은 채 잠시 허공을 올려다봤다. 회색빛 하늘 안에는 간간이 더 진한 회색의 먹구름이 끼어 있었다. 그는 그가 바라보는 하늘이 고향 땅 쪽이기를 간절히 바랐다. 숨을 깊이 들이쉰 그는 개인적인 상념을 정리한 후, 신호탄 권총의 공이치기를 당겼다. 그러고는 권총을 높이 쳐들자마자 방아쇠를 당겼다. 그는 방아쇠를 당기는 직후, 이곳 일대가 아비규환이 될 거라 확신했다.

"퍽!"

신호탄이 허공 높이 치솟자마자 정찰병들이 각자의 위치에서 그의 사격 개시 명령을 확인했다.

"펑! 펑!"

선미 갑판에 있던 2명의 정찰병들이, 최윤석 상사가 양손으로 그들의 어깨를 두들기는 것에 맞춰 대전차 고폭탄들을 발사했다. 2발의 PG7 고폭탄들이 공작선 후방을 향해 무서운 속도로 날아갔다. 고폭탄들이 향하는 곳은 공작선의 좌우에 있는 해상 자위대의 호위함과 해상보안청의 순시선의 함교 쪽이었다.

"쾅! 콰앙"

고폭탄 한 발이 순시선의 함교 근처 선체 외벽에 명중하면서 불꽃이 무섭게 튀어 날렸다.

그러나 해자대 호위함 키리사메 함을 향해 날아간 나머지 한 발은 때마침 거센 파도가 호위함 선체를 강타하는 바람에 함교가 아닌 엉뚱한 곳에 명중했다.

순식간에 공작선의 좌우에 있는 거대한 함정들 쪽에서 불꽃과 까만 연기가 치솟았다.

그 직후, 김정구는 조타실 쪽에서 순시선의 함교 방향으로 RPK74 기관총을 발사했고 갑판에 있던 최윤석 상사는 호위함의 선수 쪽 탐조등을 향해 역시 RPK74 기관총 사격을 개시했다.

"타타타타~!"

"타타타타! 타타타타!"

공작선의 선수에 있던 정찰병들은 중기관총의 사격 각도가 나오는 호위함의 선수 부분을 향해 사격을 시작했다.

불과 5초도 되지 않은 시간 만에 일체의 반응 없이 맹렬하게 북한 영해 쪽으로 질주하던 위장 어선이 사방으로 총탄과 포탄을 퍼붓는 전함으로 바뀌었다.

잠시 후, 공작선이 다시 한 번 거대한 파도와 맞부딪치면서 선수가 허공 높이 치솟았다.

파도의 포말을 뒤집어쓰면서 김정구 소좌는 총기를 안고 계단 난간을 꽉 잡은 채 몸을 낮췄다. 호위함과 순시선에 비하면 놀이공원의 보트만 한 공작선은 거친 수면의 운동에 요동을 치다시피 했지만 거대한 추격 선박들은 그 짧은 시간 동안에 정찰병들이 상상도 못 할 반격 준비를 마쳤다.

공작선의 선수가 다시 원래 방향으로 내려오고 때맞춰, 김정구와 그의 조원들이 다시 총구와 로켓 발사기를 양편의 추격선들 방향으로 향할 때, 순시선 쪽에서 40밀리 포가 공작선을 표적으로 확보했다. 그리고 공작선 안에 탑승한 모두의 운명을 종결시킬 사격 과정에 들어갔다.

"퍼퍼퍼퍼펑~! 퍼퍼퍼퍼펑~!"

몇 초 만에 수 발의 포탄들이 공작선을 향해 퍼부어졌다. 무시무시한 파괴력을 지닌 40밀리 포탄들이 공작선 선체에 박히거나 관통하면서 사방으로 불꽃들이 튀어 날렸다.

단 두 번의 사격에 공작선의 후방 갑판 쪽은 불길에 휩싸였다. 조업선으로 위장하기 위해 설치된 크레인이 파손된 채 내려앉았고 그곳에서 엄폐해 있던 정찰병들의 모습은 온데간데없었다.

김정구는 겨우 몸을 추스른 채 갑판과 조타실 쪽을 연달아 살폈다. 조타실 안에서도 불길이 치솟은 상태였고 후방 갑판 쪽에서는 또 한 번 누군가가 휴대했을 폭발물 혹은 7호 발사관의 탄두가 폭발했다.

"쾅!"

김 소좌는 계단들 위에 널브러져 있던 몸을 일으켜 경기관총 사격 준비를 하려 했지만 그의 몸이 말을 듣지 않았다. 크레인 쪽에서 폭발할 때 날아온, 어른 팔뚝만 한 금속 파편이 그의 복부에 박혀 있었기 때문이었다. 그럼에도 그는 당황하지 않고 팔을 쭉 뻗어 아래쪽에 있던 기관총을 잡았다. 그리고 힘들게 총을 세워 멀리 보이는 순시선 쪽으로 총구를 옮기려 애썼다.

그 와중에도 요란한 총성이 그의 등 뒤, 선수 쪽에서 울려 퍼졌다. 살아남은 두 명의 정찰병들이 호위함을 향해 중기관총 사격을 재개했던 것이었다.

김정구는 가까스로 경기관총을 순시선의 함교 방향으로 겨눴다. 그리고 망설임 없이 방아쇠를 당겼다.

"타타타타타~!"

거친 반동과 함께 5.45밀리 총탄들이 쏟아져 나갔다가 이내 총성과 반동이 뚝 그쳤다. 김정구는 총기의 탄창을 교체하고자 총기를 가슴팍 쪽에 안았다. 그러나 잠시 후 엄청난 고통이 그의 온몸을 집어삼켰다.

*　　　*　　　*

2016년 6월 12일 02시 37분 일본 근해, 해상방위청 순시선

"아직도 살아서 움직이는 자들이 있습니다!"

모니터의 정중앙을 향해 작전관이 손가락을 가리켰다. 그의 손끝이 가리키는 곳에는 다소 뿌옇지만 분명히 사람의 형체가 꼼지락거리고 있었다.

30여 발 이상의 40밀리 포탄을 뒤집어쓴 공작선 곳곳에서 화염과 연기가 치솟고 있었고, 키리사메 함 쪽에서는 괴선박에서 또다시 공격해 올 경우 이번에는 완전히 끝장을 내겠다고 순시선 쪽에 통보해 온 상황이었다.

요시토 함장은 승조원의 등 뒤에서 모니터를 뚫어져라 쳐다봤다. 그의 곁에 서 있던 타카시 일위가 모니터 쪽을 실눈을 뜨고 응시하면서 나지막이 말했다.

"조타실 쪽에 있는 저자가 자동화기를 가지고 있는 것 같습니다. 우리 쪽이든 저쪽 호위함이든 당장 조치를 취해야 할 것 같은데요."

타카시의 말에 그 누구도 대꾸하지 않았다. 3명의 백인들을 제외한 순시선의 모든 승조원들은 불과 잠깐의 시간 동안에 일어난 무지막지한 교전에 압도된 상태였다. 그들은 다른 한편으로는 처음으로 맞닥뜨린 북한군 공작원들의 최후를 불안한 마음으로 지켜봤다.

조금 뒤, 조타실 쪽에서 움직이던 하얀색 실루엣이 총기로 보이는 것을 쳐들고 사격을 시작했다. 그와 동시에 호위함 쪽에서 무선망을 통해 순시선 쪽에 상황을 전파해 왔고 순시선의 작전관이 함장의 표정을 살폈다.

요시토 함장이 고개를 끄덕이고 작전관이 2차 사격 명령을 내렸다. 그의 지시가 하달되자마자 순시선 선수 쪽에서 연속적인 포성이 울려 퍼졌다. 모두가 지켜보는 열영상 화면 안에 환한 빛을 내는 벌 떼들이 괴선박을 향해 날아간 뒤, 괴선박의 선체에 십여 발의 40밀리 포탄이 작렬했다. 그리고 격렬한 화염이 치솟으면서 조타실이 폭발했고 그 근처에서 기관총 사격을 하던 사람의 형체가 눈 깜짝할 사이에 없어졌다.

순시선의 40밀리 포는 괴선박을 끝장내기 위해서 두 차례에 걸쳐서 추가 사격을 가했다. 그 결과, 괴선박은 대파되었고 선체가 완전히 화염에 휩싸였다.

호위함과 순시선 양측에서 다시 탐조등을 괴선박 쪽으로 비췄고 양쪽 승조원들은 이제 육안으로도 괴선박 쪽 상황을 파악할 수 있었다.

"현 상황을 지휘부에게 알려야겠소."

불타는 공작선을 지켜보던 3명의 미국인 업저버들 중 CIA 요원인 존 캐플린(John Caplin)이 무전기와 위성중계 무전기가 있는 곳으로 발걸음을 옮기며 말했다. 누군가를 특정하여 한 말이 아니었기 때문에 대꾸하는 사람도 없었고 그 또한 대답을 기다리지 않았다.

그리고 그때, 캐플린과 함께 사건이 진행되는 내내 말없이 함교 구석에 자리를 차지하고 있던 나머지 2명의 업저버들이 함장 곁으로 다가와 섰다. 그들 중 계급장은 물론, 일체의 부대 표식도 없는 미군 군복을 입고 있는 자가 쌍안경을 쳐들고 괴선박을 응시했다. 그리고 영어로 나지막이 말했다.

"저 정도 피해면 선박 내, 생존자가 없을 텐데. 젠장, 대체 저렇게 박살을 내놓으면 어떻게 선체 안에 진입할 거지?"

그는 답답하다는 듯한 숨을 쉬고는 들고 있던 쌍안경을 곁에 있는 또 다른 AOR2 전투복 차림의 미국인에게 넘겨줬다. 그리고 잠시 후, 두 명의 미 해군 씰 팀(SEAL Team) 업저버들의 영어를 알아들었던 히로키 부장이 선내 교신망에 화재 진압 조치에 대해 지시를 내렸다.

그때에는 순시선은 괴선박을 2시 방향 50~60미터 거리에 두고 최저 항해 속도를 유지하고 있었다. 교전 지점 인근 상공에서 수 발의 조명탄들이 터졌고 이어서, 거대한 물줄기 두 개가 전소 중인 북괴군 공작선 쪽으로 향했다. 물 대포들은 모두 이들의 순시선 쪽이었다.

하지만 그 광경을 지켜보던 호킨스 대위가 화재 진압 명령을 내린 히로키 부장과 그의 작전관을 향해 "다메(안돼)~! 다메~!"라며 소리치며 손사래를 치기 시작했다. 그의 말을 알아듣지 못한 작전관은 고개를 갸우뚱하며 방위청 지휘부와 교신 중인 함장 쪽과 곁에 서 있는 부장을 쳐다봤다.

그러한 상황이 몇 분 정도 지속되자, 호킨스 대위는 열영상 화면을 통해 괴선박을 주시하고 있는 히로키 부장의 한 팔을 가볍게 잡고 함교의 우측 출입문 쪽으로 그의 발걸음을 유도했다. 그런 뒤, 공작선 쪽을 가리키면서 천천히 영어로 말했다.

"저 선박에 계속 물을 뿌리면 어떻게 될지 아십니까?"

히로키가 영문을 모르겠다는 듯 방탄 헬멧의 눈가 쪽을 올려 쓰며 그를 응시했다. 그러자, 호킨스 대위가 고개를 내저으며 말했다.

"바로 저렇게 됩니다~!"

5분 넘게 물 대포에서 쏟아지는 물기둥들이 떨어지던 괴선박이 서서히 가라앉기 시작했다. 이미, 순시선 40밀리 포 사격 때부터 피탄된 구멍들로 해수가 유입되었던 상황에서 순시선의 물벼락을 맞으면서 급격히 침수되기 시작했던 것이다.

"아마추어들 같으니!"

호킨스 대위는 부장을 등지고 그의 동료 오닐 준위 쪽으로 걸어 나오면서 조용히 중얼거렸다. 그때쯤에는 순시선과 호위함의 함교 안에서 모든 승조원들이 가라앉기 시작하는 괴선박을 보면서 발을 동동 구르고 있었다.

호킨스와 오닐 준위는 풍랑의 정도가 최악이라서, 양측 선박들이 절대로 RIP 보트와 같은 접안 수단을 전개하지 못할 거라 확신했다. 그리고 그의 예상대로 500톤급 순시선과 4000톤급 호위함은 50톤도 되지 않는 소형 어선이 가라앉는 것을 속절없이 지켜만 봤다.

괴선박이 무력화된 지 10여 분 후, 반쯤 물에 잠겨 있던 괴선박에서 번쩍하는 섬광과 함께 노란 불기둥이 치솟았다.

호위함과 순시선에 있는 인원들이 일제히 자세를 낮추며 긴장했지만 이후로 추가적인 폭발음 없었다. 뒤늦게 공작선의 자폭장치가 작동함으로써 김정구 소좌의 공작선은 완전히 파괴되어 수면 아래로 가라앉기 시작했다.

＊　　　＊　　　＊

2016년 6월 13일 13시 26분 일본 근해, 해상보안청 순시선

침몰한 북괴군 공작선의 인양을 위한 지원 선박들은 해상의 악천후 때문에 교전 상황이 종료된 후, 10시간이 넘어서야 도착했다. 대형 바지선 2척과 해상자위대 소속의 조난 구조 임무를 담당하는 함정이 도착하자 현장을 감시하고 있던 요시토 함장의 순시선과 키리사메 함이 자리를 내주기 시작했다.

그 일련의 과정을 요시토 함장이 함교에서 지켜보면서, 요이치 해상보안관의 교신 내용에 귀를 기울이고 있었다. 곧 그가 함장에게 보고해 왔다.

"함장, 구난함이 적 선박의 침몰 지점을 1차 확인했다고 합니다. 우리 쪽 데이터와 공유하도록 하겠습니다."

요이치가 한 손에 무전기 송수화기를 든 채 그를 응시하자, 요시토 함장이 한 손을 들어 보였다. 그는 쌍안경으로 대형 바지선의 크레인이 수중으로 촬영용 무인 잠수정을 내려놓는 과정을 지켜보고 있었다. 그 근처 수면 위에는 RIP 보트를 탑승한 방위청 인원들이 부유물들을 건져 내고 있었으며 일대 상공에 SH-60K 헬기 1대가 거리를 두고 선회 중이었다.

"난리 통이 따로 없군요."

누군가가 건조한 목소리로 말하면서 함장의 곁에 나란히 섰다. 요시토는 쌍안경을 목소리의 주인인 캐플린 요원에게 건네주며 대꾸했다.

"결국에는 당신들이 원하는 게 이게 아니었소?"

함장의 냉소 섞인 말에 CIA의 중견 간부급 요원인 캐플린이 피식 웃으며 쌍안경을 쳐들어 바지선 쪽을 살폈다. 그의 곁에 서 있는 호킨스 대위는 자신이 들고 있는 쌍안경으로 같은 곳을 주시하며 말했다.

"파도도 파도지만 조류가 센 곳이라서 인양까지는 시간이 꽤 걸릴 것 같습니다. 그래도 저쪽 전문가들이 제대로 일을 해 준다면 목표물을 건져 낼 수 있지 않을까 싶습니다."

주일미군 소속 씰 팀의 군사고문단 팀장인 그는 이 모든 상황이 맘에 들지 않았다. 호킨스 대위와 그의 팀원들은 비공식적으로 이번 북한 공작선 나포 작전에 참관했지만 몇 번의 경고사격으로 상황을 끝낼 줄 알았던 일본인들이 공작선을 침몰시킬 줄은 꿈에도 몰랐다. 그리고 적어도 이들 미국인 업저버들이 보기에는 요시토 함장은 이러한 결과에 대해 매우 부담스러워하는 눈치였고 일본 정부 또한 마찬가지일 것 같았다.

캐플린은 언젠가 2010년 전후에 일어난, 북한 공작선 사건들의 여파와 북한의 최근 핵 기술 및 부품 밀수 시도를 저지하기 위해서 일본 정부가 강한 메시지를 전달해야 할 거라 예측해 왔다.

그의 예측에 대해서 미국 정부 쪽에서는 비공식적으로 긍정적인 반응을 보였고, 일본인들에게 은밀한 지원을 해 주라는 지시가 그의 현지 공작 부서에 전달되어 왔다. 오늘 새벽의 활극은 그러한 중장기적인 공작 활동의 결과물이기도 했다.

더군다나, 문제의 공작선이 핵폭탄 관련 부품을 밀수하고 있을지도 모른다는 첩보가 NSA(미 국가안보국), NRO(미 국가정찰국), DIA(미 국방정보국)를 통해 입수되었기 때문에 미국의 입장에서도 반드시 나포하거나 최악의 경우, 격침시켜야 하는 상황이었다. 일본인들의 입장에서는 이번 사건과 관련하여 후폭풍을 걱정하겠지만 미국 정부는 공작선의 격침은 안도의 한숨을 쉬는 분위기였다.

"존, 공작선의 위치를 찾으면 바로 들어가려나 봅니다."

호킨스 대위가 쌍안경에서 눈을 떼지 않고 말했다. 그가 방금 확인한 것은 바지선 위쪽에서 심해 잠수를 준비하는 전문 잠수사들의 모습이었다. 호킨스는 자신 역시, 수중 작전 분야에서 일가견이 있는 씰 대원이지만 그의 눈에 이 정도의 파도, 조류 상황에서 잠수를 준비하는 그들의 모습이 매우 인상적이었다.

곧 이들의 뒤쪽에서 통신 담당 승조원이 외쳐 왔다.

"함장, 잠수정이 공작선의 위치를 확인하고 수색 중입니다. 파고가 더 높아지기 전에 저쪽에서는 바로 잠수부들을 투입했으면 한답니다. 지금 당장!"

해자대와 합동 작전이지만 사안의 민감성으로 인해, 이곳 현장의 최종 결정권자가 되어 버린 요시토 함장의 시선이 전술 디스플레이 화면 쪽을 향했다. 그러자 기상 위성의 실시간 정보를 모니터하던 작전관이 고개를 끄덕이며 말했다.

"5~6시간 후면 이쪽 해역에 강풍과 함께 많은 비가 올 것 같습니다."

이번에는 함장의 시선이 캐플린과 씰 대원들 쪽으로 향했고 캐플린이 일본어로 그에게 말했다.

"기상이 악화되어 인양 기회를 놓치면 공작선 안에 적재된 화물들이 해저 바닥으로 더 넓게 흩어져 버릴 겁니다, 함장님."

함장이 함수 너머의 바지선 쪽을 응시하며 고심에 찬 모습을 보이자, 히로키 부장이 그에게 다가와 귓속말로 말했다.

"함장, 공작선을 격침시킬 수 있는 명분은 그 안에 적재했을 핵탄두 기폭 장치입니다. 그게 확보되지 않으면 아무리 적 공작선의 불법 활동이라도 양국 간의 분쟁의 빌미가 될 수밖에 없습니다. 재고하실 게 아직도 있습니까?"

요시토 함장이 흥분한 히로키 부장을 물끄러미 지켜보자 그가 자신의 태도를 인식한 듯 물러섰다. 그리고 곧 함장이 지시를 내렸다.

"선체의 위치 주변에 위험 요소가 없다면 곧바로 잠수부들을 투입해서 선체와 주변 수색을 시작하시오."

"네, 함장."

원하던 대답을 얻은 부장이 작전관에게 손짓을 했다. 그러자 그가 곧바로 바지선 쪽에게 지시를 전달하기 시작했다. 요시토 함장은 다소 초조한 표정을 지으며 미국인들에게 시선을 보냈다. 그는 마음 한구석에서 왜 자신들이 미국인들에 의해 등이 떠밀려 이런 난장판에 휩쓸렸는지 답답한 심정이 커지는 것을 느꼈다.

2016년 6월 13일 22시 34분 미국, 워싱턴 D.C., 백악관

　미합중국 대통령의 집무실이 있는 웨스트윙(West Wing) 내, 복도의 끝에 있는 회의실은 주로 대통령의 안보 수석 짐 베커(Jim Becker)가 독점했다. 그는 엔틱풍의 인테리어와 가구들로 대통령 집무실 못지않게 잘 꾸며져 있는 이 방에서 미합중국의 국익, 그리고 동맹국의 국익과 관련된 수많은 사건, 상황에 대해서 관련자들에게서 보고를 받고 정리한 다음 대통령의 집무실로 의제를 가져갈 것인지 검토를 해 왔다.

　오늘, 넓은 회의실용 테이블에 자리를 잡고 있는 3명의 실무자들은 CIA 극동 아시아 책임자인 제이크 어윈(Jake irwin)과 토마스 맥닐 국무부 차관보, 그리고 미군의 특수전을 담당한 펜타곤 E링의 연락관 칼 웨스트모어 중령이었다.

　"북한 놈들이 이제 대놓고 도발을 하는군. 미친 녀석들."

　제이크 어윈에게서 넘겨받은 보고서를 쭉 읽고 난 뒤 짐 베커의 입에서 나온 첫마디였다.

　그는 보고서 폴더를 자신의 아이패드 옆에 내려놓은 뒤, 아이패드 화면 속의 CNN 뉴스를 응시했다. 그 뉴스의 동영상은 일본 근해에서 격침된 북한의 공작선 수색 작업 현장을 보여 주고 있었다. 뉴스는 시기적절하게 이들 네 사람의 논의 시점에 방영되고 있는 것이었다.

베커의 좌측에 앉아 있던 맥닐 국무부 차관보는 자신의 스마트폰으로 역시 뉴스를 보고 있었고, 우측에 앉아 있는 제이크 어윈과 웨스트모어 중령은 베커의 분위기를 살피고 있었다.

베커는 아이패드의 음소거 버튼을 터치한 뒤 그의 앞쪽, 좌우에 앉아 있는 관료들을 응시했다. 제이크 어윈이 먼저 입을 열었다.

"일본 쪽은 그들이 건져 낸 것이 '휴대용 핵폭탄 기폭 장치'라는 사실에 엄청난 충격을 받았을 겁니다."

베커는 안경을 벗어 들고 5분 전에 했던 질문을 다시 그에게 했다.

"정말 그 공작선에 기폭 장치가 실려 있었소?"

"그렇습니다, 짐. NSA와 NRO의 인력이 지난 수개월 동안 추적해 온 기폭 장치들이 분명히 그 공작선에 실려 있었습니다. 방금 훑어보셨던 감청 내용과 위성사진들만으로도 의회에서도 증거로 삼을 수 있습니다. 지금쯤이면 일본인들이 그 기폭 장치에 대해서 전 세계의 정보 당국들에게 질문을 하고 있을 겁니다."

베커의 시선이 맥닐 차관보에게 향했다. 그러자 그는 사무적으로 보이는 외모에 어울리는 낮은 목소리로 말했다.

"일단은 DPRK(북한)가 핵무기를 보유하고 있는 시점에서 이 휴대용 기폭 장치를 도입하려는 시도를 매우 엄중하게 경고하고 공표할 수 있습니다. 하지만 잘 아시다시피 거기까지입니다. 아마, 어윈 요원도 지적하겠지만 DPRK가 소형화시킨 휴대용 핵

무기를 보유하고 있다는 증거를 확보할 수 없기 때문에 휴대용 기폭 장치만으로 사안을 부각시킬 수는 없을 듯합니다. 틀림없이 러시아나 중국은 그 사실에서 물러서지 않을 것이며 UN이나 IAEA도 마찬가지입니다. 일단은 조금 더 관망해야 할 듯합니다. 국무부의 의견은 현재 이 정도입니다."

그가 말을 마치기도 전에 베커는 고개를 가로저어 보였다. 그는 말없이 그의 앞에 놓여 있는 문서 폴더와 아이패드 속 뉴스 영상을 내려다봤다. 다른 두 사람도 침묵을 지키며 그의 입만 바라봤다.

그때 어윈의 스마트폰 진동음이 들려오기 시작했다. 어윈은 늘 그랬던 것처럼 국가 안보 사안에 해당되는 경우에는 백악관에 있을 때에도 송수신되는 전화를 가져왔기 때문에 베커의 눈치를 보지 않고 전화를 꺼내 회의실 구석으로 옮겨 갔다.

그는 누군가와 작은 목소리로 통화하기 시작했고 베커와 맥닐은 그의 모습을 지켜봤다.

2~3분 정도 뒤, 통화를 마친 어윈이 다시 테이블 쪽으로 다가왔다. 그는 갑자기 베커의 아이패드를 집어 들고는 아이패드의 음량을 최대치까지 높였다. 뉴스의 내용을 다른 두 사람도 듣게 하려는 의도였다.

베커와 맥닐이 일본 근해의 해상자위대 호위함들을 멀리서 촬영하여 보여 주는 CNN 뉴스 영상을 응시하고 있을 때, 어윈이 다소 흥분한 듯한 톤으로 말했다.

"현장에 있는 우리 요원에게서 보고가 왔습니다. 일본인들이 북한 공작선 안에서 인양한 핵폭탄 기폭 장치의 존재를 최종으로 확인한 뒤, 공식적으로 발표했습니다."

베커는 한쪽 안경테를 두 손가락으로 잡은 채 아이패드 화면을 응시하고 있었고 맥닐은 어원을 빤히 응시하고 있었다. 베커는 잠시 뒤 안경을 벗어 둔 뒤, 자리에 앉지 않고 서 있는 어원을 올려다봤다.

네 사람은 그 뒤로 한참 동안 침묵을 지켰다. 사실상 베커의 다음 의견을 기다리는 분위기였지만 최소한 어원과 웨스트모어 중령은 자신들에게 하달될 다음 지시를 쉽게 유추할 수 있었다.

베커는 곧 그들이 짐작했던 지시를 내렸다.

"제이크. 일단, 핵 기폭 장치의 출처에 대한 추적에 박차를 가해 주시오. 그리고 일본 정부가 북한인들의 추가 도발에 대해 우려를 표한다면, 펜타곤과 논의하여 군사적인 조치 또한 준비해 주시오."

베커가 말을 마치자, 제이크 어원이 웨스트모어 중령을 향해 고개를 끄덕여 보였고 그는 베커에게 이미 세워 놓았던 계획을 확인하고자 물었다.

"소형화된 핵폭탄을 다룰 수 있는 델타포스 1개 팀이 이미 일본으로 이동 중입니다. 그리고 일본에 있는 우리 제1 특수전 그룹 병력들도 이미 비상 상황이 부여됐으니 어떠한 테러 행위에도 언제든 대응이 가능합니다."

그의 설명이 끝나자, 베커의 시선이 다시 어원에게 향했다. 어원의 설명이 뒤따랐다.

"NRO와 NSA의 지원을 받아, 저희 인력도 최선을 다해 기폭 장치 출처를 확보하겠습니다."

베커는 자리에서 일어서며 국무부 차관보에게 시선을 보냈다. 하지만 그는 설명이 아닌 베커에게서 가이드라인을 받아 갈 표 정을 짓고 있었고 베커는 그가 원하는 말을 해 주었다.

"국무부에서는 일단, 일본 정부의 공식 입장에 맞춰서 입장을 표명하는 게 낫지 않겠소? 북한에 대한 강력한 경고와 그 실질 적인 조치에 대해서는 장관님(국무장관)과 함께 조율하시오."

"네, 그렇게 하겠습니다."

맥닐은 자신의 문서 폴더들을 챙기며 대답했다. 조금 뒤, 맥 닐 차관보와 웨스트모어 중령이 방을 나서고 어윈 또한 출입문 을 나서려 할 때 베커가 낮은 목소리로 그를 불러 세웠다.

"제이크!"

어윈은 몸을 빙 돌려 그를 응시했고 베커가 그에게 다가섰다. 그런 뒤, 그만 들을 수 있는 음량으로 말했다.

"만약 핵 기폭 장치의 제작자와 최초 구매자를 찾아낸다면 내 게 가장 먼저 알려 줄 수 있겠소?"

어윈은 자신 또한 25년 동안 CIA에 몸담으며 온갖 은밀한 기 밀과 음모를 접해 왔기 때문에 사악하고 음흉하기로 소문이 난 대통령 안보 수석 베커가 무언가 '다른 생각'을 가지고 있음을 직감했다.

그러나 값비싼 알마니 쥐색 정장에 뿔테 안경을 착용하고 있 는, 아이비리그의 인문학 학자와 같이 보이는 베커의 표정에서는 아무것도 읽을 수 없었다. 어원은 억지로 건조한 미소를 지어 보이며 대답했다.

"네, 그렇게 하겠습니다."

어원이 방을 나서자 베커는 출입문 문턱에서 한 손으로 무거운 나무 문을 잡은 채 복도를 응시했다. 멀어져 가는 세 사람들 너머로 분주히 움직이고 있는 백악관 스텝들의 모습이 보였지만 그의 시선은 그들이 아닌 복도 저쪽의 대통령 집무실 출입문에 고정되어 있었다.

＊　　　＊　　　＊

2016년 6월 17일 10시 15분 북한, 인민무력부 1호 청사 2층, 총참모부 작전국 회의실

공작선의 격침 사건 직후, 북한 정부는 자신들이 밀반입하려던 소형 핵폭탄 기폭 장치의 문제가 일본과 미국에 의해 전 세계에 공개되고 그것과 관련될 파장에 대해서 걱정했었다.

사실, 조선노동당 수뇌부와 북조선인민군의 총참모부의 고민은 미일 정부들 혹은 IAEA의 추궁과 사찰 압력 따위가 아닌 중국 당 지도부의 압력이었다. 아무리 북한과 혈맹, 형제 관계를 내세우는 중국이라도 핵무기와 관련된 일체의 것에 대해서 중국 당 지도부는 비공식적으로 북한을 견제하고 압박을 가하는 상황이었기 때문이었다.

그렇지만 전체적인 상황은 북한의 우려와 완전히 다르게 진행되었다. 일본의 언론을 통해 전 세계에 공개된 소형 핵 기폭 장치의 존재는 그에 못지않은 일본과 중국 사이의 사건으로 인해 예상만큼 큰 파장을 가지고 오지는 않았다.

공작선이 격침되기 이틀 전, 1월 초에 있었던 양국 순시선들의 충돌 사건에 이어 또 한 번의 물리적 충돌 사건이 발생했었다. 이미 양국 간의 물밑 협상의 취소 이후로 더욱더 첨예하게 대립했던 결과 중국과 일본의 군용기들이 충돌 직전까지 대치한 사건이 벌어졌던 것이었다.

설상가상으로 양측 군용기들이 센카쿠 열도 상공에서 공중전을 벌이기 직전 상황까지 가자, 미 해군의 E-2C 조기경보기와 FA-18 전폭기들이 근처 상공에 합류했다. 결국 중국 전투기 편대는 미일 합동 전력의 수적 우세에 위축되어 열도 상공에서 철수했지만 사건의 후폭풍은 거셌다.

미 정부는 미 해군 전폭기들과 조기경보기가 우연찮게 센카쿠 열도 근처를 지나쳤다고 발표했지만, 중국 정부는 미군이 일본의 전투기들을 엄호하기 위해 현장에 나타났다고 난리를 치면서 문제는 미, 일, 중 외교 문제로 부각되고 있었다.

이후에 중국과 일본의 비방전이 거세지면서 갈등의 불씨는 더욱더 고조되어 갔고, 일본인들의 고조된 감정은 점차로 중국보다는 다소 만만한, 북한 공작선 격침 사건으로 옮겨 갔다. 반대로 중국 정부는 핵 기폭 장치에 대해서는 아직 별다른 반응을 보이지 않고 있었다.

일본인들의 북조선 김씨 정권에 대한 비난과 조롱의 수위가 날이 갈수록 거세졌지만 북한의 입장에서는 일본의 도발에 분노하면서도 숨죽인 채 중국의 눈치만을 보고 있는 상황이었다.

"미안하오, 동무들. 많이 늦었소."

조선인민군 총참모부 부총참모장이자 인민군 권력 제3인자인 한성현 중장은 그의 방으로 들어오면서 한마디 던졌다. 한 중장의 등장에 그의 방 안에서 담배를 태우던 몇 사람이 서둘러 담뱃불을 껐다.

한성현은 10개의 소파들이 마주 보고 배치된 공간을 빙 돌아, 자신의 자리로 걸어가는 동안에 그를 기다리고 있던 사람들을 쓱 훑어봤다.

이 자리에는 그와 같은 계급인 부총참모장이자 친중파 실세인 최철규 중장과 총참모부의 작전국 부국장 박재윤 소장, 정찰총국 2국(암살, 폭파, 납치 작전 전담) 국장 김승익 소장, 2국 부국장 림강국 대좌, 노동당의 고위간부 김동직, 정채국이 그를 맞이하고 있었다.

이들은 모두 제1 위원장의 대외 외교와 대외 군사 작전에 대한 결정과 실행에 관여하는 중요 인사들이었지만 한성현 본인도 익히 알고 있듯이 제1 위원장에게 맹목적인 충성만을 맹세한 것이 아니라 친중 세력으로 의심받는 인물들도 뒤섞여 있었다.

한성현이 이윽고 그의 책상 쪽 자리에 앉자, 박재윤 소장이 그에게 문서 폴더들을 넘겨줬다. 그러나 한 중장은 그것들을 넘겨받아 책상 한편에 던져놓고 군복의 재킷 단추 몇 개를 풀었다. 그런 뒤 그를 주시하는 5명을 빤히 응시하며 말했다.

"말해 보시오."

한 중장의 말에 정찰총국 2국 부국장 림강국 대좌가 자리에서 벌떡 일어났다. 그런 뒤 브리핑을 하는 말투로 모두가 알고 있는 상황을 설명했다.

"오늘 현재 이 시각, 일본 정부는 핵 기폭 장치의 성능과 출처를 알아보고 있는 것으로 파악되고 있습니다. 아마 그놈들이 우리 기폭 장치를 인양했다고 공식 보도를 하기 전에 CIA와 함께 출처에 대한 공조 조사를 시작했을 것으로 추측됩니다."

"한성현 동지가 알고 싶은 것은 그것이 아니잖소?"

회의를 주관하지 않아서 주재자가 아닌 참석자 자리에 앉아 있던 최철규 중장이 림강국 대좌에게 버럭 소리쳤다. 그러자 한성현이 괜찮다는 듯 손을 쳐들며 다시 림강국에게 말했다.

"내가 궁금한 것은 일본 측의 반응이 아니라 중국과 미제 놈들의 분위기와 우리가 대비할 것들이오."

그 말에 작전국 부국장인 박재윤 소장이 일어나서 대꾸했다.

"중국 쪽에서는 우리 당 지도부 쪽으로 이번 일에 대해서 상세한 내용을 물어 왔고 그것에 대해 적절하게 답변을 해 주었다고 합니다. 그쪽 동무들 얘기로는 중국도 일본과 센카쿠에서의 충돌이 있고 하니 일본에 압박을 가하는 일이라면 크게 간섭하지 않을 것처럼 보였답니다."

그 말을 들으면서 한성현은 친중파 장성인 최철규에게 시선을 보냈고 최철규는 그 말이 맞다는 듯 고개를 끄덕여 보였다.

"그럼, 미제 놈들은 어때?"

"아마 일본 정부에서 공식 발표를 했으니 미 국무부 간나들도 조만간에 늘 하던 논평을 하지 않겠습니까? 핵 기폭 장치를 밀반입하려 했으니 우리 공화국에게 또 어떤 제재를 가하겠다고 으박지를 게 분명합니다."

박재윤 소장의 대답에 방 안에 있는 인민군 장령, 장교들이 쓴웃음을 지었다. 한성현은 미소를 지우고 시선을 박재윤 맞은 편에 앉아 있는 김승익 소장에게 보냈다.

정찰총국에서 실행되는 굵직굵직한 비밀공작 대부분이 김승익 소장의 머리와 손길을 거쳐 왔고 이번 핵 기폭 장치 밀수 작전 또한 그가 주도했었다. 또한 총참모부의 부총참모장이 되기 이전, 한성현은 정찰국의 공작부대에서 김승익 소장의 직속상관이었기 때문에 그가 지금 어떤 심정인지를 잘 알고 있었다. 그는 김승익에게 다독거리는 듯한 말투로 말했다.

"정찰병 동무들은 어떻소?"

그 말에 김승익이 상념에 잠겨 있는 듯한 모습에서 차렷 자세를 하듯 긴장하는 모습을 보였다. 곧 그가 차분한 목소리로 대답했다.

"주어진 임무에 실패했고 나아가, 공화국에 크나큰 해를 입힌 가책에 정찰병 부대가 모두 의기소침해 있습니다. 다들 당과 인민군 지휘부가 내리는 그 어떤 처벌이라도 받겠다는 분위기입니다."

그 말에 최철규가 또다시 버럭 성질을 냈다.

"정찰총국 동무들은 말을 못 알아듣소? 한성현 동지께서 그런 말을 듣자고 물어본 게 아니잖소? 림 대좌 동무나 김 소장 동무나 죄다 알고도 모르는 척하는 것이오, 아니면 정말로 말귀를 못 알아듣는 것이오? 그런 정신 상태로 최전선의 정찰병 동무들에게 명령을 내리니, 그 동무들이 임무에 실패하는 것이 아니겠소? 전면전이 아닌 평시의 대외 제2 전선 작전을 실행하는 정찰병 동무들은 그 정신 상태가 바짝 날이 선 칼날 같아야 하오. 그렇지 않소?"

그 말에 김승익이 고개를 푹 숙이며 대답했다.

"네, 부총참모장 동지."

한성현 중장은 역정을 낸 최철규 중장에게 원망하는 듯한 눈빛을 만들어 보인 뒤, 김승익에게 한 손을 쳐들어 보이며 말했다.

"내, 동무와 정찰병 동무들을 나무라는 의도로 물어본 것은 아니오. 2국장 동무가 직접 임무 수행 부대의 분위기를 살피고 격려해 주시오. 이번에 격침된 동무들 소속이 어디오?"

"75대대(75정찰대대)입니다."

"쉽지는 않겠지만 2국장 동무나 림강국 동무가 해당 부대의 사기를 직접 챙기도록 당부하오."

"알겠습니다, 부총참모장 동지."

김승익은 그때서야 한성현 중장과 두 눈을 마주치며 대답했다. 그러나 그때 최철규가 다시 끼어들었다.

"2국장 동무!"

"네, 부총참모부장 동지."

"내가 동무라면 말이오. 이 막중한 임무의 실패에 책임을 지고 자총이라도 하겠다고 분해할 텐데. 요즘 정찰국 군관 동무들은 그런 기개도 없고 그런 책임감도 없는 것 같소. 어떻게 생각하시오?"

그 말에 김승익이 처음으로 최철규 중장의 얼굴을 정면으로 응시했다. 그런 뒤, 갑자기 허리춤에서 백두산 권총을 꺼내 회의용 테이블 위에 올려놓았다.

"부총참모부장 동지께서 자총하라 하시면 망설이지 않고 방아쇠를 당기겠습니다."

그 말에 소파에 몸을 깊숙이 앉히고 다리를 꼬고 있던 최철규가 다리를 풀고 허리를 꼿꼿이 세워 앉았다. 회의실 안은 일순간 팽팽한 긴장감이 감돌고 모두가 말없이 최철규 중장과 김승익 소장을 바라봤다.

그들의 모습을 지켜보던 한성현은 자리에서 일어난 뒤, 최철규를 쏘아보면서 김승익의 자리로 다가갔다. 그는 김승익이 꺼내 놓은 권총을 집어 들어 그에게 건네줬다. 그리고 모두에게 차분하게 말했다.

"아마, 이 방 안에서 김승익 동무의 당과 공화국에 대한 충성심을 제대로 알고 있는 사람은 나 한 사람밖에 없을 것이오. 그리고 내가 장담하건대, 누군가 자총을 해야 하는 정황이라도 그 동무가 김승익 동무는 분명히 아니오. 다시는 이 이야기가 언급되지 않으면 좋겠소."

말을 마친 한성현이 최철규를 응시하자, 그가 마지못해 고개를 끄덕이면서 원래처럼 소파 등받이에 몸을 맡기며 앉았다.

한성현이 자기 자리로 돌아와 앉을 때까지 불편한 침묵이 이어지자, 노동당 고위 간부인 김동직이 너스레를 떨면서 말했다.

"그런데 말이야, 동무들. 열도 정부보다도 열도 내 극우 조직의 간나들을 어떻게 손봐 줘야 하는 것 아니야? 그 간나들이 이번 사건으로 우리 공화국과 제1 위원장의 존엄에 도전하는 비방과 조롱을 일삼아, 전 열도를 자극하고 있잖소. 열도 쪽 우리 정보통에 따르면 그 죽일 놈들이 엄청난 자금을 들여서 반공화국 행사를 이어 가면서 열도 내 인민들의 분위기를 고조시킬 것이라 하던데."

그 말에 박재윤 소장이 거들기 시작했다.

"맞습니다. 더욱 심각하게도 이러한 추세가 '유튜브'라는 인터넷 동영상 배포처를 통해서 전 세계를 자극하기 시작하고 있습니다. 아무래도 기폭 장치를 확보한 이후로, 열도 정부 놈들이 이번 사건을 자위대 세력의 전 세계로의 확장을 위해 활용하는 게 분명한 듯합니다. 게다가, 센카쿠 열도에서 우리 혈맹 동지(중국)와의 충돌에 대해 열도 인민들이 우려하고 있으니 우리 사건을 빌미 삼아서 열도 전체에 호전적인 기운을 북돋아 주자는 것이지요. 현재의 정황 분석이 그러합니다."

"그 열도 원숭이들한테는 핵미사일을 한 방 쏴 줘서 뜨거운 맛을 보여 줘야 하는데 말이오."

김동직의 노동당 내 라이벌인 정채국 당 위원이 말하자 그 말에 모두가 웃음을 터뜨렸다. 그러나 두 명의 부총참모장들이 불편한 심기를 보이자 웃음을 짓던 모든 사람들이 다시 표정 관리에 들어갔다.

얼마 전, 조선 중앙 방송의 아나운서 권영란이 제1 위원장의 전연지대 순시 영상에 대해 설명을 마친 뒤, TV에 자신의 모습이 나오지 않는 틈을 타서, 짧은 하품을 했다는 이유만으로 23밀리 대공포로 총살당했었다. 그러한 북한 분위기 속에서 이들 또한 표정 관리가 필요로 한 시점이었다.

그때 잠시 전까지만 해도 태연하게 농담을 했던 정채국이 목에 핏대를 세우고 말했다.

"어쨌든 말이오. 우리 공화국의 존엄도 존엄이지만 제1 위원장 동지의 위엄에 장난을 치는 그런 종자들은 당장에 이 지구상에서 척살을 시켜야 할 것이오. 정찰총국 동무들은 열도에 숨겨 둔 공작원이 꽤 있다고 하던데 그 동무들 몇 명을 동원하여 미쳐 날뛰는 열도 놈들에게 폭탄을 던져 줄 수 없겠소?"

정채국이 말을 마치며, 곁에 앉아 있는 김승익 소장에게 시선을 보냈다. 그러나 김승익은 아무런 반응도 보이지 않고 자신의 차를 마시고 있었다.

군부 인사는 아니지만 인민군 보위부의 반혁명 탐색(쿠데타 감시) 활동에 대놓고 관여하는 정채국 당 위원의 꼴사나운 모습에 한성현 중장이 피식 웃었다.

한성현은 중국 정부와 밀접한 관계를 유지하는 데 일조하던 김동직 쪽으로 시선을 보냈다. 김동직은 정채국과 함께 동일한 당 서열 7위 인물이었지만 그가 골수 친중파임은 아는 사람들은 다 알고 있었다. 심지어 제1 위원장과 그의 측근들조차도 그 점을 잘 알고 있었지만 그를 내치거나 경계하기보다는 중용함으로써 중국과의 은밀한 백 채널을 유지하고 있었다.

뿐만 아니라 그는 친중 성향과 상관없는 군부 내 강경파들과 유연한 관계를 유지하는 데 뛰어났다. 그래서 오늘 이 자리에서는 시끄럽기만 하고 실속은 전혀 없지만 당내 반혁명 분자들의 감시, 견제에 능통한 정채국보다는 김동직이 더욱더 한성현 중장에게 도움을 줄 수 있는 인물이었다.

그만큼 보이지 않는, 강력한 권력과 영향력을 가졌지만 차분하고 겸손한 분위기를 지닌 김동직이 한 중장을 응시하며 말했다.

"현재 중국 쪽은 우리 공작선이 격침된 것에 대해 관심을 거의 두지 못하고 있습니다. 중국 당 지도부도 중국 인민들처럼 센카쿠 열도에서의 일본 놈들의 처사에 격분하고 발을 동동 구르고 있을 뿐입니다."

한성현은 팔짱을 끼고, 팔짱 낀 두 팔을 책상 위에 올려 두면서 반응했다.

"그래도 센카쿠 열도 충돌 사안이 잠잠해지면 언제든 우리 공작선에 핵 기폭 장치가 실려 있었다는 사실이 그쪽 당 지도부에서 논의되지 않겠소? 그렇게 되면 어떻게 대응해야 할지에 대해 우리 당과 군이 고민할 시간이 얼마 없을 수도 있소. 어제 제

1 위원장께서도 그 부분에 대해서 언급하셨는데, 다른 당 수뇌부 동지들도 그렇고 나도 그렇고 그 사안에 대해 미리 대비할 수 있는 역량은 동무밖에 없을 듯하오. 내 그 점을 직접 간곡하게 부탁하고자 오늘 동무를 모셨소."

한 중장의 의도를 파악한 김동직은 고개를 끄덕였다. 김동직의 당내 라이벌인 정채국은 두 사람의 대화에 끼지도 못하고 입을 다물고 그의 모습을 지켜보기만 했다.

한성현은 김동직과 대화를 나눈 뒤, 숨 고르기를 했다. 그는 최철규 중장을 슬쩍 응시한 뒤, 김승익 소장 쪽을 응시했다.

김승익은 사실 한성현과 같은 계급을 가진 중장급이어야 했다. 두 사람은 오래전에 함께 정찰총국 이전의 정찰국 시절부터 중요한 대외 공작 업무를 진행했었고 그 전에는 함께 대남 공작 활동에 몸담기도 했다.

김승익과 한성현은 1970년대에 북한이 구소련과 함께 일본의 북해도를 침공하는 전략을 세웠을 때, 열도에 직접 침투, 게릴라전을 하기 위해 창설되었던 '157특별임무부대'에 하급 정찰 군관으로 소속되어 활동하기도 했고 157부대의 역량을 구소련군 지휘부에 보여 주고자 북해도의 얼음 바다를 통해 해상 침투, 해당 지역 일대의 군사 시설을 정찰해 온 적도 있었다.

그러나 90년대 후반, 북한의 경제난이 시작되는 시점에서 일본을 오가는 공작 활동에서 김승익의 공작조가 실패를 거듭했다. 그는 특히, 미국 달러의 위조화폐 동판을 입수하는 과정에서 미국과 일본 정보기관들의 견제를 받으며 실패했고 그 직후,

계급을 강등당하는 수모까지 겪었다. 그에 비해 한성현은 중국을 거점으로 하는 대남 공작들을 성공적으로 이끌어 옴으로써 현재의 위치까지 이르렀다.

한성현은 김승익의 표정을 살핀 뒤, 그가 감정을 추슬렀음을 확인했다. 그런 뒤 그에게 말했다.

"김승익 동지가 오늘 이 자리를 마무리하고자 하는 것 같은데 하고 싶은 말이 있으면 말하시오. 동무가 말하는 것을 내, 곡해하지 않고 윗분들께 전하겠소."

김승익은 다른 사람들의 눈치를 살피고 나서 한성현 중장을 바라보며 말했다.

"제1 위원장님과 우리 공화국에게 씻을 수 없는 과오를 저지른 점에 대해 저희 정찰병 부대는 이루 말할 수 없이 참담한 심정으로 속죄하고 있습니다. 이번 결과에 대해서 저는 물론 모든 관련자들이 앞으로의 응벌에 대해서 각오하고 있는 심정입니다. 그 외에는 드릴 말씀이 없습니다."

김승익의 말에 한성현은 고개부터 가로저었다. 그런 뒤 검지 손가락을 쳐들며 말했다.

"승익 동무나 다른 정찰조원들을 비난하거나 원망하는 사람들은 없소. 오늘 이 자리에 승익 동무를 불러들인 것은 이 비극적인 결과에 대해서 제1 위원장 동지나 다른 총참모부 지휘부 동지들이 승익 동무로 하여금 정찰병들에게 유감과 격려의 말을 전해 주기를 원해서였소. 더구나 이 사건에 대해서 동무가 머리를 조아릴 필요는 없잖소."

한성현의 말을 누군가 그대로 받아 적어서 읽어 준다면 그의 말처럼 김승익은 위로와 격려를 받고 있는 것으로 생각될 것이었다. 그렇지만 현재 방 안의 분위기 그리고 한성현의 진짜 표정을 보고 그 말을 듣는다면 그의 말대로 이해하고 받아들일 사람은 없는 상황이었다.

한 중장은 그가 말한 내용과 달리, 그의 표정만으로 제1 위원장과 당, 군부 지도부의 불안한 심정을 분명하게 전달하고 있었다.

한성현은 말없이 고개를 끄덕이기만 하는 김승익 소장을 응시하다가 이내 모두에게 시선을 보냈다. 그런 뒤 일장연설을 하려는 듯 팔짱을 낀 채 자리에서 일어났다. 그 모습에 인민군 장령 군복을 입은 자들은 앉은 자리에서 차려 자세를 취했다.

"이번 일로 앞으로 우리 공화국을 통째로 뒤흔들려는 시도가 있을지도 모르겠소. 일본인들이 핵 기폭 장치를 인양해서 이제 우리 공화국이 소형 핵무기를 사용할 거라는 사실이 온 세상에 알려질 것이오. 우리는 그 사실에 대한 일본과 남조선, 미제 놈들뿐만 아니라 우리 혈맹 동지들인 로찌야(러시아)와 중국의 반응에도 대처해야 할 것이 분명하지 않겠소. 이 점에 대해서 제1 위원장 동지께서 동무들에게 각자의 책무를 충실히, 신중하게 수행하도록 주문하셨소. 이를 전문이나 전령을 통해서가 아닌 내 입을 통해서 전달하신 의중을 잘 헤아리도록 하시오."

"네, 부총참모장 동지."

"명심하겠습니다."

그의 말에 박재윤 소장과 림강국 대좌, 김승익 소장, 그리고 두 명의 노동당 위원들이 큰 소리로 대답하거나 고개를 끄덕여 보였다.

한 중장은 그들의 모습에 역시 고개를 끄덕여서 반응했지만 그는 내심 앞으로 벌어질 일들이 굉장히 복잡 미묘하고 위험할 것임을 직감했다. 그는 분명히 이 방 안에 있는 인사 몇 명이 중국과 교감하여 중국이 원하는 쪽으로 이 사안을 이끌려 할 것임을 알고 있었고 또 다른 누군가는 자신들의 입지를 우려하고 그리고 제1 위원장에 대한 반감을 가진 세력과 손잡고 반혁명을 꾸밀지도 모른다고 짐작했다.

북한 군부 내는 야전군의 군관들뿐만 아니라 고위 지휘부 장성들까지 은밀한 파벌을 형성하여 이러한 상황을 이용하려 해왔다. 그리고 제1 위원장의 북한 고위 인사들에 대한 무지막지한 숙청의 결과가 오히려 군부, 당 지도부의 필요 이상의 공포와 두려움을 야기하여 이러한 혼란을 더욱더 가중시켜 왔다.

그 점에 대해서 한성현 중장도 알고 있었지만 그가 할 수 있는 일은 없었다. 제1 위원장의 영도력과 현실적인 정치를 저울대에 올려놓고 보려는 시도만으로도 그는 총살당할 수 있었기 때문이다.

한 중장은 오늘 이 자리를 공작선 격침 사건에 대한 여파를 수습하는 자리라기보다는 이 자리에 함께한 인물들이 이 사건을 어떻게 이용할지 눈치를 보는 것처럼 느꼈다.

*　　　*　　　*

2016년 6월 17일 10시 34분 일본, 도쿄, 신주쿠, 방위성 청사

일본 방위성(국방부)의 방위대신(국방장관) 오사야 타카오는 아베 총리대신의 오른팔이자 뿌리 깊은 일본 극우 보수 세력을 대표하는 제1 정치인들 중 한 명이었다.

그는 아베 정권이 작년 9월 '집단적 자위권 행사'를 핵심으로 하는 안보법안의 의회 통과에 큰 공헌을 함으로써, 과거 전쟁포기 선언을 핵심으로 하는 헌법 9조를 무력화하는 데 앞장섰다.

그리고 타카오는 이제 전 세계 어느 곳에서나 국익을 위해 '전쟁을 할 수 있는 일본군'의 수장이 되어, 거대 야당을 등에 입은 일본의 골수 극우 권력을 행사하고 있었다.

그는 특히 센카쿠 열도와 독도 문제에 대해서 강경하게 대응하겠다고 공식 석상에서 공공연하게 말하며, 주변국들과의 갈등의 소지를 드러내 왔고 그 결과 2번씩이나 중국과 충돌 사건이 발생하는 데 영향을 끼쳤다.

정계에 있는 모든 사람들은 이 방위대신의 강경 기조 행태는 사실상 아베의 지시에 따라 이루지는 거나 마찬가지임을 알고 있었기 때문에 그가 일주일 전, 중국에게 사건에 대해 유감 표명을 하는 것조차도 다 아베의 꼼수를 받아 읽은 거라고 짐작했다.

타카오 스스로도 자신이 결국에 아베의 호전적인 버전의 아바

타라는 비웃음을 알고 있음에도 그는 불편한 내색 따위는 비치지 않고 충실하게 강력한 일본의 군사력 투사 정책을 진행하고자 했다.

하지만 그가 방위대신으로 임명된 뒤에 터진 또 하나의 대형 사건인, 북한 공작선 격침 사건 직후에는 그도 다소 자신의 정책 기조에 대해 부담을 느끼기 시작했다.

특히, 북한 공작선에서 핵 기폭 장치가 인양되었다는 보고와 CIA, 주일미군 사령부의 2차 확인은 그와 방위청 고위 간부들을 충격에 빠뜨렸다.

오늘 이 사안에 대한 5번째 대책 회의에서 그는 여전히 자신과 마찬가지로 충격을 받은 각 자위대, 방위청 실무자들과 머리를 모았다.

"따라서 이 핵 기폭 장치의 출처에 대한 조사가 서방 정보기관과의 협조를 통해 이루어지고 있습니다. 이 조사에는 현재 정보본부와 내각정보조사실이 참여하고 있으며 곧 법무부 쪽에서도 공안조사청 정보 수집망을 동원하여 지원하겠다고 밝혀 왔습니다."

회의실 내 분위기는 통합막료장이 핵 기폭 장치를 거론하는 시점부터 팽팽한 긴장감과 무거운 침묵으로 압도되어 있었다. 그가 보고를 끝마친, 한참 뒤까지도 그 누구도 움직이거나 입을 열지 못했다.

오사야 타카오와 육해공 자위대의 막료장들 그리고 6명의 내각 실무자들과 경찰 쪽 고급 간부까지 모두가 그들에게 주어진 현장 사진 출력물들을 뚫어져라 쳐다보고 있었다.

5분 넘도록 모두가 침묵을 지키며 방위대신의 표정을 살폈다. 결국 타카오가 출력물들을 테이블 위에 내려놓고 그의 좌우에 서로를 마주 보고 앉아 있는 사람들을 훑어봤다. 그는 허탈한 웃음을 만들어 보인 뒤 입을 열었다.

"기어이 올 것이 왔소. 이 북한 놈들이 이제 소형화된 핵무기를 만지작거리기 시작했으니 우리 일본과 한반도의 핵 질서는 완전하게 깨진 거나 진배없소. 이번에는 북한 정부에 항의를 표하고 한동안 목을 조이는 수준의 경제 제재로는 불가능한 상황이 아닙니까? 지금쯤이면 우리 언론도 이 문제를 가지고 온갖 호들갑이란 호들갑은 다 떨어서 모든 국민들이 공포에 떨지도 모르겠소."

그 말에 몇 사람이 긴 한숨을 내쉬었다.

타카오는 그의 좌우 측 가까이에 앉아 있는 육해공 자위대의 수장들에게 시선을 보내며 물었다.

"우리 군은 현재 비상경계 태세를 유지하고 있겠죠?"

그의 질문에 3명의 막료장들이 군기가 바짝 든 목소리로 거의 동시에 대답했다.

"네. 북한의 추가 도발에 대해서 모두가 경계 태세를 유지하고 있습니다."

"네, 그렇습니다."

다음, 그의 시선이 내각의 공보담당관에게 향하며 물었다.

"기폭 장치의 인양에 대해서는 발표 직후, 국내외 반응은 어떻소?"

공보관은 벗어 뒀던 뿔테 안경을 착용한 뒤, 자신의 태블릿 PC를 꺼내 들고 화면을 응시하면서 대답했다.

"국내에서 짐작하실 수 있듯이 국민들이 공분에 가까운 우려를 표현하고 있습니다. SNS에 있는 반응이나 가장 기본적인 여론조사에서도 국민들 대부분의 반응이 북한에 대해 강력한 제재를 가해야 한다는 여론과 우리 자위대도 전술 핵무기와 같은 실질적인 대비책을 세워야 한다는 말이 벌써부터 나오고 있습니다. 그리고 미국 측은 아마도 미리 준비해 뒀던 것을 발표한 것 같습니다. 그쪽 국무부 발표 내용은 북한의 불장난에 대해 국제 사회의 단호한 대처가 필요하고 북한 김씨 정권에 강력한 경고의 메시지를 보내고 있습니다."

공보관은 아이패드 화면 내, 정리된 보고 내용을 읽은 뒤 다시 안경을 벗어 들면서 말을 마쳤다.

이제 방위대신의 시선이 일본 내 북한 조총련과 조총련과 연계된 북한 공작원들을 감시하는 데 주력해 온 내각정보조사실의 간부에게 향했다.

그는 타카오와 눈이 마주치자마자 기다렸다는 듯이 보고를 시작했다.

"조총련 산하 거점들은 아직 잠잠합니다. 조만간에 우리 정부의 제재 조치에 의해서 북한으로 가는 선박들의 발이 묶일 것에 대비하는지 2척의 선박에 대한 출항 준비가 한창일 뿐, 백 채널을 통해서 우리에게 접촉, 해명을 하고자 하는 의지도 없는 듯합니다. 우리 정부의 반응을 보면서 자신들도 대응하려는 의도로 보입니다."

그의 보고를 끝으로 다시 회의실 안에는 정적이 감돌았다.

방위대신은 한참 동안 기폭 장치 사진들을 응시하다가 그의 우측 뒤에 서 있는 보좌관 쪽으로 검지와 중지 손가락을 세워 보였다.

정부 산하 기관의 모든 건물들이 금연임을 잘 알고 있음에도 그는 담배를 요청했고 그의 수행원이 그가 오랫동안 즐겨 태우던 럭키 스트라이크 담배 한 개비를 쥐어 줬다.

타카오는 불이 붙여진 담배 개비를 입에 문 채, 의자를 빙 돌려서 그의 등 뒤, 대형 스크린에 있는 북한 공작선의 인양 현장 사진들을 응시했다. 그의 시선은 핵 기폭 장치 사진에 고정되어 있었다. 그런 그의 모습을 내각과 각 책임 기관들의 실무자들이 말없이 지켜봤다.

타카오는 담배 개비가 절반 정도 남을 때쯤이 돼서야 다시 입을 열었다.

"만반의 대처를 해야 합니다, 여러분. 대북한 활동에 관해서는 각자의 소속 기관, 관할 분야를 떠나서 대처합시다. 중국과의 대립 문제 때문에 시국이 어지러운데, 이번 북한 녀석들의 핵폭탄 기폭 장치 사건까지 터졌으니 국민들의 분노와 혼란이 가중될 게 불을 보듯 뻔합니다."

타카오는 의자를 빙 돌려서 다시 그의 좌우에 앉아 있는 사람들을 응시했다. 그는 모두가 자신을 주목하는지 확인한 후, 담배를 재떨이에 비벼 껐다. 그런 뒤 그의 말이 이어졌다.

"총리께서도 내각이든 해상방위청과 경찰이든, 아니면 자위대든, 이번 사안에 대해서 대처할 때 모두가 합심하여 실수나 빈틈이 없도록 여러분들에게 몇 번이고 당부하도록 지시했습니다. 알겠습니까, 여러분?"

"네!"

"네, 알겠습니다."

그가 말을 마치자, 각 기관의 간부들이 거의 동시에 대답했다. 타카오는 그들의 모습에 고개를 끄덕여 보였지만 가슴속에서 새어 나오는 무거운 한숨은 삼키지 못하고 내쉬었다.

*　　　*　　　*

2016년 6월 18일 02시 15분 일본, 도쿄, 신주쿠, 방위성 청사

사토 켄타로 이좌(중령)는 해상방위청과 해자대가 건져 낸 핵폭탄 기폭 장치에 대한 정보를 수집하고자 그가 접촉할 수 있는 모든 민간 기관과 해외 군정보국 인원들에게 접촉 중이었다.

100평이 넘는 사무실에서 켄타로 이좌 일행 외에도 내각 조사실 소속 정보기관 요원들도 동일한 일에 매달려 있었고 가끔씩 외국인들이 드나들었다.

3개의 컴퓨터 모니터를 살펴보면서 그는 2개의 스마트폰으로 다른 두 사람과 통화 중이었다. 그런 정신없는 그의 책상 앞에 누군가가 도시락을 담는 종이백을 내려놨다. 그는 그의 앞쪽에 도시락을 내려놓은 손을 보고 누가 등 뒤에 서 있는지 알 수 있었지만 통화를 하면서 모니터를 지켜봤다. 그렇게 10여 분 정도가 지나서야 두 사람과의 통화를 마치고 그가 회전의자를 빙 돌려 앉았다.

켄타로의 앞에는 일본에서 대북 정보 수집 임무를 수행하는 CIA 선임 요원 존 캐플린이 있었다. 그는 다른 책상 끝에 엉덩이를 걸치고 테이크아웃 커피를 마시다가 켄타로 이좌가 자신을 주목하자 미소를 지어 보였다. 그는 유창한 일본어로 켄타로에게 물었다.

"어때? 우리가 팁을 준대로였지? 이제는 믿겠는가?"

말을 마치고 캐플린은 그에게 손바닥을 내밀어 보였고 켄타로는 미간을 찡그리면서 지갑에서 100달러짜리 미화 지폐를 꺼내서 그의 손바닥 위에 올려 줬다.

켄타로는 그가 가져온 종이백 안을 살피면서 말했다.

"그러면 팁을 준 김에 이번에도 아는 게 있으면 좀 흘려 봐, 존. 저 기폭 장치, 출처가 어디지? 어느 정도의 위력을 가진 핵폭탄이 존재하는지 기폭 장치로 가늠해 볼 수 있게 뭔가를 더 흘려 보지 않겠나?"

캐플린이 그에게 일본어로 말한 것과 달리, 켄타로 이좌는 유창한 영어로 그에게 말했다. 그런 뒤, 그의 왼편, 통로 건너에 있는 책상에서 러시아어로 다른 누군가와 통화 중인 그의 요원

우에토 유이 일등육위에게 도시락을 흔들어 보였다. 그녀는 알았다는 듯 고개를 끄덕여 보인 뒤 다시 통화에 집중했다.

켄타로는 고급스러운 일회용 도시락을 열어 보자 그 안에 기름진 중국 음식이 있었다. 그걸 보고 켄타로는 한숨을 쉬면서 고개를 내저었고 캐플린은 장난기 가득한 말투로 말했다.

"스시나 장어 덮밥 같은 거를 사 오고 싶은데, 이 시각에 문이 열려 있는 곳이 중국 음식점밖에 없더군. 뱃가죽이 등에 붙게 생겼을 텐데 그거라도 고맙게 먹어 줘야 하지 않아? 종이백 바닥에 버드와이저도 2개 있어. 음식이 식어서 퍽퍽 할 테니 같이 들이켜라구."

켄타로를 종이백 안에서 일회용 젓가락을 꺼내, 도시락 위에 올려 두고는 다시 캐플린에게 시선을 보냈다.

그러자 캐플린은 그의 입에서 무슨 말이 나올지 알고 있다는 듯이 그가 원하는 대답을 다시 일본어로 했다. 두 사람은 늘 그랬듯 각자가 서로의 언어를 사용해 대화를 했다.

"출처는 아직도 몰라. 정말로 모른다고. 우리도 이 기폭 장치의 존재를 알아낸 것은 이 공작선이 출항하기 직전이었어. 그때 공작선과 북한 놈들의 지휘부 사이에 최종 교신에서 갑자기 튀어나온 것을 우리 분석관들이 운 좋게 건져 낸 것이었다고. 자네 쪽이야말로 뭔가 나오면 나에게 바로 알려 줘."

켄타로는 늘 포커페이스를 하고 있는 캐플린이 표정의 변화 없이 태연하게 말하는 모습을 보면서 실눈을 뜨고 고개를 내저어 보였다. 그런 뒤 도시락 안에 매운 양념이 입혀진 돼지고기

튀김을 한 젓가락 입에 넣었다.

그때, 우에토 유이 일위가 그의 곁으로 의자를 끌고 왔다. 그녀는 캐플린을 향해 고개를 슬쩍 숙여 인사했고 캐플린은 한 손을 들어 보이며 답례했다.

유이 일위가 식사를 시작하자, 캐플린은 자신의 등 뒤, 내각 정보조사실 소속 정보 요원들이 분주히 움직이는 것을 잠시 응시했다. 그들 또한 모든 통신 수단을 이용하여 핵 기폭 장치에 대한 정보를 수집하고 있었다. 그들 너머 사무실 한구석, 도청 방지 대책이 보장된 기밀 통신실에서도 여러 명이 위성중계 전화기들을 이용하여 지구 상 다른 곳에 있는 누군가와 은밀한 대화를 나누고 있었다.

캐플린은 그들을 응시하면서 도시락을 먹고 있는 두 명의 자위대 정보 요원들에게 혼잣말을 하듯 말했다.

"저들 좀 봐. 모두가 속삭이듯 비밀스럽게 말을 하는데도 모두들 두 눈은 반짝이고 있군."

"무슨 말이야?"

켄타로 이좌가 음식을 입 안 가득 넣은 채 그의 말에 대꾸해도, 캐플린을 기밀 통신실 쪽을 주시하면서 최면에 걸려 있는 것처럼 말했다. 그러나 그가 한 말은 켄타로와 유이 일위의 젓가락질을 멈추게 했다.

"이번 기폭 장치는 시작에 불과할 거야. 내가 보기에는 조만간 이번보다 훨씬 더 크고 중대한 사건이 터질 것만 같아. 저들을 잘들 보게나. 세계에서 가장 훌륭한 학벌을 가진 자원들이 최고의 훈련과 최신 장비를 가지고 그들의 적에 대해 대비를 하고 있어. 그런데, 그런 저들의 모든 역량을 모은 총합과 변질되고 부패한 마르크스 추종자들의 광기, 중 어느 쪽이 승리할 것 같은가?"

캐플린은 고개를 원위치시켜, 자신 앞에 있는 두 자위대 장교들을 응시하며 자신의 질문에 대한 대답을 직접 했다.

"아프가니스탄에서 이 북한인들과 같은 자들을 본 적이 있어, 사토. 정예의 특수부대원들조차 고산병에 걸리기 쉬운 산속, 깊은 동굴 속에서 벌레와 눈을 먹으면서 6개월이 넘도록 우리와의 전투를 기다렸던 탈레반 놈들, 그때의 전쟁이 그들에게는 잃을 게 없는 전쟁이었듯이 앞으로 또 다른 분쟁이 일어나도 북한인들은 잃을 게 없어. 앞으로 일어날 일이 그러한 양상을 띠게 되지 않을까 싶어."

캐플린이 그 말을 마치자, 켄타로는 젓가락을 도시락 위에 꽂아 놓고 그를 말없이 응시했다.

*　　　*　　　*

2016년 6월 20일 14시 56분 북한, 정찰총국

김승익은 자신의 방 창가에 선 채 거의 한 시간 넘게 깊은 상념에 잠겨 있었다. 그는 어떻게든 이번 공작선 격침 사건을 만회할 대안책을 수립해야 했지만 잃어버린 핵 기폭 장치의 확보

방법과 그것의 안전한 북한 내 반입은 이제 미국이나 일본과 같은 국제사회의 견제로 인해서 결코 쉽지 않을 것이 분명했다. 따라서 그는 이번 사건을 만회할 수 있는 방법이 당장 마련되기는 불가능할 거라 생각했다.

그는 군부와 당 내부에서 이번 사안을 정치적으로 이용하려는 자들이 있음을 잘 알고 있었다. 정찰총국 내에서, 그에게 은밀하게 다른 이들에 대해서 경고를 해 주는 우군도 있었고 대놓고 그에게 정찰총국 대외 작전 권한을 양보하라 압박하는 적군도 있었다.

그렇지만 정작 제1 위원장과 군부, 당의 측근들은 사건이 일어난 지 며칠이 지나도록 그에게 말이 없었다. 김승익과 이번 기폭 장치 은닉 작전에 참여한 정찰총국 군관들의 군복을 벗겨서 총살하거나 수용소에 보낼 자들은 아직도 입을 다물고 그 모습조차도 보이지 않는 상황이었다.

그는 생각할수록 한숨만 나왔지만 그럼에도 2차 작전을 수립해야 하는 상황이기도 했다. 갑자기 제1 위원장이나 그의 측근에게 호출되어 가, 그들이 새로운 방안을 요구하고 있는데 무조건 작전 참가자들이 이번 실책에 대해 죽음으로써 처벌받겠다고 머리만 조아릴 수는 없었기 때문이었다.

김승익은 야전의 정찰병들이 입는 얼룩무늬 신형 전투복을 입은 채로, 그의 방이 있는 2층 창가에서 대외작전부 건물로 이어지는 포장도로와 그 주변의 잔디와 정원을 내려다보고 있었다. 말이 잔디와 정원이지, 화학 비료나 사람의 관리 따위는 진즉에

끊긴 그 지대는 메마른 들판처럼 보였다.

그는 드문드문 큰 구멍이 나 있는 낡은 아스팔트 도로 위로 지프와 승용차가 나타날 때마다 두 눈을 크게 뜨고 주시했다. 늘 그랬듯, 그를 호출하고자 제1 위원장 쪽에서 직접 차량을 보내왔는지를 확인하기 위해서였다.

그렇게 긴장되고도 무료한 시간에 김승익이 시간 감각을 잃어갈 때쯤 별안간 누군가 그의 방문을 다급하게 두들겼다. 그리고 김승익이 대꾸도 하기 전에 출입문이 열리고 그의 부관 김기환 소좌가 달려들어 왔다.

"2국장 동지, 이것 좀 보십시오."

그는 작전부 전체에서 애용하는 중국산 랩톱컴퓨터 한 대를 들고 와서 김승익의 책상 위에 올려놓았다. 무선 인터넷을 통해서 실시간으로 전송되고 있는 동영상은 일본의 후지TV 뉴스 생방송이었다.

"이게 뭐야?"

뉴스의 생중계 화면 안에는 일본 오사카 항구를 막 떠나고 있는 중형 화물선이 한 척 있었는데 그 선박의 갑판 한가운데에서 노란 화염과 까만 연기가 치솟고 있었다. 김승익은 화물선의 마스트에 북조선의 인공기가 걸려 있는 것을 본 순간, 화물선의 측면을 주시했다. 선박의 선수 좌측에 뭉개져 보이는 글자는 '해당화 7호'였다.

그걸 확인한 김승익은 자기 의자에 털썩 앉았다. 불이 붙은 채 이동 중인 선박은 유럽에서 제1 위원장의 각종 생필품들을 조달하는 대형 공작선이었다. 노동당 공작소와 호위사령부, 보위사령부 등 여러 책임 기관들이 운영하는 조달선의 컨테이너가 불타고 있다면 사실상의 테러 행위가 있다고 그는 단정했다. 그의 짐작을 증명이라도 해 주듯이 김기환 소좌가 곁에서 설명해 줬다.

"오늘 오전에 열도의 극우 단체 놈들이 오래전 일본 제국 군복을 입고 오사카 항구 근처에서 우리 북조선에 대한 항의, 규탄 시위 같은 것을 했습니다. 그런데, 그놈들이 해당화 7호가 출항하는 것을 기다렸다가 항구 위쪽에서 화염병 대여섯 개를 투척했고 그것들 중 몇 개가 컨테이너들 쪽에 떨어진 모양입니다. 지금 저 선박의 동무들이 화재를 진압하려고 하는데 화재 발생 즉시 항구 내 소방 선박을 요청했지만 아무도 도와주지 않는다고 합니다."

김승익은 자신의 스마트폰을 꺼내, 노동당의 대외공작소 책임자인 정대영에게 전화를 걸었다. 발신음이 몇 번 울리지 않고 그의 목소리가 들려왔다. 김승익은 인사를 생략하고 그의 오랜 라이벌이었던 노동당 공작원 출신의 간부인 그에게 물었다.

"대영 동지, 저 불타고 있는 컨테이너 안에 뭐가 들어 있소?"

그는 짧은 한숨을 쉰 뒤에 대답했다.

"저 안에 제1 위원장 동지의 방탄 승용차가 들어 있소. 이거, 어떻게 이런 일이 벌어지는 건지. 해당화 7호에 우리 경보병들이나 정찰병들이 중기관총을 가지고 경계를 했어야 했던 게요? 기가 막혀서."

"항구 내에 소방 지원이 가능하지 않소?"

"함교에 있는 동무들 말로는, 수차례 화재 진압 요청을 했는데 일본 놈들이 소방선을 보내 주지 않는 것 같다 하오. 결국에는 항구 지원 시설 놈들이 화염병을 투척한 놈들과 한통속이지 뭐가 다르겠소. 이 불이 다른 컨테이너까지 번지면 정찰총국 동무들이 요청했던 컴퓨터 서버들도 모두 날아가게 생겼소."

"알겠소, 대영 동지."

"정황 파악을 하는 대로 다시 연락하리라, 승익 동지."

김승익은 스마트폰을 든 채, 더욱더 격렬해져 가는 불길뿐만 아니라 불꽃이 옮겨 붙어서 마스트의 인공기까지 까만 연기를 내면서 타는 광경에 고개를 가로저었다. 그런 그의 속내를 알고 있다는 듯이 김기환 소좌가 작은 목소리로 그의 곁에서 말했다.

"부장 동지, 아무래도 정말로 큰일이 한번 일어날 것 같습니다."

김승익은 말없이, 깍지 낀 양 손가락들 위에 턱을 올려놓고 랩톱컴퓨터 화면을 말없이 주시했다.

*   *   *

2016년 7월 5일 10시 23분 북한, 인민무력부 총참모부 1호 청사

김승익 소장은 오사카 항만 지역에서 전소된 해당화 7호의 사건이 일어난 뒤에 2주일 이상을 바늘방석에 앉아 있는 심정으로 하루하루를 보냈다. 그는 처음에는 핵 기폭 장치의 밀수를 실패한 책임 때문에 전전긍긍했지만 이후에 총참모부와 정찰총국 지휘부에서 간간이 들려오는 미묘한 기류를 파악하면서 혼란에 빠졌다.

제1 위원장과 당, 군 최고 회의 구성원들은 해당화 7호가 전소될 때까지 아무런 조치를 취하지 않았던 일본 정부에 크게 분노한 상태에서 사건 이틀째, 사건에 대한 유감 표명은커녕 해당화 7호조차도 특정 물질(마약)의 마약 밀수선으로 몰아가고 있는 그들의 반응에 격노했다.

그리고 일본에 대해 모종의 보복 행동을 취하자는 결의가 제기되었다는 풍문을 들었던 시점에 김승익은 은밀하게 총참모부의 부총참모장 한성현 중장에 의해 호출되었다.

김승익은 자신의 승용차 안에서 총참모부로 향하는 내내, 군부 서열 3위인 한성현 중장이 자신이 소속된 정찰총국의 지휘부를 건너뛰어 자신을 직접 독대하겠다는 사실에 대해서 여러 생각을 해 봤다.

운전대를 잡고 있는 김기환 소좌 소좌는 그런 김승익의 모습을 미러를 통해 힐끔힐끔 쳐다봤고 김승익은 그 모습을 굳이 쳐다보지 않아도 알고 있었다.

"기환 동무, 나한테 말하고 싶은 것이 있소?"

"아닙니다. 죄송합니다, 국장 동지."

김승익은 다시 을씨년스럽게 보이는 도심 거리 쪽으로 시선을 보내며 생각을 이어 가려 했다. 그러나 곧 김기환 소좌가 헛기침을 몇 번 하면서 그의 시선을 불러들였다. 그런 뒤 뭔가 결심한 듯 말했다.

"국장 동지."

"응~"

"총참모부에 제 정찰 군관학교 동기들이 있습니다. 그 동무들 말로는 지금 총참모부 내 분위기가 마치 전쟁 시작 직전의 분위기라고 합니다. 제가 연락하기 전에 그 동무들이 무슨 일인지 제게 물어와 보면서 알게 됐습니다. 제가 국장 동지를 모시고 출발하기 직전에 있었던 일입니다."

김승익은 두 귀는 그에게 열어 두고 시선은 차창 밖 거리 쪽에 두고 있었다.

"무슨 일인지 여쭤 봐도 되겠습니까, 국장 동지?"

김승익은 짧은 한숨을 내쉰 뒤, 대답했다.

"내가 기환 동무와 내내 같이 이 승용차 안에 타고 있었는데 뭘 알겠소? 걱정 마시오."

김기환은 그의 반응을 살핀 뒤 입을 다물었다. 그리고 잠시 뒤, 이들의 차량이 수 킬로미터의 지하 벙커와 지하 이동로를 가지고 있을 총참모부 지역에 진입했다.

김승익이 총참모부 1호 청사 안에 들어왔을 때, 그는 한성현 중장의 수행 군관들에 의해 그의 3층 방이 아닌 지하 벙커로 안내되었다. 그는 한성현 중장에게 가는 동안 수십 명의 총참모부 인원들이 철갑모(방탄 헬멧)와 총기만 휴대하지 않았지 완전히 전쟁 상황에서 활동하는 것처럼 분주하게 움직이는 것을 알아차렸다.

김승익은 그와 함께 엘리베이터 탑승했던, 그가 평소에 안면이 있었던 정보와 작전 쪽 핵심 인원들이 매우 분주하게 움직이고 있었고 은밀하게 거래하고 있는 러시아 쪽 정찰 위성의 분석 사진들을 챙겨 들고 있는 것을 알아차렸다.

그들은 지하 3층과 4층의 핵심 부서 구획에서 내렸고 이윽고 엘리베이터 안에는 김승익과 그를 수행하는 2명의 총참모부 군관들만 남게 되었다.

그가 미군의 벙커 버스터(벙커 파괴 폭탄)가 도달하지 않도록 만반의 대비가 된 지하 5층 벙커에 도착하자 엘리베이터 출입문이 열렸다. 수행 군관들이 앞서 엘리베이터에서 내렸고 김승익은 그들을 따라 복도 가장 안쪽에 있는 총참모부의 기밀회의실에 도착했다.

김승익이 기밀회의실의 두꺼운 철문 앞에 서자 수행 군관들이 출입문을 양쪽에서 열어 줬다. 그가 회의실로 들어가자 30여 명의 군, 당 지휘부 구성원들을 수용할 수 있는 회의실 안에 한성현 중장 혼자서 그를 맞이했다.

"어서 오시오, 승익 동지."

한성현 중장은 자신의 자리에서 제1 위원장의 자리를 응시하다가 벌떡 일어났다. 김승익은 그의 모습에 멋쩍게 웃으면서 그에게 다가갔다.

"일없습니다(괜찮습니다)."

한성현은 김승익에게 자신의 자리 앞쪽, 군부 서열 2위인 총참모장이 앉는 자리에 김승익을 앉혔다. 자신이 앉을 자리가 아니라는 점 때문에 불편해하는 노병 김승익의 모습에 한성현은 짓궂은 미소를 지으면서 자신의 자리에 앉았다. 두 사람은 왼편에 제1 위원장의 자리를 두고 서로 마주 보고 앉아 있는 상태였다. 한성현은 다시 제1 위원장의 비어 있는 자리를 응시하면서 말했다.

"언젠가 동무도 지금 그 자리에 앉을 날이 올지 모르겠소."

김승익은 조심스럽게 그의 눈치를 보며 대꾸했다.

"그게 무슨 말씀입니까?"

"이번 임무만 잘 수행한다면 승익 동무도 우리 공화국의 운명을 좌지우지할 수 있는 그 자리나 아니면 내 자리에 앉을 수 있다는 말이오."

그 말에 김승익이 생각에 빠진 듯한 표정을 짓자 한성현은 그 모습을 말없이 지켜봤다. 그가 테이블 위에 두었던 시선을 한성현에게 보내자 한 중장이 조심스럽게 입을 열었다.

"승익 동무, 우리가 소싯적에 열도 놈들의 해안포 기지를 정찰했던 생각나시오?"

그 말에 김승익이 의자 등받이 쪽으로 몸을 기울이며 미소를 지었고 한성현은 미소를 지으며 말을 이어 갔다.

"그때, 동무와 내가 그 추운 북해도의 바닷물에 불알이 쪼그라드는 듯한 고통을 인내하면서 열도 놈들의 해안 방어 시설을 정찰했을 때 있잖소?"

"기억납니다. 부총참모장 동지."

김승익은 30여 년 전, 추억을 떠올리는 듯한 표정을 지으며 한성현과 미소를 교환했다. 김승익은 오래간만에 한성현과의 특별한 관계를 다시 느끼면서 웃음을 지으며 말했다.

"그때 동지와 10시간 넘게 얼음물 같은 북해도 해상에 떠 있을 때가 종종 꿈속에서 떠오릅니다. 지독하게 차가운 바닷물 때문에 몸속에 신경이란 모든 신경이 마비가 되어 가고 유일하게 온기가 있는 곳이 바로 내 심장이라는 것을 느낄 정도였습니다. 동지께서도 그러셨습니까?"

한성현은 담배 개비를 꺼내 물면서 고개를 끄덕였다. 그리고 담배에 불을 붙이면서 김승익에게 자신이 할 말이 있다는 듯 검지 손가락을 쳐들어 그를 제지했다. 불을 붙이고 담배를 한 모금 빨아 내뱉은 뒤 한성현이 참았던 말을 급히 했다.

"내가 이제서 하는 말이오만, 사실 나는 그때 우리가 로찌야 (러시아) 해군 잠수정에 의해 구출될 거라고는 단 1%로 기대하지 않았소. 나는 절망적인 순간에 권총으로 자총하려고 했소. 동무 같은 훌륭한 군인 앞에서 하기는 부끄러운 말이지만 나는 정말 자총할 생각도 가졌단 말이오. 그런데, 그때에 승익 동무는 어떻게든 살아남을 거라는 생각이 들었소. 몸은 축 처져 가고 얼굴에서 생기를 잃어 가는 동안에도 동무의 눈에는 삶에 대한 강한 의지가 있다고 생각되었소."

김승익은 그의 말에 고개를 가로저으면서 대답했다.

"아닙니다, 부총참모장 동지. 사실은 저도 똑같은 생각을 했습니다. 제 몸에 기력이 모두 동나서 권총을 꺼내 들 상황이 되기 전에 제가 메고 있던 카메라 가방을 동지의 목에 걸어 두고 자총할 생각을 했습니다. 동지와 제가 이 사실을 30년 만에 알게 되었습니다."

그 말에 한성현이 놀라움에 두 눈썹을 치켜세운 뒤 큰 소리로 웃었다.

두 사람은 잠시 동안 미소를 입가에 담았다. 그리고 곧 한성현이 표정을 정리했고 김승익은 눈치껏 허리와 등을 세워 자세를 바로 했다.

한성현 중장은 담배를 한 모금 빨아 연기를 뱉어 낸 뒤, 김승익에게 손짓을 해 보였다. 김승익은 그때서야 자신의 두 팔을 올려 둔 테이블 위에 커다란 봉투가 있음을 알아차렸다. 그가 봉투를 집어 들 때, 한성현이 말했다.

"승익 동지, 그 봉투 안에는 총참모부와 조선노동당 지휘부의 명령서가 있소. 그리고 지휘부 동지들은 동무가 그 자리에 앉아서 그 명령서를 읽기를 바랐소."

김승익은 명령서를 꺼내 차근히 읽어 갔는데 곧 그의 표정이 호기심에서 놀라움으로 바뀌어 갔다. 그는 명령서를 한 번 더 읽고 나서 한성현에게 시선을 보냈고 그가 김승익에게 말했다.

"승익 동지. 다시 한 번 북해도의 그 바다에서처럼 우리가 자총을 각오해야 할 임무가 제1 위원장 동지에 의해 하달되었소. 이게 한직으로 몰려나게 될 우리에게 기회가 될지 독약 캡슐이 될지는 모르겠소. 다만 한 가지 분명한 것은 이 임무에 대한 적임자는 동무와 동무의 정찰병 동무들밖에 없다는 것이오."

　김승익은 한성현 중장을 뚫어져라 응시한 뒤 다시 명령서를 읽었다. 한 중장은 그의 모습을 조용히 지켜보기만 했다.

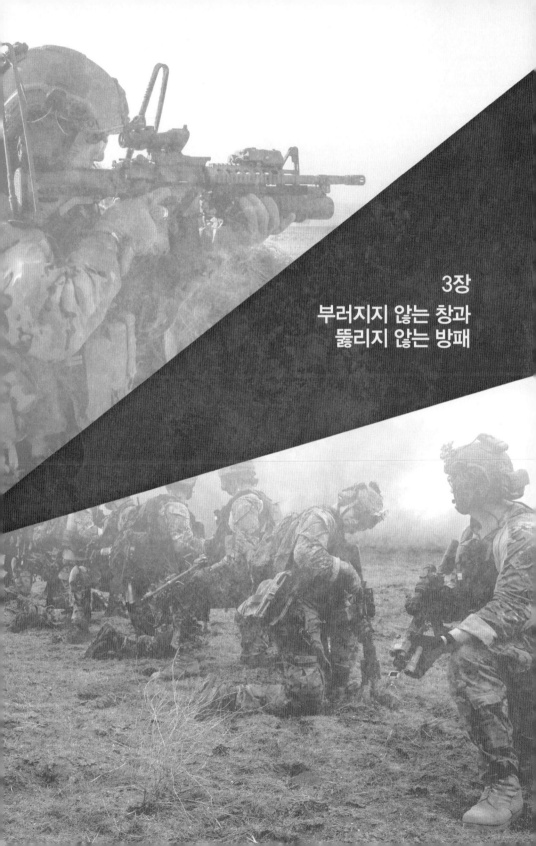

3장
부러지지 않는 창과
뚫리지 않는 방패

2016년 7월 11일 02시 34분 동남 아시아, 말라카 해협 상공

시속 200킬로미터가 넘는 속도로 5천 미터 아래에 있는 바다를 향해 떨어지는 동안 전장형은 잠깐씩 그의 의식이 흐트러지려 하는 것을 감지했다. 그럴수록 그는 산소마스크 안에서 큰 숨을 들이쉬고 내쉬며 아랫배에 잉여의 힘을 보내 줬다.

그의 강하 헬멧에 장착된 야간 투시경을 통해 보이는 먼 아래쪽 해수면은 물고기의 비늘처럼 보일 뿐 그에게 전혀 입체감이 없었다. 그리고 그런 느낌은 전장형 대위가 엄청난 속도로 중력에 이끌려 추락 중이라는 사실을 인지하는 데 도움은커녕 방해만 될 뿐이었다.

이윽고 고도 5천 미터 이하의 고도로 내려오자 그는 C-130 기에서 뛰어내린 이후 내내 취해 온 개구리 자세에서 양팔을 좌우로 흔들기 시작했다. 그의 좌우 십수 미터 거리에서 함께 프리폴 중이었던 6명의 707부대원들에게 낙하산 개방 신호를 보내는 것이었다.

"퍽~! 퍽!"

전장형은 그의 등 뒤에서 주 낙하산이 드래그 슈트에 의해서 끌려 나가는 것을 느꼈고 곧 낙하산이 직사각형의 형체로 펼쳐지면서 강력한 반동에 허공 위쪽으로 끌려 올라가는 충격을 받았다.

늘 그랬듯, 낙하산 개방 충격이 그의 머리를 통째로 뒤흔들었고 아주 잠깐 동안 현기증이 찾아왔다가 이내 사라졌다. 전장형은 낙하산 조정 줄을 아래쪽으로 힘껏 당겼다가 놔줬다. 그러한 조치로 낙하산 전체가 크게 들썩이면서 모든 기공들이 펴졌다.

그는 자신의 낙하산을 한번 올려다본 뒤에 주변 상공을 천천히 살폈다. 7개의 낙하산들이 약간의 고도 차이를 두고 모두 펴진 상태였다.

"전 대원, 개방 보고!"

그의 지시에 따라 낙하산 전개 후, 북서쪽으로 10킬로미터 정도의 활공을 위한 특전대원들의 보고가 이어졌다.

"2번 이상 무…… 6번 이상 무!"

"7번 이상 무! 전 대원 이상 무!"

늘, 강하 대형의 맨 뒤쪽, 가장 높은 고도에 떠 있는 이종진 준위의 보고에 전장형은 산소마스크 속에서 짧은 안도의 한숨을 쉬었다.

강하자들이 전장형에게 보고를 하는 동안, 그를 선두에 두고 7명의 강하자들이 약간씩 다른 고도에서 1열로 활공 대형을 형성했다.

달빛이 30% 정도밖에 되지 않는 어둠 속에서 707부대원들은 완벽에 가까운 활공 대형을 만들었다.

전장형은 어깨 너머로 고개를 돌려 200여 미터 후방, 80여 미터 위쪽, 대형의 가장 뒤쪽에서 그를 뒤따라오는 이종진 준위의 강하 헬멧 위에 부착된 적외선 스트로브가 깜박이는 것을 확인했다.

전장형은 가슴팍에 고정해 둔 GPS 액정 화면을 통해 강하자들의 위치와 활공 방향을 최종 확인한 뒤, 낙하산을 북서쪽으로 조정했다. 그러자 GPS의 7인치 액정 화면에서 디지털 나침반의 화살표가 그가 낙하산을 조향하는 북서쪽으로 움직였다. 동시에 이들의 이동하는 방향을 나타내는 화살표가 미리 표시되어 있는 목표 지점, 광복호를 향해 일직선으로 이어졌다.

"1번 이상 무! 전 대원, 활공 대형을 최대한 유지하라! 목표 지점까지 10.4킬로미터 남았다."

때마침 남동쪽에서 불어오는 바람이 707부대원들의 낙하산을 시속 50킬로미터에 가까운 속도를 내도록 뒤에서 밀어 주기 시작했다. 이들이 원했던 상황이었다.

전장형은 말라카 해협의 까만 밤바다를 내려다보며 두어 번 심호흡을 했다. 이제 말라카 해협의 해적 십수 명에게 납치된 대한민국 국적 중형 어선에 대한 구출 작전이 시작된 것이었다.

707부대원들은 납치된 상태에서 연료가 떨어져 정박 중인 중형 어업선 광복호를 2킬로미터 정도 앞두고 바다 위에 착수했다. 그런 뒤, 각 대원들이 휴대한 방수 가방에서 MP5A5, MP5SD6, SCAR-L, MP9과 같은 각자의 개인화기를 챙겨 2킬로미터의 거리를 헤엄쳐 이제 광복호를 눈앞에 두고 있었다.

전장형은 2명의 대원들과 함께 선박의 좌측, 부중대장 이종진 준위는 나머지 3명의 대원들과 함께 선박의 우측으로 침투, 각자의 약정된 구획에 대해 구출 작전을 펼칠 예정이었다.

광복호는 선박 내 작업등을 모두 켜 놓은 상태로 디젤 연료를 가지러 간 해적의 모선을 기다리고 있었다. 이러한 강력한 조명은 선체 갑판 몇 곳에 있는 감시병들이 광복호의 지근거리만 관측할 수 있게 해놓았기 때문에 전장형은 애초에 낙하산 착수 지점을 더 가까이할 걸 그랬다는 생각까지 하게 만들었다.

7명의 특전대원들이 소리 없이 총기를 전방 지향 상태로 수영해 갔고 곧 광복호의 선체를 10여 미터 미만의 거리에 앞두게 됐다.

선박 자체 조명이 강했기 때문에, 이들은 모두 야간 투시경의 몸체를 눈가 위로 올려놓고 육안으로 움직이고 있었다.

전장형과 신영화 상사는 소음기가 장착된 USP 택티컬 권총과 MP9 기관단총을, 함께 움직이는 강정훈 중사는 역시 소음기가 장착된 MP9 기관단총을 선체 난간 쪽으로 겨누고 있었다.

이 시점에는 선체 반대편에서도 이종진 준위가 이끄는 3명의 대원들이 선체 등반을 하고 있었다. 각 조는 두루마리 휴지처럼 말아져 있다가 침투 시, 펼쳐서 사용할 수 있는 휴대용 사다리가 있었지만 광복호의 선체 외부, 곳곳에는 맨손으로 선체 등반을 가능하게 해 주는 작은 사다리 통로들이 설치되어 있었다.

707부대원들은 지금 이 사다리 통로를 이용하여 미끄러운 선체를 오르고 있었다. 신영화 상사가 수면 위에서 엄호하는 가운데, 이윽고 전장형은 강정훈과 차례로 닻의 고정 줄인 굵은 체인을 잡고 오르기 시작했다.

전장형은 체인의 구멍과 구멍 속에 발끝, 손끝을 겨우 쑤셔 넣어 올랐고 약간의 거리를 두고 강정훈 중사가 뒤따랐다.

전장형은 좁은 구멍들 안에 발끝과 손끝을 쑤셔 넣을 때마다 물기 때문에 미끄러질 것 같은 느낌을 받았다. 때문에 그는 체인 등반에 온 신경을 집중시키고 올라가고 있었는데 갑자기 아래쪽에서 경계 중인 신영화 상사가 성대 쪽에 고정된 마이크에 작은 헛기침을 했다.

전장형은 머리 위로 2미터쯤 광복호의 선수를 둔 채 동작을 멈췄다. 그런 뒤 조심스럽게 고개를 들었고 선수 쪽에 체인이 들락거리는 큰 구멍 쪽에서 사람의 인기척이 들려왔다. 그가 알아들을 수는 없었지만 타갈로그어가 분명한 말소리가 들렸고 담배 연기 냄새가 그의 위치까지 퍼져 왔다.

그 상태로 2분 정도가 지나가자 전장형은 서서히 양손과 발끝이 물기 때문에 미끄러져 가는 것을 느꼈다. 그가 두 손과 두 발 끝에 힘을 더 보태도 미끄러지는 것을 어쩔 수 없는 상황이었다. 서둘러 등반을 재개하든지 아니면 잠시 후 수면 위로 떨어지게 될 상황이었다.

전장형은 어깨 너머로 겨우 고개를 내민 뒤, 아래쪽의 강정훈 중사를 살폈다. 그는 모든 707부대원들과 마찬가지로, 200발의 총탄과 총기, 무전기와 같은 장비를 가진 무거운 몸으로 위태롭게 체인에 매달려 있었다.

신영화 상사는 수면 아래로 몸을 가라앉힌 뒤, 머리 일부와 소음기를 장착한 MP9의 총구만 내놓고 선수 쪽의 해적들을 향해 사격 자세를 유지하는 상태였다. 그는 이미 전장형과 강정훈의 상황을 파악하여 방아쇠를 당기기 직전의 상태였고 자신을 주시하고 있는 전장형의 신호를 기다리고 있었다.

그러나 전장형이 그를 향해 고개를 끄덕여 보이려는 찰나, 무선망에서 선체에 올라와 있는 이종진 준위의 속삭이는 목소리가 들려왔다.

"선수 갑판 지대, 이상 무! 적 이명(2명) 제압!"

전장형이 고개를 들어보자 더 이상 사람의 목소리가 들리지 않았고 선수 쪽에서 사람의 그림자도 어른거리지 않았다. 상황을 파악한 전장형이 체인 등반을 속개했고 그는 순식간에 닻 고정 줄이 통과하는 구멍을 통해 갑판 위로 머리를 들이밀 수 있었다.

전장형이 USP 택티컬 권총을 쳐든 오른손과 머리를 동시에 갑판 위로 들이밀자, 갑판 경계를 담당한 이종진 준위와 정기주 중사가 그를 맞이했다.

두 명의 해적들 모두 이종진 준위의 소음권총에 의해 제압된 상태였다. 전장형은 이종진의 위치를 넘겨받고 그와 정기주 중사를 함교 쪽, 약정된 경계 위치로 보냈다. 잠시 뒤, 선체 아래에서 강정훈 중사와 신영화 상사가 체인을 타고 올라와 전장형 쪽으로 합류했다.

광복호의 갑판은 이제 7명의 특전대원들에 의해 접수된 상황이었다. 선수, 선미 갑판에서 경계 중이던 3명의 해적들이 제압되었고 이제 함교와 갑판층 아래에 있는 구획을 기습, 인질들을 구출할 차례였다.

이러한 해상 대테러 작전은 UDT/SEAL 병력이 전문가였지만 이번 광복호의 구출 작전은 시각을 다투는 이유 때문에 707부대가 투입된 것이었다.

사실 전장형의 707부대 고공지역대 2중대는 필리핀에서 현지 대테러부대와 합동훈련을 한 뒤, 한국으로 철수 준비를 하던 중 광복호의 마지막 구조 요청을 전달받아 투입된 것이었다.

이들의 구출 작전은 말라카 해협의 안전을 책임지던 대한민국, 일본, 미국 군함들로 구성된 태스크포스 'JTF30'에 의해 지원되고 있었는데 통상적인 해상, 해중 침투 작전으로 시작되는 구출 작전은 전장형의 특전 팀의 특기에 맞게 고공 침투 작전으로 변경되어 시작되었다.

해적들에게 피랍된 광복호가 해적들이 우세한 해협으로 진입하기 전에 번개같이 치고 빠져야 하는 상황이 전장형 대위의 특전 팀의 투입을 요구했던 것이었다.

마침내, 전장형 대위와 강 중사가 광복호의 함교 쪽으로 접근했다. 그때에는 다른 중대원들 또한 사주 경계를 유지하면서 함교 구조물의 계단 통로 근처로 몰려들었다.

전장형은 계단 중간 즈음에 서서 검정색 습식 잠수복 차림의 중대원들이 소리 없이 달려오는 것을 지켜봤다. 중대원들이 모두 합류하여 자신이 서 있는 곳 아래쪽 계단과 근처 갑판에 합류하여 자신을 올려다보는 것을 확인하자 그는 손가락으로 오케이를 만들어 그들에게 들어 보였다.

707부대원들은 모두 3개 조로 나누어 인질들이 분산되어 있는 함교, 기관실, 선내 주방 등을 기습, 접수하고 이후 필요에 따라 2차로 선원들의 숙소와 창고를 수색, 확보할 계획이었다.

전장형은 소음기를 장착한 권총으로 사격 자세를 유지한 채 계단을 마저 올라, 2층 함교 근처에 도착했다. 그의 아래쪽에는 강정훈 중사가 MP9기관단총을 쳐들고 뒤따르고 있었으며 같은 시각, 부중대장 이종진 준위가 이끄는 3명의 중대원들은 이들이 향하는 반대 방향으로 계단을 따라 내려갔다.

이종진 일행은 갑판층에서 아래쪽 선내로 향하는 계단 통로를 내려간 뒤, 진입 지점에 도착하자 전장형의 이어폰에 이종진의 속삭이는 소리가 들려왔다.

"2조, 3조 진입 지점 확보!"

전장형은 몇 명의 해적들의 코 고는 소리와 라디오 소리가 들려오는 함교 출입문 안쪽을 주시하면서 심호흡을 했다.

그는 잠시 고개를 들어 별빛이 가득한 밤하늘을 주시했다가 재빨리 함교 출입문 쪽으로 원위치시켰다. 그의 가슴속에서 심장이 터질 듯이 뛰고 있었지만 그의 양손과 두 발은 훈련 전, 워밍업을 끝낸 상태처럼 차분했다.

전장형은 전술 조끼 수납부에서 섬광탄을 꺼내 들은 뒤 그것을 강정훈 중사에게 들이밀었다. 그러자 강 중사가 섬광탄의 안전핀에 손가락을 건 다음 전장형을 바라보며 안전핀을 조심스럽게 뽑아냈다. 그때 전장형은 중대원들의 무선망에 속삭였다.

"전 대원, 약정된 목표로 진입한다. 다섯! 넷! 셋! 둘!"

둘을 세면서 전장형은 섬광탄의 안전 손잡이를 날려 보냈다.

"하나!"

그는 섬광탄을 함교의 출입문 안으로 던져 넣었고, 1초도 되지 않고 엄청난 섬광과 함께 폭발음이 발생했다.

"퍼엉!"

전장형은 권총 사격 자세를 취하면서 함교 안으로 뛰어들어 갔다. 707부대원들을 비롯한 전 세계의 모든 대테러부대원들로 하여금 가장 긴장하게 만드는 출입문 돌파 순간이었다.

"탕! 탕!"

출입문 너머에 무엇이 있는지 걱정하거나 두려워하는 그의 의식과 달리 반복과 숙련으로 완전무장한 그의 본능은 진입과 동시에 그의 눈앞에 나타난 새까만 그림자를 향해 두 발의 총탄을 날려 보냈다.

그러나 그 해적은 두 발의 총탄을 맞고도 쓰러지지 않고 오히려 전장형을 향해 괴성을 지르며 달려들었다. 전장형은 그를 한쪽 어깨로 들이받아서 그대로 넘어뜨렸다. 그런 뒤 그를 향해 다시 2발의 총탄을 발사했지만 그 순간 전장형은 함교 안쪽에 있는 다른 해적들을 향해 총구를 쳐들 수 없는 무방비 상태가 되었다. 그의 바로 앞쪽에서 두 명의 해적들이 들고 있거나 바닥에 떨어뜨린 AK 소총을 집어 들던 찰나였다.

전장형은 당황하지 않고 출입문의 왼편으로 신속하게 비켜섰고 뒤따라 들어온 강정훈 중사가 그들을 향해 MP9 사격을 가했다.

"탕! 탕! 탕! 탕!"

강정훈 중사가 날려 보낸 9밀리 탄들이 허둥대던 두 명의 해적들을 단번에 쓰러뜨렸다.

단 2초 만에 전장형과 강정훈은 함교 안에서 잠을 자고 있던 3명의 해적들을 권총과 기관단총으로 제압했다.

"함교, 이상 무!"

강정훈이 내부를 쭉 훑어본 뒤, 소리쳤다.

전장형은 강정훈이 제압된 해적들을 살피는 것을 엄호하면서 중대 무선망에 귀를 기울였다.

함교에서 총격전이 시작되는 것과 동시에 선내 통로에서 대기 중이던 2조와 3조 또한 각자 구획으로 진입하면서 총성이 들려오기 시작했다.

707부대원들과 해적들 양쪽 모두 총기를 단발 모드로 사용했지만 대테러부대원들이 사용하는 권총탄과 달리 해적들의 7.62밀리 구식 AK 소총탄 총성은 훨씬 더 크게 선내에 울려 퍼졌다.

"함교 이상 확보! 적 삼 명(3명) 사살! 알파(A) 1번이 선내로 합류한다!"

전장형은 강정훈 중사의 어깨를 두들기면서 무선망에 자신의 다음 행동을 공지했다.

강 중사가 그를 향해 엄지손가락을 쳐들자 전장형은 함교 밖으로 뛰어 나온 뒤 계단 통로를 통해 아래층 갑판 레벨로 내려왔다.

그런 뒤, 갑판 전체를 감시 중이던 다른 두 명의 중대원들에게 시선을 보내자, 그들은 전장형을 향해 갑판 전체 구획이 이상 없다는 의미로, 오케이 사인을 만들어 보였다.

전장형은 그 즉시 함교 계단을 내려와 이미 개방되어 있던 출입문을 통해 갑판 아래층 선내로 뛰어들어 갔다.

"알파 1번이 주방으로 내려간다!"

그가 무선망에 자신의 위치를 공지하자 때맞춰 주방을 기습한 대원들의 보고가 뒤따랐다.

"주방 이상 무! 적 삼 명 사살, 인질 오 명(5명) 안전 확보!"

"3조가 주방 구획을 통과, 기관실로 향한다!"

전장형은 보고 내용들을 청취하면서 비좁은 선내 계단 통로를 달려 내려갔다. 갑판 아래층의 공간이 협소했기 때문에 벌써부터 진한 화약 냄새가 그의 콧속에 들어왔다.

전장형이 계단이 끝나고 복도에 진입할 때, 그의 3~4미터 전방, 복도에 쓰러져 있던 동남아인이 그를 보고는 갑자기 꿈틀하더니 몸을 일으켰다. 그의 한 손에는 마카로프 권총이 쥐어져 있었다.

그는 분명, 코너샷(굴절 총기)를 휴대한 707부대원들이 통로 양옆에 있는 4곳의 선실들을 수색하며 지나칠 때, 제압당한 게 분명했지만 어찌 된 영문인지 다시 일어나 전장형에게 권총을 겨누려 했다.

전장형은 멈추지 않고 그를 향해 다가가며 방아쇠를 당겼고 해적 또한 그를 향해 황급히 방아쇠를 당겼다.

급작스러운 격발에 해적이 날려 보내는 권총탄은 통로 천장 쪽으로 날아갔지만 전장형은 그것에 압도되지 않고 정확한 사격을 가했다.

"탕! 탕! 탕! 탕!"

"탕! 탕!"

결국 해적은 가슴과 목에 2발의 권총탄을 얻어맞고 다시 쓰러졌다. 전장형은 그를 넘어가면서 무선망에서 이곳을 앞서 지나간 대원들을 타박했다.

"알파 1번이다. 선실 찰리(3번), 선실 델타(4번) 사이의 통로에서 적 일 명 2차 사살! 최초 제압 후 확인 안 했나? 다들 정신차려, 2중대!"

전장형은 말을 마치는 것과 동시에 통로의 끝에 있는 주방 구획에 도착했다. 주방 안에는 이미 707부대원들의 제압 사격에 쓰러진 2명의 해적들에게서 흘러나온 피가 주방과 입구 바닥에까지 흥건하게 고여 있었다.

전장형은 한국인 2명과 필리핀인 3명을 지키고 있는 신영화 상사와 강영찬 중사를 슬쩍 보면서 지나쳤다. 그런 뒤, 통로에서 우회전하여 기관실로 향하는 계단을 뛰어 내려갔다.

그때까지도 이종진 준위가 이끄는 기관실 기습조는 상황 보고를 해 오지 않았고 대신 완전 자동 모드로 발사되는 AK 소총 총성과 단발 모드로 들려오는 MP5SD6 소음 기관단총 특유의 총성이 들려왔다.

통로의 끝, 아래쪽에 위치한 광복호의 기관실을 앞둔 상황에서 전장형은 한 손으로 성대 마이크를 살짝 감싼 뒤, 함교에서 전체 상황 보고를 기다리고 있을 강정훈 중사와 갑판 경계대원들에게 지시했다.

"알파 1번이다. 기관실에 도착! 갑판 위에 대기하는 전 인원은 함교에서 주변 해상 경계에 만전을 기하기 바람!"

"접수!"

"접수!"

강정훈 중사와 정기주 중사의 대답이 들려오자 전장형은 고개를 몇 번 끄덕인 뒤, 잠시 숨 고르기를 했다. 그런 뒤 다시 발걸음을 재촉하는데 그가 통로 끝 계단 통로에 도착하기도 전에 계단 아래쪽, 바닥과 벽에서 튕겨져 나온 유탄들이 전장형이 막 발을 디디려는 계단 쪽까지 날아왔다.

"텅! 터터텅!"

금속 재질의 벽을 유탄들이 때리면서 페인트 조각들이 그에게 비산하고 페인트가 타는 냄새가 그의 코를 찔렀다.

깜짝 놀란 전장형이 통로 바닥에 엉덩방아를 찧고 자빠지자 그때서야 계단 아래쪽, 기관실 출입구 쪽에서 이종진 준위 일행의 모습이 그의 시야에 들어왔다. 전장형의 모습을 발견한 이종진이 그때서야 무선망에 보고했다.

"주방에서 이곳까지 도주한 적 이 명(2명)을 사살! 현재 기관실을 지키던 적 일 명(1명)이 인질 일 명(1명)을 잡고 대치 중!"

전장형은 이종진 준위와 임태형 중사가 기관실 출입문 근처에 쓰러뜨려 놓은 2명의 해적들을 살핀 뒤 기관실 안으로 진입했다.

"타탕! 탕! 탕! 탕!"

그가 앉은걸음으로 거대한 엔진부 뒤에 엄폐해 있는 중대원들에게 향할 때 기관실 안쪽에서 해적이 그를 향해 AK 소총을 난사했다. 그의 근처에 작렬한 총탄이 2차로 천장 쪽까지 튀어 날아갔다.

"아, 제기!"

전장형이 그의 귓가에 들리는 유탄 비행음 때문에 한마디 내뱉자, 엔진을 등지고 앉아 그를 지켜보던 이종진이 피식 웃었다.

타갈로그어로 고래고래 소리를 지르면서 필리핀인 해적은 선박 엔진부의 가장 안쪽에 몸을 숨긴 채 AK 소총을 난사할 때만 모습을 잠깐씩 드러냈다.

그런 그의 발밑에는 인질 한 명이 엎드려 있었는데 707부대 원들은 자신들이 발사한 총탄이 금속 재질의 바닥과 벽에서 튕겨, 2차로 인질에게 날아들 것을 우려하여 더 이상 사격을 하지 못하는 상황이었다.

전장형이 이종진 준위 곁에 도착하자 디젤 엔진에서 새어 나오는 진한 경유 냄새가 그를 맞이했다.

그는 디젤 엔진과 발전기, 선박 내외부의 전력 콘솔 구획을 차례차례 둘러보면서 자신의 뺨에 튀어 있는 해적의 피를 닦았다. 그런 뒤 이종진에게 물었다.

"저놈, 한 번에 못 잡아요?"

"여기서는 사격 앵글이 안 나옵니다. 저놈 새끼, 발밑에 있는 우리 기관사를 깔고 앉은 자세로 쏴대고 있습니다."

전장형은 엄폐하고 있는 엔진 너머로 고개를 살짝 내밀었다가 다시 들여왔다. 그 즉시, 해적은 전장형 쪽으로 또다시 사격을 가했다.

"탕!"

전장형은 이종진을 응시했지만 그는 태연하게 무언가를 기다리는 표정을 짓고 있었다. 다급해진 그가 이종진 준위에게 머리를 들이밀며 대체 뭐 하고 있냐는 질문을 표정으로 했다.

그러자 이종진은 자신의 우측, 기관실 내벽 쪽을 손가락으로 가리켰다. 엔진과 내벽 사이의 틈은 사람이 몸을 구겨 넣듯이 해야 겨우 들어갈 수 있었는데, 그 틈으로 임태형 중사가 코너 샷을 가지고 들어가 있었다. 그는 비좁은 틈새로 말없이 끙끙대면서 한 걸음 한 걸음 힘겹게 전진 중이었다.

전장형은 이종진의 위치 곁에서 임태형 중사의 뒷모습을 확인한 뒤에서야 이종진의 옆에 앉았다. 이종진은 그에게 작전의 다음 단계를 설명해 줬다.

"태형이(임태형 중사)가 저 통로의 끝까지 들어가면, 태형이 왼쪽에 해적이 서 있을 겁니다. 저 틈이 워낙 좁아서 직접 해적 놈에게 달려들 수 없으니 코너샷으로 제압할 겁니다."

전장형은 그의 설명을 들은 뒤, 등에 메고 있던 방수 가방에서 자신의 코너샷을 꺼내, 그곳에 자신의 USP 택티컬 권총을 끼워 넣었다. 그런 뒤, 권총이 장착된 코너샷 앞쪽이 좌우 90도로 꺾이는 것을 확인한 뒤 임태형 중사를 엄호할 준비를 했다.

그때에도 해적은 전장형의 엄폐한 위치 근처에 AK 소총탄을 날려 보냈다. 그리고 잠시 후 임태형 중사가 무전키 키를 2번 끊어 잡는 신호를 보내왔고 이종진이 전장형에게 소리쳤다.

"지금입니다!"

전장형은 그의 머리와 어깨 일부를 해적 쪽으로 노출시키지 않고 코너샷의 앞부분만 엔진부 너머로 노출시켰다. 그런 뒤, 인질이 다치지 않도록 먼 구석 쪽에 있는 빈 드럼통을 향해 방아쇠를 당겼다.

"탕! 탕!"

"탕! 탕! 탕! 탕!"

전장형의 유인 사격에 해적이 괴성을 지르면서 AK 소총 사격을 가하기 시작했지만 그 직후 9밀리 단발 총성이 들렸다. 그리고 AK 총성이 뚝 그쳤다.

전장형은 신속하게 자신의 코너샷 앞부분을 움직여 해적의 위치를 확인했다. 그의 코너샷 관측 디스플레이 화면에는 더 이상 자신을 향해 사격을 가하는 자의 모습이 포착되지 않았다.

"적 사살! 이상 무!"

비좁은 틈새에서 이제껏 숨소리를 죽이고 이동해 갔던 임태형 중사가 뒤늦게 헐떡거리는 숨소리를 내면서 무선망에 보고했다.

전장형은 서둘러 해적 쪽으로 달려가 그를 향해 총구를 겨눴다. 그가 해적의 오른손을 밟은 상태에서 그의 우측, 엔진과 벽면 틈새 쪽을 보자 임태형 중사의 모습 대신 그의 권총이 장착된 코너샷 앞부분만 비쭉 튀어나와 있는 게 보였다.

뒤따라온 이종진 준위는 얼떨떨해하던 한국인 기관사를 일으켜 세운 뒤 현장에서 대피시켰다.

"아, 이 씨팔 새끼!"

그런데 30대 중후반으로 보이는 기관사가 별안간 이종진의 손길을 뿌리치고 다가와 머리에 9밀리 탄을 관통당한 뒤 쓰러진 해적의 몸통을 발로 걷어찼다. 정신을 차린 기관사가 해적을 수차례 걷어차는 동안 전장형은 총구를 해적에게 고정해 둔 채, 그를 어깨로 밀쳐 내려 했다.

이종진이 그를 등 뒤에서 안고 현장에서 빠져나가고 나서야 현장은 차분해졌다. 전장형이 근처를 수색한 결과, 임태형 중사가 사살한 해적은 디젤 엔진부의 이쪽 끝에 최소 10여 개 이상의 탄창을 쌓아 놓고 한동안 대치할 각오를 한 것처럼 보였다.

"중대장님~!"

해적의 위치를 살피던 전장형에게 엔진과 벽면 틈새에서 임태형 중사가 손끝을 삐죽 내밀고 흔들어 보였다.

"그리 못 나와?"

"네, 너무 좁아서 통아저씨도 못 지나가겠습니다! 어떻게 합니까?"

전장형은 짧은 안도의 한숨을 쉰 후, 그를 향해 웃어 보이며 대꾸했다.

"어떻게 하긴, 여기까지 왔던 길 그대로 후진해서 나와야지. 코너샷 잘 안고 움직여! 비좁다고 대충 잡고 움직이면 오발사고 난다. 최대한 주의해!"

"아, 예! 이 씨~!"

임태형 중사는 다시 폭 30여 센티미터, 거리 7~8미터 정도의 좁은 틈새 통로를 빠져나오기 위해 움직이기 시작됐다.

그동안 전장형은 화약 냄새가 가득한 기관실을 천천히 둘러봤다.

전장형은 그때가 돼서야, 이 모든 일들이 현실 세계에서 일어나고 있다고 느끼기 시작했다. 협소한 공간에서 들려왔던 무지막지한 AK 소총 총성과 5천 미터 상공에서의 프리폴 과정 내내 들려왔던 세찬 바람 소리가 그의 귓속에서 아직도 들려오고 있었다.

전장형이 기관실과 주방에 3명의 중대원들을 배치한 뒤 다시 함교로 올라왔을 때에는 이들이 최초 기습 작전을 실시한 지 10분이 되는 시점이었다. 함교는 이미 광복호의 선장과 항해사, 기관사가 모여 선박을 움직여 보려 애쓰느라 부산했다.

전장형이 함교에 들어서자 선장과 대화를 나누던 이종진이 그에게 다가와 보고했다.

"광복호의 연료가 바닥난 상황이지만 연료가 재보급되더라도 선박이 움직일 수는 없다고 합니다. 발전기를 해적 놈들이 혹사시키는 바람에 지금 상황에서 수리가 안 될 정도로 망가져 있다고 합니다. 지금 당장 발전기를 수리할 수 있는 부품들과 연료가 보급되지 않는다면 우리가 긴급 하선할 수 있는 방법을 찾아야 한답니다. 저 양반들은 이 지긋지긋한 배에서 빨리 내리고 싶어 하는 눈치 같습니다."

이종진이 조타휠 쪽에 있는 사람들을 힐끗 쳐다본 뒤, 전장형에게 다시 시선을 보냈다. 전장형은 그들을 살핀 뒤, 무전기 송수화기를 들고 대기 중이었던 강정훈 중사 쪽으로 시선을 보냈다. 그러자 그가 현재 상황을 전파해 줬다.

"JTF30의 왕건함과 피츠제럴드함(USS Fitzgerald)이 50분 거리에서 최고 속도로 접근 중입니다."

보고를 마치며 그는 전장형 대위에게 송수화기를 쳐들어 보였고 전장형이 그것을 넘겨받고 키를 잡았다.

"알파 1번이다! 8번, 수신 양호한가, 이상?"

그의 교신에 왕건함 전투정보실의 통신 콘솔 쪽에 있을 중대원 최승희 중사의 목소리가 대꾸해 왔다.

"알파 1번, 수신 양호! 대단히 수고했다, 알파 1번! 현재 JTF30의 함정들이 이동 중이다. E.T.A. 50분이다, 이상."

전장형은 손목시계를 슬쩍 본 뒤 대꾸했다.

"알았다, 8번! 광복호 일대의 경계 상황을 실시간으로 보고해 주기 바란다, 이상."

"8번, 카피! 이상!"

전장형이 무전기 키를 강정훈 중사에게 넘겨 주자 중대 선임 부사관이자 저격수인 신영화 상사가 갑판층 아래쪽 선실 구획에서 그에게 무선망을 통해 보고해 왔다.

"알파 3번입니다! 적 10명 사살, 적 2명 중경상입니다! 최초 파악된 해적들의 총원과 일치합니다!"

전장형은 함교 출입문 근처 난간으로 붙어 서서 그에게 대꾸했다.

"선실 쪽 2차 수색 끝냈나?"

"네, 중대장님. 선실과 주방, 기관실에 경계조를 배치하고 보고 드린 겁니다."

"수고했다, 3번!"

전장형은 이제 곧 50여 분만 있으면 이 위험천만한 임무가 완수될 거라는 사실을 조심스럽게 낙관하기 시작했다. 그때 전장형과 함교를 접수했던 강정훈 중사가 함교 밖으로 초코바 하나를 물고 나왔다. 그러자 그 모습에 이종진 준위가 혀를 끌끌 차며 한마디 했다.

"어휴, 저 강정훈이, 저거. 야, 이놈아. 사람들 목숨이 왔다

갔다 하는 와중에 초코바가 목에 넘어가냐? 이놈 새끼, 가끔 보면 완전히 개념이 논산 훈련소 화장실에 있다니까."

강정훈은 이종진 곁을 지나쳐 전장형 쪽으로 오면서 손사래를 쳤다. 입 안에 있는 것을 삼킨 뒤에 강정훈이 대꾸했다.

"아닙니다, 부중대장님. 제가 휠 옆에 서 있는데 선장님이 해적들 군장에서 달러 뭉치고 선원들 귀중품을 꺼냈는데 거기에서 초코바가 나오니까 그걸 제게 준 겁니다."

"그렇다고 그걸 받아먹어? 너, 군인 맞냐?"

"부중대장님도 드시고 싶으면, 여기~!"

강정훈은 물고 있는 초코바를 두 동강 내어 나머지 반절을 이종진 준위 쪽으로 들이밀었다. 그리고 그때 그의 손이 무섭게 떨고 있는 것을 이종진과 전장형은 알아차렸다. 이종진은 그런 강정훈의 손을 자신의 두 손으로 감싸 잡으면서 대꾸했다.

"제발 개념 좀 챙겨라, 망할 놈아. 눈 한 번 깜빡하면 목숨이 오락가락하는 전쟁터에서 웬 초코바를 물어뜯고 있어?"

그의 손을 못 본 척해 주는 전장형과 달리 이종진은 말로는 그를 나무랐지만 늘 그랬듯 급박한 상황에 동요하는, 동생 같은 강정훈의 떨고 있는 손을 자신의 두 손으로 꽉 감싸 잡고 진정시켜 줬다.

그러나 잠시 후, 모두가 예상하지 못한 일이 일어났다. 전장형 대위 곁에 있던 강정훈 중사의 새트컴에서 이들을 호출하는 최승희 중사의 목소리가 들려왔다. 강정훈 중사가 송수화기를 쳐들고 그녀와 교신을 하는 동안 전장형은 그들의 대화만으로도 상황을 파악할 수 있었다.

곧 강정훈 중사가 전장형에게 송수화기를 건네주며 다급한 목소리로 보고했다.

"현 위치의 남동쪽에서, 해적들의 모선 2척이 빠른 속도로 접근하고 있답니다. 우리 쪽에 예상되는 도착 시각은 20분 전후라고 합니다."

전장형은 송수화기를 넘겨받아 최승희에게 물었다.

"8번, 알파 1번이다. 만약 JTF30이 이곳에 도착하기 전에 해적들이 도착할 것 같다면 그쪽에서 지원해 줄 수 있는 게 뭔가? 이상."

"잠시 대기, 잠시 대기하라, 1번. 이상."

최승희의 대기 요청 동안 전장형은 황급히 이종진을 손짓으로 불렀다. 그런 뒤 그와 주변에 다른 중대원들이 들을 수 있도록 큰 소리로 지시를 내렸다.

"부중대장님, 남동쪽 20분 거리에서 해적들의 모선 2척이 접근 중입니다! 전 대원, 경계 위치 구축하고 선박 안에 해적들이 휴대했던 중화기가 있으면 싹싹 긁어모아 두십시오!"

"알겠습니다!"

이종진은 함교 아래로 향하는 계단을 뛰어 내려가며 갑판에서 경계 중인 중대원들을 소집했다. 그리고 곧 최승희가 무선망에 다시 나타났다.

"알파 1번, 여기는 8번이다! 이상."

"8번, 고우~!"

"현재 JTF30에서 각각 1대씩 대잠헬기를 이륙시켜서 그쪽으로 향하고 있다. 이상."

그 말에 전장형의 머릿속에서는 그가 알고 있는 모든 관련 지식들이 떠올랐다. 그는 이들 쪽으로 합류하고자 역시 쾌속으로 이동 중인 JTF30 소속의 한국 해군의 왕건함과 미 해군의 피츠제럴드함에 대잠헬기 링스와 MH-60R이 탑재되어 있음을 알고 있었다.

이 헬기들 중 광복호의 승무원들을 모두 탑승시킬 수 있는 헬기는 없었다. 설령 MH-60R 헬기에 호이스트가 탑재되어, 그 헬기 한 대를 통해 승무원들을 모두 대피시킬 수 있을지라도, 전장형은 광복호 자체를 플랫폼으로 선원들을 헬기에 탑승시키는 과정도 굉장히 위험하고 시간을 필요로 한다는 결론을 내렸다. 다급해진 그가 최승희 중사에게 JTF30 지휘부의 계획을 물었다.

"JTF30의 계획은 무엇인가? 헬기들을 통해 인질들과 작전 인원들을 모두 퇴출시킬 수 있다고 생각하는가? 아니면 적 모선들을 파괴할 것인가? 이상."

최승희는 전장형이 키를 놓아주자마자 대답해 왔다.

"대잠헬기들은 광복호의 퇴출과 대피 임무가 아닌 모선들의 직접 파괴를 위해 출동했다! 귀소 인원들(707부대 구출 팀)은 현 위치에서 인질들을 지키고 있으라는 명령이다! 이상."

"접수~!"

전장형은 무전기 키를 놓자마자 육두문자를 중얼거렸다. 그 모습을 지켜보던 광복호의 선장이 그에게 다가가며 말했다.

"아마, 해적들이 발전기를 수리할 수 있는 수리공하고 경유를 싣고 오는 걸 겁니다. 저 2척의 모선들 중 한 척에 처음에 우리 배를 납치한 해적 두목이 있을 겁니다. 그놈 새끼, 아주 악랄한 놈이에요. 정글도로 다른 해적들 손목이랑 팔을 그냥 동강 내 버리는 놈이에요."

이종진 준위가 갑판 쪽에서 한 손을 들어 보이자 전장형은 선장을 향해 잠시 설명을 멈춰 달라는 손짓을 해 보였다. 그가 무선망을 통해 이종진을 호출했다.

"말씀하세요."

"JTF30에서는 뭐라 합니까?"

"헬기 2대를 투입해서 모선들의 접근을 막아 본다고 합니다. 그런데 그 외에는 아무것도 기대 못 합니다. 퇴출 가능한 방법이 없으니 대기하라고 하네요."

"아, 예. RPG7 발사기 2정과 고폭탄두 6발, PKM(경기관총) 1정과 AK 소총 10정이 전부, 아니 참, 보드카 1상자도 확보했습니다."

전장형은 이 와중에 보드카 한 상자를 보고하는 그의 의도에 피식 웃으며 대꾸했다.

"그게 답니까?"

"네, 중대장님."

"그럼 만약의 경우를 대비해, 그것들을 중대원들에게 분배한 뒤, 사격 위치를 잡아 주십시오. 모선들이 오기 전에 소형 건보트들이 덤벼들 가능성이 큽니다. 서두르세요."

"네, 중대장님."

이종진은 다른 중대원들에게 대전차 로켓 발사기와 경기관총을 챙겨 각각 선수 갑판과 선미 갑판 쪽으로 보냈다. 그리고 그 중간 지점이 되는 갑판 쪽에서 신영화 상사가 급한 손길로 AI AW50F 50구경 저격총을 방수 가방에서 꺼내고 있었다.

분주히 움직이는 707부대원들과 광복호 선원들의 움직임과 목소리에도 아랑곳하지 않고 신영화는 접혀 있던, AW50F의 개머리판을 펴고서 총기의 장전, 격발 과정을 수차례 반복하며 점검했다. 그 모습을 전장형과 함께 함교 쪽에서 내려다보던 강정훈이 장난기 가득한 평소의 모습을 지우고 진지하게 말했다.

"오늘 자칫 잘못하면 빡세게 구를 것 같습니다, 중대장님."

"그니까~"

전장형도 신영화의 모습에서 눈을 떼지 못하고 대꾸했다.

잠시 뒤, 전장형과 강정훈이 함교에서 갑판으로 내려가는 계단 사면 정상에서 707부대원들의 전투 준비 상태를 확인하고 있을 때, 레이더를 확인하던 광복호 선장이 전장형에게 소리쳤다.

"남동쪽에서 3척의 선박들이 다가옵니다. 속도로 보건대 소형 보트들 같습니다."

전장형이 함교 안으로 달려 들어가자 선장이 손가락으로 레이더 화면을 가리키며 말했다.

"저 정도 속도면 10분 안에 이곳에 도착합니다."

전장형이 한 손을 쳐들자 강정훈이 무전기 송수화기를 그 안에 쥐어 줬다.

"1번이다! 8번!"

"8번 수신!"

"현재 남동쪽에서 모선에서 떨어져 나온 것으로 추정되는 소형 보트 3척이 10분 미만의 거리에서 접근 중이다! 위치를 확인하고 조치 취할 수 있겠나?"

"잠시 대기!"

최승희의 대기 메시지를 듣자마자, 전장형은 중대원들의 무선망에 상황을 전파했다.

"알파 1번이다! 전 대원, 교전에 대비하라! 현재 남동쪽에서 건보트로 추정되는 3척의 쾌속선들이 접근 중이다! 10분 이내에 도착 예정! 알파 2번이 전 대원들에게 대응 전술을 전파하기 바람!"

"2번 접수!"

이종진 준위는 대답과 함께 갑판에서 중대원들이 자리 잡은 위치들로 달려갔다. 전장형은 그 모습을 본 뒤 다시 선장 쪽으로 돌아와 말했다.

"선장님, 선원들 모두 선내로 대피시키십시오. 총격전이 있을 겁니다."

"우리 갑판장이 그러는데, 다들 거들어 준다고 해적들 소총을 받고 싶답니다."

전장형은 그 말에 미소를 지으며 답했다.

"그럼 AK 소총을 드릴 테니, 선내에서 대기하시다가 우리가 지원 요청을 하면 그때 나와서 거들어 주십시오."

선장은 전장형의 대답을 듣고 그를 빤히 응시했다. 잠시 동안의 안도감이 두려움으로 바뀌어 갔음에도 선장과 그의 곁에 서 있는 항해사, 갑판장도 모두 707부대원들에게 여전히 고마워하는 분위기가 역력했다.

선장은 고개를 끄덕이면서 대꾸했다.

"그럼 저라도 함교에 남아서 레이더를 살피고 선내와 갑판에 필요한 경고 방송을 하게 해 주세요. 내, 다른 직원들은 선내 안에서 대기하도록 당부하겠소."

"그렇게 해 주시면 감사하겠습니다."

전장형이 고개를 크게 한 번 끄덕인 뒤 몸을 돌리려고 할 때, 선장이 그의 팔을 잡았다.

"혹시 몰라 지금 말하는데, 구출부대 선생님들이 우리 광복호를 위해 이곳까지 와 주신 거 정말 고맙소. 정말 고맙소."

전장형은 선장과 시선을 교환한 뒤 고개를 끄덕였다. 그런 뒤 함교를 나와 계단을 내려가기 시작했다.

왕건함과 피츠제럴드함에서 발진한 2대의 헬기들이 각 기체에 탑재한 무기로 해적들의 모선과 교전을 치르는 동안 광복호에 탑승한 707부대원들은 3척의 건보트들이 1킬로미터 내의 거리에서 접근하는 것을 지켜보고 있었다.

전장형은 선체 좌현 중간 지점에 강정훈 중사와 자리를 잡고 중대 저격수 신영화 상사는 함교 위에 자리를 잡은 뒤 707부대원들의 눈과 귀 역할을 수행했다.

광복호 좌현 선수 부분에는 RPG7 발사기 한 정과 2발의 고폭탄을 가진 강영찬 중사, 정기주 중사가 그리고 선미 부분에는 PKM 기관총과 실탄 600여 발을 가진 이종진 준위와 임태형 중사가 대기 중이었다.

"건보트 3척이 300여 미터 거리에서 접근 중! 접촉 방향은 선체 좌현이다!"

함교 쪽의 신영화 상사가 중대원들에게 상황을 전파했고 707부대원들은 모두 선체 난간 벽에 몸을 숨겼다.

처음 구출 팀이 접근해 왔을 때와 달리 광복호의 모든 조명이 꺼져 있었기 때문에 건보트들 쪽에서 소형 탐조등을 사방으로 비치며 광복호를 찾고 있었다. 그리고 곧 그들의 탐조등 빛이 광복호의 선체에 닿았고 그때부터는 탐조등 빛이 광복호에 고정되었다.

"건보트 3척이 우리 위치를 파악하고 접근 중! 건보트 1척은 좌현을 향해 접근 중, 건보트 2척은 좌우로 갈라져 광복호를 포위하려고 한다!"

신영화의 경고에 전장형은 곧바로 무선망에 지시를 내렸다.

"선수와 선미 경계조는 좌현 경계조와 동시에 집중사격을 가한다! 전 경계조의 일제 사격은 알파 3번(신영화 상사)의 지시에 따른다, 이상!"

"선미 경계조, 라저!"

"선수 경계조, 접수!"

전장형은 난간에 등을 밀착한 채 함교를 응시하며 물었다.

"알파 3번, 건보트들의 무장 상태가 확인 가능한가?"

함교 출입구 쪽에 엎드려 있는 신영화가 대구경 저격총의 고배율 야시 조준경을 통해 관측한 뒤 대답했다.

"건보트 3척에는 AK와 PKM으로 무장한 병력이 3명, 4명, 3명이 탑승해 있다. 그 외에 중화기는 보이지 않는다. 현재 양측 거리 200여 미터 미만, 이상."

신영화의 보고에 전장형을 비롯한 모든 특전대원들이 각자 총기의 안전장치를 풀었다. 선수 쪽에 엄폐하고 있는 강영찬 중사는 고폭탄두가 장전된 RPG7 발사기를 어깨에 올려 뒀고 선미 쪽에서는 이종진 준위가 PKM 기관총의 사격 준비를 마쳤다.

전장형은 MP5A5 기관단총의 권총 손잡이를 꽉 쥔 채, 신영화의 일제 사격 신호를 기다렸고 그런 그의 곁에서 강정훈 상사가 왕건함에 상황을 보고 중이었다.

"선체 좌현에서 건보트까지 거리 50여 미터, 선미 쪽과 선수 쪽은 60여 미터 거리다! 해적들이 동시에 선체에 진입하고자 각자 사다리들을 꺼내 들었다!"

전장형은 신영화에게 바로 지시를 내렸다.

"알파 3번, 건보트들이 20여 미터 정도 거리에서 선체 접안을 위해 감속할 때 일제 사격 지시를 부여하라!"

"접수!"

"전 대원, 교전에 대비하라!"

전장형의 지시가 무선망에 전파되자 특전대원들이 모두 야간투시경을 눈가에 위치시키고 사격을 위해 몸을 일으킬 준비를 했다. 쌀쌀한 바닷바람에도 불구하고 전장형은 자신의 얼굴에서 방출되는 열기로 인해, 야시경의 접안렌즈에 김이 서리는 것을 보면서 심호흡을 하기 시작했다.

강정훈 중사 또한 이종진 준위에게서 빌려 온 SCAR-L 소총의 사격 자세를 취하고 있었는데, 그는 천천히 심호흡을 하며 건보트를 향한 조준에 집중했다.

이윽고 모두가 숨죽인 채 기다렸던 순간이 되고 신영화가 무선망에 소리쳤다.

"전 대원, 사격 개시!"

신영화는 사격 지시를 전파하는 동시에 좌현으로 접근하던 건보트 위에서 탐조등을 들고 있던 해적을 향해 50구경 저격탄을 발사했다.

"터엉~!"

그의 저격 총성을 신호로 모든 707부대원들은 몸을 일으킨 뒤, 난간 너머로 총구와 로켓 화기를 겨눴다. 그 즉시 엄청난 총성이 광복호 일대를 집어삼켰다.

"타타타타타~!"

"타타타! 타타타타탕!"

"펑~!"

전장형과 강정훈은 그들의 위치에서 17~18미터 정도 거리의 건보트를 향해 표적 지시용 레이저와 9밀리, 5.56밀리 총탄을 거의 동시에 날려 보냈다. AK 소총을 쳐들고 광복호를 주시하던 해적과 보트의 키를 잡고 있던 해적이 두 사람의 정확한 사격에 제압되어 수면 위로 떨어졌다.

선미 쪽에서도 이종진 준위가 건보트를 향해 기관총탄을 퍼부었고 한 명의 해적이 피탄되어 바다 위로 떨어졌다. 그러나 다른 2명의 해적이 AK 소총으로 격렬하게 응사했다. 곧 이종진 준위 쪽에서 신영화 상사에게 사격 요청을 보내왔다.

"알파 3번, 선미 쪽 건보트의 사수들을 제압 바란다!"

이종진의 말이 끝나기도 전에 신영화는 저격소총과 몸을 왼쪽으로 움직인 뒤, 신속하게 사격을 가했다.

"터엉! 터엉!"

거친 반동이 그의 어깨를 때릴 때마다, 까만 그림자처럼 보이는 말라카 해적들의 몸통이 폭발하면서 그 형체가 순식간에 사라졌다. 신영화가 강력한 탐조등으로 이종진 준위의 기관총 사격을 방해하던 해적을 쓰러뜨리자 다음 순간 이종진이 퍼부어대는 기관총탄들이 건보트에 작렬했다. 십수 개의 작은 물기둥이 치솟았고 그 사이로 키를 잡고 있던 해적이 저항을 포기하고 뛰어들었다.

이종진과 임태형 중사가 사격을 멈추고 건보트를 주시했다. 전장형이 때맞춰 그들의 위치에 합류했고 그 순간 세 사람은 교전 상황이 끝난 것으로 생각했다. 하지만 전장형이 선미의 크레인 너머, 수면 쪽으로 총기에 부착된 전술라이트를 비추고 있던 임태형 중사의 한 팔을 잡고 입을 열기 전에 엄청난 충격파가 이들 바로 앞쪽에 있는 크레인 하부를 강타했다.

"펑~!"

전장형은 무지막지한 열기와 진한 화약 냄새에 숨이 턱 막히는 순간, 40밀리 유탄이나 대전차 화기의 고폭탄 따위가 이들 바로 앞쪽에 작렬했다고 생각했다.

전장형과 이종진, 임태형이 크레인 뒤쪽 갑판에서 뒹굴고 있을 때, 선수 쪽에 있는 강영찬 중사와 정기주 중사가 제압했을 거라 생각했던 세 번째 건보트가 선미 쪽에 나타났다.

신영화 상사는 크레인 쪽에서 발생하는 까만 연기 때문에 선미 쪽을 관측할 수가 없었고 그가 저격소총을 쳐들고 몸을 일으킬 때, 함교 아래쪽에서 강정훈 중사와 선수 쪽에 있던 정기주 중사, 강영찬 중사가 시끄럽게 소리치며 선미 쪽으로 달려가는 것을 볼 수 있었다.

그때, 광복호의 선미와 좌현 쪽에서 요란한 경기관총 총성이 울리기 시작했다. 신영화는 그 총성이 M60 기관총 총성임을 알 수 있었고 총성이 들릴 때마다 선체 아래쪽에서 붉은색 기관총 예광탄들이 갑판 쪽으로 날아들었다.

"알파 6번이다! RPG 고폭탄에 명중한 건보트가 아직도 선미 쪽으로 도주하여 현재 반격해 오고 있다! 건보트에 M60과 확인 불가한 폭발물이 있다!"

정기주 중사의 목소리가 무선망에 울리고 그의 보고가 끝나자마자 선미 쪽에 자리 잡은 3명의 특전대원들이 건보트를 향해

MP5A5와 SCAR-L 사격을 가했다. 그러나 그들의 총성을 압도하는 M60 기관총 총성이 다시 울리면서 선미 쪽의 707부대원들을 향해 기관총 예광탄들이 날아왔다.

신영화는 함교 출입구 쪽에서 서서 쏴 자세로 육중한 무게의 저격소총을 쳐들었다. 그러나 그가 건보트 안에 있는 해적들을 정조준하기도 전에 강력한 조명이 함교 쪽을 비췄다. 건보트의 탐조등이 신영화의 모습을 확인하자마자, 건보트에서 AK 소총의 단발 총성이 울리기 시작했고 함교 벽면에 7.62밀리 탄들이 작렬했다.

그럼에도 불구하고 신영화는 바닥에 엎드리거나 자리를 이탈하지 않고 저격소총 사격 자세를 유지했다. 저격수들이 원거리나 중거리가 아닌 50미터 미만의 근거리에서 급작스러운 사격을 해야 하는 최악의 상황이었다. 그는 이 상황이 오히려 수십 년 묵은, 낡아 빠진 AK47 소총을 가진 해적들에게 매우 유리하다는 점을 알고 있었지만 그 점을 곱씹을 여유가 없음을 잘 알고 있었다.

건보트의 선체 우측에는 선수 경계조가 발사한 RPG7의 고폭탄이 선체에 박혀 격렬한 불꽃을 내뿜고 있었는데, 신영화는 그 불꽃과 탐조등의 위치를 참고하여 고배율 조준경 대신 그의 감각을 믿고 방아쇠를 당겼다. 그야말로 눈부신 광원을 향해서 명중되기를 바라며 50구경 저격탄들을 발사하는 무모한 상황이었다.

"텅! 텅! 텅! 텅!"

그가 4번째 저격탄을 발사할 때에는 M60 기관총탄들까지 함교로 날아들기 시작했고 그는 실눈을 뜬 채 겨우 건보트를 주시했다.

신영화는 숨을 참은 채, 자신의 목덜미와 등판 전체에 퍼지는 찌릿찌릿한 전기를 느끼며 계속해서 방아쇠를 당겼다. 수 초 동안 30여 미터 거리에서 양편이 격렬한 총격전을 치르던 중 마침내 건보트의 탐조등이 폭발했다. 신영화가 날려 보낸 저격탄에 탐조등을 겨누던 해적이 제압된 것이었다.

M60 기관총이 건보트를 향해 집중사격을 가하던 정기주, 강영찬 쪽으로 총구를 겨누자 신영화는 강력한 조명에 일시적인 장애를 가진 우측 눈 대신 좌측 눈을 사용해 사격하고자 민첩하게 저격총을 왼쪽 어깨 쪽으로 가져가며 왼손잡이 사격 자세를 갖췄다.

그런 뒤, 조준경을 통해 방금 전, 2명의 특전부대원들을 쓰러뜨렸던 건보트 M60 기관총 사수를 포착하고 그 즉시 방아쇠를 당겼다.

"텅~!"

M60 사수의 머리가 통째로 사라지고 그다음 순간 교전 현장 일대에 믿기지 않을 정적이 찾아왔다. M60 기관총탄에 부상당한 강영찬 중사와 정기찬 중사의 최초 대응 사격에 이미 2명의 해적들이 제압된 상황이었기 때문에 신영화의 조치가 교전을 끝낸 것이었다.

신영화는 땀에 젖은 얼굴을 선선한 바닷바람이 스치고 가는 것을 느끼면서 주변을 둘러봤다. 그런 뒤, 무선망에 보고했다.

"세 번째 건보트 제압! 바다로 착수한 적 인원들에 대해 경계하라! 세 번째 건보트를 침몰시키겠다!"

신영화는 불발된 RPG7 고폭탄두가 박혀 있는 건보트가 혹시라도 광복호 선체로 와서 부딪힐까 우려하여 건보트를 향해 10여 발을 발사했고 건보트는 폭발하지 않고 차츰 가라앉기 시작했다.

신영화는 저격총의 탄창을 신속하게 교체하면서 곧 갑판 위에서 겨우 몸을 추스른 강영찬, 정기주 쪽과 전장형 대위와 이종진 준위 쪽을 주시했다.

강정훈 중사가 선미 쪽에 도착했을 때에는 정신을 차린 전장형과 이종진이 어깨와 옆구리에 사제 폭발물 파편이 박혀 있는 임태형 중사의 응급처치를 끝냈던 시점이었다.

세 사람 주변에는 처음 M60 기관총탄들이 박살을 낸 어획 장비의 파편들까지 어지럽게 널려 있어서 그들이 얼마나 집중사격을 받았는지 강정훈도 가늠할 수 있을 정도였다.

전장형은 상태가 괜찮다는 의미로 고개를 연신 끄덕여 보이는 임태형 중사를 이종진 중사에게 남겨 놓고 자리에서 일어났다. 그런 뒤, 강정훈이 건네주는 무전기 송수화기를 받아 든 채 좌현 쪽으로 걸어 나갔다.

"기주, 영찬이, 어때?"

"저는 괜찮습니다. 근데, 영찬이는 기관총탄이 우측 팔 한가운데에 박혀 있습니다. 아마 뼈도 부러진 것 같습니다."

"정 중사, 너는 목에서 피가 철철 나는구만. 뭐가 괜찮아?"

"아, 이거 금속 파편에 박힌 겁니다."

전장형은 걱정스러운 표정으로 두 사람의 상태를 살핀 뒤 난 간 너머로 수면 쪽을 살폈다. 3척의 건보트들이 가라앉거나 혹은 키잡이 없이 먼 바다로 떠내려가고 있는 것을 확인한 그가 함교 쪽을 올려다보며 물었다.

"알파 3번, 현 상황 보고 바란다!"

"수면 위로 이탈한 2명의 해적들 중 1명이 선수 쪽에 있는 닻줄을 잡고 있는 것 같습니다. 그 외에는 이상 없습니다."

"수고했다, 3번! 계속 주시해라."

전장형은 함교에서 총격전을 치른 신영화가 어떤 상황이었는지 지켜보고 있었기 때문에 그의 노고를 진심으로 치하했다. 그러자 신영화는 대답 대신, 함교에서 갑판에 있는 그를 향해 엄지손가락을 쳐들어 보였다.

*　　　*　　　*

2016년 7월 11일 16시 56분 북한, 함경남도, 신포, 제55 해상 훈련소

북한의 동해안에 있는 제55 해상 훈련소는 공식적으로는 북한군 해군의 항해 훈련을 위한 곳이지만, 실제로는 정찰총국 직속의 반잠수정, 공작선 전대의 모항이었다.

미국 NRO와 NSA의 정찰위성과 감청위성, 감청항공기의 집요한 감시 때문에 2~3년에 한 번씩 다른 시설, 부대명과 다른 장소로 바꿔 다녔지만 미국과 남한, 일본은 이 극비 해상 공작 전담부대의 위치를 거의 놓치지 않고 추적해 왔다.

제55 해상 훈련소에서 일본과 남한, 호주 등으로 전개되어 일련의 공작 활동을 수행하는 부대는 정찰총국의 최고 엘리트부대인 75정찰대대였다. 75정찰대대의 예하에 있는 21제대는 남한, 22제대는 일본, 그리고 24제대는 중국과 같은 그 밖의 해외 거점을 전담하는 공작조들로 구성되어 있었는데, 이번 일본 해상방위청 순시선들의 기습에 침몰한 병력은 22제대의 공작조였다.

김정구 소좌 공작조의 침몰 소식은 부대 지휘소에서는 쉬쉬했지만, 각각의 공작선과 반잠수정의 무전기를 통해 상황을 파악했던 몇몇 정찰조원들 때문에 이미 모든 부대원들이 의기소침해 있는 분위기였다.

부대의 항구에서 약간 떨어진 바다 위, 대형 바지선 쪽에는 긴급 출동을 위해 4척의 대동급 반잠수정들이 대기 중이었다. 그리고 이곳에 75정찰대대의 '영웅' 칭호를 받았던 2명의 공작조장들 중에 살아 있는, 유일한 군관 곽성준 소좌가 그의 조원들과 함께 잠수정들을 살피고 있었다.

까만 습식 잠수복 차림의 정찰조원들이 잠수정들 사이를 오가며 선체를 점검하는 동안 그는 바지선 한쪽 구석에 서서 그 모습을 지켜봤다. 얼룩무늬 군복을 입고 선글라스를 착용한 그는 꼼짝 않고 서 있다가 수염으로 까칠한 턱을 종종 만지곤 했다.

그는 자신의 조원들이 휴대용 무전기를 통해 다음 지시를 물어 오면 짧게 대답을 해 주고 그들의 조치를 지켜봤다. 그의 조원들뿐만 아니라, 모든 75정찰대대의 정찰조원들은 곽성준 소좌의 명성을 익히 알고 있었다. 북한의 함경북도 청진 출신인 그는 해상육전대에서 군대 생활을 시작, 이후 정찰총국의 정예 요원으로 선발되어 지난 10년이 넘는 세월 동안 북아프리카, 중동, 일본과 남한을 오가는 다양한 침투 임무들을 수행해 왔다.

곽성준은 특히 2011년 북아프리카 리비아 정권이 시민 봉기로 전복될 당시, 카다피 정권을 사수하고자 수많은 전투에 참가했고 절대다수의 시민군에 맞서 싸운 명성으로 정찰총국은 물론 인민군 총참모부에서도 그를 모르는 장성이 없는 인물이었다.

그런 그도, 그와 마동희 정찰 군관학교 동기이자 각별한 전우였던 김정구 소좌의 죽음은 결코 익숙해질 수 없는 충격이었다.

곽성준 역시, 수많은 임무들을 수행하면서 언젠가는 자신도 그와 같은 최후를 맞이할 거라 생각했다. 그렇지만 침투 임무를 나갔다가 돌아오지 못하는 정찰조의 소식을 들을 때마다 그의 마음 깊은 곳에서도 정의 내릴 수 없는 동요가 감지되어 왔다.

그는 자신의 허리춤에 있는 미제 M1911A1 권총을 만지작거리며, 언젠가 자신이 해외 침투 임무를 나갔다가 돌아오지 못하면 이 권총만이라도 돌아와 가족들에게 전달되었으면 좋겠다는 소망 아닌 소망을 떠올리며 한숨을 내쉬었다.

"조장 동지."

등에 무전기를 멘 채, 근처의 다른 바지선에 있는 전대 정비 병력과 교신을 하던 부조장 지동현 상사가 갑자기 곽 소좌를 불렀다. 그의 시선이 부조장에게 향하자 그가 이들의 등 뒤, 부대 항구 쪽을 향해 손가락을 들어 보였다. 바지선 쪽으로 고무보트 한 척이 다가오고 있었다.

지동현이 수통의 물을 들이켜고는 심드렁하게 말했다.

"군홧발에 물 묻히는 것도 무서워하는 정치지도원 동무가 직접 보트까지 타고 오는 것을 보니, 뭔가 중요한 일이 있는가 봅니다."

그 말을 들으며, 곽성준이 피식 웃었다. 그러고는 바지선의 다른 한쪽 끝으로 걸어갔다. 고무보트는 그곳에 접안했고 75정찰대대의 고참 정치지도원인 리정재 대위가 먼저 곽 소좌에게 소리쳤다.

"총조장 동지, 대대장 동지께서 지휘소로 모셔 오라 해서 왔습니다."

곽성준은 고개를 돌려, 지동현 상사에게 한 손을 들어 보였고 그는 곽 소좌가 지시하는 것이 무엇인지 알고 있다는 듯 고개를 크게 끄덕였다.

곽성준이 고무보트 안으로 뛰어내린 뒤, 한쪽에 자리를 잡자, 정비대 병사가 스로틀을 열면서 보트 방향을 돌렸다.

고무보트가 항구 쪽으로 다가가는 동안 곽성준 소좌는 말없이 항구 주변에 접안해 있는 공작선들을 주시했다.

공작선들은 모두 일본에서 사들인 낡은 화물선과 어선들이었기 때문에 그것들을 확보할 때 당시의 선체 도색과 한자로 쓰여 있는 선박명을 가지고 있었다. 그가 자신의 공작조가 애용했던 모선인 '자력호'를 찾아 주시할 때 즈음, 정치지도원이 조심스럽게 말을 건넸다.

"총조장 동지."

곽 소좌의 고개가 그의 우측에 앉아 있는 리정재 대위 쪽으로 향했다.

"아마 뭔가 중대한 담화가 있을 모양입니다. 김승익 장군이 대대장 동지와 함께 있습니다."

무표정으로 일관했던 곽성준의 표정이 살짝 바뀌었다. 그런 반응에 고무되었는지 리정재는 참고 있던 말을 이어 갔다.

"총조장 동지 외에 다른 3개 제대의 총조장 동지들도 지금 호출받아 집합하고 있을 겁니다. 제가 여기 오기 전에 다른 제대의 총조장 동지들까지 대대지휘소에 도착하는 것을 보고 왔습니다."

곽 소좌는 서서히 분위기를 파악했다.

김승익 소장은 정찰총국에서 75정찰대대로 이어지는 지휘 체계상의 중간에 있는 인물이었지만, 그는 종종 정찰총국 지휘부가 아닌 조선노동당의 수뇌부, 다시 말해서 북조선의 최고위층의 은밀한 지시들을 직접 수령하여 75정찰대대의 정찰조원들에게 전달해 왔다.

그러한 지시, 명령은 모두 민감한 정치 사안과 관련되어 있거나 아니면 최고 권력자의 지극히 개인적인 목적을 위한 것이었다. 순전히 군사적인 목적과 관련된 명령이라면 당연히 정찰총국 지휘부에서부터 내려오는, 수직적인 지휘 체계를 통해 하달되었지만 이렇게 김승익 장군이 불쑥 나타날 때면 그렇지 않은 경우가 많았던 것이다.

곽성준은 가슴이 한없이 무거워지는 것을 느꼈다.

"최고 지도자님을 위해 이 목숨을 바쳐 충성을 다하겠습니다!"

곽성준이 대대장실에 들어서며 거수경례와 함께 부대 구호를 힘주어 복창했다. 그는 복창을 끝내기도 전에 대대장실 안에 있는 모든 사람들을 쓱 훑어볼 수 있었다. 대대장의 책상 쪽에는 김승익 소장이 앉아 있었고 그의 곁에 책상의 주인이자, 75정찰대대의 대대장인 강민호 대좌가 서 있었다.

그리고 대대장의 책상 좌우 측에 있는 회의용 의자에는 얼룩무늬 군복 차림의 각 제대 총조장들과 고참 조장들 7명이 앉아 있었다. 그들 모두 해외 침투 경험이 풍부한 정찰 군관들이었고 곽 소좌는 그들이 만들어 준, 대대장의 책상에서 가장 가까운 자리로 안내받았다.

곽성준이 자리에 앉자, 김승익 장군은 물고 있던 담배에 불을 붙였다. 곽 소좌는 그의 우측, 책상 너머에 앉아 있는 그를 힐끗 봤다.

이들 부대가 주둔하는 해상 훈련소는 제법 오래된 곳이기 때문에 종종 거센 해풍이 불어오면 지금처럼 건물 위쪽에서 나무 판자들로 만들어진 지붕이 삐거덕거리는 소리가 들려왔다.

곽성준이 자리에 앉고 나서도 한동안 대대장실 안에는 무거운 침묵이 이어졌고 정찰 군관들은 불편하게 김승익과 강민호의 눈치를 봤다.

김승익은 담배 개비를 중간까지 태우고 나서야 입을 열었다.

"동무들, 24시간 긴장 상태로 늘 노고가 많소."

그의 목소리가 들려오자, 얼굴과 목이 까맣게 탄 특수부대 군관들은 반사적으로 상체를 꼿꼿이 세우며 몸가짐을 다시 했다. 곽성준 또한 비로소 고개를 돌려, 자연스럽게 그를 쳐다볼 수 있었다.

간혹, 나잇살을 먹어서 풍채가 제법 있는 북조선인민군 장령들과 달리 김승익 소장은 현역에서 임무를 수행하는 노동당 고위 공작원들처럼 보였다. 곽 소좌는 물론, 방 안에 있는 모든 정찰 군관들은 김승익의 명성을 정찰 군관학교 시절부터 들어와서 잘 알고 있었다.

모든 정찰 군관들이 우러러보는 전설적인 인물이었던 그는 1970년대 말 김일성의 지시로 창설된, 일본 침공부대, 일명 '157특별임무부대'의 창설 군관이었다. 일본 북해도의 군시설들에 수차례 침투하여 대량의 군사정보를 수집하면서 능력을 알렸지만 그의 가장 중요한 업적은 1980년대 초반 중국으로 향하는 김일성의 전용 열차를 공격하려는 반혁명 세력을 찾아 섬멸했던 작전이었다. 당시에, 김승익이 이끄는 정찰병 병력은 10여 명에 불과했는데 그와 그 부대는 철로 주변에 매복한 반혁명군 1개 중대를 전멸시켰다.

그러나 특수부대 군관으로 승승장구하던 그도 한때, 북한 군부 내의 권력 싸움에서 패했었고 그 결과 현재 최소한 상장급 이상이어야 할 계급이 아직까지도 그를 소장 계급에 머물게 했다.

　하지만 그는 이제 다시 정찰총국과 총참모부의 권력 서열에서 다시 입성하는 시기를 맞이하고 있었다. 그가 곧 몇 개의 별을 더 달고 군부 핵심층에 입성할 거라는 소문은 그를 아는 모든 정찰 군관들이 알고 있는 사실이었다.

　처음 말을 시작했음에도, 김승익은 세 번 정도 담배를 빨고 나서야 말을 이었다. 그리고 그렇게 용건에 대해 말하지 못하고 뜸을 들이는 모습은 더욱더 군관들을 긴장하게 만들었다.

　"오늘 이 자리에 동무들이 호출된 것은 한편으로는 동무들에게 평생의 영예가 될 것이고 다른 한편으로는 매우 진지하고 엄숙한 순간이 될 것이오."

　그 말을 들으며, 몇몇 군관들은 그들의 직속상관인 강민호 대좌 쪽으로 시선을 보냈다가 다시 김승익을 주시했다.

　곽성준은 그의 노련한 경험에 의거하여 필시, 일본에 대한 모종의 공작 활동이 명령 내려질 거라 짐작했다. 그러나 그는 모든 총조장, 조장들이 모여 있는 것으로 보아 공작 활동의 규모가 이제껏 은밀하게 진행되었던 수준을 훨씬 뛰어넘을 거라는 계산을 하면서 한편으로 걱정을 했다.

　김승익은 모든 군관들을 한 번씩 훑어본 후에 차분하지만 힘주어 말했다.

"동무들은 곧 열도에 지옥 불을 쏟아 부을 임무를 수행할 것이오."

그 대목에서 모든 군관들이 숨을 죽인 채, 그의 입을 주시했다. 태우던 담배를 손가락 사이에 끼워 두고 이제 그가 거침없이 설명해 갔다.

"동무들은 해상을 통해 열도에 직접 상륙한 뒤, 각각의 결심 지도(작전 계획)에 의해서 열도 본토에서 군사 작전을 실행할 것이오. 이 모든 군사 작전의 목표는 우리 북조선과 친애하는 지도자 그리고 모든 인민들을 욕보이고 치욕감을 안긴 열도의 무리들에게 우리 공화국의 존재를 분명하게 각인시키는 것이 될 것이오."

말을 마친 뒤, 김승익은 젊은 군관들의 눈치를 살폈다. 잠시 전의 팽팽한 긴장감은 이제 온데간데없었다. 대신 그것과는 차원이 다른 충격이 방 안에 가득했다.

강민호 대좌는 새로 담배 개비를 꺼내 문 김승익에게 라이터를 대어 주면서 가장 가까이에 앉아 있는 곽성준을 주시했다. 두 사람의 시선이 마주치는 순간 곽성준은 침착한 표정을 지어 보이려 했다. 하지만 그는 자신의 대대장이 느꼈을 황당함과 충격을 완전히 표정 안에서 감출 수는 없었다.

그 뒤로 한참 동안 대대장실 안에는 무거운 침묵이 흘렀다. 간간이 건물 바깥, 바다에서 고무보트의 모터 소리나 바닷새 소리가 들려왔고 그때가 돼서야 사람들은 자신이 속해 있는 현실 세계를 인식할 수 있었다.

"동무들, 이제 가지고 있는 문서철을 펼쳐 보시오."

강민호 대좌가 김승익 소장의 앞쪽으로 옮겨 서서 이 비밀스러운 브리핑의 다음 단계를 이어받았다.

"아마, 동무들은 우리들이 수행할 임무가 일본 놈들과의 전면전을 의미하는 것인지 묻고 싶을 것이오. 내, 미리 분명하게 말하겠지만 동무들의 임무는 북일 간의 대규모 총력전을 앞둔 전초전은 절대 아니오. 우리 공화국이 열도의 원수들에게 전쟁을 선포한다면 그때는 동무들이 고생할 것 없이, 핵탄두를 장착한 미사일만으로도 충분하지 않겠소? 각자 자신의 이름이 쓰여 있는 서류철을 펼쳐 보시오."

말을 마치며 강민호 대좌가 미소를 지었지만 그를 따라 웃는 군관들은 단 한 명도 없었다. 모두 어안이 벙벙한 표정으로 자신의 무릎 위에 올려져 있던 서류철을 조심스럽게 펴기 시작했다.

곽성준 소좌는 자신의 이름이 쓰여 있는 서류철을 펼쳤다. 그러자, 그의 정찰조가 임무를 수행할 지역의 지도와 러시아나 중국에서 입수했을 정밀한 위성사진들이 놓여 있었다. 그가 맞은편과 우측의 다른 조장들을 살피자, 그들은 자신의 것과 다른 지도, 위성사진을 가지고 있었다.

곽 소좌는 무의식적으로 고개를 가로저었다. 비록 자신의 직속 상관이 전면전 정황이 아니라 힘주어 말했음에도 이 정도 규모의 정찰병 병력이 특정 지역에 침투, 특수 작전을 수행하는 것 자체가 이들의 인식에서는 총력전이나 마찬가지였기 때문이었다.

방 안에 있는 8명의 정찰조장, 총조장들은 한 시간이 넘게 그들의 대대장에게서 일본 영해, 영토에서 수행할 군사작전에 대해서 설명을 들었다.

김승익 장군은 책상 쪽에서 담배를 태우며, 그들의 모습을 주의 깊게 살펴봤다.

설명을 마친, 대대장이 군관들을 차례차례 쳐다봤다. 그리고 안경을 벗어 들고 조심스럽게 말했다.

"질문이 있는 동무들은 내게 개별적으로 하시오. 그리고 이 방 안을 나서는 순간부터 각 조(정찰조)의 임무에 대해서 철저히 함구하고 특히, 다른 정찰조의 임무에 대한 그 어떤 내용도 알려 하지 말고 또 알려 주지도 마시오. 동무들이 가지고 있는 서류철 안의 내용은 반드시 각 조원들 사이에서만 언급되고 숙지될 필요가 있소. 모두들 내 말 알겠소?"

그의 당부에 군관들이 기계적으로 반응했다.

"알겠습니다, 대대장 동지."

"네, 대대장 동지."

곽성준은 서류철을 덮으며 맞은편 우측에 앉아 있는 다른 제대의 조장 박진성 대위 쪽으로 시선을 보냈다. 얼굴이 붉게 상기된 그는 알 수 없는 표정을 지으며 서류철을 품에 안고 있었다. 그 순간, 곽 소좌는 그의 서류철과 자신의 서류철에는 붉은색 띠가 있고 다른 조장들의 서류철에는 아무런 추가 표시가 없음을 알아차렸다. 박진성 대위는 곽성준 소좌와 함께 파키스탄과 이란에서 특별한 전술무기 교육을 받은 유일한 군관이었던 것이 그 이유였다.

　대대장실의 문이 열리고 강민호 대좌의 부관 김기환 소좌가 들어왔다. 그는 추가적인 담화를 위해서 모든 조장들을 대대장실 옆에 위치한 기밀실로 안내했다.

　곽성준 또한 자리에서 일어나 그들의 뒤를 따르려는 찰나, 강민호 대좌가 다른 인원들이 모르게 그를 향해 고개를 끄덕여 보였다. 그가 단순한 인사를 건넨 것이 아니라 곽 소좌에게 어떠한 메시지를 보낸 것임은 곧 김기환 소좌가 방문을 먼저 닫고 나가 버린 것이 입증했다.

　곽 소좌가 몸을 빙 돌려, 김승익 소장과 강민호 대좌를 향해 섰다. 강 대좌는 자신의 책상 쪽에 앉아 있는 김승익에게 시선을 보냈다. 그러자 그가 담배 개비를 재떨이 위에 올려다 놓고, 뭔가 은밀한 대화를 하듯 낮은 목소리로 입을 열었다.

　"동무."

　"네, 2국장 동지."

　곽성준은 대답과 함께 그의 앞으로 성큼 다가서서 차렷 자세를 취했다. 김승익은 턱을 천천히 쳐들며 말을 이어 갔다.

　"동무도 아마 파악하고 있겠지만 동무와 박진성 동무의 역할이 이번 작전에서 막중하오. 아니, 막중한 것을 넘어 이 작전의 모든 것이라고 해도 과장이 아닌 것이오. 모르긴 해도, 동무와 진성 동무의 특별 임무가 세상에 알려진다면 온 세상이 동무들을 잡고자 죽을힘을 다해 추격할 게 불을 보듯 뻔하지 않겠소?"

"명심하겠습니다, 2국장 동지."

김승익은 책상 위에 올려 두었던 두 팔을 들어 올려 팔짱을 꼈다. 그리고 몸을 의자의 등받이 쪽으로 기울이면서 중요한 질문을 건넸다.

"분명히, 동무의 이번 핵심 임무에 대한 제반 기술은 아직도 쓸 만한 것이오?"

그 대목에서 곽성준의 시선이 잠깐 그의 대대장 쪽으로 향했다. 강민호는 그에게 대답해도 좋다는 듯 고개를 슬쩍 끄덕였고 곽 소좌가 바로 대꾸했다.

"네, 2국장 동지. 지금 당장이라도 이번 임무를 수행할 수 있습니다."

그가 대답을 한 후, 한참 뒤에서야 김승익이 고개를 끄덕이기 시작했다. 그러고는 의자에서 일어나 곽 소좌 쪽으로 걸음을 옮겼다. 그는 곽성준의 맞은편에 서서 한 마디 한 마디 힘주어 말했다.

"어쩌면 동무가 그 특별한 기술을 습득하고 오늘 이 순간까지 임무 대기 상태로 있었다는 사실은 동무가 우리 공화국의 미래를 좌지우지할 운명을 가지고 있었다는 점을 의미하는 것 같소."

김승익은 곽성준의 한쪽 어깨에 손을 얹으며 그를 정면으로 응시했다. 곽 소좌는 꼼짝 않고 김승익을 정면으로 쳐다봤다. 곽 소좌의 시선에 김승익과 그의 뒤쪽에 무거운 한숨을 쉬고 있는, 그의 대대장의 모습이 들어왔다.

"성준 동무, 동무의 두 손에 이 복잡하고 어지러운 격변의 시기에서 우리 공화국 인민들이 살아날 수 있는 기회가 달려 있소. 무슨 일이 있더라도 임무를 완수하시오. 설령, 그 과정에서 이번 작전에 투입되는 모든 동무들이 희생당하고 동무의 목숨조차 보장받을 수 없을 지경이라도 말이오."

　"네, 2국장 동지."

　곽 소좌는 차렷 자세에서 온몸에 힘을 주며 대답했다. 그리고 그때 그가 의도하지 않고 시선을 보낸, 창밖에서 펄럭이는 북조선 공화국의 깃발이 보였다.

                    ＊　　　＊　　　＊

2016년 7월 12일 01시 21분 북한, 함경남도, 신포, 제55 해상 훈련소

　새벽 늦은 시간, 실전을 위한 각종 무기, 장비 준비 태세를 점검받은 8개 정찰조들이 침투용 모선과 반잠수정들이 정박 중인 도크 앞에 집결해 있었다.

　건식 잠수복에 각자의 무기, 통신 장비, 심지어 폭발물까지 챙긴 상태로 모든 정찰조원들이 집결해 있었으며, 이들의 대대장 강민호 대좌와 부대대장 백승철 중좌가 이들 앞에 서 있었다.

　정찰조원들의 등 뒤, 도크 아래쪽에서 바닷물이 출렁이는 소리가 들려오고 있었고 담배를 태우는 정찰병들이 서 있는 곳에서는 담배를 빨 때마다 빨간 불이 보였다가 이내 사라지기를 반복하고 있었다.

좌에서 우로, 조별로 서 있는 정찰병조 속에서 곽성준 소좌의 정찰조는 중간에 위치해 있었는데 그는 이들의 대기 지점에서 먼 2시 방향에서 차량 전조등 빛을 발견했다. 그가 빤히 그쪽을 바라보자 그의 부조장 지동현 상사 또한 시선을 그곳으로 보내며 조용히 속삭였다.

"오늘의 주인공이 오나 봅니다, 조장 동지."

"그러게 말이오."

곽성준은 자신의 목을 꽉 조이는 건식 잠수복의 목 부분을 풀어 헤치며 대답했다. 두 사람뿐만 아니라 모든 정찰조원들이 도크 앞쪽의 벙커 지대로 접근하는 2대의 차량들을 응시하고 있었다.

그들보다도 먼저 차량들의 접근을 무전기로 전해 들은 대대 지휘부 군관들이 분주하게 움직였고 곧 백승철 중좌가 모두에게 소리쳤다.

"부대 차렷! 총참모부의 한성현 중장 동지께서 친히 시찰을 오셨소."

그 말에 정찰병들이 소리 없이 동요하기 시작했다. 정찰총국의 지휘간부 시찰도 아닌 제1 위원장의 측근이자 총참모부의 부총참모장 한성현의 등장은 이들에게 알 수 없는 긴장감을 선사했기 때문이었다.

8개 정찰조 38명의 정찰병들 앞에 강민호 대좌를 비롯한 대대 군관들과 고참부사관들까지 일열 횡대로 자리를 잡았고 잠시 후, 벙커 지대를 지나 도크 지대 안으로 벤츠 승용차와 승리 트럭이 들어왔다.

승용차가 멈추자마자, 대대 정치지도원 리정재 대위가 박수를 치기 시작했고 이어서 모든 이들이 박수를 따라 쳤다.

곽성준은 사람들의 모습이 겨우 보일 듯한 약한 조명하에서 우레와 같은 박수 소리가 일대에 울려 퍼지는 게 매우 괴기스럽다고 생각했다.

한성현 중장이 차에서 내려 다가오는 것을 다른 이들이 지켜보는 동안 곽성준은 승용차의 뒤쪽에 거리를 두고 정차한 승리 트럭 쪽을 응시했다.

한 중장을 경호하는 병력으로 보이는 6명의 인민군들이 트럭에서 내려 사방을 경계하고 있었다. 그들은 제1 위원장을 경호하는 호위총국 소속의 인민군들과 마찬가지로 표적 지시용 적외선 레이저 투사기가 장착된 AKS74U 기관단총과 러시아제 야간 투시경을 착용한 채 정찰병들의 집결 지점을 주시하고 있었다.

곽 소좌는 제1 위원장의 통치 이후, 종종 비공식적으로 일어났던 고위 장령들 간의 권력 싸움과 그에 대한 은밀한 암살, 테러 시도에 대비하는 이유 때문에 한성현이 이렇게 늦은 시간에 자신의 경호부대에게 유리한 조명 상황을 연출했다고 짐작했다.

"백두산 공작조의 조장 곽성준 소좌입니다."

별안간 대대장 강민호 대좌의 목소리가 곽 소좌의 앞쪽에서 들리면서 곽성준이 흠칫 놀랐다. 그가 잠시 딴생각을 하는 동안 강민호 대좌가 각 정찰조장과 조원들을 한성현 중장에게 소개하며 벌써 곽 소좌의 정찰조 위치까지 다가왔던 것이었다.

"곽 소좌, 동무가 곽 소좌요?"

한성현 중장이 격이 없이 편한 목소리로 말하며 막 내밀려는 곽성준의 오른손을 덥석 잡았다. 곽성준은 반사적으로 그에게 응답했다.

"제1 위원장님과 공화국을 위해 이 목숨 기꺼이 바치겠습니다!"

"고맙소~!"

곽성준은 벙커 쪽의 약한 조명을 등지고 서 있는 한성현 중장의 실루엣만을 볼 수 있었지만 그가 분명히 미소 짓고 있다고 생각했다.

한성현은 곽성준의 뒤쪽에 일렬로 서 있는 지동현 상사, 김무영 중사, 민준호 중사, 기석천 중사에게 오른손을 쳐들어 보이며 말했다.

"우리 공화국은 동무들의 충성과 희생을 결코 잊지 않을 것이오."

그 말에 곽 소좌와 그의 조원들은 박수를 치며 화답했다. 그 직후, 강민호 대좌와 백승철 중좌, 그리고 대대 최고참 부사관 최종식, 정치지도원 리정재 대위가 한성현 중장을 곽 소좌 정찰조의 좌측에 서 있는 다른 정찰조 쪽으로 옮겨 가려 했다. 그런데 한성현 중장은 그들과 걸음을 같이 옮기지 않고 곽 소좌 앞에 서 있었다.

한성현은 다른 사람들이 들리지 않게 곽성준의 귓가에 잠시 동안 속삭였고 곽성준은 부동자세로 그 말을 듣고 있었다.

귓속말을 마친 한성현은 곽 소좌의 한쪽 어깨를 잡고 가볍게 흔들었다. 그러고 나서야 강민호 대좌 일행 쪽으로 걸음을 옮겨 다른 정찰조들에게 향했다.

그들이 멀어져가고 나서야 곽성준은 참고 있던 숨을 내쉬었다. 그는 등 뒤에 서 있는 자신의 조원들뿐만 아니라 주변의 다른 정찰조 조원들이 모두 의아한 표정으로 자신을 응시하고 있음을 알고 있었지만 숨 고르기만 할 뿐 아무 말도 하지 않았다.

한성현 중장이 대대 지휘부 군관들과 벙커들이 집결해 있는 곳으로 옮겨 가자, 그때가 돼서야 주변 조명이 더욱 밝아졌다. 그리고 트럭에서 한 중장의 경호 병력들이 일제 위스키와 삶은 돼지고기가 가득 든 박스들을 꺼내 들고 와 정찰병들에게 전달해 줬다.

각 정찰조들에게 위스키와 고기가 든 박스가 하나씩 전달되고 그 자리에서 정찰병들이 취식하기 시작했다. 위스키 박스를 열었던 몇몇 정찰병들이 환호성을 터뜨렸지만 갑작스럽게 전달된 술과 음식은 곽성준과 같은 정찰조 조장들과 부조장들의 마음을 무겁게 만들었다.

곽성준은 특히, 일본 해자대와 해상방위청에 의해 격침된 김정구 소좌의 공작조들이 출정하던 밤 똑같은 위스키와 돼지고기를 하사받았던 것을 기억하고 있었다.

곽 소좌의 정찰조원들 중 가장 나이가 어려서 막냇동생 취급을 받는 기석천 중사가 아직도 김이 모락모락 나는 뜨거운 돼지고기 덩어리를 잠수용 수경 안에 담아 오며 소리쳤다.

"조장 동지, 이것 좀 드셔 보십시오. 아직도 뜨끈뜨끈합니다."

그는 고기를 작전용 나이프로 작게 잘라서 곽 소좌에게 들이밀었다.

"일없어, 이 동무야. 너나 많이 먹어."

곽 소좌가 손사래를 쳤지만 기석천은 조심스럽게 나이프 끝에 돼지고기 한 점을 꽂아서 곽성준의 입 쪽으로 들이밀었다.

곽성준이 마지못해 그것을 받아먹자, 이번에는 성격이 거칠지만 곽 소좌에게는 듬직한 김무영 중사가 곽 소좌에게 위스키 병을 통째로 들이밀었다. 그것을 지동현 상사가 대신 받아 들고 그들에게 말했다.

"무영이, 석천이, 가서 많이 챙겨 먹어. 나나 조장 동지 걱정 말고."

"네, 부조장 동지."

김무영이 기석천과 함께, 민준호 중사 쪽으로 돌아가자 지동현이 위스키 뚜껑을 열면서 곽 소좌의 눈치를 봤다. 그러자 곽성준이 다른 정찰조들의 분위기를 살피며 건성인 듯, 은밀한 내용을 말했다.

"아까, 한 중장 동지가 무슨 말을 했는지 궁금해서 그렇소?"

지동현은 피식 웃으며 위스키병을 곽성준에게 건네줬다. 곽성준은 그것을 넘겨받고 길게 한 모금 마신 뒤, 몸을 잠시 떨었다. 그리고 그 병을 다시 지동현에게 건네줬고 지 상사 또한 위스키를 한 모금 마셨다. 그러자 곽성준이 입을 열었다.

　"부조장 동지."

　"네, 조장 동지."

　"동지, 역사책 즐겨 보시오?"

　뜬금없는 질문에 지동현이 갸우뚱했지만 곽성준은 하던 말을 마저 했다.

　"우리 백두산 공작조가 언젠가 공화국과 온 세상의 역사책에 나올 것 같소."

　그 말을 마친 뒤, 곽성준은 지동현이 들고 있던 위스키병을 낚아채 다시 길게 한 모금 마셨다.

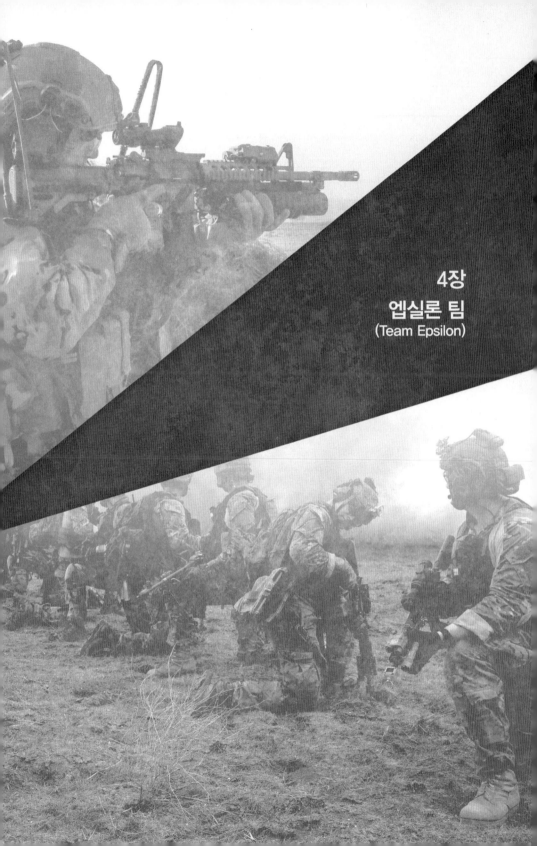

4장
엡실론 팀
(Team Epsilon)

2016년 7월 12일 13시 32분 아프가니스탄과 파키스탄 국경 지대 근처, 페샤와르 외곽

파키스탄의 서부 지역의 도시 페샤와르는 암암리에 아프가니스탄과 파키스탄 사이에서 불법적으로 월경을 하는 사람들이 거쳐 가는 곳이었다.

파키스탄의 국가 주도권에서 밀려나 있는 무슬림 파슈툰 부족민들이 거주하는 이 도시는 불법적으로 국경을 넘나드는 탈레반 전사, 미군 특수부대, 양측의 군수물자나 각종 군사정보 그리고 아프가니스탄에서 제조된 아편으로 치안 유지 자체가 불가능한 곳이었다.

이처럼 파키스탄 정부의 치안에 대한 통제력이 강력하게 미치지 못했고 간간이 반정부 세력들의 폭탄 테러와 치안부대와의 총격전이 심심치 않게 일어났고 때때로 페샤와르 주변의 산악지대에서는 탈레반 세력에 대한 미군의 공습과 공격이 이어졌다.

그럼에도 도시는 더욱더 외곽으로 확장해 왔고 오늘도 페샤와르 외곽의 거주 지대에 대한 도로포장 작업이 진행되고 있었다. 오늘의 도로포장은 시장 근처, 낡은 건물 수십 채들이 늘어서 있는 거리와 북서쪽 건물 블록들과 인접하는 지대에서 이루어졌다.

따가운 햇볕 속에서 오전 내내, 코를 찌르는 아스팔트 냄새를 맡은 10여 명의 현지인 작업자들이 늦은 점심시간을 허락받자 왕복 2차선 도로의 우측에 있는 3층 건물들 쪽으로 옮겨 가 삼삼오오 모여 앉았다.

포장 작업이 한창인 도로의 좌우에는 북쪽에서 남쪽으로 20여 채가 넘는 3~4층 건물들이 늘어서 있었지만 뜨거운 햇살을 피할 수 있는 곳은 거리 우측이었다.

포장 작업이 중단되자 몇 대의 릭샤(3륜 택시)들과 승합차들이 포장이 되지 않은 비포장도로 위로 지나갔고 잠시 뒤, 노새가 끄는 마차 한 대와 스쿠터를 탄 두 사람이 작업자들이 쉬고 있는 곳으로 접근했다.

그들은 곧 커리와 로티, 간단한 음료들을 작업자들에게 건네줬다. 그들은 현지 노점상들이었다.

먼지가 가득 내려앉은 치킨 커리와 로티를 집어 든 작업자들이 며칠 전 내린 폭우로 보도블록들이 엉망이 되어 있는 인도에 퍼질러 앉았다. 인도의 절반에만 건물들이 제공하는 그늘이 있었기 때문에 작업자들은 모두 건물들의 벽체와 화단 쪽으로 밀착해 앉아서 보잘것없는 점심 식사를 하고 있었다.

이들 중 '223'이라는 주소가 쓰여 있는 3층짜리 콘크리트 건물 앞에 앉아서 딱딱해진 로티를 커리에 찍어 먹고 있는 4명의 작업자들은 다른 작업자들과 달리, 지독한 더위에도 불구하고 작업복 상의와 빨간색 수납 조끼를 벗지 않고 있었다.

연신, 검은 곱슬머리와 먼지가 노랗게 묻어 있는 턱수염, 콧수염에 묻어 있는 땀을 닦고 있는 이들은 파키스탄인들이 아닌 '엡실론(Epsilon)'이라는 콜사인을 가진 델타포스 대원들이었다.

프랭크 베넷(Frank Bennett) 준위를 팀장으로 하는 대런 레닉스(Darren Rennix) 중사, 스티븐 로우(Steven Lowe) 중사, 매트 스턴(Matt Stern) 하사는 오전 내내 역시 'HVT 344(High Value Target 344: 최우선 제거 혹은 체포 대상 344번)'이라는 파키스탄인 핵폭탄 제조업자가 은거하고 있는 '223번지 건물'을 감시해 왔고 그가 건물 안에 있는 것이 확실해지면 곧바로 체포, 압송하는 임무를 가지고 있었다.

"새가 떠 있습니다. 2시 방향!"

레닉스 중사가 미지근한 산양 젖을 마시면서 이들이 앉아 있는 곳에서 2시 방향, 시장 지대 상공에 떠 있는 무인 정찰 공격기 MQ-9 리퍼의 존재를 동료들에게 알렸다. 만약 이 지역이 완벽한 정부 통제 지역이었다면 현지인들은 미군 무인기의 존재를 알아보는 순간 난리가 났을 테지만 이곳은 늘 미군 무인기들과 헬기들이 눈에 띄는 곳이었기 때문에 아무도 신경 쓰지 않았다.

오히려 이들 델타포스 대원들이 무인기를 최대한 멀리 떨어진 곳에서 대기하도록 지휘부에 주문을 해야 하는 상황이었다. 그들이 먼 하늘에서 선회 중인 무인기를 바라볼 때, 같이 작업을 했던 파슈툰 부족 노인 한 명이 이들에게 다가왔다.

로우 중사가 유창한 파슈토어로 그에게 인사를 건네자, 노인이 지저분한 천 조각에 싸여 있는 염소젖 치즈와 물러 터진 자두 몇 개를 이들에게 건네줬다. 로우 중사가 새벽 내내 포장 작업을 하는 동안, 노인이 무거운 드럼통을 나르는 것을 도와준 호의에 대한 화답이었다.

로우는 비쩍 마르고 얼마 남아 있지 않은 치아로 겨우 식사를 하던 노인과 그의 손자에게, 자신이 직접 신문지에 싸 왔던 염소 고기 육포를 건네줬다. 그러자 노인과 10대 손자가 그에게 육포를 쳐들어 보이며 웃어 보였다.

다시 작업자들이 식사를 하고 누군가 틀어 놓은 라디오에서 노랫소리가 거리에 울려 퍼졌다.

"이거 먹어 볼 거야?"

로우 중사가 스턴 하사에게 나이프로 잘라 낸 염소젖 치즈 조각을 건네줬다. 그러자 그가 딱딱한 로티에 치즈를 넘겨받아 먹었다. 맛이 좋다는 듯 고개를 끄덕이자 베넷 준위와 레닉스 중사도 피식 웃어 보였다. 그러던 중 레닉스 중사가 현지인들이 들리지 않을 작은 목소리로 속삭였다.

"취프, 우리 이러다가 HVT344는 코빼기도 보지 못하고, 이 마을의 모든 도로를 무료로 포장해 주고 복귀하는 거 아닙니까?"

그 말에 베넷 준위는 스크래치가 잔뜩 나 있는 노란색 작업용 안전모를 벗어서 자신의 곱슬곱슬한 머리칼들을 쓸어 넘기며 대꾸했다.

"오늘이 데드라인이야. 오늘 이 작업이 끝날 때까지 우리가 HVT 344를 확보하지 못하면 오늘 새벽에 101사단(101공수사단) 애들이 이쪽 마을 전체를 강습해서 수색할 거야. 그러다가 또 엉뚱한 놈들하고 총격전이 벌어지면 엄한 사람들이 다치겠지. 저 노인과 손자들 같은 엄한 사람들 말이야."

베넷은 안전모를 다시 착용하면서 이들과 점심거리를 나눠 먹었던 노인과 손자, 그들의 동료들 쪽으로 시선을 보냈다. 그 말에 다른 델타부대원들까지 먼지와 파리 때문에 박스 조각들로 부채질을 하면서 식사를 하는 현지인들의 모습을 잠시 지켜봤다.

베넷과 그의 엡실론 팀원들은 CIA의 대량살상무기 추적 부서와 공조하여, 파키스탄과 아프가니스탄을 오가며 1년 반 동안 다양한 임무들을 수행해 왔다.

그들은 그들 앞에 있는 순박하고 열심히 사는 현지인들 중 일부가 해가 떨어지면 집에서 알카에다나 탈레반군 끄나풀들과 정보, 불법 무기를 거래하고 있음을 오래전부터 알고 있지만 그 때문에 무고한 현지인들이 다치거나 피해를 입는 것 또한 결코 지켜보고 싶지는 않았다.

베넷 준위가 이틀 전, 이들 팀의 작전 개시 전에 반드시 임무를 약정된 시간 안에 완수해야 한다고 강조했던 것도 그러한 생각에서 비롯된 것임을 모두가 숙지하고 있었다.

레닉스 중사는 앉아 있던 화단 경계석 위에서 천천히 몸을 일으켰다. 그런 뒤, 캔 안에 남아 있는 미지근한 콜라를 포장된 도로와 인도의 경계선 쪽에 있는 곳에 쏟아 버렸다. 그는 몸을 빙 돌려서 감시 중인 건물을 향해 선 뒤, 캔을 든 상태로 두 팔을 쳐들고 기지개를 길게 켰다. 그런 뒤 다른 사람들이 눈치채지 못하게 은밀하게 건물 2층과 3층에 있는 4곳의 창가들을 훑어봤는데, 그때 3층 창가에서 누군가의 모습을 발견했다. 레닉스가 팀원들의 무선망에 속삭였다.

"HVT 발견, 찰리 레드(3층, 오른쪽 창문)! 찰리 레드!"

그 말에 베넷 준위가 벌떡 일어서서 먼지와 열기로 얼굴을 보호해 주는 긴 타월을 얼굴에 감는 척하면서 3층의 우측 창가를 주시했다.

그곳에는 슬라이드식 창문이 열려 있었고 HVT 344로 불려 왔던 아부 아마르가 창가에 서서 담배를 태우고 있었다. 그는 담배를 태우면서도 누군가와 위성 통신 전화기를 통해 대화를 나누고 있었고 그 모습을 확인한 베넷은 신속하게 건물을 등지고 섰다. 그런 뒤, 팀원들에게 지시를 내렸다.

"전 대원, 브릴리언트 식스(Brilliant 6)! 현 시간부로 '아리조나(Arizona)'를 전파한다! 아리조나!"

베넷이 작전 개시를 의미하는 단어를 소리치자마자, 3명의 델타포스 대원들이 안전모를 벗어 버리고 일어났다. 대원들은 휴대 가방이나 장비 상자 속에서 9인치 총열을 가진 HK416과 글록22 권총을 꺼내 장전했다.

로우 중사는 그들의 우측에 앉아 식사하던 노인과 그의 손자들에게 멀리 떨어져 있으라는 손짓을 하면서 작업복 깊숙이 감춰 뒀던 총기를 꺼내 보였다.

그는 거리 쪽을 감시했고 레닉스 중사는 건물 앞에 서서 창가들을 감시했다. 아직도 아부 아마르는 창가 쪽에서 통화 중이었고 아래쪽 상황을 인지하지 못한 상황이었다.

그사이에 스턴 하사가 건물 출입문에 폭약을 설치했고 베넷은 전체 상황을 지켜보며 건물 내 진입 시기를 살폈다.

"진입 준비 끝!"

스턴이 출입문을 무너뜨릴 폭발물의 격발 장치를 쳐들고 보고했다. 그때쯤에는 현지인 작업자들이 허둥지둥 도로 건너편으로 대피한 상태였지만, 건물의 창문들을 경계하던 레닉스 중사는 특이한 징후를 발견하지 않은 상황이었다.

"엡실론이 표적 건물 안으로 진입한다! 격발!"

베넷 준위는 지휘부에 대한 보고 직후, 출입문 폭파를 지시했고 스턴 하사가 전신주 기둥으로 몸을 숨긴 뒤 격발 장치를 눌렀다.

"펑~!"

문의 손잡이와 잠금장치 쪽에 장착한 폭발물이 출입문을 뚫고 집 안으로 폭발력을 쏟아 냈다. 짙은 연기와 흙먼지가 동시에 생겨났고 델타포스 대원들이 진입 대형을 갖춰 출입문을 열고 들어갔다.

"타타타타타~!"

실내에서 더욱더 크게 들려오는 AK 소총 총성과 천장 쪽에서 쏟아져 내리는 유리 조각들이 델타부대원들을 맞이했다.

아마르의 경비병은 레닉스 중사와 베넷 준위가 진입하면서 실내로 투사한 총기의 강력한 전술라이트 빛에 정확한 조준을 하지 못한 채 대충 사격했고, 그가 발사한 총탄들은 출입 문가 위쪽에 설치된 작은 샹젤리제를 박살 낸 것이었다. 그는 그 행동에 대한 대가를 치렀다.

"탕! 탕!"

레닉스의 HK416 총탄들이 거실 안에서 뛰쳐나오던 경비병을 다시 거실 쪽으로 나가떨어지게 만들었다.

"빨리! 빨리!"

베넷 준위가 소리치면서 팀원들을 1층의 우측 벽에 있는 계단 통로로 이끌었다. 2명이 밀착하여 계단을 따라 올라갔고 나머지 2명은 후방을 경계하면서 뒤따랐다.

각 층별로 꼼꼼하게 수색 확보하는 방식이 아닌 무턱대고 3층으로 올라가는 상황이었기 때문에 델타포스 대원들은 더욱더 경계에 신경을 썼다.

돌격 대형에 앞장선, 베넷은 가쁜 숨을 겨우 참으면서 2층 쪽에서 들려오는 소리에 귀를 기울였다. 2층에 도착하자 계단 통로의 좌측, 복도 가장 안쪽에 있는 방에서 사람들이 떠드는 소리가 났다.

그는 그곳을 향해 손짓했고 뒤따르던 레닉스 중사가 안전핀이 제거된 섬광탄을 힘껏 내던졌다.

그러나 섬광탄이 복도에 떨어지는 순간 방 안에서 또 다른 남자가 튀어나와 이들에게 AK 소총을 들이댔다. 그를 향해 레닉스가 글록22를 쳐들고 먼저 방아쇠를 당겼고 괴한 또한 AK 소총 사격을 가했다.

"탕! 탕!"

"타타타타~!"

"펑!"

양측의 총성이 울리는 것과 동시에 섬광탄이 폭발했고 짙은 연기가 복도 안쪽에 퍼졌다.

"젠장! 노 샷! 노 샷!"

하필이면 섬광탄이 폭발하던 시점에 괴한을 향해 사격을 가했던 레닉스 중사가 두 눈을 한 손으로 감싸며 외쳤다.

베넷 준위는 그를 통로 벽으로 밀어붙였고 그 즉시, 후위를 맡고 있던 스턴 하사가 MP7A1 기관단총을 가지고 올라왔다.

그러나 그가 베넷 곁에 합류했을 때, 복도 안쪽에서 사람들이 떠드는 소리가 들려왔고 베넷은 그곳으로 또 하나의 섬광탄을 투척했다. 그런 뒤, 다시 3층으로 달려 올라갔다.

3층에 도착하자마자 베넷은 복도 쪽을 향해 섰다. 그가 총구를 고정한 곳은 처음 아부 아마르가 목격된 복도 왼편 첫 번째 방이었다. 그곳은 출입문이 활짝 열려 있었고 베넷은 망설이지 않고 방으로 달려 들어갔다. 그러나 방 안에는 무장한 괴한이나 아마르가 아닌 30대 정도의 현지 여성과 2명의 아이들이 있었다.

"젠장!"

그가 상황을 저주하며 정면으로 겨눴던 총구를 천장 쪽으로 쳐들었는데 그 순간 그의 등 뒤, 맞은편 방 출입문이 덜컥 열렸다. 베넷은 어깨너머로 고개를 돌리지 않고도 위험을 직감했고 민첩하게 몸을 날려 침대 가장자리에 앉아 있던 현지 여성과 아이들을 쓰러뜨렸다.

"탕! 탕! 탕!"

총성이 울리면서 방 안의 창문 유리가 박살이 나서 무너져 내렸다. 베넷은 유탄이 닿지 않는 벽 쪽으로 겁에 질린 여성과 아이들을 몰아갔다. 그런 뒤 몸을 일으켰는데 그때에는 이미 상황이 정리된 뒤였다.

"이상 무! 이상 무!"

로우 중사의 목소리가 무선망과 그의 두 귀에 직접 들려왔다. 베넷이 출입 문가에 서자, 테이저 건에 제압된 아마르가 복도에 쓰러져 있었다.

아마르는 베넷 준위의 등 뒤, 맞은편 방에서 랩톱컴퓨터와 각종 저장 장치를 챙겨 오다가 그를 발견하고 사격을 가했지만 뒤따라 올라온 로우 중사가 테이저 건으로 제압한 상황이었다.

"랩톱과 외장형 하드, 모두 챙겨! 특히, 설계 도면 같은 것이 있으면 반드시 챙겨, 빌, 그쪽 방을 최대한 빨리 수색해 봐!"

로우 중사가 아마르를 포박하고 입에 재갈을 물리는 동안 스턴 하사가 맞은편 방을 수색했다.

그러나 그때, 베넷이 대피시켰던 파키스탄인 여성이 한 명의 아이는 안고 다른 한 명을 손을 잡고 방에서 뛰쳐나왔다. 그런 뒤 만류하는 델타부대원들의 손길을 뿌리치고 2층으로 향하는 계단을 내려가기 시작했다.

그녀는 계단을 내려가다가 갑자기 걸음을 멈추고 델타포스 대원들을 향해 뭐라 소리치기 시작했다.

"대체 뭐라는 거야?"

베넷이 묻자, 2층 쪽과 그녀를 주시하던 레닉스 중사가 대꾸했다.

"아마르에게 말하는 모양입니다. 우리들하고 같이 나가 죽으라는데요?"

그 말에 베넷과 다른 델타포스 대원들이 어이없는 웃음을 잠시 지었다. 이윽고 스턴 하사가 맞은편 방에 대한 수색을 마치고, 위성 통신 전화기와 5개의 스마트폰들을 챙겨 왔다.

"취프, 2층에서 놈들이 올라옵니다. 무전기 소리가 들리는 것을 보니 더 몰려오나 봅니다!"

3층 계단 통로 입구 쪽에서 2층에서 올라오는 계단 사면을 경계하던 레닉스가 소리쳤고 곧 스턴이 MP7A1 기관단총을 쳐들고 그의 곁으로 합류했다.

베넷은 그때서야 지휘부에 연결된 무선망에 보고했다.

"엡실론이다! HVT 344를 확보했다. 반복한다, HVT 344를 확보했다. 현 시간부로 퇴출 지점으로 향한다!"

그의 보고에 지휘부가 응답했고 베넷은 팀원들에게 손짓으로 옥상으로 이동하도록 지시했다.

스턴 하사가 선두에 서고 아마르를 앞세운 로우 중사와 베넷 준위가 뒤따랐다. 그리고 레닉스 중사는 3층에서 옥상으로 향하는 계단 쪽에 C4 폭약과 동작 감지 센서에 의해 작동되는 기폭 장치를 설치했다.

그는 조심스럽게 작은 폭약 덩어리를 2층 계단 통로 쪽으로 향하게 고정해 둔 뒤, 서둘러 동료들의 뒤를 따라갔다.

스턴 하사가 옥상의 출입문을 열고 옥상을 살폈다. 그런 뒤 그가 먼저 올라가 아마르를 끌어 올렸고 그 뒤를 이어 베넷과 나머지 팀원들이 옥상으로 올라왔다.

"제기, 타 죽겠구만."

숨 막히는 열기 속에서 베넷이 투덜거렸다. 그는 수납 조끼를 벗어 버리고 작업복 안에 착용하고 있던 공중 탈출용 하네스의 결속 고리를 목덜미 쪽에서 꺼내 놓았다. 다른 팀원들도 동일한 준비를 했고 로우 중사는 자신의 몸통에 두르고 있던 또 하나의 하네스를 꺼내서 아마르에게 착용시켰다.

"펑~!"

옥상 전체를 뒤흔드는 강력한 진동이 3층 쪽에서 전달됐고 델타포스 대원들은 계단 통로에 설치한 부비트랩의 폭발로 아마르의 경비병들이 얼마나 가까운 곳까지 뒤따라 왔는지 확인할 수 있었다.

레닉스 중사와 스턴 하사는 옥상 출입문을 열어 놓고 3층에서 올라오는 계단 사면을 주시했다. 그리고 잠시 후 양측의 소화기 사격이 시작됐다.

"타타타타~!"

"탕! 탕! 타탕! 탕!"

3층에서 AK 총탄들이 쏟아져 날아왔고 그들을 향해 두 델타포스 대원들이 번갈아 단발 사격으로 응사했다. 그러던 중 레닉스가 총기의 탄창을 교체했고 그 순간 묵직한 금속 덩어리가 이들이 지키고 있는 출입문 근처로 날아와 떨어졌다.

"수류탄이다! 수류탄이다!"

스턴 하사는 그 즉시 F1 수류탄을 집어 3층 쪽으로 집어 던졌고 거의 동시에 수류탄이 폭발했다.

"퍼엉~!"

모든 사람들의 고막을 꾹 찌르는 충격이 옥상 전체를 휩쓸었고 계단 통로 쪽 허공에서 폭발한 수류탄의 열기와 화연을 뒤집어쓴 스턴이 뒤로 나가떨어졌다.

그 모습을 지켜보던 베넷 준위가 지휘 무선망에 소리쳤다.

"3층의 탱고(Tango)들을 날려 버려! 뭐 하는 거야?"

그가 버럭 화를 내자, 지휘부 쪽에서 모두가 들을 수 있는 무선망에 응답했다.

"엡실론, E.T.A. 20여 초이다! 잠시만 대기하라!"

지휘부의 응답을 들으며 델타포스 대원들이 먼 2시 방향에서 선회했던 무인공격기 리퍼 쪽을 살폈다. 수 킬로미터 거리에서 선회 중이었던 리퍼는 교전이 일어나는 건물 쪽으로 기수를 고정한 채 최고 속도로 날아오고 있었다.

최초에는 점처럼 보이던 리퍼가 이제 옥상에 있는 미군 특수부대원들의 눈에 거조처럼 보였다.

그 모습을 지켜보던 베넷이 모두가 들을 수 있는 크기의 목소리로 중얼거렸다.

"제발 엉뚱한 데 쏘지 마라, 제발~!"

로우 중사와 레닉스 중사가 옥상 출입 문가에서 다시 3층을 향해 맹렬한 사격을 가하기 시작할 때, 마침내 1킬로미터 내외 거리까지 날아온 리퍼가 기수를 교전이 일어나고 있는 건물 쪽으로 고정했다. 리퍼가 고속으로 급강하 기동을 하면서 항공기의 활공 소음이 옥상 쪽에까지 들려왔다.

동시에 수백 킬로미터 거리에 있는 작전지휘부에서 리퍼의 공격 과정을 전파해 줬다.

"사이드 킥(Side kick), 인바운드(접근 중이다)! 사이드 킥, 인바운드!"

그들의 교신 직후, 리퍼의 긴 양 주익 아래에서 2발의 헬파이어 미사일들이 불꽃을 꼬리에 달고 날아왔다.

"슈슈숫~!"

"인커밍! 인커밍!"

베넷이 소리치자 델타포스 대원들이 옥상 바닥에 납작 엎드렸다. 그들이 눈 깜짝할 사이에 2발의 대전차 미사일들이 날아와 델타포스 대원들의 시야 아래쪽 3층 구획 쪽으로 사라졌다. 그 직후 엄청난 폭발음과 함께 옥상 전체가 흔들렸다.

"쿠쿠우웅~!"

대전차 미사일들이 3층에 작렬한 직후, 리퍼가 기수를 쳐들고 고도를 올렸으며 그 상태로 저음의 육중한 프로펠러 소리를 토해 내고 옥상 직상방 30~40미터 고도로 스쳐 지나갔다.

2발의 헬파이어 미사일의 폭발과 리퍼의 거대한 동체가 거리 일대를 스치듯 지나가자 교전 지점 근처의 건물들 외부 유리창들이 박살이 나서 쏟아졌다. 3층 창가 쪽에서 까만 연기가 솟구쳐 옥상에까지 퍼졌다.

베넷은 아마르와 팀원들의 상태를 확인한 후, 옥상 난간 벽에서 아래쪽 거리를 살폈다. 아스팔트 포장 작업을 하던 인부들은 모두 도로 맞은편 건물과 노점들 쪽으로 대피했는데, 그는 그 잠깐 사이에 100여 명도 넘는 현지 주민들과 상인들이 모여서 이곳 상황을 주시하고 있음에 깜짝 놀랐다.

아마르의 위치를 실시간으로 추적한 끝에 오늘의 성과가 있었지만 그는 대낮에 민간인 지역 한복판에서 이러한 상황이 벌어지고 있음을 정말로 심각하게 우려하고 있었다. 이 상황이 더욱 더 악화되기 전에 그는 분명한 조치를 취해야 한다고 판단했다.

"브릴리언트 식스! 프린스34(Prince34: 퇴출 헬기 콜사인)의 E.T.A.를 요청한다! 빨리빨리 오지 않고 뭐하는 거야?"

베넷이 무선망에 소리치면서 옥상 출입구 쪽을 살폈다. 까만 연기와 열기가 3층에서 출입구 쪽을 통해 옥상으로 유입되고 있었다.

그러나 레닉스 중사가 3층 계단 쪽에서 무언가를 발견했는지 기관단총 사격을 가했다. 그런 뒤, 스턴이 미니 수류탄 한 발을 3층 쪽으로 던져 넣었다.

"쿵~!"

수류탄이 폭발하자마자, 레닉스가 베넷에게 보고했다.

"계단 쪽에 2~3명이 더 있습니다! 헬파이어의 폭발력에서 살아남았는지 아직도 AK로 사격해 옵니다."

레닉스 중사가 말을 마치기도 전에, 거리 맞은편 건물에서 이곳 옥상 쪽으로 기관총탄이 날아오기 시작했다.

"타타타타타~! 타타타타!"

"PKM! PKM! 거리 건너편이다!"

베넷이 소리치자 델타부대원들이 난간 벽 높이 아래로 자세를 바짝 낮췄다. 그때 아마르를 옥상 바닥에 눕혀 놓고 경계 중인 로우 중사가 소리쳤다.

"빌어먹을, 프린스34는 오늘이 아니라 내일 온다고 했습니까? 대기 공역이 코앞인데 뭐하고 있답니까?"

베넷은 거리를 내려다봤던 난간 벽 쪽에 쭈그리고 앉아서 그의 불평에 고개를 내저었다. 그사이에 옥상 쪽으로 7.62밀리 PKM 기관총탄들이 쉴 새 없이 날아들었다.

그는 위험을 무릅쓰고 길 건너의 기관총 사격 위치를 확인해야 했다. 퇴출 헬기가 옥상에 도착할 때까지 기관총 진지를 제압하지 못하면 지금보다 더 상황이 악화될 것이 불을 보듯 뻔했기 때문이었다.

베넷은 벽에 몸을 밀착한 뒤, 고개를 쳐들었다. 난간 벽 너머로 총성이 들려왔던 방향에는 4채의 인접 건물들이 있었는데, 그는 그중 기관총 사격을 가해 올 수 있는 3층과 4층 건물들을 확인했다.

"타타타타타~!"

베넷의 시야 11시 방향에 위치한 3층 건물에서 또다시 기관총탄들이 날아왔다. 기관총탄들은 그가 잠깐 머리 일부를 드러냈던 난간 벽면에 집중됐고 박살 난 콘크리트 가루가 비상했다.

그는 옥상 바닥에 착탄하는 총탄이 없었기 때문에 기관총 진지가 비슷한 높이의 건물일 거라 예측했었고 그가 생각했던 대로 11시 방향에서 격렬한 기관총 총성이 울려왔다.

"매트!"

베넷이 자신의 HK416의 총구 잔뜩 묻은 흙먼지들을 불어 내고 스턴 하사를 호출했다. 그가 앉은걸음으로 다가오자, 베넷은 그에게 상황 설명과 함께 지시를 내렸다.

"루키(Rookie)! 우리 위치 11시 방향 3층 건물 옥상에 적 기관총 사수가 있다. 내가 저쪽으로 자리를 옮겨 유인 사격을 할 테니 거리 건너편으로 수류탄을 정확히 투척해 봐! 할 수 있겠나?"

스턴은 그의 지시를 듣고 잠시 머릿속으로 20여 미터가 넘는 양쪽 건물의 거리와 미니 수류탄 투척 각도와 방법을 그려 봤다. 그런 뒤, 고개를 끄덕이며 대답했다.

"알겠습니다, 취프!"

베넷은 스턴에게 자신의 자리를 양보하고 7~8미터 정도 위쪽으로 이동했다. 그는 그곳에서 총구와 광학 조준경 쪽에 묻어 있는 먼지를 불어 버린 뒤 사격 자세를 잡았다. 그런 뒤, 스턴에게 시선을 보내자 그는 베넷을 응시하면서 미니 수류탄의 안전핀을 제거했다. 스턴이 고개를 끄덕이자 베넷 준위가 민첩하게 몸을 일으키며 소리쳤다.

"지금이다!"

베넷은 몸을 일으켜 세우며, 거리 건너편 기관총 진지를 향해 HK416 사격을 시작했다.

"탕! 탕! 탕! 탕!"

그는 발사 반동을 완벽하게 통제하면서 25~26미터 거리의 옥상을 향해 총탄을 날려 보냈다.

그러자 건너편 기관총 역시 총구를 돌려 그를 향해 응사했다. 정확한 사격이라기보다는 수십 발의 총탄들을 퍼부어 대는 사격이었기 때문에 베넷은 최대한 자신의 모습을 오랫동안 노출시켰다가 다시 몸을 낮췄다.

그는 스턴 하사가 자신처럼 몸을 웅크리고 있는 모습을 봤는데, 혹시 그가 타이밍을 놓쳐서 수류탄을 투척하지 못했는지 물어보려 했다. 그러나 그 순간 거리 건너편에서 '쿵~!' 하는 폭발음이 울려 퍼졌다.

그가 투척한 수류탄이 정확한 곳에 떨어졌고 더 이상 기관총 사격이 이어지지 않았다.

때맞춰, 남서쪽에서 저공으로 날아오는 MH-60M 헬기의 소리가 들려왔고 지휘부에서 이들에게 상황을 전파해 줬다.

"프린스34가 엡실론의 대기 지점으로 향하고 있다. E.T.A. 1분이다!"

"라저~!"

베넷은 3명의 팀원들에게 한 손으로 수신호를 만들어 보였고, 그들은 메시지를 접수했다는 의미로 OK 수신호를 만들어 보였다. 베넷은 아마르에게 다가가 그의 눈가리개와 입을 막았던 재갈을 풀어 줬다. 그사이에 스턴과 레닉스는 3층 안에 남아 있을 적들에게 최대한의 화력을 퍼부었다.

"엡실론, 여기는 프린스34, E.T.A .30초 전!"

델타포스 대원들의 무선망에 지휘부가 아닌 퇴출 헬기인 프린스34의 목소리가 들려왔다.

"라저 댓, 프린스34! 당국은 엡실론의 대기 위치 남서쪽에서 접근하고 있다!"

베넷 준위는 그들에게 대꾸하면서 붉은색 연막탄을 옥상 한구석에 투척했다. 붉은 연막이 퍼지고 잠시 후, 시장 구획으로 향하던 MH-60M이 기수를 돌려 이들의 대기 지점으로 향해 왔다.

헬기가 다가오는 것을 지켜보던 베넷이 옥상 출입구 쪽으로 달려가 대원들에게 옥상 한복판으로 이동하도록 지시했다.

이윽고 MH-60M 페이브 호크의 거대한 기체가 옥상에서 7~8미터 상공에 도착, 제자리비행을 시작했다. 베넷은 기체가 정확한 위치에 떠 있는지 확인한 뒤, 무선망에 말했다.

"엡실론, 스탠바이!"

"라저~!"

그의 요청에 따라, 기체에서 공중 탈출용 로프가 옥상 바닥에 떨어지고 델타포스 대원들은 자신들과 아마르의 하네스에 있는 스냅링크를 굵은 로프에 장착된 링크에 걸었다. 대원들의 링크 결속 상태를 살핀 로우 중사가 베넷에게 소리쳤다.

"취프, 모두 준비됐습니다! 지금입니다!"

그의 보고에 베넷 준위는 자신의 수납 조끼 주머니에 있는 미니 수류탄 한 발을 꺼내 안전핀을 제거했다. 그런 뒤, 그것을 3층 계단 통로 쪽으로 투척한 뒤 팀원들 쪽으로 달려갔다.

그가 자신의 스냅링크를 로프 끝에 있는 링크에 결속하자 로우 중사가 그것을 최종으로 확인해 준 뒤, 모두가 볼 수 있도록 두 팔을 양쪽으로 펼치며 소리쳤다.

"엡실론, 퇴출 준비 끝! 지금이다, 프린스34!"

로우중사의 수신호와 무선보고를 접수한 헬기가 서서히 고도를 높이기 시작했다. 헬기에서 늘어뜨려진 로프가 서서히 끌어 올려지면서 레닉스 중사와 아마르, 그리고 스턴 하사와 로우 중사, 베넷 준위가 헬기가 향하는 방향으로 몇 걸음 따라 걷다가 차례차례 허공으로 끌어 올려졌다.

두꺼운 로프 한 가닥에 여러 개의 링크들을 설치하여 특수부대원들 수 명이 각자의 결속 장비로 결속, 공중 탈출할 수 있는 '스파이 릭(SPIE Rig)'을 이용해 HVT 344의 체포 작전이 마무리되는 순간이었다.

베넷의 몸이 옥상에서 5~6미터 정도 떠오르자, 그와 로우 중사, 스턴 하사가 옥상에 연막탄들을 투척했다. 만약에라도 있을지 모르는 경비병들의 대공 사격을 막기 위한 조치였다. 붉은색, 초록색, 보라색 연막들이 어지럽게 뒤섞여 옥상과 근처 상공을 뒤덮었다.

MH-60M 헬기는 고도를 더 높이지 않고 로프 맨 아래쪽에 매달려 있는 베넷 준위가 다른 건물 옥상에 충돌하지 않을 정도로만, 최저 고도를 유지하며 이동했다.

교전이 있는 거리에서 빠져나오자 헬기는 속도를 내면서 남서쪽으로 향하기 시작했고 이들을 수백 미터 위쪽 상공에서 무인 공격기 리퍼가 엄호해 주고 있었다.

로프 맨 아래쪽에 매달린 베넷은 위쪽에 매달려 있는 팀원들과 아마르를 지켜본 뒤, 발밑에 보이는 수백 미터 아래쪽의 황량한 들판과 비포장도로를 내려다보면서 안도의 한숨을 내쉬었다.

* * *

2016년 7월 13일 01시 12분 미국, 버지니아 주, 랭글리, CIA 본부

엡실론 팀의 작전을 지켜봤던 제이크 어윈과 JSOC(미군 합동 특수전 사령부) 소속 간부들은 퇴출 헬기 프린스34기가 현장을 빠져나와 미군 전진기지에 도착할 때까지 상황실을 떠나지 않았다.

그들이 상황 종료 후, 1시간이 되지 않아서 상황실 한쪽 구석에 있는 기밀 작전용 컴퓨터에는 파키스탄에 있는 전진기지에서 보내오는 암호화된 정보들이 들어오기 시작했다. 그 정보들은 델타포스 대원들이 체포해 온 HVT 344의 랩톱컴퓨터와 스마트폰들에 입력되어 있는 정보와 연락처들이었다.

어윈이 상황실의 수석 정보분석자인 그렉 피어스가 정리, 분석한 정보를 받아 봤던 시간은 그로부터 5시간 뒤였다. JSOC와 함께 아부 아마르의 체포 작전을 주도했던 WMD(대량살상무기) 추적 부서의 팀장 제이슨 앤더튼(Jason Anderton)이 그와 함께 어윈의 방을 찾아왔다.

"들어오게들!"

제이크 어윈은 방 출입문 반대편, 한쪽 벽 전체가 강화유리로 되어 있는 곳에 서서 외부 전경을 응시한 채로 두 사람의 노크에 응답했다. 그렉 피어스와 제이슨 앤더튼이 출입문을 열고 들어오자마자 어윈이 물었다.

"그렉, 어때? 이자가 북한인들에게 핵 기폭 장치를 만들어 준 게 확인됐나?"

그 말에 190cm의 장신인 피어스가 출입문 쪽에서 걸음을 멈쳤다. 그런 뒤 태블릿 PC 화면을 응시했고, 앤더튼은 곧 이들이 나눌 대화의 중대성을 감안하여 출입문을 조심스럽게 닫았다. 그렉 피어스가 어윈의 질문에 대답했다.

"일단, 아마르가 2개의 기폭 장치들을 완성해서 넘긴 것을 확인했습니다. 이 기폭 장치 2개를 구매한 자가 영국 국적을 가진 무기 중개상이라고 되어 있는데, 이자를 지금 추적하고 있습니다. 이자를 논외로 해 두고 보더라도 1차로 아마르가 만든 기폭 장치 설계도를 확인해 본 결과 일본인들이 건져 낸 기폭 장치와 일치한다고 합니다."

"확실한가?"

"네, 제이크."

어윈의 질문에 앤더튼이 대답한 뒤 그에게 몇 걸음 다가섰다. 어윈은 들고 있는 봄베이 잔을 책상 위에 올려놓고 그때서야 두 사람에게 서재 책장 쪽의 의자에 앉도록 손짓을 해 보였다.

두 정보 분석가들이 의자에 앉자, 제이크 어윈이 자신의 책상 앞쪽에 기대어 선 뒤 팔짱을 끼었다. 그의 일거수일투족을 살피던 피어스가 말을 이었다.

"우선 그쪽 전진기지에서 전송된 모든 정보들을 분석하여 기밀 단계 분류를 하고 있습니다. 각 부서별로 필요한 정보를 공유하도록 조치해도 되겠습니까, 제이크?"

그 말에 어윈이 몸을 움직이지 않고 시선만 그에게 보냈다. 두 분석가들은 그 모습이 다소 신경질적으로 보인다고 생각했기 때문에 입을 다물고 그의 이어질 반응을 기다렸다. 어윈이 표정 관리를 하며 다시 물었다.

"이 정보들을 공유하고 싶다고 요청한 부서가 있는가?"

그 말에 피어스가 앤더튼에게 넌지시 시선을 보냈다. 그러자 상황을 파악한 어윈이 차분한 말투이지만 약간의 위압감이 느껴지도록 말했다.

"제이슨, 미안하지만 아마르에 대해 전송받은 정보들 중에 당신네 부서가 공유할 수 있는 정보는 여기까지네. 아마르가 제작한 핵 기폭 장치가 일본인들이 건져 낸 것과 동일한 것이라는 사실도 공식적으로 언급되면 안 되네. 그 이유에 대해서는 어느 정도의 시간이 지나면 내가 상세하게 설명해 줄 테니 당분간은 이번에 입수한 정보에 대해 목말라하지 않았으면 좋겠어. 부서 인원들 입단속도 시키고."

앤더튼은 그 말을 듣고 두 눈이 휘둥그레져서 물었다.

"제이크, 그렇다면 아마르를 2년 동안 추적해 와서 이번에 작전 허가를 요청했던 우리 입장은 뭐가 되는 겁니까? 젠장, 엡실론 팀도 2년 동안, 우리와 호흡을 맞춰서 목숨을 걸고 임무를 수행해 왔는데 이 정보를 우리가 공유하지 못하다뇨? 우리 말고 이자를 추적하는 부서가 있었다면 업무가 중복되지 않도록 사전에 왜 조율해 주지 않으셨습니까? 혹시, 일본에서 건져 낸 기폭 장치 때문에 또 다른 태스크포스가 만들어져서 업무를 분할하려는 겁니까?"

어윈은 그가 말을 마치기 전부터 고개를 가로젓다가 그가 말을 마치자 바로 응답했다.

"자세한 내용은 내, 나중에 설명해 준다고 하지 않았는가? 자네 부서는 이번 작전의 성공에서 아마르에 대한 추적을 종료하도록 하게. 나머지는 내 알아서 조치할 것이고 만일에라도 중대한 사안이 추가로 발견된다면 자네 부서에게 가장 먼저 알릴 테니 걱정하지 말도록 해."

"아마르를 심문할 수 있게 해 주시겠습니까?"

앤더튼은 수년 동안 자신과 자신의 부서가 매달려 온 HVT 344와 대면할 수 있는 기회라도 보장받고 싶었지만 어윈은 단호하게 고개를 가로저었다.

앤더튼은 더 이상 질문을 하거나 항의하지 않고 입을 다물었다. 그런 뒤, 자리에서 일어나 조용히 출입문으로 향했고 어윈은 그의 뒷모습에서 눈을 떼지 않으며 봄베이 잔을 들이켰다.

앤더튼이 방을 나가고 나자, 어윈이 잔을 내려놓고 작은 소파에 긴 몸을 반으로 접어서 앉아 있는 것처럼 보이는 피어스에게 말했다.

"지금 당장 전송되어 온 정보들에 대해 기밀 관리에 만전을 기하도록 하게."

"네, 지부장님."

"아마 앤더튼의 팀이 중동 지국장에게 떼를 써서 다시 한 번 추가 정보를 요청하더라도 위축되지 말고 나에게 바로 연락하게. 이번에 입수된 정보와 아마르의 심문 내용은 E8 레벨의 존 캐플린이라는 자가 독점할 거야. 그 외에는 절대로 열람되거나 외부에 새어 나가지 않게 각별히 주의하도록. 극동 아시아에서의 장기적인 공작에 엄청난 파급 효과를 가져올 수도 있는 사안 이야."

"알겠습니다, 제이크. 지금 당장 가서 필요한 조치를 취하겠 습니다."

"고맙네, 그렉."

피어스가 방을 나가자 어윈은 봄베이 잔을 다 비운 뒤, 비공 식 통화를 위한 스마트폰을 꺼내 단축 번호 하나를 눌렀다. 신 호음이 대여섯 번 간 뒤, 그의 귀에 익숙한 목소리가 들려왔다.

"제이크, 어떻게 됐소?"

어윈은 유리 벽 너머의 풍경 쪽으로 시선을 보내며 대답했다.

"HVT 344를 체포하고 필요한 정보들을 확보했습니다. 지금 기밀 분류를 하면서 동시에 분석 중입니다. 북한인들의 공작선 에서 건져 낸 기폭 장치를 이자가 제작했다는 것이 1차로 확인 됐습니다."

그 말에 백악관 안보수석 짐 베커의 목소리가 바로 뒤따랐다.

"기밀 유지 조치는 바로 취했습니까?"

"WMD 추적 부서를 제외시키고 존 캐플린의 공작 팀에게 넘 기도록 손써났습니다."

"수고했소, 제이크. 내가 해 줄 일은 뭐가 있소?"

"우리 조직과 JSOC, DIA(미 국방정보국)에 아마르를 노리는 부 서들과 태스크포스가 몇 군데 더 있습니다. 아마, 그들이 이 자 를 심문하도록 요청할 테니 수석님께서 먼저 조치해 주십시오. 모르긴 해도 JSOC와 DIA는 파키스탄 내, 아군 전진기지에서 우리에게 전송한 정보들을 벌써부터 가공하고 분석하려 할 겁니다. 그쪽에 먼저 조치를 취해 주십시오. 그러면 1차로 아마르에 대한 기밀 유지 과정을 시작할 수 있을 겁니다."

"알겠소, 제이크."

"이상입니다, 짐."

"좋소, 다시 연락하겠소."

"감사합니다, 짐."

통화를 마치자, 어윈은 다시 유리 벽 쪽으로 걸음을 옮겼다. 그런 뒤 위성통신 전화기로 전화를 바꾼 뒤, 저장된 단축 번호를 눌렀다. 신호가 여러 번 울리고 나서야 스마트폰의 다른 단축 번호를 눌렀다. 잠시 뒤, 그와 오전에도 통화를 했던 누군가가 응답해 왔다.

"캐플린입니다."

5장
삼별초 해전

2016년 7월 14일 03시 55분 일본 근해, 532정찰대대 해상 침투조 총조장 최태현 소좌

2척의 대형 모선들에 의해서 견인되어 발진 기지를 떠난 5척의 반잠수정들은 약정된 공작 개시선에 도착한 즉시, 모선들과 연결된 견인줄을 풀고 자력으로 침투 항해를 시작했다.

파도가 다소 높긴 했지만 5척 모두 대형을 갖춰 항해하는 것을 방해할 정도는 아니었기 때문에, 이번 침투 공작 임무의 총조장인 최태현 소좌는 임무의 초기 단계, 일본 해역에 진입하는 것에 대해 조심스럽게 낙관하고 있었다.

모선에서 이탈한 후, 이들 75정찰대대의 정찰조들은 모두 세 번의 확인점에서 단발성 교신을 하도록 되어 있었다. 북한 영해에서 공해상으로 진입하는 확인점 '가 22', 그리고 임무 취소 및 갑작스러운 회항이 가능한 확인점 '나 32'를 거쳐서 이제 곧 일본 영해가 시작되는 확인점 '다 88'를 앞두고 있었다.

선두에 최태현 소좌의 반잠수정을 중심으로, 반잠수정들은 다이아몬드 대형을 이룬 채 파도를 헤치며 나아갔다.

거대한 선체를 가진 재래식 잠수함들과 달리, 북한제 반잠수정들은 서방 세계의 스피드 보트와 같이 길고 날렵한 선체를 가지고 있었다. 그 덕분에 반잠수정들은 수면 아래로 선체 대부분을 숨긴 채 운항할 수 있었고, 유사시에는 아예 선체 전체를 수면 아래로 잠수시켜서 기동할 수 있는 특별한 기능을 가지고 있었다.

최 소좌의 침투정들은 현재, 반잠항, 잠항 모드가 아닌 스피드 보트와 마찬가지로 수면 위를 빠른 속도로 나아가고 있었다.

선체 안에는 2명의 정찰병들이 반잠수정을 운용하고 있었다. 두 사람 중 레이더와 항해 좌표를 담당한 홍진규 상사가 뒤쪽에 앉아 있는 최 소좌에게 보고했다.

"총조장 동지, 이제 막 확인점 '다 88'에 도착했습니다."

선내를 밝히고 있는 붉은색 작전등 아래에서, 일본 내 목표물에 대한 사진들을 확인하던 최태현은 그것들을 내려놓고 홍진규 상사를 응시했다.

"좌표 확실하오?"

최 소좌의 물음에 그가 어깨 너머로 고개를 돌린 뒤 대답했다.

"그렇습니다."

"그러면 다른 조에게 상황을 전파하시오."

"네, 조장 동지."

이번에는 최 소좌가 그의 앞쪽, 좌측에 앉아 있는 권대영 중사에게 말했다.

"3조원 동무는, 기동 중지하시오!"

"네, 조장 동지."

잠시 후, 반잠수정의 후미에서 맹렬한 속도로 회전하던 3개의 스크류들이 일제히 멎었다. 선체는 잠시 앞쪽으로 나아가다가 곧 멈춰 섰다.

이어서, 홍진규 상사의 무선 교신을 통해 위치를 확인받은 다른 잠수정들도 멈춰 섰다. 1분 정도의 시간 뒤, 5척의 긴 선체들이 수면 위에 떠 있었다.

최태현 소좌가 해치를 열고 선체 밖으로 머리와 상체를 내놓자 차가운 바닷바람이 그의 얼굴을 때렸다.

그는 신선한 공기를 들이마시면서 자신의 잠수정 주변을 천천히 둘러봤다. 그런 뒤 최 소좌는 종종 자신이 어떤 차원의 세상에 속해 있는지를 알 수 없게 만드는, 세상이 통째로 움직이는 듯한, 경이로운 수면의 움직임을 주시했다. 끝도 없이 넓어 보이는 수면이 위아래로 출렁일 때, 그가 지휘하는 반잠수정 선체들이 역시 위아래로 움직이는 모습이 약한 달빛 아래에 보일 듯

말 듯했다.

최태현 소좌는 각 잠수정과 연결되어 있는 주파수에, 송수신용 핸드 마이크를 잡고 말했다.

"각 조 보고하시오!"

그의 지시에 때맞춰, 역시 해치를 개방하고 선체 밖으로 모습을 드러낸 각 조 조장들이 차례로 응답했다.

"2조 이상 없습니다."

"3조 이상 없습니다."

"4조 이상 무!"

"5조 이상 없습니다, 총조장 동지."

최태현은 손목시계의 야광 분침, 시침을 조심스럽게 읽은 뒤에 다시 선체 안으로 몸을 들여놨다. 그러자, 홍진규 상사가 때맞춰 장거리 교신용 무전기의 송수화기를 그에게 건네줬다.

"지휘소가 연결되어 있습니다, 총조장 동지."

"고맙소."

최 소좌는 송수화기를 얼굴 쪽으로 가져온 뒤, 헛기침을 몇 번 했다. 그런 뒤 확인점 '다' 도착 사실에 대해 보고를 시작했다.

"여기는 삼별초다. 이상."

"말하라, 삼별초."

"현재, 삼별초가 이상 없이 확인점 '다'에 도착했다. 다시 말한다. 현재, 삼별초가 이상 없이 확인점 '다'에 도착했다. 현재 모든 과정이 결심지도(작전 계획)대로 진행 중이다. 이상."

"알겠다, 삼별초. 위대한 장군님의 결의를 원수들의 가슴에 각인시키고 돌아오라, 이상, 교신 끝."

최 소좌는 무전기 송수화기를 홍 상사에게 건네주며 긴 한숨을 내쉬었다. 그리고 난 뒤, 그는 해치 밖으로 다시 몸을 내밀었다. 그와 함께 사선을 넘을 다른 조장들의 모습을 직접 보면서 명령을 내리고 싶었던 것이 그 이유였다.

최태현은 각 조장들과 교신할 수 있는 핸드 마이크의 키를 잡았다.

"총조장이다. 동무들, 현 시간부로 확인점 '다'를 돌파한다. 행운을 빈다, 동무들."

편도 티켓을 가진 모든 정찰병들을 위한 그의 격려에 조장들이 차례로 반응했다.

"장군님과 공화국을 위해 총폭탄이 되겠습니다."

"네, 총조장 동지."

"감사합니다, 총조장 동지."

최태현 소좌가 그들의 대꾸를 듣는 동안, 선내에서는 잠수정을 조종하는 권대영 중사가 최 소좌의 지시를 받지 않고 다시 엔진 시동을 걸었다. 그러자 최 소좌가 황급히 선내로 몸을 들여놓았고, 그의 조원들이 상황 보고를 해 오기도 전에 5조 조장인 라진철 상위가 다급한 목소리로 무선망에 소리쳤다.

"총조장 동지, 항공기 소리가 청취됩니다!"

최태현은 처음에는 그의 경고를 알아듣지 못하고 해치를 닫을 뻔했다. 그렇지만 함께 무선망에 귀를 기울이던 홍진규 상사가 그의 어깨를 채어 잡음으로써 다시 귀를 기울이며 대꾸했다.

"다시 말하라, 진철 동무."

"항공기 소리가 청취됩니다. 어쩌면 직승기(헬리콥터) 같습니다, 총조장 동지."

최태현 소좌는 바로 해치 밖으로 고개를 내밀었다. 그리고 온 하늘에 촘촘하게 새겨져 있는 별빛들 쪽에 시선을 둔 채 특이한 소음을 듣고자 애썼다. 그러나 그가 들을 수 있는 것은 반잠수정의 엔진음이 전부였다. 그는 재빨리 핸드 마이크의 키를 잡고 소리쳤다.

"3조원 동무, 엔진 꺼! 모든 침투정들은 엔진을 당장 끄시오!"

그의 지시에 맞춰, 다시 엔진 소리가 멎었고 곧 반잠수정 편대가 머무는 수면 일대가 또 한 번 정적에 휩싸였다.

최태현 소좌는 물론, 다른 4명의 정찰조장들 또한 기내 바깥으로 머리를 내밀고 소음의 출처를 확인하고자 애썼다. 거친 바닷바람 소리 때문에 특정 소음의 방향을 찾기도 어려웠지만 최태현은 사실, 문제의 소음이 실제로 존재하는지도 확신할 수 없었다.

그는 선내에서 자신에게 건네지는 러시아제 야간 투시경을 받아 머리에 착용했다. 그리고 야시경의 전원을 작동시켰을 때가 돼서야 그는 멀리에서 울려 퍼지는 기계음이 서방권의 헬리콥터 소리임을 알아차렸다. 그렇지만 그가 착용하는 야시경은 이제 막 야간 투시 기능이 수행되기 위해 워밍업이 되어 가고 있어서 아무것도 보이지 않는 먹통이었다.

"이런~!"

최태현은 야시경을 거칠게 벗어 들고, 잠수정 편대의 먼 3시 방향을 육안으로 주시했다.

형체는 분명하게 보이지 않았지만 요란한 헬리콥터 소리만으로도 그 존재가 최 소좌와 그의 공작조들에게 분명하게 감지되었다.

최태현은 반잠수정 편대의 침묵 항해를 위해서, 소형 레이더까지 끄고 항해해 온 점에 대해 이렇게 빨리 대가를 치르게 될지 몰랐다.

"적 직승기다! 적 직승기다, 동무들!"

최 소좌가 무선망에서 대기 중인 다른 잠수정들 조장들에게 소리친 후, 선내로 몸을 급히 들여놨다. 그러자, 홍진규 상사가 때맞춰 무전기의 스피커 스위치를 작동시켰고 그 즉시, 일본인들의 경고 메시지가 들려왔다.

"귀 선박들은 일본 영해에 무단으로 진입하였다. 현 위치에서 해상방위청 순시선의 검문을 위해 정선하라! 다시 말한다, 귀 선박들은 일본 영해에 무단으로 진입하였다. 현 위치에서 해상방위청 순시선의 검문을 위해 정선하라! 만약, 본 경고에 불응하고 도주한다면 무력을 사용해서 정선시키겠다. 다시 말한다! 만약, 본 경고에 불응하고 도주한다면 무력을 사용해서 정선시키겠다."

최태현 소좌는 위아래 입술을 포개 물고 홍진규 상사에게 시선을 보냈다. 최 소좌가 생각하고 있는 내용이 방금 전 레이더를 작동시킨 홍 상사의 입을 통해서 나왔다.

"우리 레이더에는 아직 적 항공기들만 잡힙니다. 아직 순시선이나 적 호위함은 포착되지 않습니다."

"순시선 좋아하네~!"

최태현은 고개를 가로저으며 무전기와 레이더가 설치된 콘솔 쪽으로 몸을 기울였다.

레이더 상에는 4개의 점들이 표시되고 있었는데, 그는 본능적으로 4개 중에 한두 개가 해상자위대의 P-3C 초계기라 짐작했다. 그리고 나머지 점들이 역시 해상자위대 소속의 대잠헬리콥터들이라면 최소한 2척 이상의 해상자위대 호위함이 근처에서 반잠수정들의 도주 항로를 포위하고 있을 거라 계산했다.

"젠장, 어떻게 놈들이 우리 위치를 이 정도로 정확하게 찍어서 나타날 수 있는 거요?"

최태현은 일체의 전자 장비들을 작동시키지 않고, 모든 침투 과정들을 최대한 은밀하게 진행했음에도 일본 해역에 진입과 동시에 발견된 것에 허탈해했다. 그는 반잠수정의 회피 기동을 지시하고자 조종석 등받이 너머로 권대영 중사의 어깨를 두들겼다. 상황을 파악하고 있는 그는 곧바로 잠수정의 엔진에 시동을 걸고 계기판에서 기동 방향을 확인했다.

그사이에 최 소좌는 해치 바깥으로 몸을 내밀고 다른 잠수정들을 둘러보며 반잠수정 편대의 무선망에 소리쳤다.

"각 조 조장들에게 알린다! 적들이 우리들의 위치를 파악했으니 이제부터는 비상시의 결심지도대로 움직이도록!"

유사시, 이들 반잠수정 편대의 계획은 5척의 반잠수정들이 각기 다른 방향으로 흩어져 최대한 현장을 이탈하는 것이었다. 그리고 각 잠수정들을 추격하는 순시선이나 호위함 혹은 항공기들과 교전이 불가피한 상황이라면 최대한 피해를 입히고 자침하는 것이 다음 단계였다.

최 소좌와 마찬가지로 모든 잠수정들의 정찰병들은 해자대의 대잠작전용 헬기들이 현장에 나타난 이상, 곧 치열한 혈전이 벌어질 것임을 본능적으로 직감했다.

"우우우웅~!"

반잠수정 편대의 가장 왼편에 위치했던 리철혁 상위의 반잠수정이 엔진 출력을 최대치로 올리면서 동시에 좌측으로 방향을 꺾어 기동했다. 그러자 반잠수정 선체 뒤에서 엄청난 물보라가 튀어 사방으로 날렸고 아직 해치를 닫지도 않은 최 소좌와 다른 반잠수정들의 조장들이 고스란히 물벼락을 맞았다.

최태현은 해치를 닫지 않고 선내로 몸을 들여놓는 순간, 의식적으로 밤하늘을 올려다봤다. 자칫 잘못하면 지금 이 순간이 그가 마지막으로 잠수정 바깥 세상을 볼 수 있다는 생각이 들었기 때문이었다.

선내로 내려와 앉으며 그가 소리쳤다.

"3조원 동무, 회피 기동을 시작하라!"

그의 지시가 떨어지는 것과 동시에 권대영 중사가 스로틀 레버를 앞쪽으로 최대한 밀어 올렸고 반잠수정이 전방으로 튀어

나가듯 전진했다.

*　　　*　　　*

2016년 7월 14일 04시 05분 일본 근해, 해상자위대 구축함 DD-156 세토기리 함 전투정보실

"부장, 5척 중 1척이 지금 대형에서 이탈하고 있습니다!"

"경고 방송은 분명히 청취했겠지?"

"네, 부장."

"이어서 나머지 4척의 잠수정들이 서로 다른 방향으로 흩어집니다!"

"각각의 위치를 파악해서 아군 초계기들과 헬기들에게 각각 조치를 취할 표적을 즉시 분배해! 서둘러! 놈들이 잠수하기 전에 제압해야 한다!"

"네, 부장."

현장의 고고도에서 선회 중인 EP-3 전자전기와 일본의 정찰위성에 의해서 전달되는 열영상 관측 화면을 앞두고, 요시노리 부함장이 마사토 작전관에게 지시를 내렸다.

마사토 삼좌는 레이더 담당 승조원들과 함께 5척의 위치를 추적하기 시작했고 반잠수정들이 향하는 방향을 대충 파악하자 그가 부함장 쪽으로 한 손을 들어 보이며 보고했다.

"놈들이 각기 다른 방향으로 회피 기동에 들어갔지만 곧 북한

쪽으로 변침할 것 같습니다."

전투정보실 내, 함장석에 앉아 있던 무츠코 함장이 그의 보고를 듣고 자리에서 내려왔다. 그는 시선을 전술 디스플레이 쪽으로 고정해 둔 채 지시를 내렸다.

"모두 제압해! 생포하려 노력하지 말고 현장에 있는 자위관들의 판단에 맡기도록."

"네, 함장."

마사토 삼좌가 반잠수정 쪽으로 접근하는 대잠헬기와 교신 중인 다이스케 일등해조 쪽을 향해 검지손가락을 치켜들었다. 그러자 약정된 지시를 실행하겠다는 듯 그가 모두가 들을 수 있도록 큰 소리로 복창했다.

"최초 지시대로 각 헬기, 초계기에게 2차 작전 명령을 전달하겠습니다!"

이들은 함께 현장에 있는 호위함 키리사메 함과 2척의 해상보안청 소속 순시선들 상황 대처를 위해 추가적인 협의를 할 필요도 없었다. 나아가서, 해상보안청과 제3 호위대군의 합동지휘본부에게도 북괴군 침투잠수정들에 대해 다음 조치를 문의할 필요도 없었다.

이유인즉, P-3C 2대, SH-60K 2대 그리고 제3 호위대군 소속 3000~4000톤급 호위함 2척과 500톤급 순시선은 오늘 새벽 이곳 해역에 우연히 머무르고 있었던 것이 아니었기 때문이었다.

이들 해상 전력은 현장으로 투입되기 6시간 전, 미군 NSA와

DIA에게서 은밀한 첩보 패키지 하나를 비공식적으로 넘겨받았다. 패키지 안에는 북괴군 정찰총국 산하의 극비 해상작전 기지의 사진과 지난 이틀 동안의 무선 교신 내용 그리고 특정 항로가 그려진 해도였다.

평소와 달리, 일본에서 확보해 온 어선들을 개조한 중형 공작선들과 반잠수정 5척이 일제히 비밀 발진 기지를 출발한 사실은 미군 정보책임자들조차도 심상치 않게 여겼었다. 그들은 모선과 반잠수정으로 이루어진 편대가 통상적인 훈련 해역으로 향하지 않고 몇 번의 방향 수정을 통해 일본 해역으로 최종 방향을 설정하는 것을 자신들의 정찰위성을 통해 지켜보고 있었고 일본 측 또한 자국의 감시위성을 통해 모니터하고 있었다.

그 결과, NSA가 감청한 내용에 따르면 '삼별초'라 불리는 이 특수임무부대는 결국 자신들이 무시무시한 구축함들과 순시선들의 거대한 아가리 속으로 들어오는 것도 모른 채 발각되었던 것이다.

"5척 중에서 2척은 이미 잠항 모드로 들어가서 비슷한 침로로 진행 중인 것 같다 합니다. 그리고 최초로 대형을 이탈한 잠수정이 침투 항로를 거슬러 갑니다."

레이더 운용 요원들 쪽에서 급박한 보고가 뒤따랐다. 그들이 보고한 내용은 이미 열열상 화면으로도 전달되고 있었다.

가장 먼저 이탈한 반잠수정이 하얀 꼬리를 달고 북한 해역을 향해 맹렬하게 기동 중인 게 실시간으로 전송되고 있었다. 그 시점부터는 레이더와 대잠초계기들, 대잠헬기들을 통해 상황 보고가 이어졌다.

"최초로 대형을 이탈한 반잠수정이 40노트의 속도로 방위 320으로 향합니다."

두 번째 상황 보고에 마사토 삼좌가 전술 디스플레이 내 입력 내용을 살피며 물었다.

"그 반잠수정이 대형에서 이탈한 후에도 단독으로 도주 중인가?"

"그렇습니다. 조금 거리를 두고 또 한 대의 반잠수정이 뒤따르는데 같은 방향으로 도주하는지는 확실치 않습니다. 현재 수면 위로 도주하는 것은 보고 드린 두 척입니다."

무츠코 함장은 그들의 보고 내용을 들으면서 예상대로 상황이 전개되는 것에 불안해했다.

현장에 투입된 모든 해상자위대, 해상보안청 태스크포스는 이들이 상대하는 전력이 어선을 개조한 공작선이 아니라, 북한군의 최신 반잠수정들이라는 점 때문에 초기 직접 교전과 이후의 대잠전투 가능성을 우려했었다.

특히, 반잠수정들이 수면 아래로 잠수한 후, 침로를 북한 해역 쪽으로 유지한 채 대잠전투가 장시간 진행되는 경우는 최악의 상황이 될 수 있었다. 그러다가 공해상의 북한 쪽에 가까워지기라도 한다면 북한군의 고속정과 전투기들이 나타날지도 모른다는 경고를 각 함정에 탑승해 있는 모든 자위관들은 비교적 현실적으로 받아들여야 할지도 몰랐다.

"작전관, 우리 쪽 헬기들과 대잠초계기들에게도 당장 잠항 모드로 들어가는 반잠수정들에 대해서는 즉각 조치를 취하도록 전해! 시간을 끌면 임무 자체가 더 어려워진다."

"네, 알겠습니다."

그의 지시에 마사토 삼좌뿐만 아니라, 헬기, P-3C기와 교신을 담당하고 있는 다이스케 일등해조와 그의 오퍼레이터들이 동시에 반응했다.

뿐만 아니라, 전투정보실 내에 있는 모든 세토키리 함의 승조원들이 각자의 장비, 무기의 준비 태세를 재차 확인하기 시작했다.

*　　　*　　　*

2016년 7월 14일 04시 21분 반잠수정 침투조 리철혁 상위

리철혁 상위가 지휘하는 정찰조의 반잠수정은 쾌속으로 수면 위를 미끄러지듯 나아갔다. 반잠수정의 최대 속도인 40노트에 육박하면서부터 선체가 들썩거리기 시작했고 그때마다 반잠수정의 조타수 최동우 중사는 안간힘을 쓰며 항로를 유지했다. 휠을 잡고 있는 그의 두 손안에 땀이 흥건해지고 그가 착용한 야간 투시경의 대안렌즈 쪽, 아이피스에도 그의 땀이 묻을 정도였다.

"적 직승기가 5시 방향에서, 또 다른 직승기는 먼 6시 방향에서 추격해 옵니다. 거리 150~160미터를 유지합니다."

레이더를 살피면서 강동영 상사가 소리쳤다. 비록 2대의 대잠 헬기들이 이들, 정찰조와 거리를 두고 추격해 오고 있었지만 헬기에서 비추는 강력한 서치라이트는 모든 조명을 꺼 둔 반잠수정의 내부를 밝혀 주는 상황이었다.

그 와중에도 모든 정찰병들은 침착과 신중함을 유지했다. 리철혁 상위는 손목시계를 살피면서, 5분 가까이 진행된 추격전 덕분에 다른 반잠수정들은 현장을 이탈할 시간을 벌었기를 바랐다. 그는 이제부터 원래의 계획대로 반격 단계에 들어갈 생각이었다.

"동무들!"

그가 다음 전투 행동에 대해 지시를 내리려는 찰나, 반잠수정이 거대한 파도와 부딪치면서 뾰족한 선수 부분이 허공 높이 치솟았다. 그때의 충격에 잠수정의 조종석과 항법자석에 앉아 있던 두 정찰병을 제외한 나머지 3명의 정찰병들이 좌석에서 천장 쪽으로 패대기쳐졌다.

선체가 다시 평형 상태를 유지하자 이번에는 해치를 열어 둔 상부 출입구를 통해 바닷물이 쏟아져 들어왔다. 바닷물을 뒤집어쓴 리철혁 상위는 젖은 머리칼을 급히 쓸어 넘긴 뒤에서야 겨우 지시를 내릴 수 있었다.

"동무들, 이제부터 적들에게 반돌격(역습)을 감행한다! 각자의 임무에 충실하라!"

그때에도 잠수정의 무전기 그리고 잠수정 후방 상공의 대잠헬기에서 한국어로 정선 및 검문 수용에 대한 경고 방송이 이어지고 있었다. 그 소리에 코웃음을 치면서 리철혁 상위가 7호 발사 관에 고폭탄두를 삽입했다.

그때쯤에는 비상시에 개방되는 또 다른 해치를 김윤재 중사가 열어 놓고 화승총의 발사 준비를 마친 시점이었다. 화승총의 시 커가 즉각적인 대공 사격이 가능할 만큼 충분히 냉각되자 김윤 재가 리철혁 상위에게 소리쳤다.

"화승총 사격 가능합니다, 조장 동지."

"내 조치에 뒤따르라, 4조원 동무!"

리철혁 상위는 고폭탄 탄두의 안전캡을 제거한 후, 로켓 발사 기를 먼저 천장 쪽으로 쭉 들이밀었다. 그런 뒤, 조심스럽게 몸 을 일으켜서 선체 밖으로 상체를 노출시켰다. 김윤재 중사 또한 동일한 조치로 선체 바깥으로 상체를 내놓고 화승총의 견착 사 격 자세를 취했다.

반잠수정의 요란한 엔진 소리와 대잠헬기들의 소리가 두 정찰 조원들의 두 귀를 틀어막을 정도로 시끄러웠지만 두 사람은 침 착하게 각자의 발사기를 어깨 위에 올려 두었다.

강력한 서치라이트 빛이 두 사람에게 쏟아지고 있는 상황이었 지만 오히려, 선박이나 항공기의 서치라이트 광원(光源)을 향해 조준 사격하도록 훈련받은 두 사람에게는 익숙한 상황이었다.

해자대의 SH-60K 헬기는 서치라이트를 제외한 나머지 기체 부분을 어둠 속에 숨긴 채, 반잠수정의 후미 5시 방향에서 뒤따 르고 있었다.

물방울들이 사방에서 튀어 날리고 있었기 때문에 두 정찰조원들은 실눈을 뜨고 강력한 광원을 향해 각자의 발사기를 겨눴다. 다음 순간, 리철혁 상위가 먼저 RPG7의 방아쇠를 당겼다.

"펑~!"

대전차 고폭탄 한 발이 정확히 대잠헬기의 기수 부분을 향해 날아가자, 자위대 조종사들이 거의 반사적으로 회피 동작을 취했다. 헬기는 최초 항로에서 우측으로 크게 비켜남으로써 대전차 고폭탄을 피했고 때맞춰, 반잠수정은 최초 항로에서 좌측으로 선수를 돌렸다. 이 모든 과정은 화승총의 최소 사거리를 벌기 위한 정찰조원들의 조치였다.

그리고 그 잠깐의 시간 동안, 헬기와 반잠수정의 거리가 500여 미터 이상까지 벌어졌고 김윤재 중사가 멀어져 가는 대잠헬기의 후미 부분을 정조준할 수 있게 되었다. 그는 몸이 기울어지지 않게 애쓰면서 헬기에서 방출되는 적외선에 대한 락온에 성공하는 순간 발사 방아쇠를 당겼다.

"펑~! 피슈슛!"

지대공 미사일이 노란 불꽃을 달고 눈 깜짝할 사이에 수백 미터의 거리를 둔 헬기 근처까지 날아갔다.

대잠헬기는 뒤늦게 대량의 플레어를 기체 후방으로 투사했고 그 덕분에 헬기 주변 상공이 대낮처럼 환하게 밝혀졌다. 그렇지만 그때쯤에 헬기의 적외선 궤적을 거슬러 날아간 미사일의 탄두부가 헬기 기체에 직격했다.

"콰앙~!"

SH-60K 기체의 엔진 근처에서 번쩍했고 정찰병들은 해자대의 대점 헬기가 그들의 공격에 타격을 입었음을 확인할 수 있었다.

리 상위가 김윤재의 어깨를 채어 잡고 흔들었다. 시끄러운 모터 소음 때문에 말이 정확히 전달되지는 않았지만 김윤재 중사는 리철혁 상위가 자신에게 칭찬을 건네는 것을 알 수 있었다.

하지만 곧 서로를 응시했던, 두 사람의 시선이 반잠수정의 후방으로 다시 향할 때, 리철혁의 입이 벌어졌다. 그의 시야에 맹렬한 속도로 날아오는 노란 불덩어리 하나가 들어왔었기 때문이었다.

"좌현으로 전타! 좌현으로 전타!"

리 상위는 선체로 몸을 들여놓으며 목청이 터져라 소리를 쳤고 잠수정의 휠을 잡고 있는 최동우 중사가 곧바로 반응했다.

그러나 선체가 최초 기동 방향의 왼편으로 크게 기우는 순간 리철혁 상위와 4명의 정찰병들은 선체 우측면을 찢고 들어오는 엄청난 폭발력에 휩쓸렸다. 그와 동시에 '지옥 불'이라는 별칭에 어울리는, 무시무시한 열기가 반잠수정 선체 안을 가득 채웠고 순식간에 선체 안에 실어 둔 폭발물과 대전차 로켓탄들이 연쇄 폭발을 하기 시작했다.

"콰아앙!"

길이가 10여 미터가 조금 못 되는 반잠수정의 선체가 두 동강이 나면서 안에 있는 정찰병들과 항해 장비, 무기들이 산산조각이 나서 흩어졌다.

화승총 공격을 받은 대잠헬기의 요기가 헬파이어 미사일을 리철혁 상위의 반잠수정을 향해 발사한 것이었다. 그리고 다음 순간, 또 한 발의 헬파이어 미사일이 선체의 앞부분에 명중하면서 사방으로 긴 불꽃 줄기들이 솟구쳐 올랐다.

＊　　　＊　　　＊

2016년 7월 14일 04시 33분 일본 해상자위대 세토키리 함 전투정보실

호위함 세토키리의 함 내, 전투정보실에서는 현재 두 곳에서 진행 중인 교전 상황들을 모니터하고 있었다. 수면으로 이동 중 2대의 대잠헬기들과 교전을 벌였던 반잠수정 쪽 상황이 종료되자 곧, 역시 대잠초계기들이 선회 비행 중인 교전 지점으로 모두의 눈과 귀가 쏠렸다.

"리마 원(R1)과 리마 투(R2)에게서 최초 표적 확보 보고가 들어온 게 언제지?"

무츠코 함장의 질문에 마사토 삼좌가 바로 답했다.

"3분 전입니다."

"그쪽 상황은 어때?"

함장이 손수건으로 목과 이마에 흥건한 땀을 훔치며 물었다. 그는 낡아 빠진 반잠수정에서 휴대용 지대공 미사일로 이미 한 대의 대잠헬기에 피해를 입혔다는 사실에 다소 놀란 심정이었다. 그래서 대잠초계기 쪽의 교전 상황 또한 자신들이 완벽하게 유리한 전투 상황이라고 단정하고 싶지 않았다. 그런 그의 생각을 읽었는지, 마사토 삼좌가 자신감에 충만한 목소리로 설명하기 시작했다.

"적 반잠수정 2척이 서로 거리를 두고 침로를 북한 해역 쪽으로 고정한 채 도주 중이고 리마 원, 리마 투가 대응 중입니다."

마사토 삼좌가 다이스케 일등해조에게 시선을 보내자, 그가 바로 설명을 이어 나갔다.

"현재, 우리 초계기들이 적 잠수정들의 예상 침로 범위를 설정한 후, 비티부이를 투하한 상황입니다. 그리고 다음 지시를 기다립니다."

그가 설명을 마치자, 마사토 삼좌 그리고 전술 디스플레이 앞에 서 있던 요시노리 부함장의 시선이 함장에게 향했다.

대잠초계기들이 작전 해역 내, 해수층의 수온을 측정하는 비티부이를 전개했다면 어차피, 다음 과정은 모두에게 불을 보듯 뻔했다. 이제 이들 대잠초계기들이 반잠수정의 항해 지역 일대에 수 개의 소노부이들을 투하한 후, 잠수정들의 정확한 위치를 파악한 다음 폭뢰나 어뢰로 정밀한 수중 공격을 가하면 모든 상황이 종료될 참이었다.

무츠코 함장은 P-3C기들이 이미, 출격 전에 교전 상황에 휩쓸리면 무조건 북한군 반잠수정들에 대해 즉각적인 공격을 가하라는 교전 수칙을 하달받았음에도 불구하고 굳이 자신에게 2차로 공격 명령을 하달받기를 원하는 속내를 읽을 수 있었다. 그를 포함한, 모든 해상자위대 인원들 그리고 해상방위청 인원들처럼 그들 또한 북한군과의 직접 전투를 치르게 되는 상황이 실감 나지 않고 어느 정도 꺼려 하는 심정을 보이고 있는 것이었다.

무츠코 함장은 현시점에서 더 우유부단하게 대처하는 것이 더욱더 자신들에게 해가 될지 모른다고 짐작했다. 그리고 그러한 상황을 피하고자 더욱 과감하게 판단하고 행동하기로 결정했다.

"작전관!"

"네, 함장."

"당장 소노부이들을 투하한 후, 적 잠수정들의 위치를 파악하면 무제한 공격을 가하도록 전달하라. 그리고 이후부터의 현장 조치에 대해서는 내 지시를 기다리지 말고 자신들이 출격 전에 하달받은 교전 수칙에 따라 조치하라고 전달해."

"알겠습니다."

무츠코는 윗입술과 아랫입술을 포개어 물고, 정찰위성이 실시간으로 전달해 주는 교전 지역을 주시했다. 그도 익히 알고 있는 대잠부대의 교전 수칙은 수중에 있는 적 잠수함, 잠수정의 완전한 파괴를 의미했다.

대형 스크린 내, 전송되는 열영상 화면에 나타나는 2대의 오라이언 기들을 뚫어져라 보면서, 그는 잠시 후 일어날 상황을 짐작했다.

넓은 원을 그리면서 선회하는 2대의 P-3C기들이 그의 눈에는 먹잇감을 낚아챌 독수리들처럼 보였다. 짙은 회색 화면 안에 곧이어, 보일 듯 말 듯한 소형 낙하산들이 차례차례 나타나기 시작했다.

2대의 초계기들이 수중에 있는 잠수정을 음파로 추적하는 것을 가능하게 해 주는 소노부이들이 투하되고 있었다.

*　　　*　　　*

2016년 7월 14일 05시 03분 반잠수정 침투조 라진철 상위

제3호 반잠수정의 지휘관인 라진철 상위는 대동급 반잠수정의 최고 속도인 6노트로 잠항하는 내내, 수면 위에 떠 있는 해자대 초계기와 대잠헬리콥터들의 추격을 받을 거라 짐작했다.

그는 어느 시점에 이르면, 헬기든 초계기든 탑재하고 있는 모든 무장을 자신의 잠수정을 향해 쏟아 부을 것 또한 분명할 거라 생각했다. 그리고 그러한 일련의 상황들이 반잠수정에 탑재된, 변변찮은 구식 소나에 의해서 감지되고 있었다.

라진철 상위는 붉은색 작전등 조명에 의해 보이는, 잠수정을 조종하는 그의 조원과 항법 활동을 담당한 조원을 뚫어져라 응시하고 있었지만, 사실 그의 모든 오감은 그의 우측에서 소나를 운용하는 신재명 상사의 일거수일투족에 집중되어 있었다.

"조장 동지, 놈들이 소노부이들을 투하하는 것 같습니다. 우리 침로 근처에 투하된 것만 벌써 3~4개가 됩니다."

그의 보고에 라 상위가 다른 이들에게 들리지 않도록, 긴 한숨을 내쉬었다. 그의 정찰조원들 그리고 그 자신은 이 잠수정이 동서양 해군의 최신식 잠수함은 둘째 치고 북조선의 구식 잠수함보다도 못한 성능으로 이 위기를 벗어날 거라 생각하지 않았다. 이들은 일단, 이들의 위치가 해자대 대잠부대원들에게 파악되면 자신들의 운이 다하는 거라 생각했다.

그러한 이유 때문에 정찰조의 반잠수정은 상식을 거스르는 교전 전술을 가지고 있었고 오늘, 그는 그 전술을 실전에 사용할 참이었다.

"부조장 동무?"

라진철 상위는 디지털 스톱워치를 한 번 살핀 뒤, 그의 우측에 있는 신재명 상사에게 시선을 보냈다.

"네, 조장 동지."

"어뢰 발사 준비하시오. 이후로, 적 호위함이 포착되는 대로 내 지시를 기다리지 말고 발사하시오."

"알겠습니다."

라 상위는 앞쪽으로 몸을 기울여서 잠수정을 조종하는 최정우 중사의 어깨를 두들기며 이어서 지시를 내렸다.

"3조원 동무, 기관 정지!"

그의 지시에, 최정우 중사가 스로틀 레버를 조작하면서 복창했다.

"기관 정지!"

맹렬한 속도로 회전하던 2개의 스크류들이 거의 멈추다시피 하자 곧 잠수정 선체가 제자리에 정지한 듯하다가 이내, 후방으로 천천히 밀렸다. 이들 잠수정의 전방에서 밀려오는 조류에 선체가 밀리면서 후진하는 것이었다.

그때, 신재명 상사가 반잠수정의 갑판부 우측에 설치된 길이 4미터 정도의 경어뢰 발사관을 개방했다.

"어뢰 발사관 개방 완료! 정황 이상 무!"

신 상사의 보고가 전파되자마자, 라진철 상위가 다시 최정우 중사의 어깨를 툭 치면서 지시를 내렸다.

"정우 동무, 어뢰 발사를 위한 침로를 새로 설정하라."

그의 지시는 반잠수정이 향하던 북조선 해역과 정반대 방향으로 함수를 돌리라는 것이었다.

최 중사가 조타 휠을 돌리자 느린 속도로 후진하던 잠수정의 함수가 천천히 오른쪽으로 회전하기 시작했다. 선체가 180도 회전을 마치자, 그가 스로틀 레버를 잡았다. 그러고는 어깨 너머로 고개를 돌려 라진철 상위에게 시선을 보냈다.

라 상위가 내릴 다음 명령은 가장 가까이에 있는 해상자위대의 호위함을 향해 돌진하면서 경어뢰를 발사한 후, 일본인들이 예측 못 할 방향으로 침로를 변경, 최고 속도로 교전 현장을 이탈하는 것이었다.

최정우 중사가 스로틀 레버를 조작하는 것은 신재명 상사가 반잠수정의 소형 소나로 호위함들의 위치를 찾기 전까지는 허용되지 않은 상황이었기 때문에, 선내 5명의 정찰병들은 숨죽인 채 신재명 상사를 주시했다.

라 상위는 붉은색 조명 아래에 보이는 동료 조원들의 얼굴을 천천히 훑어봤다. 얼굴과 목은 물론, 머리칼까지 땀으로 범벅이 되어 있었고 그들 모두에게서 열기가 뿜어져 나왔다. 자신과 동료 정찰병들의 터질 듯이 고조된 긴장감은 수압이 자신의 몸에 가하는 압박감에 못지않다고 느꼈다.

라진철은 눈을 한 번 깜빡일 때마다 그의 눈앞에 북조선 땅에 있는 고향 집과 가족의 얼굴, 그리고 그의 파란만장한 정찰총국 공작원 생활 동안에 겪었던 모든 일들이 나타났다가 사라졌다.

반잠수정이나 위장 어선을 통해 해외 침투 임무를 수행하는 모든 정찰총국 소속 정찰병과 노동당 공작원들에게 일본을 오가는 임무는 남조선에 다녀오는 것보다 훨씬 쉬운 임무로 여겨져 왔다. 그렇지만 그는 오늘 이 순간, 그러한 사실이 이제 전과 다르다는 것을 뼈저리게 느끼고 있었다. 우습게 보기만 했던 해상 자위대가 이렇게 죽자 살자 덤비는 것은 꿈에도 생각하지 못했던 것이었다.

그는 심호흡을 하면서 자신의 의식을 가다듬고 다시 신재명 상사에게 집중했다. 그리고 10여 초 뒤에 그가 원하던 말이 신재명의 입에서 나왔다.

"방위 50, 방위 50에서 적 호위함이 포착됐습니다. 거리는 2400!"

보고와 동시에 신재명 상사는 어뢰 발사 조작 스위치에 덮여 있던 커버를 올려놓고 라 상위에게 시선을 보냈다. 그러자 라 상위는 최정우 중사의 어깨에 올려 둔 손에 힘을 주면서 소리쳤다.

"방위 50으로 고정하고 기관 최대 속도!"

어뢰 발사보다 앞서, 반잠수정의 기동 재개를 명령하는 그의 의도는 사정거리가 짧고 속도가 느린 북한제 경어뢰의 단점을 상쇄시키고자 하는 것이었다. 그러나 최정우 중사가 스로틀 레버를 최대치로 개방하고 잠수정을 전진시킨 몇 초 뒤 이들 정찰병의 머리 위에서 천둥이 내려쳤다.

"콰아앙!"

엄청난 충격과 가공할 폭발음이 반잠수정 선내를 강타했다. 라진철 상위는 선체를 강타한 폭발음에 반쯤 귀가 먹었지만 당황하지 않고 신재명 상사의 어깨를 움켜잡았다.

P-3C기에서 투하한 두 번째 폭뢰가 반잠수정의 우현 근처, 수면에 투하된 것이었다. 신재명 상사가 먹통이 되어 버린 소나 탐지를 중단하고 라 상위가 내린 다음 지시를 실행에 옮기던 순간, 이들 정찰병들의 운명을 결정하는 폭뢰가 수중에서 폭발했다.

"파아앙~!"

폭발과 동시에, 무시무시한 폭발력이 반잠수정의 선수 부분을 강타하였고 라진철 상위와 그의 동료들이 충격에서 회복하기도 전에 둔한 파열음과 함께 선수 부분이 요동치기 시작했다.

"침수! 침수! 선수 부분이 침수됩니다!"

최정우 중사가 소리치는 소리가 라진철 상위와 다른 정찰병들의 귀에 벌레 소리처럼 작게 들려왔다.

다음 순간, 이들 모두의 시야에 들어오는 것은 까만 바닷물이 순식간에 선내로 쏟아져 들어오는 장면이었다.

붉은색 작전등이 꺼지면서 라진철은 온몸이 차디찬 해수에 잠기는 것을 느꼈고 그는 망설이지 않고 허리춤에 있던 45구경 권총을 꺼냈다. 그런 뒤, 얼굴이 해수 속에 잠기기 전에 머리에 총구를 대고 방아쇠를 당겼다. 그러한 행동은 얼음 속처럼 찬 심해에서 고통스러운 죽음을 맞이하기 전, 스스로에게 선사하는 마지막 선물이었다.

＊　　＊　　＊

2016년 7월 14일 05시 07분 해상자위대 P-3C기 대잠초계기 리마 원

"적 잠수정 격침! 격침 직후, 선체가 분리되는 것 같습니다."

콜사인 '리마 원'을 가진 대잠초계기의 음향 조작사 다카유키가 기내 인터컴에 그의 탐지 내용을 보고했다.

그는 반잠수정이 두 동강이 나서 가라앉는 일련의 과정을 실시간으로 보고했고 조종석과 부조종석에 앉아 있는 야스히로 삼등해좌와 준이치 일등해위는 말없이, 방풍창 바깥으로 까만 바다를 내려다보고 있었다.

반잠수정의 침로 주변에 소노부이를 투하한 후, 폭뢰를 투하할 때까지 신경질적인 말투로 초계기 승무원들을 다그치던 야스히로 삼좌는 한참 동안 말없이 아래쪽을 주시했다. 잠시 뒤, 그는 음향조작사에게서 추가 보고가 이어지지 않자 마침내 입을 열었다.

"젠장, 우리 정말 이래도 되는 거야?"

야스히로 삼좌는 준전시 상황에서 적 잠수함을 격침시킨 자신들의 행위에 대한 정당성을 의심하지 않았지만, 교전 상태가 북한이라는 점에서 불편한 마음을 감출 수 없었다. 어쩌면, 반잠수정을 격침시킨 자신의 폭뢰 투하 명령이 북한과 일본 사이의 전면전 상황하에서 다시 언급될지 모른다는 막연한 두려움이 그를 압도하고 있는 것 같았다.

"리마 원이다. 적 잠수정이 격침되어 가라앉고 있다. 반복한다. 적 잠수정이 격침되어 가라앉고 있다. 이상."

리마 원의 전술통제관 카이토 일위는 근처에 야간 투시 장비를 통해 수면 위로 올라오는 부유물들과 공기 방울들을 응시하며 세토키리 함의 전투정보실에 상황을 보고했다. 하지만 그의 보고에 세토키리 함의 반응을 듣기도 전에 다카유키의 메시지가 기내에 전파됐다.

"어뢰, 어뢰! 어뢰!"

"올 것이 왔구만!"

야스히로 삼좌가 탄식하면서 현 상황을 저주했다. 그러면서 그는 2발의 폭뢰 투하 이후, 먹통이 되어 버렸을 소노부이들이 뒤늦게 북한군 잠수정이 발사한 어뢰를 포착했다면 어뢰는 반잠수정의 격침 장소에서 이미 상당한 거리를 나아갔을 거라 직감했다. 그는 그 판단에 근거하여 음향조작사에게 물었다.

"어뢰가 향하는 방향에 혹시 우군 호위함들이 있는가?"

질문을 하면서 야스히로 삼좌는 이미 요크를 왼편으로 크게 돌려서 기수를 호위함들 쪽으로 향하고 있었다. 그리고 그가 예상했던 답변이 전달되었다.

"네, 기장. 적이 발사한 경어뢰가 호위함들 쪽으로 향하고 있습니다."

"세토키리와 키리사메 쪽에 경고해 줘! 서둘러!"

"이미 보고했습니다. 호위함들이 대잠헬기들을 불러들이고 어뢰의 예상 침로에서 이탈하기 시작했습니다."

야스히로는 황급히 자신의 초계기보다 높은 고도에서, 훨씬 더 넓은 원을 그리며 선회 중인 요기 신지로 일위를 호출했다.

"리마 투입니다."

"리마 투, 현 시간부로 적 잠수정에 대한 탐색 범위를 넓힌다. 소노부이들을 추가로 투하하여 나머지 한 척의 적 잠수정을 최대한 신속히 찾아낸다."

"네, 알겠습니다."

리마 투에서 교신을 마치려는 듯한 분위기를 보이자, 야스히로 삼좌가 큰 소리로 그의 주의를 다시 환기시켰다.

"하토야마~!"

비록 무선망을 통해서였지만, 신지로 일등해위는 야스히로 삼등해좌의 분위기를 곧바로 파악했고 군기가 충만한 목소리로 대답해 왔다.

"네, 편대장."

"나머지 적 잠수정들의 위치를 파악 즉시, 경고 조치 없이 격침시켜야 한다. 우리가 머뭇거리면 해저 밑바닥에 내동댕이쳐진 놈들처럼 어뢰를 발사해 버린단 말이야."

"알겠습니다."

야스히로는 어뢰가 향하고 있는 호위함들 쪽을 걱정스러운 눈빛으로 응시하다가 이내 서서히 기수를 돌렸다.

＊　　　＊　　　＊

2016년 7월 14일 05시 25분 해상자위대 세토키리 함 전투정보실

어뢰 접근 경고를 전파받은 호위함들과 해상방위청의 순시선들은 황급히 침로를 바꿔, 회피 기동 과정에 들어갔다. 교전 상황 직후, SH-60K 헬기들이 복귀했지만 북괴군의 어뢰에 대해 뭔가 대응할 수 있는 기체는 한 대뿐이었다.

리마 원에서 전송한 데이터를 기반으로 SH-60K 한 대가 디핑소나를 수면 아래로 전개하여 어뢰의 위치를 2차 파악, 폭뢰를 투하하고자 했지만 모든 상황 정보가 완벽하지 못했다.

따라서 어뢰가 직접 호위함들을 포착할 경우를 대비하여, 세토키리함과 키리사메함은 모두 거리를 두고 어뢰 기만 장치, 닉시(SLQ32 Nixie)를 함미에서 전개시킨 채 최고 속도로 기동 중이었다.

현장의 모든 해자대 인원들이 갑작스러운 상황에 분주히 대처하는 동안에도 무츠코 함장은 나머지 3척의 반잠수정의 소재에 대해 먼 바다에 흩어져 있는 초계기들을 재촉했다. 그는 이들을 향해 다가오는 북한제 구닥다리 어뢰보다도 북한군 잠수정이 현장에서 이탈하는 것을 더욱더 우려했다.

전투정보실에서는 각 호위함에서 그리고 대잠헬기에서 쏟아져 들어오는 상황 보고들을 정리, 보고하거나 상대편에게 전파하느라 모든 인원들이 난리를 치고 있었다. 그럼에도 불구하고, 무츠코는 독립된 무선망을 통해서 야스히로 삼좌의 P-3C기 그리고 더 먼 거리에 있는 신지로 일위의 P-3C기와 교신을 이어가고 있었다.

함장이 대잠초계기들의 추적 보고를 실시간으로 전달받는 동안 세토기리를 뒤따르고 있던 키리사메 함에서 어뢰가 엉뚱한 방향으로 향하고 있다는 보고가 들어왔다. 부함장과 작전관이 동시에 무츠코에게 다가와 희소식을 전했고 잠시 후, 키리사메 함에서 북괴군의 어뢰가 완전히 다른 방향으로 사라져 버렸다고 확인, 보고해 왔다.

"후~!"

무츠코의 입에서 안도의 한숨이 무의식적으로 새어 나왔다. 비록 그의 두 귀는 북한군 잠수정을 탐색 중인 초계기들 쪽에 가 있었지만 그 또한 어뢰의 존재를 무시할 수는 없었다. 몇 명의 전투정보실 요원들이 함박웃음과 환호성을 터뜨렸지만 그들은 곧 함장의 분위기를 파악하고 자신들의 최초 임무에 주의를 기울이기 시작했다.

"함장?"

작전관이 세토기리의 변침 여부를 물어 오자 무츠코는 고개를 끄덕이며 대꾸했다.

"적들의 어뢰 공격에 대비할 수 있는 안전거리를 유지하면서, 적 잠수정들의 추격을 재개하라."

"알겠습니다."

함장의 지시에 따라, 세토키리는 최초 침로로 복귀하고 다시 키리사메와 순시선들이 원래의 대형으로 뒤따랐다.

그리고 이후 30여 분의 시간 동안에 수면 위로 모습을 드러낸 채 도주하던 반잠수정 한 척과 수면 아래로 잠수, 도주하던 또 한 척의 대동급 반잠수정이 격침되었다. 2대의 오라이언 대잠초계기들은 적재하고 있던 모든 폭뢰와 어뢰를 투하하여 그들을 공격했고 그 결과, 이제 단 한 척의 반잠수정만이 남게 되었다.

문제의 대동급 반잠수정은 대잠초계기들의 탐지 범위를 가까스로 벗어났지만 잠항 상태에서 발생한 기관 고장으로 인해 수면 위로 부상, 표류 중이었다.

P-3C기들의 비음향조작사들이 해수면을 훑어보는 레이더를 통해서 문제의 잠수정을 찾아냈지만 P-3C기들은 감히 반잠수정의 지근거리로 접근하지 못했다.

이들은 수중에 있는 잠수함, 잠수정에 대해서 뛰어난 탐지, 공격 능력을 자랑했지만 화승총을 휴대하여, 제한적인 대공 공격 능력을 가지고 있는 북한군 정찰조원들과 대면할 수는 없었다.

결국, 리마 원, 리마 투는 육안으로는 적들과 서로의 존재를 파악할 수 없을 정도의 거리에서 선회하다가 제3 호위대군의 기지로 회항했다.

대신, 고고도에서 관측, 감시 임무를 수행하는 EP-3기가 반잠수정의 표류 지점을 선회하며 실시간 영상 정보를 호위함들에게 전송하고 있었다. 동이 트기 전 시점이기 때문에 현시점에서는 모든 영상 정보가 열영상 모드가 아닌 주간 관측 모드였다.

그 때문에 무츠코 함장과 그의 전투정보실 인원들은 모두 새까만 도색이 되어 있는 북괴군의 최신형 반잠수정을 모니터를 통해 볼 수 있었다.

"적 잠수정의 표류 지점은 본 함으로부터의 거리 2360, 조류가 북한 쪽으로 흐르고 있기 때문에 점차로 우리와 거리가 벌어질 것입니다."

요시노리 부장의 보고에 불구하고 무츠코 함장은 모니터 속의 반잠수정을 응시하며 꼼짝하지 않았다. 그는 한참 뒤에서 전술 디스플레이 근처의, 불특정 인원들에게 물었다.

"리마 쓰리, 리마 포는 자리를 잡았는가?"

"조금 뒤면 작전 공역에 들어올 겁니다, 함장."

"사전에 적 휴대용 SAM의 사거리 바깥에 자리를 잡으라고 당부했겠지?"

"그렇습니다, 함장."

무츠코는 일대의 해수면에 깔려 있는 어둠이 가시기 전에, 이 모든 소동을 마무리 짓고 싶었다. 그가 P-3C기들이나 SH-60K로 적 반잠수정을 공격하거나 아니면 세코기리 함의 대함 미사일로 공격할지 저울질할 때, 레이더 오퍼레이터가 보고해 왔다.

"함장, 임무 교대를 위해 리마 쓰리, 리마 포가 합류했습니다."

그의 보고를 입증하려는 듯, 호위함들 인근 상공을 2대의 프롭 엔진기들이 지나쳐 갔고 그 진동이 함 내에까지 감지되었다.

무츠코 함장은 레이더 모니터 앞으로 다가섰고 그 뒤를 요시노리 부장과 마사토 삼좌가 뒤따랐다.

"대잠작전기들은 모두 적 잠수정과 거리를 두고 대기하라고 해. 휴대용 SAM의 사거리를 계산하고 그 안에 절대 들어가도록 하면 안 된다고 전달해."

"예, 함장님."

무츠코는 작전관에게 시선을 보내며 물었다.

"키리사메네 대잠헬기를 보내자고 하면 그쪽에서도 싫어하겠지?"

최초 정찰병들의 화승총 공격에 피격된 기체는 무츠코 휘하의 SH-60K였기 때문에 그의 질문에 마사토 삼좌는 어색한 미소로 대답을 대신했다. 이번에는 무츠코의 시선이 상황 내내 긴장한 모습이 역력했던 요시노리 부장에게 향했다.

함장을 비롯한 그 누구보다도 호전적인 성향을 가진 요시노리는 함장이 입을 열기도 전에 먼저 그가 듣고 싶은 말을 했다.

"함장, 아군 기체들을 적 잠수정 가까이로 보내지 말고 그냥 하푼(Harpoon)으로 제압하는 게 어떻겠소?"

무츠코는 그를 잠시 응시하다가 이내 시선을 돌려, 전투정보실 내 여러 개의 대형 모니터들 하나하나 살폈다. 그런 그의 모습을 젊은 해자대 자위관들과 그들의 나이 든 상관들이 응시하고 있었다. 그리고 곧 무츠코가 전술 디스플레이를 응시하면서 대답했다.

"하푼으로 적 잠수정을 제압하시오."

말을 마치고 그는 구닥다리 반잠수정 한 척을 파괴하기 위해서 가공할 위력을 가진 하푼 대함미사일을 사용한다는 상황에 코웃음을 쳤다

＊　　　＊　　　＊

2016년 7월 14일 05시 54분 반잠수정 침투조 총조장 최태현 소좌

"더 애써 봐, 3조원 동무!"

마지막으로 남아 있는 반잠수정의 총조장 최태현 소좌의 재촉에 조타사 권대영 중사가 다시 한 번 엔진에 시동을 걸어 봤다. 그러나, 반응이 없던 엔진은 이제, 아예 검은 연기를 내뿜기 시작했고 해치를 열고 바깥을 경계하던 리을구 중사가 이를 발견하고 선체 안에 대고 소리쳤다.

"좌현 엔진 쪽에서 연기가 나고 있습니다, 조장 동지."

최태현은 엔진 작동을 멈추라는 의미로 권대영의 어깨를 두어

번 두들겼다. 그러자 그가 엔진 작동을 멈추고 이마에 흥건한 땀을 훔쳤다.

최 소좌는 출항 전, 잠수정 승무원들이 힘주어 말했던 경고를 무시하고 잠항 상태에서 무리하게 최고 속도를 유지했던 자신의 결정을 책망했다. 우현 엔진이 고장 난 상태에서 이제 좌현 엔진까지 먹통이 되어 버린 상황이 되었고, 하나 남은 중간 쪽 엔진은 일체 작동 시도에 반응하지 않았다. 이것들을 수리할 만한 시간이나 기술이 없는 상황에서 그는 곧 북조선의 지휘부에 최후 교신을 시도해야 할 거라 여기고 있었다.

최태현 소좌의 고개가 자신도 모르게 아래쪽으로 떨어졌다. 잠수함의 주 발전기가 작동하지 않고 예비 발전기가 돌고 있었지만 이미, 잠수함의 항법용 레이더와 소나의 전력이 불안정한 상태였다. 이제 정찰병들은 굳이 고개를 선체 바깥으로 내밀지 않아도 멀리에서 들려오는 프롭 엔진 소리와 헬기 소리를 들을 수 있는 상황이었다.

"조장 동지!"

후방 해치 쪽에 올라가 있는 리을구 중사의 호출에 최 소좌가 전방 해치 쪽에서 몸을 일으켰다. 그가 머리를 내밀자마자 거친 바닷바람이 그의 얼굴을 때렸다. 이미, 수면 전체에 미명이 비치려 하고 있었기 때문에 그는 쌍안경을 쳐들지 않아도 먼 수평선 근처에서 선회하고 있는 까만 점들을 볼 수 있었다.

"반잠수작전기(대잠초계기)인가?"

"네, 조장 동지."

리을구 중사는 7.62밀리 저격소총의 야시 조준경을 통해서 잠수정을 중심으로 먼 거리에서 선회 중인 P-3C기 2대를 추적하면서 대꾸했다. 선회 중인 초계기들의 반대편에, 훨씬 먼 곳 수평선에는 초계기보다 훨씬 큰 실루엣들이 수면 위에 떠 있었다. 정찰병들은 그것들이 호위함들임을 의심하지 않았다.

조금 뒤, 부조장 홍진규 상사가 선체 밖 상황을 살피기 위해 리을구 중사와 자리를 바꿨다. 홍진규는 후방 해치를 통해 몸을 내놓고 리을구가 갑판 위에 내려둔 저격소총의 스코프로 잠수정의 후방을 천천히 살폈다. 최 소좌가 주머니 속에서 꺼낸 일제 담배에 불을 붙일 즈음, 그가 입을 열었다.

"놈들이 우리 조의 무장 상태를 예상하고 있는지 거리를 두고 있습니다. 심지어, 호위함까지도 어뢰 공격을 대비하여 거리를 두고 있습니다. 시간을 끌며 우리를 지치게 하든지 아니면 꿍꿍이가 있는 듯합니다, 조장 동지."

최태현은 담배 연기를 길게 내뿜은 뒤, 꼼짝 않고 해자대 전력 쪽을 응시했다. 홍 상사의 질문에 대한 대꾸는 한참 뒤에서야 그의 입에서 나왔다.

"시간을 끌어 봐야 불리한 쪽은 우리가 아니겠소."

그의 대답에 홍진규가 고개를 돌려 그를 응시했다. 두 사람은 잠시 동안 말없이 서로의 시선을 공유했다.

그런 뒤, 홍진규가 최태현의 의도를 파악한 뒤 고개를 끄덕였다. 그러고는 곧장, 선내로 내려갔다. 그는 최 소좌의 무언의 지시에 따라, 북조선의 지휘부에게 임무 실패와 반잠수정의 자침을 보고하러 내려간 것이었다.

홍진규 상사가 선내로 들어간 후, 다시 리을구 중사가 후방 해치를 통해 불쑥 나타났다. 그는 최 소좌나 홍 상사의 지시를 받지 않고도 상황을 파악했는지 화승총을 꺼내 들고 올라왔었다.

최태현 소좌는 리을구가 화승총의 발사 준비를 실행하는 모습을 말없이 지켜보다가 거의 다 태워 버린 담배 개비를 바닷물 쪽으로 튕겨 보냈다. 그런 뒤, 해치 아래로 몸을 들여놓으며 권대영 중사를 불렀다.

"3조원 동무!"

"네, 조장 동지!"

해치로 향하는 사다리에 엉덩이를 걸쳐 둔 채, 최태현이 큰 소리로 물었다.

"우리 잠수정 선수 부분을 적 호위함 쪽으로 움직일 수 있나?"

권대영은 지금 자신의 직속상관이 반잠수정에서 경어뢰를 발사할 수 있는 각도를 확보할 수 있는가 묻고 있음을 알고 있었다. 그러나 작동 가능한 엔진이 하나도 없는 상황에서 그가 할 수 있는 대답들에 대해서 선택의 여지가 없었다.

"조장 동지, 죄송하지만 계속해서 시동을 걸려고 하다가는 하나 남은 예비 발전기까지 잃어버릴 수 있습니다. 만약을 위한 레이더와 무전기 사용을 위해서, 더 이상 엔진을 작동시키려는 시도는 삼가는 게 좋을 듯합니다."

예상했던 답변을 들었기 때문에 최태현도 더 이상 묻지 않고 다른 조원들에게 시선을 보냈다.

항법사 좌석에 앉아 있던 홍진규 상사는 최 소좌를 빤히 쳐다본 후, 반잠수정의 자폭 장치의 격발 장치를 작동시켰다. 이후부터는 모든 정찰조원들이 선내에 탑재된 각종 중화기들을 챙기기 시작했다.

리을구 중사는 화승총을 어깨에 둘러멘 채, 갑판 위에 앉아 있었고 잠시 후, 최태현 소좌와 홍진규 상사, 권준호 중사가 각자의 중화기를 가지고 합류했다. 어뢰를 발사할 수 있는 방법을 모색하고자 선내에 남은 권대영 중사를 제외하고 모든 인원이 좁은 갑판 위에 자리 잡거나 해치 입구에 서 있었다.

남동쪽에서 올라오는 쌀쌀한 해풍이 정찰병들을 스치고 지나갔다. 최태현은 전방 해치 쪽에 야시경을 통해 멀리에 떠 있는 구축함들과 순시선들을 살폈다. 그는 긴 한숨을 내쉰 뒤, 갑판 위에 앉아서 화승총 발사 준비를 하고 있는 리을구와 홍진규, 그리고 후방 해치 쪽에서 7호 발사관의 사격 준비를 하는 권준호를 차례로 응시했다.

그는 그의 조원들의 표정에서 자신의 모습을 보고 있다 생각했다. 막연한 공포와 절박함, 삶에 대한 미련, 적개심. 그 모든 것들이 그들에게서도 감지되었고 그것들은 최 소좌, 자신의 숨통을 콱 틀어막는 것만 같았다.

선체에 부딪치는 바닷물의 포말이 그의 어깨, 얼굴을 뒤덮었다. 그는 콧속에서 느껴지는 비린 내음이 지금 이 순간, 이 세상에서의 그의 존재를 확인시켜 주는 마지막 감각이라고 의식했다.

그는 마음을 정리하고자 의도적으로 그의 조원들에게 소리쳤다.

"동무들, 지금 이 순간 우리에게 있어서 마지막 임무는 우리가 저 바닷물 밑바닥까지 가라앉기 전에 최대한 많은 피해를 적들에게 안기는 것이오. 동무들과 고락을 함께한 것이 내 군인 경력에 최고의 영예였음을 알아 두시오."

감정이 격앙된 그의 목소리에 노련한 정찰병들은 누구도 고개를 돌려 대꾸하거나 시선을 교환하지 않았다. 대신, 자신들이 휴대한 중화기의 최종 점검을 마치고 명중 여부가 보장되지 않는 사격 준비를 할 뿐이었다.

"표적 확인했습니다, 조장 동지."

리을구 중사가 갑판 위, 한쪽 구석에서 무릎쏴 자세로 P-3C기를 향해 북한제 SA16 미사일을 조준했다. 그의 보고에, 최 소좌가 곁에 있는 홍 상사에게 시선을 보냈다. 그러자 그가 빤히 최태현의 두 눈을 쳐다봤다.

최태현은 홍진규에게서 시선을 떼지 않고 리을구에게 대꾸했다.

"발사!"

그의 대답을 듣자마자, 리을구 중사가 휴대용 SAM의 발사 방아쇠를 당겼다.

"펑~! 피슈슈슛~!"

발사관에서 튕겨 나간 미사일이 반잠수정 근처 상공 수 미터 정도에서, 로켓 모터를 점화시키면서 허공으로 솟구쳤다. 2~3초 뒤, 먼 거리에 선회 중이던 P-3C기가 기체 후방 쪽으로 환한 불꽃들을 쏟아 내기 시작했다. 지대공 미사일의 추적을 미리 감지하고 발사 시기에 맞춰서 대량의 플레어를 투사하는 것이었다. 그리고 눈 깜짝할 사이에 대잠초계기 근처까지 날아갔던 구식 지대공 미사일은 허공에 흩뿌려진 플레어 속으로 들어가서 폭발했다.

"퍽"하는 폭발음이 일대 상공에 메아리치면서 정찰병들은 허탈한 한숨을 내쉬었다.

P-3C기는 선회 거리를 더 넓이기 위해 기수를 반잠수정 쪽의 반대편으로 향하고 있었고 잠시 후, 최태현 소좌가 우려했던 가정이 호위함들 쪽에서 현실화되었다.

반잠수정에서 수 킬로미터 떨어져 있는 호위함 쪽에서 노란 섬광 하나가 하늘 높이 솟구쳤다. 그 광경을 저격총의 조준경으로 지켜보던 홍진규 상사가 보고했다.

"쪽바리들이 대함 미사일을 발사한 것 같습니다."

호위함의 발사대에서 전개된 하푼 미사일 1기가 허공 높이 치솟아 일정 고도를 확보한 후, 이제 수면 쪽으로 비행 방향을 바꾸기 시작했다. 이 모든 과정을 정찰병들이 숨소리조차 내지 않고 지켜보고 있었다.

그 광경을 빤히 지켜보던 최태현은 급히 담뱃갑에서 2개의 담배 개비를 꺼내 입에 물었다. 그런 뒤, 무섭게 떠는 손으로 라이터를 켜서 불을 붙인 뒤, 그것들 중 하나를 홍진규 상사에게 건 네줬다.

그는 자위대의 호위함이 76밀리 함포 사격이 아닌 대함 미사일 발사를 결정한 것으로 보아, 얼마나 자신과 정찰조원들에 대한 적개심과 두려움이 극에 달해 있는지 유추할 수 있었다.

하푼 미사일이 고도를 낮추면서 점차로 반잠수정의 표류 지점으로 방향을 잡았다. 그런 뒤 반잠수정과의 일정 거리가 좁혀지자 시스키밍 과정에 들어갔다.

미사일이 해수면에서 5미터도 안 되는 저고도를 유지한 채 맹렬한 속도로 접근했고 이제 최태현의 정찰조원들은 들고 있는 중화기를 붙잡고 있을 뿐 더 이상 저항하지 않았다.

홍진규 상사는 담배를 길게 한 모금 빤 뒤, 그것을 리을구 중사에게 건네줬다. 그리고 그가 담배를 받아 물 때, 그의 어깨를 위로라도 해 주듯 가볍게 두들겼다.

두 사람은 잠시 지독한 허무함을 담고 있는 시선을 교환했고 곧 최태현이 담배 개비를 입에 문 채 중얼거렸다.

"우리들이 오늘 여기서 죽는 것으로 우리 공화국과 고향에 남겨진 우리 가족의 미래가 꼭 보장되기를 바라자구, 동무들."

그 말을 마치고 그는 두 눈을 크게 뜨고 전방을 응시했다. 하푼 미사일이 이미 반잠수정의 지근거리에 도달하면서 수면에 바짝 붙어서 비행하던 패턴을 마치고 50여 미터 정도 허공으로 치솟았다. 미사일이 적함의 선체에 직격하기 위한 팝업 과정을 역시, 호위함에 비하면 손바닥만 한 대동급 반잠수정 선체에게까지 적용하려는 것이었다.

홍진규 상사는 허공 높이 치솟았다가 반잠수정을 위해 하강하는 미사일을 올려다보면서 오늘 새벽 이곳 해역의 일본인들이 얼마나 정찰조원들을 두려워했는지 짐작하고는 한편으로 정찰병으로서의 긍지를 느끼며 미소 지었다.

그는 미사일을 발사한 일본인들보다도 자신과 조장, 조원들에게 터무니없는 임무를 하달한 자들을 저주하며 두 눈을 꽉 감았다.

"피슈슈슈슛!"

최태현과 그의 정찰병들은 귀청을 찢는 듯한 하푼 미사일의 비행음을 들으면서 두 눈을 꽉 감았다.

*　　　*　　　*

2016년 7월 14일 10시 36분 일본, 도쿄, 신주쿠, 방위청 청사

일본 근해에서의 해상 전투 직후, 일본 전역은 충격과 분노, 두려움으로 혼란에 빠졌다. 각각의 방송사들과 신문사들은 서로 다른 논조로 이 북일 간의 무력 충돌을 옹호하거나 우려했고 일본인들의 반응도 마찬가지였다.

그러한 반응은 일본 정계의 핵심 인물들에게서도 드러났다. 아베 총리의 오른팔이자 3군 자위대를 관할하는 일본 방위성의 수장, 오사야 타카오가 주재하는 대책 회의에서 이 점이 논의되고 있었다.

"북조선 해군과 특수전단에 대한 감시 상태는 현재 우리 자위대와 주일미군의 공조하에 최고 수준으로 유지되고 있습니다. 그리고 해안 전역의 감시도 강화되어 있으며 유사시 해안 지역으로 투입할 수 있는 '특수 작전군'과 항공자위대의 전폭기들이 24시간 출동 대기 상태를 유지할 예정입니다."

육상, 해상자위대의 합동 작전을 지휘하는 현장 지휘관이 보고를 마친 뒤, 회의실 테이블의 가장 위쪽 자리에 앉아 있는 방위대신 오사야 타카오에게 시선을 보냈다.

그는 군 지휘관의 보고가 끝난 뒤에도 말없이 상황 보고서를 읽고 있었고 그 때문에 회의에 참가한 자위대, 경찰 간부들은 숨죽인 채 그를 주시하고 있었다.

잠시 후, 타카오의 수행원이 그의 귓가에 조용히 무언가 속삭이자 그가 보고서를 든 채 고개를 몇 번 끄덕였다.

맞은편에 앉아 있는 자위대, 경찰, 방위성을 비롯한 기타 행정기관 간부들이 일제히 오사야 타카오에게 시선을 보냈다.

잠시 동안 회의실 안에 불편한 침묵이 흘렀고 이윽고 그가 그의 좌우에 쭉 앉아 있는 실무자들 중 불특정한 누군가에게 물었다.

"이거는 명백한 선전포고가 다름없소. 5척의 침투정들이 중무장을 하고 그들의 최정예 특수부대원들을 바로 우리 열도에 상륙시키려 했소. 북조선 놈들의 이런 대담한 행동에 왜 우리 국민과 언론이 분노를 하지 않고 우려를 한다는 말이오. 그 점에 대해서는 우리 바보 같은 언론의 행태를 지적하기 전에 이 회의실 안에 있는 여러분들의 생각부터 고쳐 잡고 새롭게 주의를 환기할 필요가 있지 않나 싶소. 대체, 왜 이 보고서에 일부 내용은 북조선의 추가적인 충돌을 우려한 나머지 우리 해자대 함대를 열도 쪽으로 물러나도록 조치하라는 권고가 포함되어 있소?"

해상 교전 상황 직후의 상황 보고 그리고 앞으로의 대안에 대해 논의할 자리에서 타카오는 일본 정부와 자위대 내의 온건파들의 반응을 비난하기 시작했다.

그는 북한 정부와 은밀한 백 채널을 통해 대화가 오는 상황에서 잠시 군사적인 충돌을 피하자는 온건파의 권고안이 이 회의실 안에 있는 몇 명의 자위대 고위 간부와 행정부 인사에게서 나왔음을 미리 알고 하는 말이었다.

그리고 그가 비난하는 그들 또한 일본의 핵무장은 물론 유사시 자위대의 해외 파병을 가능케 하는 일련의 정책들의 기조 구축에 타카오 자신이 크게 기여했던 과거를 우려하여 대담하게 그들의 의견을 보고서 안에 넣었던 것이었다.

오사야 타카오는 이러한 상황에서 교활한 북한인들뿐만 아니라 자신과 총리 세력을 견제하려는 온건 세력들을 상대해야 한다는 점에 격노하고 있었고 다른 모든 고위 실무자들도 그 점을 우려하는 상황이었다.

하지만 타카오는 잠시 후 마음을 추스른 뒤, 모두에게 말했다.

"물론, 우리 정부가 오늘 당장 북조선과의 일전을 각오하고 강경 일변의 정책을 밀어붙이자는 말은 아닙니다. 그러나 명백한 북조선의 군사적 도발에 대해서 이번에도 소극적으로 반응한다면 앞으로는 북조선 놈들이 더 큰 잠수함을 보내서 더 말도 안 되는 도발을 할 수도 있지 않겠소? 더구나 우리 자위대의 적극적인 전쟁 수행 능력을 공고히 하는 모든 정치, 외교 활동은 이와 같은 외세 도발을 위해서 추진되어 왔고 정책적으로 결정되어 왔소. 그러니 그에 따라 이번 상황에 적절하게 대처했으면 하는 것이 총리 각하의 뜻이고 나와 다른 분들의 뜻이기도 합니다. 이런 말을 하는 것이 다소 어폐가 있겠소만 우리 자위대가 남한과 미 해군 못지않게 호전적이고 적극적으로 침투정들과 교전하여 침몰시킨 것은 앞으로 우리 자위대의 활동에 큰 힘을 실어 줄 것이오. 여러분들은 이러한 맥락에서 이번 사태에 적극적으로 대응하기를 바랍니다."

그는 말을 하는 내내, 육상자위대와 해상자위대, 항공자위대의 장성들을 의도적으로 응시했다. 그들은 일부는 마지못해 일부는 총기가 가득한 눈빛으로 타카오와 시선을 맞추면서 긍정의 의미로 고개를 끄덕였다.

이번에는 그의 시선이 정부 공보기관 인사들에게 향했다. 그리고 고급 음식점에서 값비싼 코스 요리를 신중하게 주문하는 듯한 말투로 말했다.

"대국민 홍보 활동을 강화할 필요가 있습니다. 이 활동은 자위대와 해상방위청의 현재 임무 못지않게 중요하지 않겠습니까? 국민들이 이번 사태에 대해 불안해하지 않고 또 북조선에 대한 불필요한 공포로 동요하지 않도록 우리 자위대의 막강한 화력과 전력을 적극적으로 홍보하는 게 어떨까 합니다. 북조선 측이 어떠한 도발을 해 와도 우리 자위대와 미군이 완벽하게 저지할 수 있다는 이미지를 모두가 받아들이도록 홍보 활동을 강화해야 할 것이오. 이를 위해 우리 해자대의 이번 조치에 호의적인 반응을 보이는 언론사의 취재에 적극 응해 주시오."

"이미 그렇게 진행 중입니다. 해자대 호위함에 우리 헬기 편으로 수 명의 기자단들을 승선시켜 준 상태입니다."

그 말에 정부 공보관이 한 손을 슬쩍 들어 보이며 답했다. 그때, 극우 정부 인사들 중 한 명이 "요시~!"하며, 큰 목소리로 추임새를 넣으며 두 사람의 대화에 끼어들었다.

그들의 모습을 테이블의 먼 곳에서 지켜보던 몇몇 온건파 정부 인사와 자위대 관계자들이 조심스럽게 고개를 내젓거나 미간을 찡그렸다.

아베의 메신저는 그들의 반응에 아랑곳하지 않고 모두에게 지시를 내리듯 말했다.

"정치와 외교는 모든 게 타이밍이요. 여러분, 감히 우리 열도 땅에는 발도 못 붙일 저 가난한 종이호랑이 놈들의 농간에 우리 일본이 두려워하거나 주눅이 드는 것은 있을 수 없는 일이오. 이번 해상 교전의 승리를 발판으로 우리 강력한 일본의 군사력을 전 세계에 알려 인정받고 더 나아가 핵미사일을 만지작거리는 북조선과의 외교에서 우리가 우위를 선점할 수 있도록 해 봅

시다. 이번 사태는 위기가 아닌 기회요, 기회. 적어도 나와 총리
각하는 그렇게 생각하오. 그리고 여러분들도 이러한 판단에 공
감하고 적절하게 자신의 책무를 완수해 주리라 기대하겠소."

그가 일장 연설을 마치자, 아베 내각에 노골적인 지지 의사를
표현하는 몇몇 자위대 군 간부와 정부 인사들이 자리에서 일어
나 박수를 치기 시작했다.

회의실 한쪽 구석에서 그들의 모습을 보면서 쓸쓸한 표정을
짓는 사람들 중에는 자위대의 통합 정보 작전을 주도하는 '정보
본부' 소속의 정보 요원 사토 켄타로 이좌와 그의 부관이자 선
임 요원 우에토 일위가 있었다.

*   *   *

2016년 7월 14일 13시 12분 대서양 상공, 에어포스 원 기내

대통령과 몇 명의 국가 안전 보장 회의 구성원들과 함께 일본
근해의 군사적 충돌을 논의하고 온 짐 베커는 논의 결과를 가지
고 회의실을 나섰다. 그러자 그의 보좌관인 새뮤얼 오스틴이 복
도를 따라 자신의 방으로 향하는 그의 곁에 따라붙었다.

"짐, 제이크 어윈 지국장과 맥닐 차관보가 화상 면담을 요청
한 상태입니다."

"그들이 오래 기다렸는가?"

"아닙니다."

오스틴은 빠른 걸음으로 짐 베커를 앞서가 그가 향하던 작은 방의 출입문을 열었다. 그런 뒤, 4대의 대형 모니터가 설치된 화상 토의용 책상 쪽으로 그를 안내했다.

오스틴은 베커와 제이크 어윈, 맥닐을 온라인으로 연결해 준 뒤 방 한쪽 구석으로 자리를 옮겨 갔다. 이어서 세 사람의 대화가 시작됐다. 맥닐 차관보가 먼저 대화를 이끌었다.

"대통령께서 7함대의 이동을 지시하셨습니까?"

그의 질문에 베커는 생수병의 뚜껑을 돌려 따면서 심드렁하게 대답했다.

"그거야 늘 있는 SOP(절차) 아니겠소. 이 사안에 대해서는 일본 쪽 분위기가 안정될 때까지는 국방부와 CIA가 모든 역량을 이곳에 집중시킬 듯싶소. 국무부와 CIA의 분위기는 어떻소? 새로운 정보가 입수된 게 있습니까?"

베커의 질문에 제이크 어윈 지국장이 대답했다.

"현재의 분위기는 DPRK(북괴) 쪽에서 열도에 대한 직접적인 선전포고 내지는 전국적인 규모의 도발을 한 것이 아니라고 주장하고 있습니다."

짐 베커가 머리를 뒤로 젖힌 채, 생수를 마시다가 그 말을 듣고 얼른 머리를 원위치시킨 뒤 물었다.

"그게 무슨 말이오? 내가 대통령과 NSC 구성원들을 모시고 이 문제를 논의하기 전에는 북한 쪽 반응이 없다고 하지 않았소?"

화상 카메라에 비친 어윈 지국장은 마치, 짐 베커의 바로 앞에 앉아 있는 것처럼 양손을 어깨높이로 쳐들어 보이는 제스처를 만들어 보였다. 그런 뒤, 자신이 들고 있는 감열용지 몇 장을 손가락으로 가리키며 말했다.

"NSA에서 5분 전에 들어온 최신 감청 정보입니다. 일본 정부에게 직접적인 대화 채널이 아닌 백 채널을 통해서 북한 측이 해명한 겁니다. 짐뿐만 아니라 국무부(맥닐 차관보) 쪽도 잘 들어 보시기 바랍니다. 그들이 일본 정부에게 해명하기를 '5척의 침투용 잠수정을 몰고 갔던 특수병력은 얼마 전 일본 측에 의해 격침된 공작선이 소속된 75정찰대대의 병력 전원이 해당 사건을 책임지고 강제적인 부대 해체 뒤, 모두 수용소로 보내지기 전에 임의로 주둔지를 이탈한 것으로 추정된다. 그들이 자신들의 안위를 위해 침투정들을 가지고 일본 측에 투항하려 했거나 혹은 제1 위원장과 당을 위한 자신들의 충성심 내지 반발심을 증명하기 위해 임의로 극단적인 선택을 한 것으로 추정된다' 라는 내용입니다. 어떻게 생각합니까?"

그 말에 베커가 생수병을 내려놓고 구석에 서 있던 오스틴에게 시선을 보냈다. 그는 막 팩스로 도착한 어윈 지국장의 감청 내용을 베커에게 건네줬다.

베커는 그 내용을 차분히 읽어 보았고 맥닐 차관보는 그 내용에 대해서 어윈에게 몇 가지 질문을 던졌다. 두 사람이 간단한 질의응답을 하는 동안 베커는 팩스 내용을 읽은 뒤, 두 사람에게 말을 건넸다.

"일단은 일본 정부의 반응을 지켜봅시다. 내, 대통령께 이 내용을 보고를 하겠지만 일본 정부의 반응이 나오기 전에 감청 내용이 언론에 노출되지 않도록 국무부는 각별히 주의해 주시오."

"알겠습니다."

"그리고 어윈 지국장은 일본 정부가 북한 측의 해명에 대해 어떻게 대응할 것인지를 최대한 사전에 파악하시오. 북한과 일본 사이에서 군사적 대치 상태가 고조되는 것은 중국을 자극할 수 있기 때문에 일본은 이 해명이 사실이든 아니면 북한 놈들의 교활한 술수이든 일단은 받아들이고 대치 상태를 완화시키는 게 모두에게 이익이 되지 않을까 싶소. 이 점에 대해서는 두 기관들도 같은 입장이겠지요?"

베커를 향해 모니터 안에 있는 두 사람이 고개를 끄덕여 보였다. 베커가 대통령에게 가져갈 팩스 용지들을 문서 폴더 안에 정리해 넣자, 맥닐 차관보가 조심스럽게 자신의 생각을 말했다.

"아마, 장관(국무부 장관)께서도 대통령과 당신 앞에서 강조하겠지만 이번 사건에 중국이 끼어드는 상황까지 치닫지 않도록 조율하셔야 할 듯합니다. 북한 녀석들이 어디로 튈지 모르는 상황에서 최근 센카쿠 열도 사건 때문에 독이 오른 중국인들이 일본과 우리 7함대를 견제하고자 해상에서 군사적인 대응 조치를 취한다면 여기서 얻는 실익은 아무것도 없을 겁니다. 수석님(베커)과 대통령께서도 잘 알고 계시듯이."

베커는 문서 폴더를 내려놓고 그를 주시하면서 대답했다.

"다들 정신 바짝 차리고 각자 맡은 일에 실수가 없도록 해 주시오. 이미 상황이 심각한데, 어느 한쪽이 또 한 번 더 실수를 한다면 일본과 북한, 중국 사이의 군사적인 충돌이 일어날 수 있소. 우리 미합중국이 아프가니스탄과 이라크에서 전쟁 수행 동력을 많이 소모한 상태에서 이 극동 아시아의 조그마한 해상 지역(동해)에서까지 군사작전을 치르기에는 우리 행정부에게는 너무 부담이 크지 않겠소? 이미 국내 경제 문제와 관련된 사안들에 우리 행정부의 모든 동력을 집중시켜도 대통령의 지지도가 반등할 기미도 없는 상황이오."

"그 말에 동의합니다."

"알겠습니다."

"그리고 또 한 가지!"

베커는 두 사람의 주의를 확보하고자 검지 손가락을 치켜세운 뒤 물었다.

"정말로 북한인들이 일본 영토에 상륙하지 않은 것이 확실하오?"

그 질문에는 제이크 어윈이 대답했다.

"그렇습니다, 짐. 침투용 잠수정들이 일본 영해에 들어오는 순간 모두 격침되었습니다. 설령 박살이 난 잠수정에서 살아남았다 하더라도 그곳에서 일본 해안까지 맨몸으로 수영을 해서 올 수 있지는 않을 겁니다."

"좋소. 그럼 CIA와 국무부에서는 곧 대통령의 지시 사항들이 전달되는 대로 공식적인 대응을 하면 될 듯하오. 오늘은 이 정도만 합시다."

맥닐과 어윈이 고개를 끄덕이자, 베커는 두 사람을 향해 두 손가락으로 거수경례를 하면서 화상 대화를 종료했다.

두 사람의 모습이 보이던 모니터가 대기 화면이 되자, 베커는 자신의 앞에 놓인 마이크까지 꺼져 있는 것을 확인하고 나서 오스틴에게 말했다.

"팀, 일본 쪽에 우리 사람과 아직도 연락하고 있나?"

"네, 짐."

"지금 연결해 줘. 조용하게 논의할 것이 있다며 얘기하게."

"알겠습니다."

오스틴이 보안 회선으로 관리된 위성통신 전화기를 쳐들고 그의 스마트폰 안에 저장되어 있는 특정 전화번호를 찾아 누르기 시작했다.

베커는 생수를 한 모금 마신 뒤 CNN과 BBC에서 반나절 동안 반복되고 있는 일본 해상자위대의 반잠수정 인양 장면을 뚫어지게 응시했다.

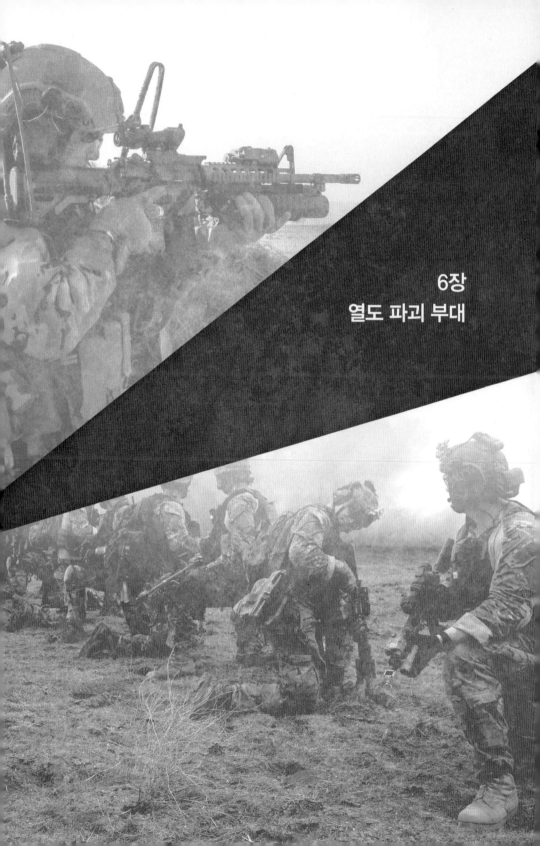

6장
열도 파괴 부대

2016년 7월 15일 01시 34분 일본, 오사카 항구, 대덕산 공작조

    일본 제2의 도시 오사카의 항구에는 새벽 시간에 입항한 5척의 대형 선박들에서의 하역 작업이 한창이었다. 상륙이 허가된 선원들이 항구 주변에서 이들을 기다리던 승합차나 버스 쪽으로 이동하고 있었고 100여 명이 넘는 이들 인원들 속에 75정찰대대 소속 '대덕산' 공작조로 불리는 리원제 대위와 4명의 정찰조원들이 섞여 있었다.

    이들 정찰병들은 밀항이 아닌, 중국 국적의 화물선에 합법적인 위조 신분을 가지고 일본 땅에 발을 디뎠고 항구 밖으로 나오자 이들을 기다리던 노동당 35호실 소속의 공작원들이 이들을 향해 차량 조명을 투사했다.

이들의 주변에는 10여 대 정도의 중형 버스와 승합차, 개인 승용차, 현지 택시들까지 주차, 정차한 채 그들의 승객을 태우고 있었다.

"저쪽이오!"

리원제 대위가 우리말이 아닌 중국어로 그의 조원들을 승합차 쪽으로 이끌었다. 승합차를 앞두고 그의 조원들은 자동적으로 걸음을 멈추고 거리를 유지했다.

4명의 정찰병들은 모두 벗어 들었던 얇은 재킷이나 휴대 가방을 가슴팍에 안고 있었는데, 그것들 뒤에 숨긴 그들의 오른손에는 모두 소음기를 장착한 22구경 권총이 쥐어져 있었다.

조원들의 엄호를 받으며, 리원재 대위가 혼자 승합차의 운전석 쪽으로 다가갔다. 그는 가로등과 주변 차량들의 조명을 통해 보이는 40대 중반의 남성에게 일본어로 말을 건넸다.

"안녕하시오. 이 차가 사파이어 모텔로 가는 게 맞습니까?"

그러자 그가 피우고 있던 담배 개비를 차창 밖으로 튕겨 버린 뒤, 역시 일본어로 대답했다.

"성함이 어떻게 되시오?"

"하시모토 신지루와 4명의 직원들입니다."

노동당 공작원은 건성으로 들고 있던 메모지를 본 뒤, 다시 물었다.

"앞으로 엿새를 묵으실 텐데, 선생님의 회사에서 결재한 투숙

비용이 얼마인지 아십니까?"

"15만엔 아닙니까? 추가 비용이 발생되면 5만엔 한도에서 추가 결재가 가능하다고 알고 있습니다."

그 대답을 마치기도 전에, 40대 사내는 운전석에서 내린 뒤 말없이 승합차의 뒤쪽 출입문을 열어젖혔다.

리원제는 잠시 그의 행동을 지켜봤다가 조수석 쪽에서 내리지 않고 그를 응시하는 비슷한 나이대의 공작원을 힐끗 쳐다봤다. 리원제는 그 사내 또한 자신의 조원들처럼 권총 총구를 자신에게 겨누고 감시 중일 거라 생각했다.

리원제는 그의 조원들을 불러들였고 이들은 바로 승합차 안에 탑승했다. 차량 안에는 커다란 여행 가방 4개와 골프채들을 수납하는 가방 2개가 있었다.

리원제는 조수석 뒤쪽 자리에, 부조장인 황인범 상사는 차량 뒤쪽 끝자리에 앉아서 차량 바깥 상황을 살폈고 3명의 조원들은 조심스럽게 안에 실려 있던 여행 가방과 골프채 가방을 살폈다.

"조장 동지."

그들 중 김도원 중사가 일본어가 아닌 우리말로 리원제를 부른 뒤 여행 가방 하나를 열어 보였다. 가방 안에는 AKS74U 기관단총과 VZ61 기관권총, CZ75 권총이 있었다. 여분의 탄창들은 모두 3개 단위로 덕트 테이프에 묶여 있었고 소형의 사각 수류탄들 또한 3개 단위로 묶여서 들어 있었다.

그 모습에 리원제가 미간을 찡그린 뒤, 어깨 너머로 운전자와 조수석에 있는 자에게 말했다.

"동무들, 이것들을 지금 죄다 가져오면 우리보고 어떻게 하라는 것이오? 우리가 최종 명령을 하달받을 때까지는 도심 드보크(북한 공작원들의 장비, 무기 은닉 장소)에 은닉해 두는 게 상식 아니오? 이동 중에 불심검문을 받게 되면 이것들로 전쟁을 시작하라는 것 아니오? 더구나 전쟁터도 아닌데, 이 많은 양의 실탄과 폭약을 우리들이 몸에 지니고 다니는 게 말이나 된다고 생각하시오?"

그 말에 운전석에 있는 공작원이 고개를 돌렸다. 그는 새 담배 개비를 문 채 대답했는데 그의 어투에 호의적인 분위기가 전혀 없다는 것은 승합차 안에 있는 모든 사람들이 감지할 수 있었다.

"동무들도 명령을 받듯이 우리도 우리 명령이 있소. 동무들을 약속된 숙소에 데려다주면 우리 임무는 끝나오. 도심 드보크는 최근에 주변에 현지인들의 출현이 빈번해서 내, 재량으로 동무들의 무기를 안전하게 빼 온 것이오. 이 정도, 위험도 감수하기를 거부한다면 대체 뭐 하러 이 일본 땅에 발을 디뎠소?"

운전자의 퉁명스러운 대꾸에 황인범 상사가 버럭 소리쳤다.

"뭐요? 아니, 이 동무가……."

그러나 리원제는 황인범을 향해 한 손을 들어 보였고 그의 정찰병들은 일순간 입을 다물었다. 긴장된 상황 속에서 예상 못한 일이 일어나자 모두가 더욱 예민해지고 있었기 때문에 그는 차분하게 상황을 인식하고 받아들일 의도였다.

사실, 리원제 대위와 그의 조원들인 황인범 상사, 김신용 중사, 김도원 중사, 정민성 중사는 75정찰대대에서 가장 호전적인 인물들이었다. 그러나 실제 작전에서는 리원제 대위가 놀랄 만큼 침착하고 차분한 일면을 발휘하여 웬만한 돌발 상황에도 흔들린 적이 없었다.

수 년 전, 반카다피 군이이 점령 중이던 리비아의 도심에서 종심 정찰임무를 수행하던 리원제와 그의 조원들은 1개 대대 규모의 현지 시민군들에게 포위당한 상태에서도 이틀을 버텼던 사실은 그의 비범한 능력을 보여 주는 것이었다. 그리고 오늘 이 상황 또한 그러했다.

"좋소, 동무들 판단을 믿고 따르겠소."

소음권총을 쳐들려고 했던 그의 조원들이 리원제의 한마디에 다시 얌전하게 좌석 등받이에 몸을 기댔다.

잠시 뒤, 담배를 몇 번 뻐끔거리던 운전석의 공작원이 고개를 몇 번 끄덕이더니 미소를 지어 보였다. 승합차 바깥의 환한 불빛 때문에 그의 미소를 볼 수 있었던 사람은 몇 없었지만, 리원제는 분명 그가 웃는 것을 볼 수 있었고 그를 향해 고개를 끄덕이며 말했다.

"어서 항만 지대를 벗어납시다, 동무."

"알겠소, 조장 동무."

운전자는 차량 시동을 걸고 천천히 주차장을 빠져나가기 시작했다. 그때쯤에는 다른 버스와 택시도 현지 선원들과 외지 선원들을 태우고 각자의 목적지를 향해 출발하기 시작했기 때문에 항만 경비원들이 유도하는 경광봉 불빛들이 사방에서 어지럽게 보였다.

리원제는 차창을 통해 멀어져 가는 항구 쪽을 응시했다. 거대한 크레인들에서 지상을 밝히는 불빛과 분주히 오가는 컨테이너 트럭들 그리고 해상방위청에 소속된 몇 대의 순찰 차량들이 항구 주변을 바쁘게 오가고 있었다.

그는 그 광경이 북조선에서는 단 한 번도 볼 수 없었던, 부유한 적대국의 일상이라는 점에 대해 부러움과 적개심을 동시에 느꼈다.

*   *   *

2016년 7월 15일 08시 56분 일본, 도쿄 외곽, 야마나시 현 북서부, 오가산 공작조

일본 도쿄도의 외곽에 위치한 야마나시 현 북서부는 해발 500~1400미터 정도의 고원지대로서 관광, 휴양지대였다.

'오가산' 공작조로 불리는 박진성 대위와 그의 4명의 조원들은 이곳에 막 공사를 시작한 주택을 위한 작업자들로 위장하여 도착했다.

승합차가 목표 주택의 노변에 정차하자 작업복 차림을 한 박진성을 선두로 김성주 상사, 림진용 중사, 박진우 중사, 전재훈 중사가 차례로 하차했다.

그들은 주변을 자연스럽게 살피면서 승합차 뒤쪽에서 각종 공구들과 자재 일부를 꺼내 챙겼다. 그런 뒤, 이들이 며칠에 걸쳐서, 내부 공사를 하는 것으로 위장할 노동당 공작원 허종호의 2층 주택으로 향했다.

시바견 한 마리가 집 앞에서 이들을 반겼고 개를 좋아하는 림진용 중사를 개에게 먼저 다가가 친밀함을 표시하기 시작했다. 그는 한 손으로는 개의 머리를 쓰다듬고 있었지만 작업복 품 안에 들어가 있는 오른손으로는 22구경 권총을 잡고 있었다.

주택 출입문 앞에 서 있는 50대의 남자는 이들이 정찰총국 소속 공작원이 아닌 경우 그가 가장 먼저 총격을 가할 위치를 선점한 상태로 보였다. 이윽고 현지 공작원이 박진성 대위 쪽으로 내려와 악수를 청했다.

"오시느라 고생 많았소."

"감사합니다."

교감 따위는 전혀 없는 악수를 나누면서 50대 사내는 박진성 대위의 어깨 너머로 다른 정찰병들을 살폈다. 그런 뒤 조심스럽게 말했다.

"동무들을 위한 모든 장비가 얼마 전에 도착하여 집안에 들여놓았소. 동무들이 요청했던 닷새 대신 열흘 정도의 식료품과 식수, 기타 소모품도 안에 갖춰 놨으니 앞으로 지내기에 불편함이 없을 것이오."

"감사하오, 동지."

박진성은 그의 준비 상태에 고마움을 표시하고자 고개를 크게 끄덕이며 미소를 지어 보였다. 그러자 50대 남자는 고개를 슬쩍 끄덕여 보인 뒤 말했다.

"정말 고맙게 생각한다면 저 동무한테 나한테 겨누고 있는 총구를 거두고, 내 개에게서 떨어져 있으라 말해 주면 고맙겠소."

그 말에 박진성의 얼굴에서 미소가 지워졌고 일순간 긴장감이 이들 사이에 감돌았다. 그러나 곧 50대 사내가 호탕하기 웃기 시작했고 분위기를 파악한 박진성과 다른 정찰병들도 어색하게 웃어 보였다.

노동당 공작원은 극진한 환대를 하는 과장된 손짓으로 이들을 주택 출입문 쪽으로 안내했고 정찰병들이 주택 안으로 걸음을 이어 갔다.

박진성은 그의 조원들을 먼저 안으로 들여보내면서 이곳 주택 주변의 자연경관을 살폈다. 마치, 오래된 흑백 사진에 찍혀 있는 논과 밭, 들판의 모습처럼 보이던 북조선의 황폐한 모습과 달리 우거진 수풀과 멀리에 보이는 펜션, 별장들의 모습은 그에게 완전히 신세계나 다름없었다.

반쯤 넋이 빠져 있는 표정으로 주변을 응시하며 서 있는 그를 집주인이 출입 문가에서 말없이 지켜보고 있었다.

*　　　*　　　*

2016년 7월 15일 09시 27분 일본, 도쿄, 신주쿠, 백두산 공작조

이른 아침의 지하철 객차 안에는 많은 직장인들과 학생들이 탑승해 있었다. 앉은 채로 혹은 선 채로 각자의 책이나 스마트기기를 뚫어져라 응시하는 사람들이 대부분이었지만 이들 속에 뒤섞여 있는 곽성준 소좌와 지동현 상사, 김무영 중사, 민준호 중사, 기석천 중사는 객차 안에 설치된 LED 모니터를 뚫어져라 응시하고 있었다.

화면 안에서 방영되는 아침 뉴스에서는 박살이 난 정찰병들의 반잠수정들에 대한 인양 작업이 생중계되고 있었다. 뉴스 내용은 자막으로 전달되었고 본토 일본인들만큼 일본어에 능한 이들 5명의 정찰병들은 모두 그 내용을 이해할 수 있었다.

좌석에 앉아 있는 곽성준 소좌는 무심한 표정으로 캔 커피를 마시면서 뉴스를 보고 있었지만 그의 내부에서는 뜨거운 무언가가 계속해서 치솟고 있었다.

불과 며칠 전까지만 하더라도 자신과 자신의 조원들이 탑승했었던 대동급 반잠수정이 헬파이어 미사일에 누더기가 되어 있었고 반잠수정이 그렇게 파괴되는 동안 5명의 탑승자들은 어떤 운명을 맞이했을지 짐작이 가고도 남았던 것이 그 이유였다.

태연한 그의 모습과 달리 곽 소좌는 일부러 심호흡을 크게 하지 않으면 질식할 것만 같았다.

그는 반잠수정에 대한 인양 준비를 하는 동안 근처 상공을 날아다니는 여러 대의 해상자위대의 헬기들과 P-3C 대잠초계기들을 촬영한 장면을 보면서 동료들이 어떠한 상황에 처했었음을 짐작할 수 있었다.

그때, 곁에 앉아 있는 부조장 지동현 상사가 누군가가 놓고 내린 일간 신문을 곽 소좌에게 건네줬다. 아직도 인쇄기 잉크 냄새가 나는 신문 1면에는 '북조선 정부, 해상 도발 부인' 이라는 제목과 격침된 반잠수정의 모습이 실려 있었다.

그런데 그가 신문을 읽고 있는 동안, 아이패드를 들고 있던 2명의 20대 사내들이 곽 소좌 일행에게도 들릴 정도의 큰 목소리로 떠들어 대기 시작했다.

"북한 놈들은 너무 무모해. 이자들은 국제적인 깡패가 아니고 뭐겠어? 하나의 국가라고 부르기에도 민망할 정도의 빈곤한 상황에서, 조잡한 핵무기를 가지고 주변국들을 협박하는 작태가 정말 구역질이 나. 안 그래?"

그 말에 신문을 보던 곽성준과 지동현이 고개를 움직이지 않고 시선과 두 귀를 그들 쪽으로 보냈다. 곧잘 빗어 넘긴 머리에 선글라스를 끼워 놓고 명품 브랜드의 서류 가방을 들고 있던 같은 또래의 사내가 대꾸했다.

"나는 이런 북한 같은 위험한 국가가 해협 건너에 있다는 사실 때문에 우리나라가 선제공격을 가할 수 있는 국가가 된 것은 당연하다고 생각해. 그 점에 대해서는 이번에 총리와 자민당이 매우 일을 잘한 거야. 우리가 언제 터질지 모르는 화약고인 남한과 북한 사이에서 예상치도 못하고 피해를 입을 상황이 없다고는 장담 못 하잖아."

그 말에 다른 사내가 콧방귀를 끼며 말했다.

"이치로, 너는 우리가 전쟁을 할 수 있는 국가가 되고 충분한 군인들의 머릿수를 채우기 위해 오래전처럼 징병제가 되면 그때에도 그런 말을 할 수 있겠어? 우리나라가 선제공격을 해서 북한 같은 위험한 국가를 짓밟아 주는 것은 좋지만 그렇다고 내가 그 전쟁을 치르는 병사가 되고 싶지는 않다. 그것도 내가 자원하는 것도 아니고 국가에 의해 강제로 징집이 되어서는 더더욱 싫다. 그래서, 나는 총리와 그의 추종자들도 북한 놈들만큼 두렵고 구역질 난다."

그 말을 듣는 순간, 곽 소좌는 피식 웃었고 그의 반응을 살피던 지동현도 무표정한 모습으로 고개를 가로저었다.

이후로도, 두 일본 젊은이들은 자신들의 의견을 내세우며 토론했고 곽 소좌와 지동현은 스마트폰으로 자신들이 이동할 장소를 검색해서 이동 대책을 세웠다. 그리고 곧 하차할 역을 앞두게 되자, 넥타이를 하지 않은 정장 차림의 곽성준과 지동현이 자리에서 일어났다. 두 사람의 자리에 말싸움을 하던 두 젊은이들이 앉으면서도 그들은 여전히 자신의 목소리를 높였다.

지동현은 건너편에 서 있는 3명의 조원들이 하차를 위해 각자 가까운 출입 문가로 이동하는 것을 지켜본 뒤, 곽성준에게 시선을 보냈는데 그때 곽성준이 아직도 열띤 토론 중이던 일본인들에게 말을 걸었다.

"대화에 끼어들어 미안하지만, 두 사람, 학생입니까?"

갑작스러운 곽 소좌의 질문에 두 젊은이가 깜짝 놀랐다. 그런 뒤 두 사람이 서로에게 시선을 보내면서 고개를 끄덕였다. 그러자 곽성준이 미소를 지으며 다시 물었다.

"만약 우리나라(일본)를 향해 북한이 핵미사일을 발사하겠다고 한다면 두 사람은 어떻게 할 겁니까?"

그리고 놀랍게도 이제껏 두 젊은이들의 시끄러운 토론에 귀를 기울이지 않았던 남녀 직장인들과 나이가 지긋한 남자들의 시선이 두 젊은이들에게 향했다.

생각지도 못했던 분위기 고조에 지동현이 아랫입술을 지그시 깨물고 좌우로 눈알을 굴렸다. 그는 지금 곽 소좌의 팔을 채어 잡고 다른 객차로 옮겨 가고 싶은 마음이 굴뚝같았지만 자신까지 현지인들의 시선에 노출되고 싶지 않았다.

곽 소좌는 지동현의 원망스러운 시선에도 아랑곳하지 않고 두 사람에게 다시 말했다.

"두 사람은 이 나라 영토에 북한 군인들이 상륙하여 지금 이곳으로 진군해 온다면 직접 총을 들고 맞서 싸울 각오가 돼 있습니까?"

그 말에 아베 정권을 옹호하던 사내는 자리에서 벌떡 일어나며 대답했다.

"당연히 싸울 겁니다. 내 손으로 우리 집과 동네를 지키는 것이 당연한 것 아니겠습니까? 우리 선조들이 그러했듯이 총칼로 북한인들을 납작 엎드리도록 할 겁니다!"

그러나 다른 한 명은 말없이 자신의 친구를 올려다보기만 할 뿐 선뜻 대꾸하지 않았다.

곽성준은 혈기왕성한 그를 향해 고개를 끄덕여 보였고 그들을 응시하던 사람들은 별일 아니라는 표정으로 하나둘 시선을 거둬

갔다. 때맞춰, 지하철이 정차 역에 도착하면서 객차의 속도가 서서히 떨어졌다.

출입문이 열리자 곽성준 소좌의 그의 4명의 조원들이 다른 사람들과 함께 하차했고 이들이 인파를 뚫고 역의 조용한 지점에 이르렀다. 그때가 되자, 지동현이 참았던 말을 쏟아 냈다.

"대체, 조장 동지 속을 모르겠습니다. 저 바보 같은 놈들한테 무슨 말을 듣고 싶어서⋯⋯."

그 말에 두 사람을 뒤따르던 김무영 중사, 민준호 중사, 기석천 중사도 서로 시선을 교환하며 피식 웃었다.

하지만 곽성준이 지동현의 질문에 답하고자 걸음을 멈추자 모두가 표정 관리에 들어갔다.

곽 소좌는 지동현 상사와 나머지 조원들을 차례차례 훑어본 뒤, 대답했다.

"우리가 적어도 어떤 생각을 가진 자들과 싸워야 할지 알고 싶었을 뿐이오. 동무들 모두 이제까지 우리가 열도와 공화국을 오가며 수행했던 은밀한 임무 습성을 잊으시오. 우리는 몰래 열도 땅에 상륙해서 임무를 수행하고 다시 몰래 해상으로 퇴출하는 임무가 아닌, 죽을 때까지 이 열도 땅에 남아서 수행할 임무를 가지고 왔소. 다들 마음가짐을 새롭게 하고자 내 의도적으로 어린애들을 건드려 본 것이오."

그의 말에 조원들이 고개를 끄덕였다.

지동현은 곽성준이 놓고 내렸던 캔 커피를 챙겨 왔는데, 그것을 다시 곽 소좌에게 건네주며 말했다.

"그래도, 대체 저 코흘리개 같은 놈들한테 뭐하러 말을 걸었습니까? 우리가 상대할 놈들도 아닌데."

곽성준은 캔 커피를 받아 들고 미소를 지은 채, 다시 역 출구 쪽으로 걸음 짓기 시작했다. 공화국에서 최고의 정찰조 칭호를 받아 온 75정찰대대 곽성준 소좌의 '백두산' 공작조가 북한에서 중국으로, 중국에서 일본으로 육상, 해상과 항공로를 통해, 긴 우회로를 그린 끝에 도쿄 시내에 입성한 순간이었다.

＊　　＊　　＊

2016년 7월 15일 16시 14분 대한민국, 경기도 성남, 707특수임무대대

전장형과 그의 중대원들은 지휘관에게 복귀 신고 자리를 가진 뒤 3주 만에 자신들의 숙소로 돌아왔다. 휴식을 취하던 타 중대원들은 그들이 숙소 건물에 들어서자마자 박수를 치며 맞이해 줬다.

전장형 일행이 동료 특전부대원들의 환호를 받으면서 3층에 올라와 홀 공간에 들어서자 그들을 기다리던 동료들이 환호성을 터뜨렸다.

전장형 대위와 가까운, 1중대 선임 담당관 윤영상 상사가 그를 보자마자 맥주 피처 병들을 안겨 줬다.

"꽃다발도 아니고 맥주병입니다? 어쨌든 감사합니다, 선임 담당관."

"고생 많았습니다. 임무 성공한 게 사령부 전체에 알려져서 모두들 기뻐하고 자랑스러워합니다."

곧 40줄을 바라보는 고참 특전대원이자 한때, 전장형의 CQB 훈련 교관이었던 윤영상이 전장형의 어깨를 두어 번 두들기며 웃었다. 윤영상이 전장형의 뒤를 따라오던 이종진 준위와 신영화, 강정훈과 차례차례 악수를 청했다.

여군 숙소가 있는 2층에서 지역대 선임 부사관인 임상아 상사와 몇 명의 여군들이 최승희 중사를 이곳 3층으로 데리고 와서 동료들의 떠들썩한 환호와 박수갈채를 받도록 했다.

전장형은 들고 있는 맥주 피처들 중 3개를 최승희에게 건네줬고 그녀는 그것들을 가지고 신영화, 강정훈 그리고 다른 몇 명의 동료들과 함께 홀에 있는 휴식 공간에 자리를 잡았다.

환영식 분위기는 2중대의 문제아 강정훈 중사가 맥주 피처를 샴페인처럼 흔든 뒤 뚜껑을 열 때 떠들썩해졌다. 그가 맥주가 뿜어져 나오는 피처 병을 여군들을 향해 흔들어 댔고 보다 못한 임상아 상사가 그를 향해 버럭 소리치며 제지했다.

"야, 강정훈이! 작작 해! 네놈이 F1 그랑프리 우승한 레이서냐? 맥주병으로 이게 무슨 지랄이래."

이후로 분위기가 좀 진정되고 그때서야 이종진도 윤영상에게 다시 악수를 청하며 감사 인사를 건넸다.

"감사합니다, 선임 담당관님."

그의 인사에 윤영상이 손을 맞잡으며 대꾸했다.

"고생 많았습니다, 부중. 대원들이 다 무사히 귀국해서 한시름 덜었겠습니다."

그런데, 전장형과 이종진은 숙소 안에 평소보다 더 많은 부대원들이 머물고 있는 것을 알아차렸고 그 점에 대해 물었다.

"요즘 대기 타고 있나 봅니다. 무슨 일 있습니까?"

전장형은 들고 있던 맥주 피처들을 테이블 위에 내려놓고 물었다. 그러자, 3중대장 이승우 대위가 다가와 그의 선임 담당관 대신 대답했다.

"2중대가 나가 있는 동안 일본 쪽에서 북괴 놈들이 사고 쳐서 전군 비상령 떨어지기 직전이야."

이승우 대위는 전장형에게 홀 한구석에 있는 대형 벽걸이 TV 쪽을 보도록 손가락으로 가리켰다.

전장형이 TV에서 보도되는 뉴스를 보는 동안 그는 전장형이 내려 둔 맥주 피처 하나를 주워 들고 뚜껑을 돌려 땄다. 그가 그것을 통째로 들고 마실 때 뉴스를 보고 있는 전장형과 이종진에게 윤영상 상사가 설명해 줬다.

"북쪽 해상정찰조 애들이 꼭두새벽에 5척의 반잠수정들로 일본으로 기어들어 가려다가 해상에서 한바탕했는데 이번에는 해상보안청의 순시선들이 아니라 해상자위대 호위함들이 교전에 합류해서 말이 많습니다. 지들끼리 휴대용 SAM에, 경어뢰에, 함대함 미사일까지 쏘고 완전히 전쟁 났습니다. 북한 놈들은 맨날 하는 훈련 중인 침투정들을 격침시켰다고 쪽바리들한테 전쟁 선포하겠다고 지랄하고, 쪽바리들은 일본 열도에 대한 직접적인 군사적 도발이라고 미국 놈들이랑 함께 맞짱 뜰 각오라며 이빨 까고. 니미, 이런 개판도 없습니다. 어디 편들어 줄 놈들이 하나도 없는 개판 오 분 전이라니까요."

전장형은 이승우가 건네주는 피처 병을 쳐든 채 꼼짝 않고 뉴스 멘트를 청취했다. 뉴스에는 반잠수정들이 지대공 미사일과 중기관총 사격을 가하는 열영상 화면이 제공되고 있었고 잠시 뒤에는 북한의 조선 중앙 통신과 일본의 방송사 후지 TV가 이번 사건에 대해 논평하는 것이 자막 설명과 함께 보여졌다.

이승우는 피처 병들이 들어 있는 비닐 봉투 안에서 육포 봉지를 꺼내 들고 윤영상 상사의 설명에 말을 보탰다.

"아직 우리 언론에서는 관망하고 있어서 특별히 자극적인 말은 없는데, 우리 합참이나 사령부 쪽에서는 잘못하면 이번 사건이 우리나라까지 쓸려 들어갈지 모르는 분쟁의 소용돌이를 만들어 낼지 모르겠다고 걱정하는 것 같아."

전장형이 설마 하는 시선으로 그를 응시하자 그가 답답하다는 듯 목소리를 높였다.

"봐 봐, 상식적으로 봐도 요즘 일본 놈들이 '딸딸이대(자위대)'를 이제 정식 군대라고 부르고 해외로 군사력을 투입할 수 있는 건수를 찾고 있는데, 이번에 빨갱이 새끼들이 핵탄두 미사일도 모자라서, 이제는 지상군 병력이 휴대 가능한 소형 핵무기 같은 거를 확보한다고 저렇게 개판을 쳐 놓으면 이제 일본 놈들이 핵무기까지 만들어 보유하겠다고 할 거 아냐. 이 와중에 이 놈의 대한민국은 뭘 할 수 있고 어떻게 대응을 해야 하는가가 문제가 될 거 아니냐구."

전장형 대위 일행을 위한 맥주와 안주를 꺼내 먹는 장난기 가득한 행동을 하고 있음에도, 상황 설명을 하는 이승우 대위는 그리 유쾌해 보이지 않았다.

이종진은 TV를 응시하면서 두 사람이 하고자 했던 말을 대신했다.

"윗대가리(정부)가 또 어영부영 뭉그적거리고 있으면 또 북괴 놈들하고 일본 놈들이 우리나라에 똥물을 튀기는 짓거리를 하겠죠. 우리는 그 똥물 뒤집어쓰고 어찌할지 모른 채 황당해할 테고."

정곡을 찔렀다는 듯 이승우가 피처 병을 이종진을 향해 쳐들고 고개를 끄덕였다.

전장형은 그때서야 707대대의 모든 작전제대들이 대기 상태로 부대에서 대기하고 있는 이유를 알게 됐다.

그는 윤영상 상사가 건네주는 맥주잔을 받으면서 홀 안에서 웃고 떠드는 특전대원들 쪽으로 시선을 옮겼다. 오래간만에 시원한 맥주로 목을 축이면서 즐거워하는 신영화 상사, 강정훈 중사, 최승희 중사를 지켜보면서 그는 알 수 없는 긴장감에 뒷목이 오싹해지는 느낌을 감지했다.

*　　*　　*

**2016년 7월 15일 17시 09분 일본, 도쿄, 하네다 공항, 전역
합동대테러본부**

사토 켄타로 이좌는 자신이 소속된 3군 자위대의 통합 정보기관 정보본부의 모든 역량을 동원하여 북한인들이 밀수하려던 핵기폭 장치를 추적했지만 아무런 소득도 얻지 못했다.

현재 합동으로 추적 업무를 추진하는 '내각정보조사실'과 법무부 소속의 '공안조사청' 또한 별다른 실마리를 찾지 못했기 때문에 기폭 장치에 대해서는 수십 가지의 가능성과 추측만이 무성했다.

그 가능성들 중 가장 개연성이 있는 것은 우크라이나나 이란, 파키스탄과 같은 곳에서 기폭 장치 제조 기술이 국제 암시장에 나온 것을 북한인들이 확보했거나 혹은 이란과 관계가 있는 제3세계 전문가가 어떠한 목적을 위해 시험 제작한 것을 확보했다는 설들이었다.

켄타로 이좌는 이러한 내용을 자신의 직속상관과 함께 북한과의 상황 대처를 위해, 최근 급조된 '전역 합동대테러본부'에 보고를 했고 그의 보고를 정부 요인들과 자위대, 경찰 간부들이 말없이 청취했다.

그러나 켄타로는 요인들에게 두 가지 가능성들에 대해 브리핑을 하는 동안 불현듯 머릿속에 떠오른 생각 하나를 머릿속에서 지울 수가 없었다.

그는 회의실 구석에 서 있는 2명의 '카이진(외국인)'들 중 CIA 대일/대북 공작 책임자이자 오랜 시간을 함께 보낸 협력자 존 캐플린 요원을 보는 순간 그들이 늘 공급해 오던 고급 기밀 정보들을 통제하고 있을지도 모른다고 의심하기 시작했던 것이다.

그의 요원 우에토 유이 일위가 내각정보조사실 소속의 분석 요원들과 함께 최근에 핵 기폭 장치 설계와 제조를 시도하는 국가들과 제3 세계 테러 조직들에 대한 추가 브리핑을 할 때, 켄타로는 프레젠테이션 스크린 앞쪽에서 회의실 구석 쪽으로 조심스럽게 발걸음을 옮겼다.

회의실 출입문의 오른편 구석에 있는 캐플린에게 다가가는 동안, 회의 테이블의 가장 끝에 앉아 있던, 그와 교류가 있었던 감청기지 지휘관이 그에게 한 손을 슬쩍 들어 보였다. 켄타로는 그에게 공손히 목례를 하고 지나쳐 캐플린 곁으로 다가갔다.

캐플린은 자신에게 다가오는 켄타로를 발견하고는 그를 향해 엄지손가락을 쳐들어 보였다. 그의 브리핑에 대해서 만족스럽다고 치켜세우는 의도였지만 켄타로는 그와 나란히 선 채, 그의 귓가에 대고 속삭였다.

"엿이나 먹어, 존!"

그 말에 캐플린이 고개를 돌려 실루엣으로 보이는 켄타로 이좌의 얼굴을 응시했다.

"무슨 말이야?"

그의 질문에 켄타로 이좌는 검지로 출입문을 가리킨 뒤 먼저 성큼성큼 걸어 나갔다.

두 사람이 회의실에서 나오자, 회의실 바깥에서 대기 중이던 각 자위대, 경찰 간부, 정부 인사들의 수행원들이 대기용 벤치에서 일제히 일어났다. 그들은 켄타로와 캐플린만이 나온 것을 확인하고는 다시 벤치나 의자에 앉았다.

켄타로는 캐플린이 뒤따라오는 것을 확인하면서 건물의 출입구 쪽 로비까지 걸어갔다. 그는 출입문 바깥에 경찰 경비병들의 위치를 확인하고서 캐플린에게 큰 소리로 말했다.

"존, 우리에게 정보를 넘겨주지 않고 있지? 그렇지?"

"갑자기 왜 이래, 사토?"

"내가 방금 전 갑자기 떠올라서 말하는데, 틀림없이 우리 정부가 북한인들의 핵 기폭 장치를 추적해 나가는 데, 조사 초기부터 이곳저곳으로 우리 시선을 분산시켰던 것이 자네와 자네 인원들이야. 두루뭉술하게 이란이나 우크라이나 암시장 쪽으로 이란 과학자들 중 해외로 망명한 사람들을 추적하도록 조사 방향을 던져 놓고 우리와 내각조사실 소속 요원들이 그 안에서 헤매고 있는 것을 지켜본 의도는 대체 뭐지? 대체 무슨 속셈이야?"

"자네, 지금 그걸 말이라고 해?"

"당장 털어놔! 그렇지 않으면 내가 모든 정보 요원들을 선동해서 육해공 막료장들과 내각조사실 지휘부에 CIA가 핵 기폭 장치 추적을 의도적으로 방해하고 있다고 알릴 거야. 양국 군사 협력 관계를 진주만 공습 시점으로 후퇴시키고 싶으면 계속 딴청 부려 봐. 이게 없는 소리도 아니지 않나, 존?"

캐플린은 어이없다는 표정을 지으며 고개를 가로저었다. 켄타로는 말을 마친 뒤, 꼼짝 않고 그를 노려봤다. 캐플린은 회의실 쪽을 잠시 응시하다가 다시 켄타로 이좌에게 시선을 보냈다. 그가 마침내 입을 열었다.

"이번 사안이 당신 정부에게도 민감하지만 우리에게도 못지 않아, 젠장. 나도 며칠 전에야 알게 됐는데, 핵 기폭 장치의 최초 설계 도안은 우리 미군이 냉전 시대 사용했던 '핵 배낭'을 기초로 만들어졌다고 해. 그리고 나흘 전에 JSOC요원들(델타포스)이 파키스탄에서 그 기폭 장치를 설계하고 만든 파키스탄인을 체포해서 지금 심문 중이야. 거기까지야. 그렇지 않아도 분명한 사실들이 정리되는 대로 나도 자네와 추적 부서에 알리려 했어."

"빌어먹을~, 존!"

켄타로는 완벽한 영어를 통해 자신의 분노와 황당함을 그대로 표현했다. 그는 캐플린을 향해 삿대질을 해 보인 뒤, 몸을 빙 돌려 회의실 쪽으로 향했다. 그는 몇 걸음 나아갔다가 다시 몸을 돌린 뒤, 캐플린에게 큰 소리로 말했다.

"내가 분명히 말해 두겠어, 존. 다시 한 번 이런 식으로 우리 정보기관들의 활동에 영향을 끼치려고 한다면 내가 모든 수단과 방법을 동원해서 이 문제를 외교적인 쟁점으로 부각시킬 거야! 내, 분명히 경고했어! 젠장, 존! 나와 내 요원들은 이라크에서 목숨을 걸고 자네들을 도왔어. 그것에 대한 보답이 이따위인 거야?"

켄타로 이좌는 두 발을 세게 구르면서 걸어가 버렸다. 캐플린은 그의 뒷모습을 미간을 찡그린 채 지켜봤다.

2016년 7월 15일 18시 54분 북한, 북한정찰총국 258군부대
(258연구소: 정찰총국 직속 전자전 전담부대)

'258군부대'는 정찰총국 소속의 해커들 200명이 넘는 인원들로 구성된 사이버 전투부대였다.

김승익은 오래전에 이 부대가 창설될 때, 외국 물을 먹고, 컴퓨터를 가지고 노는, 당 고급 간부들의 버르장머리 없는 자식들의 집단이라고 우습게 봤지만, 이 부대가 최근 10여 년 동안 성장하고 또 남조선과 일본, 미국에 대한 사이버 공격과 그 성과를 목격하면서 그의 선입견을 후회하게 되었다.

오늘 이 자리에서 그가 235부대의 엘리트 군관 김종탁 소좌와 정규남 중위를 통해 일본에 침투해 있는 3개 정찰조들에게 작전 개시 명령을 하달하는 자리에서는 더더욱 이들에 대한 생각이 남달랐다.

50평 정도의 방 안에는 일본 쪽과 관련된, 각기 다른 감시, 선무공작, 해킹 임무를 수행하는 30여 명의 부대원들이 컴퓨터 모니터 앞에서 자판을 두드리거나 마우스를 조작하고 있었다.

그 방에서 가장 구석에 있는 김종탁 소좌와 정규남 중위의 자리 쪽에 김승익 소장과 김기환 소좌가 있었다.

두 사람은 두 군관들이 해외 서버들을 통해 우회하여 일본 내에서 대기 중인 정찰조들에게 메시지를 보내고 있는 중이었다.

"2국장 동지, 3곳의 접속 장소에 메시지를 입력하고 대기 중입니다. 전송 명령을 요청합니다."

김종탁 소좌가 어깨 너머로 팔짱을 끼고 서 있는 김승익 소장을 살피며 말했다. 이들은 정찰조원들이 적진에서 사용하는 군사작전용 고급 암호를 사용하는 것 대신, 전 세계의 스마트폰 사용자들이 애용하는 특정 SNS를 통해, 약정된 내용의 암호를 전송할 예정이었다.

그 내용은 김승익만 알고 있기 때문에 해외 서버들을 통해 3개의 SNS 계정에 접근한 258군부대의 두 군관들은 자신들이 어떤 메시지를 누구에게 전달하는지 당연히 알 수 없었다.

하지만 이 메시지의 파급력을 알고 있는 김승익은 잠시 자신의 마음을 추스르기를 원했다. 김승익은 긴 한숨을 쉰 뒤, 곁에 서 있는 김기환 소좌를 힐끗 봤다. 그런 뒤, 김종탁에게 말했다.

"전송하시오."

"네, 2국장 동지."

김종탁이 고개를 끄덕이자, 메시지 작성을 한 뒤 대기 중이었던 정규남 중위가 마우스를 클릭했고 그 즉시 그가 전송한 메시지가 모니터 안에 떴다.

그는 자리에서 일어난 뒤, 김승익이 자신의 자리에 앉아서 SNS 서비스망에 올라온 메시지를 확인하도록 했다.

김승익이 김종탁 소좌가 앉아 있던 회전의자에 앉아, 모니터를 주시하자 김기환은 그에게 담배 개비를 건네줬다. 그가 담배 개비를 받아 물자, 김기환이 곧바로 불을 붙여 줬고 그는 길게 한 모금을 빨았다가 한참이 돼서야 연기를 몸 밖으로 내보냈다.

김승익 소장은 그때서야 모니터를 응시했고 모니터 정중앙에 뜬 메시지를 확인했다. 한 글자도 틀리지 않고 그가 메모지에 적어 둔 내용과 일치하자 그는 자리에서 일어났다.

"수고했소, 동무."

"일없습니다, 부서장 동지."

김승익은 뒤로 돌아보지 않고 방을 나왔고 김기환은 그의 뒤를 쫓아 나왔다. 두 사람은 조용한 복도를 걸어 나갔는데 김승익은 복도가 끝날 때까지 말없이 담배를 피웠다. 그리고 복도를 나와 햇살이 비치는 계단 통로 쪽에 도착할 때 그가 갑자기 통로 창가에 섰다.

김기환은 말없이 그가 그곳에서 서서 담배 한 개비를 다 태울 때까지 기다렸다. 이윽고 꼼짝 않고 서서 담배를 다 태운 김승익이 몸을 빙 돌려 아래층으로 향하는 계단 사면을 응시했다가 김기환에게 한 손을 내밀었다. 그러자 김기환이 그의 등 뒤 복도 쪽을 슬쩍 살펴, 인기척이 없는 것을 확인한 후 서류 가방 속에서 위성통신 전화기를 꺼냈다.

그는 암기하고 있던 특정 번호를 누른 뒤, 신호가 가는 것을 확인하고 김승익에게 전화기를 건네줬다. 그런 뒤 그가 통화를 하는 동안 주변을 살피고자 몇 걸음 물러섰다.

김승익은 신호음이 계속 울리는 동안 전화기 액정에서 위성수신 상태를 살폈다. 3~4개의 통신위성들과 연결되어 있는 상태가 액정 화면에 표시되고 있었다. 그는 이 위성통신 통화가 미국의 NSA의 감청망에 걸려들 수 있다는 것쯤은 알고 있었지만 그와 그의 통화 상태들은 북조선보다는 미국 쪽에 걸려드는 것이 더 낫다는 생각을 늘 가져왔다.

"승익 동지."

한성현 중장의 목소리가 들려왔다. 김승익은 한성현이 마치 자신 앞에 있을 때처럼 차려 자세를 만들었다. 그런 뒤 굵고 낮은 목소리로 말했다.

"시작됐습니다, 동지."

"알겠소."

두 사람의 통화는 5초도 되지 않았다. 김승익이 얼굴에서 전화기를 떼자, 김기환이 다가와 전화기를 받았다. 김승익은 그가 서류 가방 속에 위성통신 전화기를 집어넣는 것을 보면서 혼잣말을 하듯 말했다.

"기환 동무, 오늘 이 순간을 기억하시오."

"네?"

"오늘 이 순간을 기억하란 말이야, 이 동무야. 오늘 이 순간이 우리에게 크나큰 영광을 가져올 수도 있고 아니면 우리에게 무시무시한 파국을 가져올 것이야."

그는 말을 마치고 반쯤 넋이 나간 표정으로 뚜벅뚜벅 계단을 걸어 내려갔고 김기환은 그를 응시하다가 이내 뒤따라 내려갔다.

김기환 소좌도 방금 전, 이들이 전송한 메시지가 일본 내에서 정찰조들이 작전 1단계를 개시하는 명령임을 알고 있었지만 그게 어느 정도의 파급력을 가지고 있는 줄은 몰랐다. 때문에 전설적인 정찰총국 지휘관인 그의 직속상관의 낯선 모습에 막연한 두려움을 갖게 되었다.

*   *   *

2016년 7월 15일 19시 02분 일본, 오사카 외곽, 사파이어 호텔

북쪽에서 전송된 메시지를 확인한 리원제 대위는 잠시 동안 말없이 스마트폰만 내려다보고 있었다. 발코니에서 뚫어져라 스마트폰을 응시하고 있는 리 대위를 거실과 주방 쪽에서 황인범 상사와 3명의 조원들이 말없이 지켜봤다. 그들은 리원제가 잠시 뒤 자신들에게 내릴 지시를 짐작하고 있었다.

리원제는 스마트폰을 응시하던 시선을 거둔 뒤, 고개를 돌려 황인범을 응시했다. 황 상사가 그에게 다가가자 리원제는 무거운 표정을 지어 보인 뒤 말했다.

"부조장 동지, 준비하시오. 임무 개시가 하달되었소."

"알겠습니다, 조장 동지."

황인범은 몸을 빙 돌려 그들을 주시하던 조원들을 향해 검지를 쳐들어 보이며 고개를 끄덕였다.

그러자 조원들이 일사불란하게 자신들이 챙길 장비들을 찾아 각자의 방으로 들어갔다. 그들이 임무와 관련된 장비와 무기를 점검하고 챙기는 동안 황 상사는 발코니로 나가 리원제 대위 곁에 섰다.

두 사람은 호텔의 10층 발코니 아래에 펼쳐진 오사카의 도심 지대를 잠시 동안 말없이 내려다봤다. 조금 뒤, 황인범이 낮은 목소리로 말했다.

"결국 우리가 임무를 수행하는 때가 오긴 왔습니다."

리원제는 말없이 발코니 난간에 두 팔뚝을 올려 둔 채 번화가를 내려다보기만 했다.

그럼에도 황인범은 말을 이어 갔다.

"부디 우리가 저지르게 되는 일들을 우리 공화국이 감당할 수 있기를 바랄 뿐입니다."

말을 마치고 그가 리원제 쪽으로 고개를 돌리자 리원제는 지상 쪽으로 시선을 고정한 채 고개를 몇 번 끄덕였다.

* * *

2016년 7월 15일 19시 04분 일본, 도쿄 외곽, 야마나시 현 북서부

김승익 소장의 메시지가 박진성 대위의 정찰조에 전달된 시점에는 그들은 펜션의 지하실에서 대형 컴퓨터 모니터와 스마트폰으로 작전 지점들을 살피고 있었다. 굳이 군사작전용 지도나 위성사진 없이도, 구글 맵이나 일본 내에서 사용되는 상용지도,

위성사진만으로도 오가산 공작조의 모든 작전 지점들을 도상으로 정찰 가능했다.

부조장 김성주 상사가 다른 3명의 조원들에게 그들이 암기해야 할 임무 지점 내 특이 사항들에 대해 설명할 때, 랩톱컴퓨터로 웹 서핑을 하고 있던 박진성 대위가 북쪽에서 전파된 메시지를 확인했다.

그는 앞쪽 테이블에서 머리를 모으고 있는 조원들을 불렀다.

"동무들!"

그들이 말을 마치고 박진성에게 고개를 돌리자, 박진성은 자신의 스마트폰 액정 화면을 그들을 향해 들어 보이며 말했다.

"결전의 순간이 다가올 것이오. 모두 준비하시오."

김성주 상사와 림진용 중사, 박진우 중사, 전재훈 중사는 각자의 위치에서 박 대위의 스마트폰 액정에 떠 있는 내용을 확인할 수 있었다.

박진성은 조원들의 표정을 한 사람, 한 사람 살핀 뒤 그들이 메시지를 접수했음을 확인하고 스마트폰을 다시 자기 곁에 내려놨다.

그러자 김성주 상사는 다시 조원들에게 그들의 임무 지점들에 대한 설명을 이어 가고자 테이블 위에 대형 모니터로 쪽으로 조원들의 시선을 불러 모았다. 그리고 그들의 전술 토의가 다시 시작됐다.

박진성은 랩톱 화면에 있는 일본 정치인들의 일정표들을 확인하면서 종종 조원들의 뒷모습을 응시했다. 그는 그들 또한 곁으로는 태연한 척하지만 마음속에는 자신 못지않게 받은 충격을 억지로 삼키고 있을 거라 짐작했다.

박진성은 다시 깨알 같은 크기의 일본어와 숫자가 가득한, 일본 정계 인사들의 일정표 쪽으로 시선을 거둬 왔지만 그는 북조선 땅에 두고 온 아내와 어린 딸의 얼굴을 떠올리며 한없이 가슴속이 무거워지는 것을 느꼈다.

*　　　*　　　*

2016년 7월 15일 19시 06분 일본, 도쿄, 신주쿠 거리

백두산 공작조의 조장 곽성준 소좌는 조원들을 대기 장소에 두고 혼자 신주쿠의 번화가에 나와 있었다. 거리에는 수많은 차량들이 오가고 그에 못지않게 많은 현지인들이 빠른 걸음 속도로 그를 지나쳐 갔다.

곽성준은 스마트폰의 알림음을 듣고 약정된 SNS망에 접속하여 임무 개시 내용을 확인했다. 알림음을 듣는 순간 이미 그는 숨을 참고 긴장했지만 메시지를 확인한 뒤에는 온몸에 전율을 느낄 정도의 충격이 그를 엄습했다.

두 번이나 메시지를 확인한 곽 소좌는 고개를 쳐들고 긴 한숨을 내쉬었다. 횡단보도를 앞두고 서 있는 그의 곁에서 마침 떨어진 초록색 불에 일본인들이 일제히 앞서 나갔다.

그러나 곽 소좌는 그들이 멀어져 가는 것을 꼼짝 않고 지켜보기만 할 뿐 걸음을 떼지 않았다. 맞은편 거리에서 사람들이 이쪽에 도착하여 그를 스쳐 지나간 뒤에서야 곽 소좌는 전화의 단축 번호를 길게 눌렀다.

신호음이 두 번 울리자마자 지동현 상사의 목소리가 들려왔다.

"조장 동지."

"임무 행동을 개시하라는 명령이 전달됐습니다."

전화기 너머로 지동현의 한숨 소리가 들려왔다. 곽성준은 그의 주변을 슬쩍 살핀 뒤 말했다.

"조원들 준비시키십시오."

"알겠습니다, 조장 동지."

통화를 마친 뒤, 곽성준은 고개를 쳐들어 그의 주변을 천천히 훑어봤다. 넥타이 없는 정장 차림의 그가 한가롭게 서 있는 모습을 서류 가방이나 백팩을 지닌 일본 직장인들 두 명이 힐끗 보면서 지나쳤다.

그들의 시선에도 아랑곳하지 않고, 곽 소좌는 거리의 소음에 귀를 기울이며, 그의 시야에 가득 들어오는 높은 빌딩들을 둘러봤다. 푸른 하늘이 거의 보이지 않을 정도로 빼곡히 서 있는 빌딩들의 숲 속에서 곽성준은 낯선 이국땅의 모습을 말없이 응시하기만 했다.

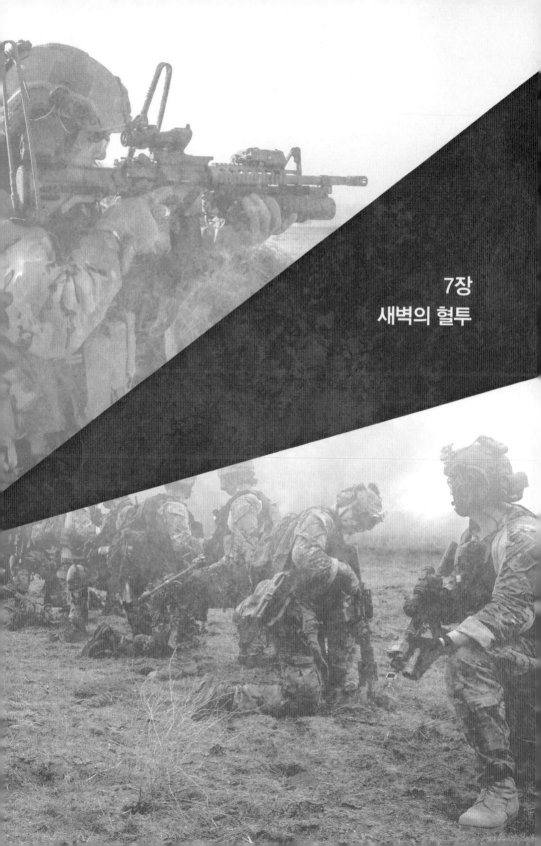

7장
새벽의 혈투

2016년 7월 16일 02시 12분 아프가니스탄, 힌두쿠시 산맥 상공

　콜사인 '프린스16'과 '프린스17'을 가진 2대의 MH-60M 헬리콥터들이 악명 높은 탈레반 영역인 힌두쿠시 산맥 상공에 도착한 시간은 자정이 훨씬 지난 시각이었다.

　30% 정도의 월광 아래서 비행하는 헬기들은 산 주요 능선에서의 지대공 사격을 대비하여 비행 공역의 최고 능선 아래로 비행을 하고 있었지만, 사이클릭 조종간을 잡고 있는 조종사들 외에도 모든 탑승 인원들은 긴장의 고삐를 늦추지 않고 있었다.

　프린스16기에는 이 일대를 작전 지역으로 다양한 CSAR(격추

된 조종사들에 대한 탐색, 구조 작전), 전술 정찰 임무를 수행해 온 8명의 씰 3팀의 대원들이, 그리고 프린스17기에는 이들의 엄호 하에 '레드 비어드(Red Beard: 붉은 수염)'이라는 별명을 가진 무기 중개상 하미드 자히르를 체포할 4명의 엡실론 팀, 델타포스 대원들이 탑승 중이었다.

하미드 자히르는 아프간 왕족 출신으로 영국에서 고등교육을 받고, 한때 유럽과 아시아를 넘나들며 무역 사업을 하다가 무기와 아편 밀거래에 뛰어든 인물이었다. 그는 2001년 대테러 전쟁 이후부터 세력이 축소된 탈레반 잔당들과 꾸준히 거래를 하면서 엄청난 부와 대륙을 넘나드는 거래 네트워크를 구축했다. 자히르는 서방 정보기관의 불필요한 시선을 받지 않고자 핵물질에 손대지 않던 다른 무기 밀거래상과 달리 수차례 핵물질 거래를 진행해 온 요주의 인물이었다.

아부 아마르가 파키스탄에서 제작한 핵 기폭 장치들 외에도 다른 핵폭탄 부품들을 거래한 최종 인물이 하미드 자히르라는 분석 직후, 그는 엡실론 팀의 제1 순위 체포 대상이 되었다.

프린스17기에는 엡실론 팀원들 외에도 3명의 제24 특수전술단 소속의 CCT 대원들이 탑승하여 만약의 경우 투입될 A-10A, F-15E기 편대와 바그램(Bagram) 전진기지의 지휘부와 교신 중이었다.

새트컴과 야전용 랩톱컴퓨터를 가지고 분주하게 교신 중인 CCT 대원들의 모습을 지켜보던 베넷 준위가 시선을 다시 기내 창 바깥으로 보냈다. 약한 달빛에 입체적으로 보이는 거대한 산 사면들이 사방에 서 있었다.

곧 기내 인터콤 헤드셋을 통해 조종사가 베넷 준위에게 도착 시간을 전파했다.

"5분 전! 5분 전!"

그 말에 베넷이 그의 앞쪽과 왼쪽에 앉아 있는 레닉스 중사, 로우 중사, 스턴 하사를 향해 한 손을 들어 보이며 소리쳤다.

"5분 전! 5분 전~!"

그의 전파에 CCT 대원들도 두 손가락으로 오케이 사인을 만들어 보이며 반응했다.

델타포스 대원들은 총기와 방탄복의 수납 포켓들 그리고 무전기를 하나하나 점검했다.

베넷은 조종석 쪽을 향해 시선을 돌려, 2명의 160 특수전항공대 조종사들이 FLIR 영상 화면과 야시경 내 시야를 비교하면서 지형 파악에 열중하는 모습을 지켜봤다.

그런 그의 한 팔을 누군가 흔들었고 그가 고개를 돌려보자, 레닉스 중사가 무언가를 들고 그에게 흔들어 보였다. 임무 투입 전, 강제 수면을 위해 복용한 수면제 기운이 남아 있는 그에게 레닉스는 진한 민트 향이 풍기는 캔디 6알을 자신의 손바닥 위에 올려놓고 들이밀었던 것이다.

베넷은 레닉스의 노멕스 장갑 위에 있는 캔디 향 자체만으로도 몸서리치게 싫었지만 그는 임무를 위해서 그것들을 자신의 손바닥에 넘겨받았다. 그런 뒤, 6알 모두를 입 안에 털어 넣고 이빨로 깨물기 시작했다. 곧 진한 민트 향이 그의 목구멍을 틀어막는 듯하다가 이내 그의 콧속까지 매워졌다.

베넷은 오만상을 쓰면서 입 안에서 캔디를 으깨서 씹어 먹었다. 그의 모습을 그의 팀원들은 늘 보던 모습이었다는 듯 대수롭지 않게 쳐다보고 있었다.

그러나 그때, 갑자기 어두운 기내 안으로 환한 조명이 쏟아져 들어왔다. 거의 동시에 프린스17의 조종사가 "샘! 샘! 샘!"이라 인터컴을 통해 소리치는 게 인터컴 헤드셋을 착용하지 않은 대원들에게까지 들려왔다.

프린스17의 기체는 기수를 낮추면서 급격하게 우회전을 했다. 앞서 비행하던 프린스16이 지대공 미사일의 락온을 감지하면서 대량의 플레어를 투하했고 그 플레어 빛이 프린스17 기내는 물론, 일대의 산맥 상공을 환하게 밝혔다.

지상을 향해 급하강하던 프린스16과 프린스17은 다시 한 번 각자의 기체에서 플레어를 대량으로 투하한 후, 기수를 원위치시킨 뒤 기체 속도를 가속했다.

베넷과 그의 팀원들은 급격한 기체 기동으로 인해 좌석 벨트에 몸을 맡긴 것으로도 모자라 기내 벽과 바닥에 뭐든 잡을 수 있는 것을 붙잡고 숨을 참고 있었다.

잠시 후, 기체 비행이 정상적이라 감지한 그들은 다시 양쪽 기내 창을 통해 주변 상공을 살폈다. 그리고 잠시 후, 프린스17의 도어 거너가 인터컴에 보고했다.

"샘이 2시 방향 산 능선 너머로 빗나갔습니다! 샘이 2시 방향 산 능선 너머로 빗나갔습니다! 이상 무!"

그의 보고에 베넷이 긴 안도의 한숨을 쉬면서 그의 대원들과 CCT 대원들을 향해 고개를 끄덕여 보였다. 베넷은 아직도 이들의 먼 후방 상공에 남아 있는 플레어 수십 발의 조명 궤적을 응시하면서 잠시 전, 콧속을 찌르는 민트 향이 아직도 나고 있는지 모르겠다 생각을 했다.

견착식 지대공 미사일을 회피하고자 항로에서 벗어난 지 6분 만에 마침내, 프린스16과 프린스17이 목표 지점을 목전에 두게 됐다.

두 대의 특수전 헬기들은 서로 나란히 비행을 하면서 서로 신호를 맞춰서 연료를 투하하기 시작했다.

두 기체는 수백 발의 자위용 미니건 탄은 물론 십수 명의 특수부대원들과 그들의 무기, 장비를 탑승한 상태로 고지대 상공을 힘겹게 비행해 왔기 때문에 이제 더 고도를 높여 산 7부 능선에 있는 목표 지점까지 올라가려면 반드시 거쳐야 하는 과정이었다.

연료 투하를 마친 뒤, 두 기체의 조종사들은 진입 과정에 대해 조율한 뒤, 마침내 각자의 인터컴에 "1분 전!" 공지를 전파했다.

베넷 준위는 팀원들에게 "1분 전!" 공지를 전파한 후, M249 SPW 기관총의 장전 손잡이를 당겼다. 그의 조치를 나머지 엡실론 팀원들이 뒤따라 취했고 CCT 대원들 또한 자신들의 총기 약실에 실탄을 장전했다.

헬기들이 연료를 투하하는 동안, 이미 GPNVG-18 야시경을 작동시킨 대원들은 각자의 총기의 적외선 레이저가 조사되는지 확인했고 각자의 방탄복이나 에어프레임 헬멧, 옵스코어 헬멧 뒤쪽에 부착한 HD 카메라와 적외선 스트로브들을 작동시켜 줬다.

레닉스 중사와 스턴 하사의 HK416 아래에는 40밀리 유탄발사기가 장착되어 있었는데, 두 대원들은 레드 비어드의 생포를 위한 고무탄과 일명 '벌집탄'이라 불리는 40밀리 대인 유탄을 휴대하고 있었다.

이윽고 엘리베이터처럼 상승하던 프린스17의 기체가 제자리 비행 패턴에 들어갔다.

기체 양쪽 출입문이 이미 완전 개방된 상태였기 때문에 엡실론 팀원들과 CCT 대원들은 각자의 총기를 기체 바깥으로 고정한 채 비현실적으로 보이는 새까만 낭떠러지 벽면을 주시하던 중이었다.

앞서 상승했던 프린스16이 이미 착륙 과정에 들어갔는지, AK 총성과 각 기체의 도어건인 M135 미니건의 발사음이 로터 회전음 속에서도 모두에게 들려왔다.

잠시 뒤, 기체 좌측에 암반 벽이 아닌 하얀색 담벼락과 그 너머의 2층 건물들의 모습이 탑승자들의 시야에 들어왔다.

그러나 그 광경은 순식간에 아래쪽에서 발생하는 흙먼지에 가려졌고 시야가 막힌 베넷 준위와 그의 대원들은 조종사들의 신호를 기다렸다.

그들이 기다렸던 목소리가 이어서 인터컴에 들려왔고 베넷은 그 말을 듣자마자 헤드셋을 집어 던지면서 모두에게 소리쳤다.

"터치 다운! 터치 다운!"

그의 공지가 전파되는 것과 동시에 4명의 델타포스 대원들과 3명의 CCT 대원들이 기체에서 뛰어내렸다.

그때, MH-60M기의 기체 좌측에서 둔한 폭발음과 함께 수십 개의 불꽃이 담벼락 쪽으로 쏟아져 나갔다.

프린스17기의 도어 거너가 담벼락 쪽 출입문을 열고 나타난 2명의 탈레반군들에게 7.62밀리 미니건 탄을 쏟아 부었던 것이 었다. 도어 거너는 2명의 탈레반군들이 쓰러지고 나서도, 이후 3초 정도 더 미니 건탄을 출입문 쪽에 퍼부었다.

미니 건의 사격이 멈추자마자, 엡실론 팀원들이 좌우로 간격을 만들면서 흙먼지 속에서 보였다 말기를 반복하는 담벼락을 향해 달려 나갔다.

또 다른 기습 헬기인 프린스16은 엡실론 팀이 향하는 담벼락에서 한참 떨어진 2시 방향 언덕 근처에 착륙했다.

그쪽에서는 씰 대원들과 탈레반군이 아직도 총격전을 치르고 있었고 그 소리가 일대에 시끄럽게 울려 퍼지고 있었다.

기습 팀을 전개시킨 프린스17 기체는 그 즉시, 그대로 이륙하여 다시 낭떠러지 벽면을 우측에 두고 하강 과정에 들어갔다. 그들의 신속한 조치 덕분에 흙먼지는 금세 가셨고 시야를 확보한 엡실론 팀과 CCT 대원들이 담벼락을 향해 달려갔다.

엡실론 팀의 시야, 먼 우측 2시 방향의 언덕에서는 시끄러웠던 AK 소총과 PKM 기관총 총성이 사그라지고 소음기를 장착한 씰 대원들의 HK416의 단발 총성이 간간이 들려왔다.

엡실론 팀이 향하는 담벼락 너머의 마을은 2층 건물 2채와 단층 가옥 3채, 가축 축사 1동으로 구성되어 있었는데, 엡실론팀은 마을 측면에서 그리고 콜사인 '리플리(Ripley)'인 씰 3팀 대원들이 마을 정문 쪽에서 진입했다.

베넷은 그의 좌우를 재빨리 훑어봤다. 그의 좌우에 팀원들이 쌀쌀한 대기 속에 입김을 내뿜으면서 담벼락에 쭉 늘어서 있었다.

헬기의 도어 거너가 제압했던 탈레반군들 시신을 확인한 후, 베넷이 출입문 안쪽을 조심스럽게 살폈다. 그때, 씰 팀에게서 상황 보고가 전파되었다.

"엡실론, 엡실론, 여기는 리플리! 마을 정문에서 대여섯 명의 자동화기 사수를 제압했다. 현재 마을 안에 진입한다!"

씰 팀의 현장 지휘관 프레디 알바레즈 대위의 보고에 베넷이 바로 응답했다.

"리플리, 여기는 엡실론! 엡실론이 현재 마을 뒤쪽에서 진입한다!"

"라저 댓! 리플리가 현 시간부로 빌딩 브라보(B)로 진입한다!"

"엡실론은 빌딩 알파(A)로 진입하겠다, 이상!"

베넷이 교신을 위해 잠시 대기하는 동안, 레닉스 중사는 출입문을 열어젖힌 뒤 마을 쪽을 주시하고 있었다.

델타포스 대원들이 출입구를 통해 마을 안에 발을 들이면서 좌우로 경계 대형을 형성할 즈음, 씰 대원들이 수색, 접수할 2층 건물 브라보 쪽에서 격렬한 기관총 총성이 들려왔다.

씰 대원들의 M249 계열의 기관총 총성과 M60 총성이 격렬하게 울려 퍼지다가 멈추고, 탈레반군들이 현지어로 소리치는 게 마을 전체에 울려 퍼졌다.

엡실론 팀의 11시 방향에는 목표 건물 알파가 있었고 이들의 1시 방향 60여 미터 즈음에 목표 건물 브라보가 위치해 있었다.

마음이 급해진 베넷은 대원들에게 건물에 진입하라는 수신호를 만들어 보이며 앞서 나갔다. CCT 대원들이 건물의 창문들을 경계하는 동안 4명의 델타부대원들이 사주경계 대형을 유지하면서 14~15미터 정도 떨어진 건물 알파로 달려 나갔다.

엡실론 팀원들이 건물 뒤편 외벽에 도착할 때, 2층 창가에서 인기척이 들려왔다. 그리고 엡실론 팀원들의 시선과 총구가 2층으로 향할 때, CCT 대원들이 소음기가 장착된 M110 저격소총과 HK416으로 견제 사격을 가했다.

"퍽! 퍽! 퍽! 퍽! 퍼퍼퍽!"

외벽에 붙어 선 채, 베넷과 레닉스가 고개를 쳐들자 창가 쪽에서 총탄에 박살이 나뭇조각들이 두 사람의 얼굴로 쏟아졌다.

"2층 창문에 소화기 사수 1명 제압! 엡실론, 전진해도 좋다!"

CCT대원인 콜린 중사가 이들의 무선망에 상황을 보고하자 레닉스가 베넷의 어깨를 두들기며 이동을 재촉했다.

이번에는 스턴 하사가 견착 사격 자세를 유지하면서 건물 뒤쪽 벽면이 끝나는 모퉁이를 돌았다. 그런 뒤, 건물의 우측 벽면을 타고 출입문이 있는 건물 전면으로 이동해 갔고 그 뒤를 베넷과 레닉스, 로우가 뒤따랐다.

그때, 또다시 건물 브라보 쪽에서 수십 발의 권총 총성이 들려왔고 그 즉시 MK46 기관총의 찢어지는 듯한 전자동 사격음이 허공에 울려 퍼졌다. 기관총 예광탄들이 그쪽을 응시하는 델타포스 대원들의 시야 우에서 좌로 지나갔다.

왼쪽에 벽을 두고 일렬로 전진하던 델타부대원들이 두 번째 모퉁이를 돌아 건물 전면으로 향하는 순간, 선두에 서 있던 스턴 하사가 크게 움찔했다.

베넷은 본능적으로 상황에 대응하고자 모퉁이를 급히 돌면서 스턴이 주시하는 전방으로 묵직한 경기관총 총구를 겨눴다. 그는 방아쇠를 반쯤 당기고 있는 상황이었고 금방이라도 수십 발의 5.56밀리 탄들을 전방에 흩뿌릴 태세였다. 하지만 그는 한 손을 어깨높이로 쳐드는 스턴의 행동에 얼른 방아쇠를 놓아줬다.

스턴 하사의 앞쪽에는 염소 3마리를 몰고 가는 현지인 남성 한 명이 있었는데 그는 엡실론 팀원들의 존재를 인지하고 있음에도 태연하게 염소들을 몰고 2시 방향의 축사 쪽으로 걸어가고 있었다.

그 현지인의 머리 위, 높은 허공에 씰 대원들이 날려 보낸 기관총 예광탄, 수십 발이 지나쳐갔음에도 그는 전혀 놀라지 않고 건물 알파 근처에 있는 축사 건물로 걸어갔다.

베넷이 짧은 한숨을 내쉬고 고개를 내저었다. 두 사람 뒤로 레닉스와 로우가 합류하여 사주경계를 취할 즈음, 씰 팀의 수색 보고가 무선망에 전파되었다.

"건물 브라보 수색 완료, 접수 상황이다! 레드 비어드를 확보하지 못했다! 현 위치에서 엡실론의 보고를 기다리겠다, 이상!"

알바레즈 대위의 음성이 지휘 무선망에 전파됐고 이를 청취한 엡실론 팀원들이 건물 수색을 앞두고 더더욱 긴장했다.

베넷과 스턴은 목표 건물 출입문을 좌측 앞쪽에 둔 채 걸음을 멈췄다. 레닉스와 로우가 축사 쪽과 2층 창가를 경계하는 동안 베넷은 두꺼운 철제 출입문을 한 손으로 더듬어 살폈다.

출입문이 안에서 잠겨 있는 것과 경첩의 위치를 확인한 베넷은 등 뒤에 밀착해 있는 스턴에게 시선을 보냈다. 그러자 스턴이 그와 자리를 바꾼 뒤, 출입문 잠금장치에 폭약을 설치하기 시작했다.

그러나 그때, 아무 이상 징후가 없었던 이들의 위치 2시 방향 축사 쪽에서 '웅' 하는 진동음이 들려오기 시작했고 엡실론 팀원들이 그쪽으로 시선과 총구를 보냈다.

축사는 씰 팀이 대기 중인 건물에서는 80미터 이상의 거리에, 엡실론 팀의 위치에서는 20여 미터 미만의 거리에 있었기 때문에 이 상황에는 델타포스 대원들이 대응을 해야 할 상황이었다.

스턴은 폭약을 설치하다 말고 베넷 준위와 함께 축사 방향을 향해 총기를 쳐들었다. 나머지 2명의 대원들은 동요하지 않고 주변을 경계했고 때맞춰 CCT 대원들이 이들 쪽에 합류했다.

야시경을 착용하고 있는 대원들은 농구장 절반 면적인 축사의 외벽에 찍혀 있는 적외선 레이저 탄착점들로 몇 명의 인원이 그쪽을 주시하는지 알 수 있었다.

"부우우웅!"

기계음이 고조되면서 축사 천장 쪽에서 까만 매연이 솟구쳐 올랐고 베넷은 순간 인원들을 어떻게 나눠, 건물 수색과 축사 수색을 동시에 진행해야 할지 고민했다.

그가 축사 쪽을 응시하던 시선을 잠시 거둬, 건물 2층 쪽을 살필 때 누군가 버럭 소리치는 게 이어폰을 통해 생생하게 들려왔다.

"RPG! RPG~!"

경고와 동시에 베넷의 앞쪽에 서 있던 스턴이 축사 쪽을 향해 HK416 사격을 가했다. 소음기를 통해서 5.56밀리 탄들이 연달아 나갔고 베넷을 비롯한 모든 대원들이 이에 반응했다.

"퍽! 퍽! 퍽!"

"퍽! 퍽!"

"타타타타타타~!"

소음 기관단총 사격음이 이어 로우 중사가 휴대한 M249 SPW 경기관총이 불을 뿜었다.

엡실론 팀의 2시 방향에 있는 축사 건물을 향한 일제 사격이 시작된 지 1초도 되지 않아, 축사 한쪽 구석에서 '쾅' 하는 폭발음과 함께 사방으로 뿌연 흙먼지가 퍼졌다.

RPG 로켓탄이 엡실론 팀 쪽으로 날아오는 순간 모든 대원들이 흙바닥으로 몸을 날렸다.

베넷을 비롯한 모든 대원들이 눈 한 번 깜짝하는 사이에 로켓탄 비행 궤적이 축사에서 이들의 위치 쪽으로 일직선을 그었다.

"콰앙!"

베넷이 땅바닥에 몸을 날린 뒤, 가슴팍과 목으로 그 충격을 느끼기도 전에 그의 머리 위쪽에서 천둥소리가 들리면서 양쪽 귀가 꽉 막혔다. 그는 계속해서 누군가 자신의 머리에 물을 쏟아 붓고 있다는 느낌이 들었는데, 사실 그의 머리와 몸통에 쏟아지는 것은 PG7 고폭탄이 작렬하여 파괴된 2층 외벽 파편들이었다.

베넷은 죽을 힘을 다해 몸을 일으켰고 위쪽으로 젖혀진 야시경을 다시 눈가로 위치시켰다. 콘크리트 냄새와 화약 냄새가 동시에 그의 콧속을 가득 채워졌고 흐릿한 시야 속에 겨우 몸을 일으키는 대원들의 모습이 하나둘 들어왔다.

"타타타타타타~! 타타타타탕!"

로우 중사는 가장 먼저 축사 쪽을 향해 기관총탄으로 대응했고 이어서 다른 대원들도 엎드려 쏴 자세로 응사하기 시작했다.

"엡실론, 여기는 리플리다! 축사 쪽에서 픽업(트럭) 한 대가 움직이고 있다! 우리 쪽에서 제압하기를 원하는가?"

알바레즈 대위의 질문에 베넷은 입 속에 있던 콘크리트 가루를 뱉어 낸 뒤, 대답했다.

"아니다! 아니다, 리플리! 건물 알파에서 레드 비어드가 확인되지 않았다. 축사 쪽에서 이탈하는 트럭에 레드 비어드가 있을 수 있으니 트럭과 축사를 제외한 나머지 구획을 맡아 주기 바란다!"

축사에서 천천히 후진으로 나오는 일제 혼다 픽업 트럭은 철사와 나무 막대기 따위로 만들어진 축사 울타리를 차체 후방으로 들이받으며 이동 중이었다.

베넷은 곁에 있던 CCT 대원 데이비스 중사의 어깨를 움켜쥐고 소리쳤다.

"오웬! 우리 쪽 '호크 아이'(무인정찰기 MQ-9 프레데터)에서 저 축사 쪽 적 인원들을 분석해 달라고 요청해! 레드 비어드로 의심되는 인원이 있는지, 그 자식과 비슷한 인물이 있었는지 지금 당장 분석해 달라고 해!"

데이비스는 대답을 생략하고 곧장 새트컴의 송수화기를 쳐들고 교신을 시작했다. 베넷은 이번에는 엎드린 채 축사를 향해 사격 중인 레닉스 중사의 어깨를 채어 잡고 소리쳤다.

"대련, 이쪽(24특수전술단) 인원 2명과 건물 알파를 수색해! 나는 매트와 스티브, 데이비스를 데리고 저 픽업을 저지해 보겠다!"

"예? 무슨 말이에요, 취프?"

"내 직감에 저 트럭 안에 레드 비어드가 있을 것 같아! 그러니, 건물 알파의 수색과 픽업 트럭 저지가 동시에 이루어져야 할 것 같다! 건물에 진입하면, 놈들이 2층으로 올라가는 계단 쪽에 모래주머니들을 쌓아 놓고 출입문 쪽으로 기관총을 갈겨댈 수 있으니 주의하라고!"

"알겠습니다, 취프!"

베넷 준위는 데이비스 중사에게 다시 시선을 보냈다. 그는 아직 작전지휘부에서 돌아온 대답이 없다는 듯, 대기하라는 손짓을 해 보였고 베넷은 그에게 함께 행동하라는 수신호를 전파했다. 그런 뒤 그는 로우 중사와 스턴 하사의 어깨를 차례로 두들긴 뒤, 축사 쪽에서 벗어나고 있는 픽업 트럭을 가리키며 소리쳤다.

"우리는 저 트럭을 저지한다! 픽업 안에 레드 비어드가 있을 수 있으니 최대한 사격을 자제하고……."

그가 말을 채 마치기도 전에 아직 엎드려 있던 스턴이 베넷을 땅바닥으로 잡아끌어 내렸다. 그때, 픽업 트럭의 적재 칸에서 누군가가 50구경 중기관총탄들을 엡실론 팀의 위치로 퍼부었고 이미 수십 발의 총탄들이 건물 전면 벽과 출입문에 작렬했다. 다행히, 트럭이 엡실론의 위치 2시 방향에서 11시 방향으로 이어지는 마을의 샛길을 타고 내려가는 바람에 사격은 금방 멎었다.

"어휴, 저 개새끼들을 그냥~!"

레닉스 중사가 총기 아래에 장착된 M203 유탄발사기를 쳐들며 소리쳤지만 베넷은 한 손을 쳐들어 보이며 제지했다.

"안 돼! 안 돼! 40밀리 유탄으로 레드 비어드를 박살 내면 이제껏 우리들이 뺑이 친 게 모두 헛고생이다. 그게 원하는 거라면 어서 쏴 봐! 네 잘난 사격 실력으로 명중시켜 보라구!"

말을 마치기도 전에 베넷은 몸을 일으켜 데이비스 중사와 함께 축사 방향으로 달리기 시작했고 그 뒤를 스턴 하사와 온갖 욕설을 내뿜는 로우 중사가 따랐다.

베넷과 3명의 대원들은 자신의 헬멧 뒷부분에 고정해 둔 적외선 스트로브를 손으로 더듬어 확인했다. 야시경을 착용한 채 경계 중인 건물 브라보의 씰 대원들에게서 오인 사격을 받지 않으려면, 엡실론 팀원들의 헬멧에 고정해 둔 적외선 스트로브가 작동하고 있어야 했기 때문이었다.

그럼에도 걱정이 되는 베넷은 무선망에 자신들의 존재를 밝혔다.

"리플리, 리플리! 여기는 엡실론이다. 엡실론 인원 4명이 현재 축사 근처를 통과, 내리막길로 도주 중인 픽업 트럭을 추적 중이다!"

엡실론 팀 못지않게 긴장하고 있던 리플리의 팀장 알바레즈가 곧바로 응답해 왔다.

"라저 댓, 엡실론! 내리막길 주변의 매복에 주의하라!"

베넷과 3명의 대원들은 넓은 축사 안을 살피면서 트럭이 향한 방향으로 뒤따라갔다.

"저기, 저쪽!"

베넷은 축사를 지나, 트럭이 무너뜨린 철망과 판자 조각으로 만든 울타리 쪽에 서서 소리쳤다. 그의 검지 손가락은 이들 대원들의 9시 방향, 비포장 내리막길을 가리키고 있었다.

그런데, 베넷 준위가 언덕 사면을 뛰어 내려가려는 찰나, 등 뒤에서 데이비스 중사가 그에게 소리쳤다.

"취프, 트럭 안에 'AUGA3' 소총을 가진 자가 있었다고 합니다."

그의 보고에 베넷은 회심의 미소를 지었다. 레드 비어드는 특이하게도 슈타이어사의 최신 불펍 소총인 AUGA3를 애용했는데, 그것이 자신을 현지 무장 세력 인원들과 구분, 식별하는 명함 역할을 했다.

정보 분석가들은 엡실론 팀원들에게 레드 비어드가 그의 불펍 소총이 자신의 추적 실마리가 되는 것을 알고 있음에도 불구하고 자신의 존재를 과시하기 위해 총기를 다른 종류로 교체하지 않고 있다고 귀띔해 줬다. 그리고 그는 오늘 새벽 이곳에서 그 결정에 대해서 대가를 치를 상황이었다.

레드 비어드가 이곳 탈레반 지역 사령관과 무기 거래를 위해 도착했다는 사실도 우연히 일대를 수색하던 CIA 무인정찰기의 영상 속에 이 특이한 불펍 소총을 휴대한 자가 있었다는 보고에서 비롯되었기 때문이었다.

"서둘러, 우리가 서두르면 아래쪽에서 픽업 트럭을 저지할 수 있을 거야!"

베넷은 울타리 경계선 쪽에 서 있는 3명의 대원들에게 소리치면서 자신이 선두로 내려갈 내리막 사면을 응시했다.

기습부대원들의 시야에 마을이 위치한 고지대에서 먼 아래쪽 지상으로 이어지는 비포장도로와 먼지를 일으키며 그 위를 질주하는 픽업 트럭이 포착됐다.

엡실론 팀원들이 서 있는, 울타리 경계선 바로 아래쪽에서는 거칠고 가파른 언덕 사면이 500여 미터 이상 펼쳐져 있었는데, 사면이 끝나는 와지선 일대가 픽업 트럭이 질주하는 비포장도로와 만나는 곳이었다.

"가! 가! 가자구!"

베넷은 사면 아래쪽을 응시하면서, 머뭇거리는 로우 중사와 스턴 하사, 데이비스 중사에게 소리치면서 사면을 앞서, 조심스럽게 내려갔다.

미끄럽고 가파른 경사면 지대는 마른 흙과 돌멩이들로 만들어져 있었기 때문에 그는 수 미터를 달려 내려가다가 아예, 의도적으로 엉덩방아를 찧은 다음 미끄럼을 타듯 내려갔다.

GPNVG-18 야시경의 4안식 렌즈들은 베넷에게 넓은 좌우 시야를 제공했다. 그는 먼 우측에서 먼지를 일으키며 내려오는 픽업 트럭을 주시하면서 미끄럼을 탈 수 있었다.

그런데 어디에서 나타났는지, 현지인들이 방목하는 염소 서너 마리가 베넷 준위의 앞쪽에서 같은 방향으로 달려가고 있었다. 그 기괴한 모습에 베넷이 미간을 찡그릴 때 누군가의 목소리가 들려왔다.

"아~!"

별안간 스턴 하사가 총기를 안고 베넷 준위의 곁을 지나쳐 갔다. 그는 두 발로 달리는 것이 아니라 무서운 속도로 굴러떨어지고 있었는데 다행히 베넷의 20여 미터 정도 전방에서 다시 중심을 잡았다. 그런 뒤, 염소들과 나란히, 쪼그려 앉는 자세로 미끄럼을 타고 내려가기 시작했다.

베넷과 그의 팀원들은 미끄럼을 타는 것과 달리기, 때로는 총기를 안고 굴러떨어지기를 반복하면서 한참 동안 사면을 타고 내려왔다. 마침내, 지상의 비포장도로를 20여 미터 정도를 앞두고 베넷이 몸을 일으켰다. 그는 중심을 잃지 않도록 애쓰면서 두 발로 사면을 걸어 내려갔고 나머지 대원들의 그의 뒤를 따랐다.

마침내, 엡실론 팀원들과 CCT대원 한 명이 좌우 폭 2미터가 약간 넘는 비포장도로 근처에 도착하여 자리를 잡았다.

"오웬!"

베넷은 자신의 경기관총을 발치 앞에 세워 둔 뒤, 데이비스 중사에게 소리쳤고 그가 베넷에게 M110 저격소총을 던져 줬다. 베넷은 그 총기를 받자마자 픽업 트럭을 향해 견착 사격 자세를 취했다.

이들이 사격 준비를 하는 동안 픽업 트럭은 구불구불한 비포장 언덕길을 내려온 뒤, 평탄한 도로 지대로 진입하고 있었다. 그러고는 곧장 엡실론 팀을 향해 다가오기 시작했다.

또다시 나타난 염소들이 급박한 베넷의 주변에서 어슬렁거리고 있었지만 그는 염소들에게 시선을 주지도 않았다. 베넷은 지휘 무선망에 상황을 전파했다.

"엡실론 1번이다! 마을 아래쪽, 비포장도로 위에서 레드 비어드가 탑승한 차량을 저지하겠다!"

무전기 키를 놔주자마자 그는 야시경 몸체를 위쪽으로 올려 둔 후, M110 저격소총의 야시 조준경으로 표적을 주시하면서 무릎쏴 자세를 취했다.

데이비스 중사는 베넷의 기관총을 집어 들고 염소들을 쫓아 버렸다. 그런 다음 그의 우측, 와지선에서 M249 SPW 사격 자세를 취했다. 도로 건너편에서는 2명의 델타포스 대원들이 각자의 총기로 역시 사격 자세를 취하고 있었다.

이윽고 픽업 트럭의 차체 정면에 4명의 미군들이 투사하는 적외선 레이저 조준점들이 찍혔고, 이것이 엡실론 팀원들의 눈에도 분명하게 보이는 거리까지 차량이 접근했다. 50여 미터가 조금 되지 않는 거리였다.

베넷은 야시 조준경으로 픽업 트럭의 적재 칸에서 중기관총을 잡고 있는 염소치기 사내를 확보했다.

"퍽! 퍽!"

그가 방아쇠를 두 번 끊어 당기자, 염소치기 사내가 차체 아래쪽으로 빨려 들어간 것처럼 순식간에 사라졌다.

이제 양측 거리가 40여 미터가 조금 넘는 시점이 되었는데, 그때 조수석에서 아프간 현지인들의 모자를 착용한 누군가 총기를 차창 바깥으로 내밀었다. 그러고는 머리와 상체를 내놓고 엡실론 팀원들을 향해 사격 자세를 취했다.

"빙고! 조수석에 레드 비어드 출현!"

베넷은 그자의 총기가 탄창이 개머리판 쪽에 꽂혀 있는, 불펍소총인 것을 확인하자 회심의 미소를 지으며 상황을 전파했다.

"퍽! 퍽! 퍽! 퍽!"

베넷이 발사한 4발의 저격탄들은 방풍창의 운전석 쪽을 탄착군을 형성하듯이 집중되어 꿰뚫었다.

그러나 그의 사격에 피탄된 탈레반군이 급격하게 스티어링 휠을 꺾으면서 트럭 앞쪽이 우측으로 급선회했다. 그 바람에 차체 뒤쪽이 허공 높이 튀어 오르면서 트럭이 전복되고 말했다.

베넷은 M110의 고성능 야시 조준경을 통해, 다른 3명의 대원들은 각자의 야시경을 통해서 트럭이 전복되기 직전 허공 높이 날아가 버리는 염소치기 사내의 시신과 50구경 중기관총을 볼 수 있었다.

"에라, 이런 젠장!"

계산하지 못한 사건에 베넷이 데이비스 중사와 총기를 교체하면서 중얼거렸다.

"스티븐, 오웬! 나와 매트를 엄호해! 레드 비어드를 끌고 나오겠다."

베넷은 벌떡 일어서서, 아직도 흙먼지 차량에 휩싸여 있는 트럭 쪽으로 달려가며 외쳤다.

그와 스턴 하사는 전방을 향해 사격 자세를 유지하면서 접근했고 데이비스 중사와 로우 중사는 원래 위치에서 트럭 쪽과 근처 산 사면을 둘러보며 경계했다.

그 시점에 또다시 나타난 염소들이 베넷 준위를 뒤따라 달리기 시작했고 이를 지켜보던 대원들이 고개를 가로저었다.

베넷은 스턴과 함께 나란히 트럭 쪽으로 달리기 시작했는데 이들의 작전이 워낙 고지대에서 이루어지기 때문에 평소 때보다 훨씬 더 숨이 가쁜 것을 인지할 수 있었다.

트럭 쪽에 도착할 즈음, 스턴 하사가 트럭 주변으로 2개의 적외선 케미컬 라이트들을 꺾어서 던졌다.

야시경을 착용하고 있는 미군들만이 볼 수 있는 적외선 케미컬 라이트들이었지만 다행히도 베넷을 스토킹해 오던 염소들이 이번에는 케미컬 라이트들을 향해 달려가 버렸다.

베넷은 거꾸로 뒤집혀 있는 트럭의 조수석에서 흙먼지를 뒤집어쓴 채 널브러져 있는 사내를 끌어냈다. 그런 뒤, 그가 얼굴을 자신 쪽으로 향하도록 눕혔다.

때맞춰 스턴 하사가 자신의 HK416을 레드 비어드의 얼굴 쪽에 겨누고 적외선 라이트를 켰다.

두 사람이 착용하고 있는 개인용 야시경뿐만 아니라 야간 투시 촬영 모드로 되어 있는 HD 카메라들도 그의 얼굴을 촬영하여 작전지휘부로 전송했다.

"레드 비어드, 확보! 엡실론 팀이 슈퍼볼 결승전 티켓을 확보했다!"

베넷 준위는 레드 비어드의 뺨을 때리면서 소리쳤다.

"정신 차려! 우린 미군이다! 너는 이제부터 미군 기지로 후송된다. 살아서 도착하고 싶으면 우리의 지시에 따르도록!"

혼절했다가 막 눈을 뜬 레드 비어드가 커다란 야시경을 착용한 베넷과 스턴의 모습에 어리둥절해하자, 베넷이 다시 그의 뺨을 때리며 소리쳤다.

"정신 차려, 이 멍청아! 네 신세가 이제부터 기구해진단 말이다! 알아듣겠어? 이 망할 아편 장사 녀석아!"

레드 비어드가 그때서야 정신을 차리자, 스턴이 그의 두 손을 허리 뒤쪽으로 잡아당긴 뒤 커프(Zip-Cuff)를 채웠다.

그런 뒤 다른 대원들이 있는 곳으로 몰고 가자, 베넷이 뒤늦게 몸을 일으켰다. 그는 손목시계를 살핀 뒤, 안도의 한숨을 쉬었다. 다행스럽게도 예상했던 작전 시간의 1/3을 쓰기도 전에 레드 비어드를 체포했기 때문이었다.

그러나 앞서가는 스턴과 레드 비어드를 뒤따르기 시작한 그의 귓가에 주변을 경계하던, 로우 중사의 다급한 보고가 들려왔다.

"취프, 트럭의 9시 방향과 10시 방향 보십시오!"

로우가 경고한 곳은 전복된 트럭의 위치에서 도로 건너, 맞은편 지대였다.

엡실론 팀을 따라 내려온 염소들이 비포장도로를 건너 맞은편의 수풀, 덤불 지대로 향하고 있었는데 로우 중사가 보기에는 그곳에 있는 누군가를 향해 염소들이 가고 있는 것처럼 보였다. 한참 동안 딸랑거리던 염소 목에 걸려 있는 방울 소리가 멎었고 그로 인해 모든 미군들이 총기를 쳐들고 사격에 대비했다.

베넷은 수신호를 통해서 팀원들에게 비포장도로 건너편의 사격 구획을 정해 줬다. 레드 비어드를 포박해 데리고 있는 스턴 하사를 제외하고 데이비스 중사와 로우 중사는 총구를 그쪽으로 겨누고 숨을 죽였다.

잠시 뒤, 덤불 지대 속에서 부스럭거리는 소리가 엡실론 팀의 위치까지 들려왔다. 베넷 준위는 본능적으로 그곳에 사람이 있다고 여겼고 지휘 무선망의 키를 누르고 속삭였다.

"엡실론이다! 레드 비어드를 생포했지만 주변에서 적이 접근하는 것으로 의심된다. 이곳 일대를 관측하는 영상을 통해 상황을 전파해 달라, 이상!"

그의 보고에 수백 킬로미터 떨어진 지휘부에서 응답해 왔다.

"라저 댓, 엡실론!"

하지만 베넷 준위가 지휘부의 응답을 듣기도 전에 덤불 더미가 크게 움직이면서 새까만 형체들이 하나둘 이들의 눈앞에 나타나기 시작했다.

베넷은 그의 좌우에서 사격 자세를 잡고 있는 로우와 데이비스에게 한 손을 들어 보이며 속삭였다.

"민간인일지도 모르니 사격 통제에 신경 써!"

그의 말이 채 끝나기도 전에 덤불과 키 작은 수목 더미들 속에서 사람의 형체가 불쑥 나타났다.

팀원들은 각자의 야시경을 통해서 그 형체를 분명해 식별할 수 있었고 그 사람의 형체에 3명의 적외선 레이저 탄착점들이 찍혔다.

그렇지만 그 직후에 덤불 더미가 더 크게 움직이면서 5명의 사람들이 뒤따라 나타났다. 그들 쪽에 염소들이 있었고 이제 그들은 자기들끼리 시끄럽게 떠들기 시작했다.

"신중해! 신중해! 무기를 가졌는지 보이는가?"

베넷이 동료들에게 소리쳤지만 그들 또한 40~50미터에 있는 사람들의 형체를 완벽하게는 볼 수 없었다.

"확인 불가!"

"아직 알 수 없습니다!"

이제는 새롭게 합류한 2명까지 포함하여 10명이 된 사람들은 염소들을 잡고서 덤불과 수목 더미들 앞쪽에 서서 자기들끼리 떠들고 있었다. 마치, 엡실론 팀의 활극을 보고 자기들끼리 의견을 교환하는 것처럼 보였다.

이 시점에서 한시바삐 무기 중개상을 데리고 교전 지점을 이탈하고 싶어 하는 미군들에게 문제는, 피아 식별이 안 된 자들이 모두 담요처럼 생긴 긴 외투를 걸치고 있었는데 과연 그 안에 무기를 휴대했는가 여부였다.

베넷은 손목시계를 확인한 다음, 사격 자세를 풀고 기관총을 몸통 앞쪽에 위치시켰다. 그런 뒤, 현지어 몇 마디를 그들에게 던져 보고 상황을 파악하고자 엄폐 위치에서 일어섰다.

베넷이 몸을 숨기고 있던 와지선 일대의 잡풀 줄기들 속에서 도로 위쪽으로 걸어 나갔다. 그는 현지인들에게 파슈토어로 인사를 건넸고 그의 두 손을 높이 쳐들어 무기를 잡지 않았다는 제스처를 만들어 보였다.

그런데 곧 베넷은 그의 등 뒤에서 동료들이 그를 향해 뭐라 소리치는 것을 듣게 됐다. 그는 앞쪽에서 꼼지락거리기 시작하는 현지인들을 주시하느라 고개를 돌릴 수 없었기 때문에, 불과 5미터도 안 되는 거리에서 데이비스 중사의 경고를 제대로 확인할 수 없었다.

하지만 다음 순간, 베넷은 굳이 고개를 돌려 CCT 대원이 전파하는 메시지를 확인할 필요가 없다는 것을 깨달았다.

한동안 시끄럽게 떠들던 자들이 결국 그들의 이견에 대해서 합의를 보고 결론을 내렸는지, 모두 외투 속에서 혹은 등 뒤로 메고 있던 AK 소총을 꺼내 들기 시작했던 것이었다.

베넷은 몸통 앞쪽에 매달려 있던 M249 SPW를 민첩하게 채어 잡아 어깨에 견착했다. 방아쇠를 당기는 것은 견착과 동시에 이루어졌다.

"타타타타타타타! 타타타타타타!"

그의 최초 제압 사격에 5명의 괴한들이 피탄되어 쓰러지거나 뒤로 나가떨어졌다. 초록색으로 보이는 그의 시야에 소구경 기관총탄들이 적군의 몸통을 관통할 때마다 퍼져 날리는 피와 살점의 궤적들이 보였다. 베넷의 재빠른 기관총 사격과 동시에 현지인들의 대응 사격도 이어졌다.

"탕! 탕! 탕!"

"타타타타타!"

"탕! 탕!"

양쪽이 십수 미터의 거리에서 서로를 향해 총기를 난사했고 베넷의 등 뒤에서도 3명의 특수부대원들이 정확한 단발 사격과 기관총 사격을 가했다.

베넷은 뒷걸음질 치면서도 엄폐 위치를 찾고자 허둥대는 탈레반군에게 사격을 가했고, 대원들의 엄호 사격도 그의 위태로운 퇴각을 거들었다.

베넷이 처음 엄폐했던 잡풀 지대로 돌아오자, 데이비스가 그에게 소리쳤다.

"취프, 저자들이 나타난 방향에 동굴이 있고 그곳에서 이미 100여 명 넘는 인원들이 쏟아져 나와 우리 지점을 포위하고 있답니다!"

베넷은 지독하게 운이 없게도 엄청난 규모의 벌집을 건드렸을 지도 모른다고 우려했다.

그런데 그가 말을 마치기 직전, 두 사람의 왼쪽에서 M249 SPW에 새 탄창을 결합한 로우 중사가 갑자기 베넷과 데이비스의 머리 위쪽으로 총기를 쳐들었다.

두 사람이 상황을 파악하고 고개를 숙이자, 이들의 머리 위에서 무지막지한 총성이 울려 퍼졌다.

"타타타타타~! 타타타타타!"

로우는 베넷과 데이비스 중사의 우측, 3시 방향을 향해 기관총탄들을 쏟아 냈고 그곳에서 10여 미터까지 접근해 왔던 3명의 탈레반군이 쓰러졌다.

그 광경을 본 베넷은 엡실론 팀이 대규모 적군에게 포위되기 직전임을 알아차렸고 그 즉시, 지휘 무선망과 연결된 무전기의 키를 누르고 소리쳤다.

"엡실론이다! 바이퍼 식스(Viper 6)! 바이퍼 식스! 엡실론의 대기 지점으로 적 대규모 병력이 포위선을 구축하고 있다. CAS(근접 화력 지원)를 요청한다! 당장! 지금 당장!"

그가 교신을 하는 동안 데이비스와 스턴 하사가 비포장도로 건너편의 곳곳을 향해 분주하게 사격을 가했다. 맞은편 덤불 지대와 수목 지대에서도 수십 개의 총구 섬광이 번쩍이면서 교전 지점 일대가 급속히 총성의 폭풍에 휩쓸려 갔다.

잠시 뒤, 지휘부에서 응답해 왔다.

"엡실론, 빅풋 파이브(Big Foot 5: F-15E 전폭기 2대)와 골프 투(Golf 2: A-10A 2대)가 교전 지점으로 이동 중이다! E.T.A 7분이다!"

그 말에 베넷이 우거지상이 되어 소리쳤다.

"젠장, 빅풋 파이브와 골프 투가 약정된 대기 공역이 아니라 호놀룰루까지 날아갔었나? 왜 이렇게 도착 대기 시간이 길지?"

"대기 공역 내에서 이루어질 예정인 공중급유가 난기류 때문에 늦어졌다. 잠시 뒤, 공중급유를 완료하고 기수를 그쪽으로 돌릴 것이다! 프린스16과 17이 3분 거리에 있지만 CAS 그룹이 도착한 후에 투입해야 할 것 같다!"

"젠장, 바이퍼 식스!"

베넷이 머리 위로 스치듯 날아간 소총탄들의 소리를 들으면서 교신망에 역정을 냈다. 그러고는 그는 잠시 동안 눈앞에서 번쩍이는 총구 섬광들의 위치를 좌에서 우로 급히 확인했다.

처음 탈레반군들이 불쑥 나타난 위치를 기준으로 점점 더 많은 총구 섬광들이 좌에서 우로 위치를 잡아 갔다. 그들 중 일부 병력은 도로를 건너서, 한두 명씩 엡실론 팀의 좌우 측면 공격을 시도하고 있었고 로우 중사는 그때마다 가까스로 그들을 저지했다.

베넷은 적들이 압도적인 숫자로 금세 엡실론의 위치를 포위할 것을 확신하고는 무선망에 다시 소리쳤다.

"바이퍼 식스, 현재 작전 지점 상공에 있는 호크 아이의 날개에 있는 모든 화력을 적들의 동굴 입구를 봉쇄하고 엡실론의 측면을 맡게 해 달라!"

"댓츠 어 라저, 현 위치에서 꼼짝 말고 대기하라!"

베넷 준위는 교신을 마치자마자, 대원들에게 경고했다.

"CAS가 E.T.A 7분이다! 그리고 잠시 뒤, 호크 아이가 이쪽으로 화력을 투사한다!"

그가 말을 마치기도 전에 밤하늘 높은 곳에서 2개의 불덩어리들이 나타났다. MQ-9 리퍼에서 발사한 2발의 헬파이어 미사일들이 베넷이 유도한 지점을 향해 날아오는 것이었다.

그 광경을 발견한 고지대 쪽 마을의 알바레즈 대위가 지휘 무선망에 나타나 경고했다.

"엡실론! 엘실론! 헬파이어! 헬파이어! 화이어 인 더 홀(Fire in the hole)!"

베넷은 그의 경고를 청취하면서 고개를 돌려, 마을 쪽을 응시했다. 그곳 일대에서 씰 대원들이 좌에서 우로 넓게 방어선을 설정한 후, 베넷 준위 일행을 포위하려는 탈레반군들에게 사격을 퍼붓고 있었다.

리플리 병력의 위치를 확인한 베넷의 시선이 다시 전방으로 향할 때, 마치 별똥별처럼 보이는 헬파이어 미사일들이 엡실론 위치에서 떨어져 있는 탈레반군 진영에 착탄했다.

"쾅! 콰앙!"

이어서 또 다른 2발의 헬파이어 미사일들이 떨어졌고 그것들 역시 탈레반군 병력이 쏟아져 나오는 동굴 입구와 와지선 일대에 착탄했다.

"콰앙!"

천둥소리와 함께 비포장도로 위에서 먼지기둥들이 솟구쳤고 4발의 대전차 미사일들이 작렬한 지점 일대에서는 환한 섬광이 주변을 환하게 밝혔다.

베넷은 탈레반군들이 헬파이어 공격을 전폭기들의 공습으로 오해하고 위축되기를 바랐다. 그렇지만 현실은, 영악한 그들이 더욱더 거세게 반격하는 상황으로 전개되었다.

"피슛~! 퍼엉!"

베넷의 귀에 익숙한 견착식 휴대용 지대공 미사일의 발사음과 함께 노란 섬광을 꼬리에 단 물체가 밤하늘을 향해 치솟았다.

미사일 발사와 함께 일대의 총성이 잠시 멎었고 모두가 지켜보는 가운데 미사일은 순식간에 허공 높이 올라간 뒤 번쩍하고는 폭발했다. 그 직후 형체는 확인할 수 없지만 무언가가 환한 빛을 내면서 지상을 향해 내려오는 것이 모두의 시야에 잡혔다.

"빌어먹을~!"

데이비스 중사가 나지막하게 중얼거릴 때, 지휘 무선망에서 엡실론과 리플리 팀에게 경고를 전파해 왔다.

"버드 다운! 버드 다운! 주변에서 접근하는 적들의 위치를 확인할 수 없으니, 엡실론과 리플리는 각별히 주의하라!"

베넷과 그의 팀원들은 피격된 MQ-9 리퍼가 불덩어리로 변해가면서 먼 산 능선으로 추락하는 것을 빤히 지켜보다가 다시 시선을 원위치시켰다. 그때 15~16미터 거리까지 접근해 온 6명의 탈레반군을 향해 사격을 재개했다.

"타타타타타타~!"

"탕! 탕! 탕! 탕! 탕!"

베넷과 로우 중사의 경기관총이 도로 위쪽의 적들에게 소구경 기관총탄들을 쏟아 보냈고 스턴은 10시 방향의 수풀 쪽을 향해 HK416 사격을 가했다.

잠깐의 사격으로 십수 명의 탈레반군들이 사살됐고 그 직후 일대에 정적이 감돌았다.

베넷은 로우의 엄호 하에 단기작전용 전투군장 속에서 마지막 남은 탄환팩을 꺼냈다. 그는 이제껏 2백 번이 넘는 특수작전들에 참여했을 때마다 느꼈던, 막연한 공포를 인지했다. 그에게 있어서 그 공포는 단순히 죽고 사는 것에 대한 것이 아니라 결코 끝날 것 같지 않은 지금의 상황이 과연 끝이 날 수 있을까, 그리고 그때까지 자신과 팀원들이 버틸 수 있을까, 하는 것이었다.

베넷은 어지러운 머릿속을 정리하듯 짧게 심호흡을 한 후, M249 SPW에 새 탄띠를 연결했다. 그런데 그때 또다시 그의 눈앞에 3마리의 염소들이 나타났다.

"젠장, 이건 현실이 아닐 거야."

기가 막힌 베넷이 한숨을 내쉬면서 피드 커버를 닫고 기관총 장전 손잡이를 당겼다.

그때에는 주변 여기저기에서 탈레반군들이 파슈토어로 소리치는 게 들려왔는데, 베넷과 로우는 그들의 대화를 모두 알아들을 수 있었다.

잠시 전투가 소강상태에 접어든 것처럼 보였지만, 사실 일대의 모든 적 탈레반 병력은 신호에 맞춰, 비포장도로를 다 같이 한 번에 횡단, 엡실론 팀에게 쇄도할 준비 중이었다.

베넷은 지휘 무선망을 통해 마을 쪽의 리플리 병력에게 상황을 알리고자 했는데, 팀원들이 들을 수 있을 만큼 큰 소리로 말했다.

"리플리, 리플리!"

"엡실론 고우!"

"잠시 뒤, 엡실론의 위치 건너편에서 적의 모든 도보 병력이 일제히 도로를 횡단할 것 같다! 리플리의 위치에서 그때에 맞춰 최대한 화력을 집중시켜 주기 바란다!"

"라저 댓, 엡실론! 행운을 빈다!"

"고맙다, 리플리!"

베넷은 불과 3~4분 전만 하더라도 임무 완수를 낙관했지만 이제 그와 그의 대원들의 운명이 풋볼 공처럼 어느 방향으로 튈지 모른다는 현실에 화가 났다.

그는 비포장도로 주변의 잡풀 줄기들 뒤 그리고 암반 바닥에서, 적 방향을 향해 사격 자세를 취하고 있는 로우와 스턴, 데이비스를 응시하면서 일이 틀어질 경우, 레드 비어드를 현장에 버려두고 갈 계산까지 했고 때맞춰 지휘부의 무선망에 익숙한 목소리가 들려왔다.

"엡실론, 여기는 TF337 식스(6)다!"

지휘 무선망에 등장한 자는 베넷 준위의 엡실론 팀과 데브 그루(DEVGRU) 대원들로 구성된 또 다른 대량살상무기 추적 팀 '시그마(Sigma)' 팀을 지휘하는 태스크포스 337(Task Force 337)의 지휘관 벤 크렌쇼 중령이었다.

베넷은 CIA와 JSOC(미군 합동특수전사령부)의 합동작전 연락장교이자, 현장 지휘관인 그가 무선망에 나타난 이유를 어렵지 않게 짐작했다. 크렌쇼 중령은 베넷에게 짐작했던 메시지를 단도직입적으로 전달했다.

"엡실론의 급박한 상황을 잘 알고 있지만 레드 비어드를 반드시 살려서 데려오기 바란다! 카피했나?"

베넷은 쓴웃음을 지으며 대답했다.

"라저, 식스!"

"조금만 버텨라, 엡실론! 현재 CAS 그룹이 공중급유를 마치고 현장으로 향하고 있다. 해당 지역은 자유 교전 지대이기 때문에 모든 화력을 활용할 수 있다! 조금만 더 버텨라!"

"라저 댓!"

베넷은 그와 교신을 마치고 지휘 무선망의 무전기 키를 놓아줬다. 그런데 그때, 스턴 하사의 곁에 엎드려 있던 레드 비어드가 고개를 쳐들고 그에게 말을 걸었다.

"지금이라도 늦지 않았소, 미군들!"

답답한 베넷의 분위기를 읽었는지 레드 비어드, 본명은 하미드 자히르가 처음으로 입을 열었다.

베넷은 4안식 야시경 몸체 때문에 거대한 곤충의 대가리처럼 보이는 머리를 그를 향해 돌렸다.

베넷의 시선을 확보했다고 생각한 레드 비어드는 영국식 영어 발음으로 말을 이었다.

"나를 이곳에 내버려 두고 마을로 돌아가시오. 가서 당신들 동료들과 이곳을 빠져나가기에는 충분한 시간이 있지 않소? 내 제안을 받아들인다면, 내가 저들을 이곳에서 잠시 지체하게 할 수도 있소. 마을 안에 대규모 미군들이 전폭기들을 불러들이고 있다면 이들도 섣불리 마을로 진입하지 않을 것이오. 그 정도 시간을 벌어 주면 당신들은 피를 흘리지 않고 이곳을 떠날 수 있지 않겠소?"

그 말을 듣던, 데이비스 중사가 적 방향을 응시하던 시선을 레드 비어드 쪽으로 보냈다가 다시 거둬 갔다. 베넷과 마찬가지로 그 또한 영국에서 고급 교육을 받고 아프간, 파키스탄 국경 지대에서 무기, 아편을 밀거래하는 그의 멋들어진 영국식 영어 발음이 거슬렸던 것처럼 보였다.

베넷 준위는 허리 뒤쪽으로 커프가 채워진 채 마른 흙바닥에 엎드려 있는 그를 잠시 내려다봤다. 그러다가 갑자기 한 손으로 그의 머리끄덩이를 잡은 뒤, 그의 얼굴을 흙바닥 쪽으로 힘껏 눌러 버렸다. 흙바닥에 얼굴이 처박힌 그가 머리를 거칠게 흔들며 저항하는 동안에 베넷이 중얼거리듯 말했다.

"우리가 다 죽게 생기는 상황이 닥치면, 반드시 네놈 머리통 먼저 날려 버릴 거다. 닥치고 있어, 이 아프간 왕자 녀석아."

잠시 뒤, 대열을 갖춘 탈레반군들이 도로 건너편 곳곳에서 움직임을 보이기 시작했다. 때맞춰, 엡실론 팀의 후방 위쪽, 마을에 있는 씰 팀에게서 경고가 전파되었다.

"엡실론, 최소 130~150명 정도의 적 병력이 그곳 도로 일대에 대형을 갖추고 있다. 엡실론은 현 위치에서 좌우 폭 30여 미터의 구획을 책임 제압하라! 리플리는 그 외의 좌우 측 구획을 책임 제압하겠다!"

"라저 댓, 리플리! 아마 잠시 뒤면 CAS 그룹이 현장에 도착할 것이다. 적외선 스트로브들이 작동 중인 우리 위치를 제외한 비포장도로 안으로 CAS 그룹의 기관포 사격을 유도하고 도로 너머의 와지선 일대에는 직접 폭격을 유도할 수 있겠는가?"

베넷의 요청에 알바레즈가 역정을 내듯 바로 대꾸했다.

"젠장, 엡실론. 그러기에는 적들과 엡실론의 위치가 너무 가깝다! 돌았는가?"

"시간이 없다, 리플리. 비포장도로 위로 기관포 사격으로 위력 시위를 한다면 적들이 모두 와지선 쪽의 동굴 안으로 물러날 것이다! 그 틈을 타, 적들을 섬멸할 수 있도록 리플리에서 직접 공습을 유도하기 바란다. 캡틴, 우리가 다른 선택의 여지가 있어 보이는가?"

"라저 댓, 엡실론."

"고맙다, 리플리!"

베넷은 알바레즈 대위에게 인사를 건넸고 그의 좌우에 있는 로우와 데이비스에게 사격 책임 구획을 수신호와 구두로 정해 줬다.

이윽고 결전이 순간이 닥쳤고 알바레즈의 목소리가 무선망에 울려 퍼졌다.

"쇼 타임! 쇼 타임, 엡실론!"

그의 목소리가 전파되는 동시에 "쾅!" 하는 폭발음이 마을 쪽에서 연달아 들려왔고 두 개의 불덩어리가 델타포스 대원들의 머리 위를 지나쳐, 반대편 와지선 근처에 떨어졌다.

씰 대원들이 휴대한 AT4 대전차 로켓들이 발사된 것이었다. 두 발의 로켓탄들이 탈레반 대형 한가운데에서 폭발하면서 짙은 연기와 흙먼지가 교전 지점 일대를 뒤덮었다.

강력한 폭발음으로 인해, 엡실론 팀원들의 양쪽 귀가 꽉 막혔지만 그들은 100여 개가 넘는 총구 섬광들이, 그들의 위치 좌우에서 파도처럼 다가오는 것을 볼 수 있었다.

불과 20여 미터도 안 되는 거리에서 수백 발의 AK 소총탄들이 무시무시한 벌떼처럼 엡실론 팀의 위치와 근처에 있는 픽업트럭을 휩쓸었다.

처음 베넷 준위가 탈레반군에게 기관총 사격을 가했던 상황과는 비교도 되지 않을 정도로 압도적인 소화기 사격이 엡실론 팀의 엄폐 위치로 쏟아졌다.

비포장도로에서 30~40센티미터 정도 아래쪽에 엎드려 있는 델타포스 대원들의 머리 위로 총탄들이 거센 비바람 소리처럼 들려왔다.

베넷 준위는 기관총을 머리 위로 쳐들고 방아쇠를 덜컥 당겼다. 격렬한 총성과 함께 소구경 기관총탄들이 적 방향으로 쏟아져 나갔고 로우는 누운 자세로 수류탄 2발을 차례차례 투척했다.

"쾅! 쾅!"

수류탄이 폭발하면서 강력한 충격이 지면을 통해 엡실론 팀원들에게 그대로 전달됐다.

베넷은 M249 SPW가 기능 고장으로 발사가 되지 않자, 몸을 눕혔다. 그런 다음 재빨리 총기를 몸통 위에 올려 둔 채 피드커버를 열고 급탄부를 손끝으로 더듬어 확인했다. 오직 손가락의 감각으로 총기를 점검하는 그의 시야에 탈레반군의 기관총 예광탄으로 보이는 것들이 한 번에 대여섯 개씩 날아가는 게 보였다.

다음 순간 넋이 반쯤 빠져 있는 베넷 준위의 고막을 찢을 정도의 강력한 폭발음이 엡실론 팀의 위치를 휩쓸었다.

"콰앙~!"

폭발과 동시에 흙먼지와 뜨거운 열기가 그의 코와 입, 눈을 틀어막았다. 탈레반군이 투척한 수류탄이 엡실론의 위치 주변에서 폭발했고 격렬한 폭발음이 델타포스 대원들과 CCT대원의 머리를 망치처럼 강타했다.

베넷은 가까스로 눈을 떴지만 콧속과 목구멍을 꽉 막은 흙먼지 때문에 격한 기침을 했고 기침을 할 때마다, 야시경을 통해서 비현실적으로 보이는 마른 나뭇가지들과 덤불, 산 능선 따위가 빙빙 돌았다.

그럼에도 델타포스 베타랑은 심호흡을 하면서 자신의 오감을 통제하려 애썼고, 그 과정에서도 지근거리까지 접근한 사람의 형체들에게 경기관총 사격을 가할 수 있었다.

"타타타타타! 타타타타타!"

베넷의 사격에 2명의 탈레반군들이 도로 바닥에 픽 쓰러졌다. 그들의 뒤로 6~7명이 그림자들이 달려오고 있었고 그는 몸을 일으켜 세우면서 그들에게 총구를 겨눴다.

"퍼퍼퍼퍼퍽!"

하지만 그가 방아쇠를 당기는 거의 순간, 어른 키 높이의 흙먼지 기둥들이 솟구쳐서 그들을 삼켜 버렸다.

베넷은 자신이 퍼부은 기관총탄들의 위력이 저 정도인가 하며 어리둥절해하면서 좌우에 있는 팀원들까지 둘러봤다. 데이비스는 수류탄 공격에서 아직도 회복하지 못했고 로우만이 그와 똑같은 경기관총 사격을 가하고 있었다. 그때, 그의 정신이 바짝 들게 해 주는 엄청난 굉음이 머리 위쪽에서 들려왔다.

"쿠우우웅!"

엡실론의 교전 지점을 거대한 제트기가 초저공으로 지나쳐 갔고 고도를 높이면서 수 발의 플레어들을 투하했다.

"퍼퍼퍼퍽! 부우우웅!"

비슷한 고도로 또 한 대의 기체가 비포장도로 위를 따라 지나쳐 가고 나서야 베넷은 F-15E 전폭기들이 비포장도로 안에 20밀리 개틀링 건 사격을 가했음을 파악할 수 있었다.

탈레반군 병력은 미군 전폭기들의 출현에 혼비백산하여 이들이 은거했던 반대편 와지선 지대로 퇴각하기 시작했고, 때맞춰 지휘 무선망 안에서 알바레즈 대위가 근접 항공 지원의 정밀 공격 유도 과정을 진행 중인 게 베넷의 귀에 들려왔다.

알바레즈는 탈레반군과 엡실론의 거리를 감안하여, 퇴각하는 적 대병력과 그들이 향하는 동굴 근처를 향해 AGM-65 매버릭 미사일들을 이용한 정밀 공격을 유도하던 중이었다.

빅풋 파이브의 전폭기들은 초저공비행을 하면서 20밀리 개틀링 포탄들을 퍼부을 때와 달리 일정 고도를 확보한 상태로 다시 교전 지점 상공으로 진입하기 시작했다. 선두기가 기수를 낮추고 잠시 후 주익에서 번쩍하는 작은 섬광과 함께 공대지 미사일 2발이 발사됐다.

야시경을 통해 그 광경을 지켜보던 베넷은 2발의 매버릭 미사일들이 마치 유성처럼 보인다고 생각했다.

"쾅! 쾅!"

잠시 뒤, 탈레반군들이 몰려 있는 비포장도로 건너편의 와지선 일대에서 노란 섬광과 함께 불꽃 줄기들이 허공 높이 솟구쳐 올랐다.

베넷 준위는 두 무릎을 꿇고 M249 SPW를 품에 안은 채 그 광경을 지켜보고 있었다.

8장
폭풍 전야

2016년 7월 16일 7시 17분 미국, 버지니아 주, 랭글리

CIA 본부에서 12킬로미터 떨어진 도로가에는 '디리프터 (Drifter)'라는 다이너가 있었다. 이곳은 단 두 부류의 고객들이 들르는 곳이었는데, 첫 번째는 일대의 주요 도로를 이용하는 트럭커들이었고, 두 번째는 CIA 신분증을 가진 출퇴근자들이었다.

스파이 비즈니스에 종사하는 수많은 남녀노소들이 이중, 삼중의 보안망과 감시망을 가진 직장으로 출근하기 전 혹은 퇴근 후에 간단한 식사나 시원한 맥주 한 병을 마시고 가는 장소였고 오늘 이른 아침에도 늘 그래 왔듯, 트럭커 몇 명과 CIA 직원들이 머물고 있었다.

10여 미터 정도의 긴 바 테이블과 7개의 테이블들이 통로를 사이에 두고 있었는데, 가장 안쪽 테이블에는 WMD 추적 팀의 팀장 제이슨 앤더튼과 그의 분석관 글렌 피터슨, 펜타곤 연락관 에드 라이언이 앉아 있었다.

몇 테이블 떨어진 자리에서 트럭커 2명이 종종 큰 소리로 웃으며 대화를 하는 것을 제외하고는 다이너는 조용했다.

앤터튼과 그의 팀원들은 한참 전부터 식어 버린 커피를 내려다보며 말없이 테이블을 지키고 있었지만 그들을 수상하게 보는 다이너 직원들은 없었다.

다이너의 서버들은 트럭커처럼 보이는 복장이 아닌 경우에는 십중팔구 CIA 본부에서 나온 사람들로 간주하고 그들이 부르기 전에는 테이블 가까이로 가지 않았다.

다이너가 한가한 틈을 타, 주방에서 다이너의 주인이 바 테이블 건너편에 나타났다. 앤더튼은 무심코 고개를 들었다가 그와 시선이 마주치자 눈인사를 보냈고 주인은 그를 향해 한 손을 들어 보였다. 그런데 불을 붙이지 않은 시가를 물고서, 벽에 설치된 대형 TV에서 ESPN 채널의 풋볼 경기를 시청하기 시작했다.

앤터튼은 스마트폰으로 시간을 확인한 뒤, 서류 가방 속에서 플라스크를 꺼내 커피 안에 위스키를 약간 따라 부었다. 그런 뒤, 테이블 맞은편에 앉아 있는 팀원들에게 플라스크를 들어 보이며 권했지만 피터슨과 라이언은 고개를 가로저어 보였다.

앤더튼은 위스키가 섞인 커피를 쭉 들이켠 뒤, 마지막 한 방울까지 다 마시고서야 머그잔을 내려놨다. 그는 그때서야 주변 사람들의 눈치를 살폈다.

팀원들은 익숙한 그의 모습에 신경을 쓰지 않았지만 앤더튼은 보통 사람들의 직장 생활과 다른, 그의 직장 생활에서 몸에 밴 습관처럼 사복 차림의 CIA 보안 점검원이 주변에 있는지 확인했다. 다이너 안에도, 다이너 바깥의 주차장 차량에도 미심쩍은 시선이 없다는 것을 확인한 그가 슬쩍 미소를 지으며 팀원들에게 입을 여는 찰나, 테이블이 부르르 떨기 시작했다.

앤더튼은 바로 입을 다물고 에드 라이언의 앞쪽에 놓여 있는 커다란 휴대전화로 시선을 보냈다. 진동 모드로 울리고 있는 휴대전화는 라이언이 JSOC, DIA, NSA, NRO와 은밀한 대화를 할 때 사용하는, 보안 기능이 적용된 군사용 위성 휴대전화였다.

라이언이 전화를 집어 들고 응답할 때, 앤더튼과 피터슨이 자리에서 일어났다. 피터슨은 테이블에서 가까운 다이너의 뒷문으로 다가가 문을 열어젖혔다.

앤더튼이 출입문을 통해 다이너 밖으로 나갔고 그의 뒤를 따라 나온 피터슨이 주변에 인기척이 있는지 주의 깊게 확인했다.

잠시 후, 위성 휴대전화기로 통화를 해 온 라이언이 마지막으로 출입문을 통해 나와, 이들과 합류했다. 그는 앤더튼에게 위성 전화기를 건네주고 출입문을 닫았다.

앤더튼은 주차장 구석으로 걸어 나가면서 3시간 넘게 기다렸던 통화를 시작했다.

"앤더튼입니다!"

그의 등장에 익숙한 목소리가 수화기 너머, 다른 대륙에서 들려왔다.

"오래간만입니다, 제이슨."

"고생 많소, 프랭크. 엡실론 팀원들은 잘 있습니까?"

제이슨 앤더튼의 통화 상대는 아프가니스탄의 미군 전진기지에 있는 엡실론 팀의 팀장 프랭크 베넷 준위였다. CIA 국장 월터 탤벗과 극동 아시아 지부장 제이크 어윈이 앤더튼의 WMD 추적 팀과 엡실론 팀의 업무 관계를 강제로 종료시켰지만 두 사람은 은밀하게 연락해 왔었다.

"레드 비어드를 체포하는 과정에서 우리 대원들이 다쳤습니다. 그 외에는 언제든 뺑이 칠 태세로 대기 중입니다."

"젠장, 레드 비어드를 체포했습니까? 확보된 첩보나 정보가 있어요?"

"당신네 요원들이 심문을 하기 전에 우리가 확인한 바로는 기폭 장치 외에 소형 핵폭탄 패키지가 언급되었습니다."

"얼마나 소형이라고 합니까? 핵탄두를 말하는 겁니까, 아니면 핵폭탄 완전체를 말하는 겁니까?"

"자세한 내용은 확인할 수 없었고, 이 소형 핵폭탄 패키지가 이미 확인된 2개의 핵 기폭 장치를 포함하는 거래였던 것 같습니다. 2개의 기폭 장치 외에 또 다른 품목이 거래된 것 같으니 그것들을 추적해 보십시오. 레드 비어드의 케이먼 군도 계좌들을 추적하면 실마리가 나올 거라 합니다. 이제부터는 누가 핵폭탄 패키지를 사들였는지 그리고 그것이 어디로 운송되었는지에 임무의 초점을 맞춰야 할 것 같습니다."

"그럼 엡실론 팀이 그 패키지의 구매자 추적 임무에 포함될 것 같습니까?"

앤더튼은 교활한 제이크 어원의 세력들이 엡실론 팀을 다음 추적 과정에 포함시키기를 바라며 물었다.

그러나 베넷 준위가 대답을 할 때, 아프간 현지에서 들려오는 항공기 소음 때문에 그는 아무것도 들을 수 없었다. 대략 수십 초 정도의 시간이 지나고 나서 베넷의 기침 소리가 들려왔다. 베넷은 누군가를 향해 욕설을 했고 누군가 그에게 대꾸하는 소리가 수화기 너머에서 들려왔다.

앤더튼은 그의 등 뒤를 살핀 뒤, 목소리를 높여 그를 불렀다.

"프랭크!"

"예, 제이슨."

"다시 묻겠소. 엡실론 팀이 그 핵폭탄 패키지의 구매자 추적 임무에 포함될 것 같습니까?"

"제이슨!"

"예."

"당신네 팀이 우리 팀과 처음 함께 임무를 수행하면서 우리에게 콜사인 '엡실론'을 부여했을 때가 2년 전 아닙니까?"

제이슨은 주차장 너머, 그의 눈앞에 펼쳐진 도로에서 여러 대의 목재 수송 트럭들이 지나가는 것을 보면서 지난 2년의 시간이 저렇게 빨리 지나갔었을 거라고 생각했다. 그의 대답이 이어졌다.

"2년 맞을 겁니다, 프랭크."

"그런데, 오늘 이 시간부로 우리는 그 콜사인을 쓸 수가 없다고 합니다."

앤더튼은 다이너의 뒷문을 지키고 있던 라이언을 손짓으로 부르며 반응했다.

"무슨 말이오?"

"우리가 이곳 기지에 복귀하자마자 우리 TF337 지휘관 크렌쇼 중령이 이번 임무를 마지막으로 우리 병력의 원대 복귀를 명령했소. JSOC와 CIA 합동지휘부에서 결정한 사안이라면서 이제까지의 임무들에 대한 보안 서약서에 사인을 하게 한 뒤에 짐을 챙기라 했습니다."

"젠장, 그게 무슨 말이요? 언제 그랬소?"

라이언은 앤더튼과 함께 통화 내용을 듣고자 위성 전화기 쪽에 한쪽 귀를 바짝 대고 있었다가 앤더튼이 버럭 소리를 지르자 깜짝 놀랐다. 그럼에도 두 팀장의 대화는 계속 됐다.

"2시간 전입니다, 제이슨. 내가 댁들에게 전화를 늦게 했던 것도 보안 서약서에 서명하느라 그랬던 겁니다. 그것도 펜타곤 문서 양식이 아닌 CIA의 문서 양식에 말이오."

제이슨은 엡실론 팀이 소형 핵폭탄 패키지 추적에서 제외된다면 이제까지의 모든 임무들이 수포로 돌아가거나, 다른 부서의 공으로 인정된다는 사실을 깨달으며 고개를 내저었다. 그는 뱃속에서부터 치솟는 분노를 억누르며 차분하게 베넷 준위에게 물었다.

"우리 조직의 보안 서약서라면, 해당되는 작전 보안을 담당한 최선임 간부의 이름이 있었을 겁니다. 그 요원의 이름을 확인했습니까?"

"제이크 어윈입니다."

앤더튼은 그 이름을 듣자마자 이를 악물었다. 베넷의 말은 그때에도 이어졌다.

"제이크 어윈이라는 자가 우리에게서 콜사인을 뺏어 가는 것은 물론, 이제껏 집중해 온 임무들을 이번에 자기 권한으로 종료시켰던 것 같습니다. 크렌쇼 중령도 그 점에 대해서는 확인해 주더군요. 이대로 임무가 종료되는 겁니까?"

제이슨은 심호흡을 한 번 한 뒤에, 라이언과 피터슨에게 차례로 시선을 보냈다. 그런 뒤, 작심을 한 듯 베넷 준위에게 답변을 주었다.

"우리끼리 얘기인데 말이오, 프랭크. 제이크 어윈과 그 자식의 극동 아시아 패거리가 우리들이 공들여 온 '아부 아마르'과 관련된 모든 작전들을 채어가 버렸소."

"빌어먹을, 그러면 정말 이걸로 끝이란 말입니까? 아마르, 그 개자식도 우리 엡실론 팀이 체포했고 빨간 수염을 가진 아프간 변태 자식(레드 비어드)도 우리 대원들이 피를 흘리면서까지 체포했습니다. 이렇게 우리가 이 추적 작전의 모든 핵심 활동을 수행했는데 갑자기 나타난 떨거지 놈들이 우리에게 그냥 아무 질문 없이 꺼지라고 하는데. 당신네들이라도 뭐든 조치를 취해 줘야 하지 않소? 젠장, 스턴은 이번 전투에서 오른팔이 뜯겨져 나가서 이제 군 경력이 끝장난 거나 마찬가지입니다. 최소한 핵폭탄 패키지의 추적 임무까지는 우리에게 맡겨 줘야 우리 엡실론의 고생이 의미가 있는 게 아닙니까?"

제이슨은 베넷 준위의 말을 들으면서, 전체 상황에 대해 감성적이었던 대응 대신 이성적인 대응의 필요성을 느꼈다. 그리고 그 대응의 실행에 대한 방법들이 하나둘씩 그의 머릿속에 떠올랐다.

제이슨은 눈앞에 있는 도로가와 도로 너머의 수풀 언덕을 응시했다. 그가 그것들을 바라보면서 머릿속에서 이어지는 생각들을 하나씩 연결하고 있을 때, 베넷의 목소리가 들려왔다.

"제이슨?"

"말씀하시오, 프랭크."

"내 질문에 답변해 줄 수 있겠소?"

앤더튼은 그의 위치 우측에서 주차장 주변을 살피던 피터슨을 검지를 움직여 불러들이고 나서 대답했다.

"내게 좋은 생각이 있소. 프랭크, 일단 그곳에서 진행된 절차에 이의를 제기하지 말고 본토로 복귀한다고 하시오. 어쩌면 우리가 우리 일을 끝마칠 방법이 있을 것도 같소."

"무슨 말이오?"

"어쩌면 우리를 물 먹이고 공을 채가는 개자식들에게 한 방 먹일 수 있는 방법이 있는 것도 같다는 말이오."

"젠장, 제이슨. 혹시라도 우리들에게 CIA의 조직 내 세력다툼에 관여하라는 것이 아니기를 바랄 뿐입니다."

그 말에 앤더튼은 미소를 지으면서 답했다.

"일단, 귀국하는 과정 중간에 우리와 조용하게 조율합시다. 엡실론 팀이 흘린 피와 땀이 헛되게 하지 않도록 최선을 다하겠습니다."

"알겠소, 제이슨. 오버 앤 아웃!"

"라저 댓!"

제이슨은 통화를 마친 뒤, 전화기를 에드 라이언에게 돌려줬다. 그런 뒤 그를 마주 보고 선 두 팀원들에게 조용히 말했다.

"아프가니스탄에서 엡실론 팀이 레드 비어드를 체포하고, 제이크 어윈의 똘마니들이 현재 그 작자를 심문 중이라고 한다. 엡실론 팀이 확인해 온 정보 하나는 레드 비어드가 핵 기폭 장치 2개만 거래한 것이 아니라 다른 추가 품목들이 있는 소형 핵무기 패키지가 존재하고 그 거래가 케이먼 군도의 계좌들을 통해서 이루어졌다고 하니, 이 부분을 우리가 오늘 새벽에 추적하기 시작해서 제이크 어윈네 패거리보다 몇 걸음 앞서가자구. 레드 비어드의 거래 계좌들과 그놈이 이용하는 화물선과 화물 트럭 리스트들은 우리가 독점하고 있으니 오늘 이 시간부로 제이크 어윈의 패거리가 접근하지 못하게 막아 놔. 그러면 제이크 어윈의 똥개들보다 우리가 앞서갈 수 있을 거야. 글렌, 애들 몇 명 데리고 레드 비어드가 최근 6개월 동안에 이용했던 화물 선박들을 다 조사해서 의심스러운 출항 기록들을 선별해 봐."

그 말에 라이언이 걱정스러운 표정으로 물었다.

"팀장님, 아부 아마르나 레드 비어드, 둘 다 우리 팀 소관이 아니잖습니까. 제이크 어윈이 탤벗 국장을 뒤에 업고 있다는 것은 누구나 알고 있습니다. 지금, 우리가 국장님의 지시를 위반하고 단독 행동을 하자는 것 아닙니까?"

그 질문을 들으면서 앤더튼은 피터슨에게 시선을 보냈다. 그 또한 라이언처럼 이의를 제기한다면 그는 일이 어렵게 되어 갈 거라 우려했다. 그렇지만 피터슨은 늘 그래 왔듯 앤더튼의 결정에 복종했고 그러한 행동을 라이언에게 타박을 주는 것으로 확인시켜 줬다.

"젠장, 에드! 네가 언제부터 그렇게 윗사람들하고 함께 댄스 스텝을 맞춰 왔다고 그래? 네가 보기에, DOD(국방부) 쪽 협력 부서나 부대들도 자신들의 임기응변 능력은 믿지 않는 모범생들만 있는 것 같아? 팀장님 말씀은, 이 임무의 마무리를 가장 완벽하게 할 수 있는 사람들이 우리니까 우리가 제이크 어윈과 충돌하지 않고 뭔가를 해 보자는 거잖아. 빌어먹을, 이 정도도 감당 못 하겠으면 너는 그냥 인사과나 내사과로 자리를 옮겨, 임마."

피터슨의 타박에 라이언은 앤더튼의 눈치를 보면서 입을 다물었다. 그러나 앤더튼은 그가 들고 있는 위성 휴대전화기를 손가락으로 가리키며 말했다.

"에드, 네가 필요하다. 엡실론 팀이 본토로 복귀하는 과정 전후에 JSOC를 통해서 다시 조용히 불러들이려면 네 능력이 필요해. 이번에도 엡실론 팀과 처음 임무를 수행했을 때처럼 공문 같은 거 보내서 펜타곤의 E링 사람들 서명 받을 시간이 없단 말이야. 내 말 이해하나?"

라이언은 자신이 들고 있는 위성 전화기를 말없이 내려다봤다. 그리고 잠시 후, 무언가 큰 결심을 했다는 것처럼 고개를 크게 끄덕이고는 입을 열었다.

"뭐든 말씀만 하십시오."

앤더튼은 원하는 대답을 듣자마자, 오른 주먹을 들어 보이면서 반응했다.

"좋아. 일단은 우리 모두 저 안으로 다시 들어가서, 뜨거운 커피와 라즈베리 파이를 주문하자고. 그리고 그것을 먹으면서 제이크 어윈의 뒤통수를 도쿄 유흥가의 뒷골목까지 날려 버릴 방법을 찾아보자고. 잊지 마, 두 사람 다. 우리가 이 소형 핵폭탄 패키지를 추적해서 그것의 위치를 파악하는 순간, 파키스탄에서 시작된 핵무기 밀거래 건이 종료되는 거야. 우리는 어느 나라엔가 있을지 모르는 핵 재앙을 우리 힘으로 막은 거라고. 그 정도면 충분하지 않겠어?"

조직 내 정치 그리고 핵무기 확산에 대한 실제 우려가 반영된 앤더튼의 짧은 연설에 두 팀원들이 고무된 표정을 지었다. 이들은 다시 다이너로 향했고 앤더튼이 출입문을 열어젖혔다.

그러자 입에 문 시가에 불을 붙이면서 나오던 다이너 주인이 그의 앞에 불쑥 나타났다. 앤더튼은 헐크 호건과 비슷한 체구인 주인의 시가를 그의 입에서 빼내면서 말했다.

"레이~! 미안하지만 우리 라즈베리 파이하고 치즈버거 하나 먼저 만들어 주고 불을 붙이면 어떨까?"

앤더튼의 주문에 주인은 양손을 들어 보인 뒤 몸을 빙 돌렸다. 그의 뒤를 따라 WMD 추적 부서 인원들이 뒤따라 다이너 안으로 들어갔다.

*   *   *

2016년 7월 17일 03시 12분 대한민국, 성남, 특수전사령부

새벽 3시가 넘어서 전장형은 잠에서 깼다. 그는 야간 작전을 위해서 처방받은 각성제를 복용한 후에는 며칠씩 잠을 깊이 못 잤다. 이러한 경우가 익숙한 그는 어렵게 잠을 청하기보다는 숙소를 정리하거나 책을 읽었다.

전장형은 방 한구석 책장에 꽂혀 있는 책들을 빤히 쳐다보다가 그의 손때가 묻은 단테의 신곡을 꺼내 들었다. 그는 침대 옆, 조명을 켜고 책장을 넘기기 시작했다.

그가 소싯적부터 읽었던 책이지만 금세 내용에 몰입했다. 전장형은 자주 읽어 온 '지옥' 편을 읽으면서 그의 작전 중에 겪었던 스트레스를 조절했다. 물론 그는 늘 그래 왔듯 숙소에 숨겨 둔 죠니 워커 블랙을 마시면서 책장을 넘겼다.

전장형은 자신이 음침하고 공포스러운 지옥 편을 읽으면서 자신의 두려움과 조바심, 공포, 적개심을 통제하는 게 본인도 아이러니컬하다 생각했지만 그는 지옥 편에서 설명되는 지옥보다 죽음의 공포가 도사리는 현실이 훨씬 낫다는 일종의 위로 때문이라 생각했다.

10년이 넘는 특수부대 생활을 하면서 그는 이렇게 자신을 다스리는 방법을 배웠다. 하지만 그는 이라크와 아프가니스탄과 같은 분쟁 지역에서 임무를 수행하면서 중대원들이 다치는 것을 지켜봤고 그로 인해 극심한 피로감을 느끼기 시작했다.

707부대원들뿐만 아니라 모든 특전대원들이 정기적인 강하, 전술 훈련, 사격 훈련 도중에 죽거나 다치는 것을 각오하고 있음을 그 또한 잘 알고 있었지만 막상 최근 3년의 기간 동안에 중대원들 3명이 임무 수행 중 부상을 당한 것은 그에게 알게 모르게 큰 충격과 심리적 부담을 안겨 줬다.

전장형은 임무 수행에 뒤따르는 피로가 최근에는 풀리지 않고 계속 누적되고 있음에 경계했고 또 그의 중대원들 또한 마찬가지일 거라는 생각에 늘 우려해 왔다.

신곡을 읽으면서도 그는 머릿속에서 지워지지 않는 중대원들에 대한 걱정과 그들을 보호해야 한다는 부담 때문에 몇 번씩 책을 내려놓고 죠니 워커 병을 통째로 들고 들이켰다. 독주를 삼킨 뒤에는 자신의 신세를 한탄하는 듯한 짧은 한숨들이 뒤따랐다.

전장형이 뱃속에서 목구멍 쪽으로 술기운이 올라오는 것을 느끼기 시작할 즈음 그의 스마트폰이 울리기 시작했다. 그는 스마트폰 액정 화면을 확인하지 않아도 벨소리만으로도 송신인이 그의 직속상관이자 고공지역대장 조준 소령임을 확신했다. 전장형은 그를 위해서 특정 벨소리를 설정해 났었기 때문이었다. 그는 책과 술병을 내려놓고 스마트폰을 몸에 밴 방식대로 받았다.

"단결! 네, 지역대장님."

"아, 전 대위. 자고 있었나?"

서울말을 쓰지만 경상도 억양이 있는 조준 소령의 목소리가 들려왔다.

"아닙니다."

전장형은 당직도 아닌, 그의 목소리가 평소와 같이 들리는 것에서 다음 상황을 예측했다. 어떠한 중대한 일이 벌어져서, 먼저 잠이 깬 그의 지역대장이 대대본부에서 최종 브리핑을 마친 후, 자신을 호출했을 것이 거의 확실했다. 조준 소령은 전장형을 실망시키지 않았다.

"아, 정말 미안한데, 2중대 또 해외로 출동해야겠다."

"네, 지역대장님."

갑작스러운 그의 말에 전장형 또한 아무렇지 않게 응답했고 그 또한 그 점에 대해 의아하게 생각하지 않았다. 바로 그의 설명이 이어졌다.

"2중대하고 특공지역대 5중대 인원이 일본 자위대와 특수작전군에게 북괴군 정찰조에 대한 전술 자문을 해 줘야 할 것 같아. 2중대는 지금 현 시간부로 군장 싸고 성남에서 우리 수송기로 대한해협 건너가. 5중대는 지금 야전 훈련 중이어서 거기 정리하고 부대 들렀다가 내일 뒤따라갈 거야."

"파견 편제는 어떻게 됩니까?"

"일단 필수 요원들만 차출해서 2/3(장교 2명, 부사관 3명)로 먼저 가서 일본 현지에 필요한 거 깔아 놔. 5중대 갈 때, 대대본부에서 통신 지원 인원하고 일본어 통역병 보내 줄 거야. 참, 성남 공항에서 정보사(국군 정보사령부) 인원들 합류한다. 일본 현지에는 국정원 인원들이 기다리고 있을 거야. 또?"

"우리 중대와 5중대의 지휘 계통은 어떻게 합의됐습니까?"

"현지에 가면 우리 대대 작전장교하고 한미 연합특전대 연락장교가 있을 거야. 두 사람 중 작전장교가 파견 기간 동안 지휘 계통 직속에 있을 거다."

그 말에 전장형은 침대 위에서 천천히 몸을 일으켰다. 그런 다음 차분하게 물었다.

"한미 연합특전대면, 혹시 델타(델타포스) 쪽이나 그린베레(미 육군 특수부대) 쪽 인원도 합류하는 겁니까?"

"어~! 델타도 그곳에 합류할 거야. 전 대위네 2중대가 재작년에 특수작전군과 교류한 것도 이유지만, 델타하고 자주 활동했잖아. 그래서 2중대가 우선적으로 차출되는 거야. 그래도 걱정 말라고. 뭐, 북한 놈들과 일본 놈들이 전쟁이라도 하겠어? 둘 다 서로 아쉬운 게 많은 놈들인데, 결국에는 두 마리의 시끄러운 닭들이 서로 대가리 좀 쪼다가 말 거야. 별일 아닐 테니 중대원들이나 잘 달래 줘. 말라카에서 삥이 치고 왔는데 눈곱도 못 떼고, 별 시답지도 않은 섬나라 새끼들 뒤치다꺼리하러 가고 하니까 정말, 나라도 뚜껑 열릴 거야."

"걱정 마십시오, 지역대장님."

전장형은 통화를 마치기도 전에 슬리퍼를 벗고 전투화 안에 한쪽 발을 집어넣었다.

"그래, 그럼 중대원들 잘 달래 주고 1시간 뒤에 숙소 앞에서 보자, 전 대위."

"네, 지역대장님."

통화를 마친 전장형은 긴 한숨을 쉬었다. 그리고 꼼짝하지 않은 상태로 침대 위에 놓여 있는 손때 가득한 책과 독주가 반쯤 남아 있는 죠니 워커 병을 내려다봤다.

*　　*　　*

2016년 7월 17일 04시 37분 대한민국, 성남, 특수전사령부

버스에 탑승할 때부터 전장형의 중대원들은 모두가 우거지상을 쓰며 그를 원망스러운 눈초리로 쳐다봤다.

이종진 준위는 이들이 일본으로 함께 가져가는 개인화기와 야시경, 무전기와 같은 전술 장비를 챙기고 점검하느라 바쁜 동안 전장형은 그의 중대원들을 살폈다.

중대 저격수 신영화 상사는 '고장 난 테레비'라는 별명을 가진 중대 익살꾼 강정훈 중사와 달리 과묵한 군인이었다.

신영화는 자신의 직책인 저격수에 딱 맞는 조용하고 우직한 성격을 보여 주듯이, 곁에 쪼그려 앉아 쉴 새 없이 조잘대는 강정훈 중사를 무시하고 50구경 저격총을 살피고 있었다. 그는 전군에서 최고의 저격수들로 구성된 707부대 내 최고의 저격수였다. 특히, 5년 전 이라크에서 국군 파병부대와 임무를 수행할 때 그가 1.7킬로미터 거리에 있는 RPG7 로켓 발사기 사수를 단 한 발에 명중시켰던 일화는 부대 내 오늘날까지 회자되고 있었다.

2중대의 분위기 메이커이자 난봉꾼인 강정훈 중사는 시끄럽고 방정맞은 그의 성격과 전혀 어울리지 않게 미군과 국군의 모든 통신기재와 통신망 운영에 정통한 통신담당관이었다. 그는 야간 고공강하나 실탄을 사용하는 CQB 훈련, 심지어 실전에 투입될 때에도 긴장으로 인해서 횡설수설하곤 했지만 2중대가 적진 깊숙이에서 임무를 수행할 때, 무슨 일이 있어도 지휘부와 통신이 끊어지지 않게 하는 능력과 책임감을 가지고 있다는 점에는 그 누구도 의심하지 않았다.

"저리 가. 다른 자리에 앉아, 강 중사."

"야, 내가 먼저 앉아 있었잖아. 너는 저쪽으로 가서 앉으면 되잖아."

버스 중간 구획의 좌석을 두고 강정훈 중사와 티격태격하는 중대원은 여군 최승희 중사였다. 지금도 그렇지만 늘상 강정훈과 아웅다웅하는 2중대의 홍일점 최승희 중사는 국가대표 태권도 선수 출신으로 웬만한 특전 남군들에 뒤지지 않는 사격, 강하 능력, 체력을 가진 재원이었다. 훤칠한 키와 뽀얀 피부를 가진 수려한 외모와 달리 그녀는 각종 도청, 감청, 감시 장비를 몸에 지닌 채 극도로 위험한 상황 정찰 임무를 수행하는 담력과 용기를 가진 중대원으로 모두에게 인정을 받아 왔다.

또한 부중대장 이종진 준위는 707부대뿐만 아니라 특수전 사령부에 소속된 모든 특전대원들 중에서도 가장 뛰어난 고공강하 전문가였다. 30대 후반의 나이었지만 체력적으로는 아직도 프로 축구 선수 못지않은 역량을 유지했다. 그는 또한 독실한 크리스천이었는데 그가 가끔씩 교회에 끌고 가는 강정훈 중사는 그를 '장로님'이라고 불렀다. 이종진 준위는 강정훈에게 끊임없는 잔소리와 야단을 쳤지만, 두 사람 사이가 큰형과 막냇동생처럼 각별하다는 것은 모든 중대원들이 아는 사실이었다.

전장형은 그의 중대원들이 모두 버스에 오른 것을 확인한 후, 지역대 병기관과 2중대가 챙겨 가는 개인화기, 전술 무기 목록을 2차로 점검했다.

그런 뒤, 전장형은 버스에 올랐다. 이른 새벽에 이동하기 때문에 운전병도 현재 이곳 수송부 차고로 오고 있었고 전장형은 이종진과 함께 중대원들에게 상황 설명을 해 줄 계획이었다.

이종진 준위는 버스 좌석에 따로 떨어져 앉아 있는 중대원들을 쓱 둘러본 뒤에 입을 열었다.

"주목! 주목해 봐, 2중대! 최 중사, 너는 무슨 이 새벽부터 비비 크림을 바르고 있어? 위병소에서 아직도 위병 애들이 너 예쁘다고 경례 대신에 하트 쏴 대냐? 그리고, 야, 너, 강정훈이! 너, 지금 야시경 박스 위에 두 발 올려놓은 거 알아?"

최승희는 하던 일을 멈추고 그를 주시했지만, 강 중사는 깍듯한 말투지만 귀찮다는 듯한 표정으로 대답했다.

"알고 있습니다. 근데 두 발을 살짝 걸치고 있었습니다. 힘 하나도 안 주고 있슴다."

"그래도 얼른, 발 안 치울래? 아무리 너네 집이 진안 돼지농장 갑부라도 우리 중대 야시경, 죄다 신상으로 바꿔 줄 거 아니면 얼른 발 내려놔. 아예, 이참에 영창 가고 싶으면 그거 이따가, 버스 승하차하다가 어디서 분실해라? 어?"

이종진은 통로 좌우에 나눠 앉아 있는 중대원들의 주의를 확보하려다가 강정훈 중사를 야단쳤다.

"그럼 제가 야시경 신상으로 가져오겠슴다. 집에 흑돼지 엄청 많슴다. 다 큰 놈만 1개 대대는 됩니다."

강정훈은 평소처럼 말이 느린 이종진 준위를 놀리듯이 능청스럽게 받아쳤고 중대원들은 두 사람 사이의 대화가 어떻게 이어져 갈지 짐작하고도 남았다.

"이것이 아직 해도 안 떴는데 꼭두새벽부터 스팀 받게 하네? 빨랑 발 안 내려? 빨리 발 안 내려놓으면 총살당한다!"

강정훈이 두 발을 버스 바닥에 내려놓자 이종진은 분을 삭이고자 심호흡을 한 번 했다. 두 사람의 평소와 같은 신경전 덕분에 중대원들은 대부분 졸음을 떨치고 말똥말똥해졌다.

이종진은 다시 중대원들에게 상황을 전파했다.

"자, 다들 주목! 쉬지도 못하고 다시 출동해서 안 됐지만 그거는 나중에 따지고. 현재 일본 쪽에서 북한 애들 때문에 우리 정부에 긴급하게 협조 요청을 해 왔다. 지들 군경 능력으로는 북한 애들 정찰총국 상대하기가 버거운지 우리 부대에게 업저버 역할로 한동안 거들어 달라 요청해 왔다."

"어디 말입니까? 어디서 협조를 요청했습니까?"

강정훈이 다시 야시경 상자 위에 한 발을 올려놓으면서 물었다. 그러자 이종진이 그의 두 발을 향해 자신의 분노를 표현하는, 검지를 쳐들면서 대답했다.

"야, 망할 놈아. 발 내려놓으라고. 그리고 일본이라고 했다. 일본! 니뽄, 우리 중대가 니뽄으로 간다고, 이 개놈아!"

전장형 대위는 피식 웃으면서 이종진 준위가 더 이상 흥분하지 않도록 달랬다. 전장형은 그를 한쪽 좌석에 앉힌 뒤, 자신이 직접 중대원들을 향해 말했다. 강정훈 중사는 눈치껏 야시경 박스에서 발을 내려놓고 자세를 바로 했다. 곧 전장형의 설명이 시작됐다.

"우리 중대, 지금 일본 하네다 공항으로 이동한다. 일본 정부가 북괴군 정찰총국의 추가 도발을 매우 심각하게 여기는 것 같다. 우리 정부에게 적 특수부대에 대한 도발에 대비할 전술 협조를 위해 병력을 요청했는데, 우리 중대와 특공지역대 5중대가 이번에 1차로 투입된다. 한시적이겠지만 그래도 일본하고 북한 사이가 안정을 되찾을 때까지는 우리가 도움을 줘야 될 거라 생각해. 질문 있나?"

전장형은 자신의 앞쪽 좌우에 앉아 있는 신영화 상사, 강정훈 중사, 최승희 중사의 표정을 살폈다. 그들은 갑작스럽지만 그렇다고 새롭지 않은 한밤의 출동을 아무렇지 않게 받아들이고 있었다.

전장형은 고개를 끄덕여 보이면서 설명을 마무리했다.

"좋아, 다들 이동 중간 중간에 눈 좀 붙여. 우리 성남 공항에서 C-130기로 오키나와를 거쳐 하네다 공항으로 들어간다. 잘 알아서 하겠지만, 차량 승하차할 때랑 항공편 이용할 때 각자 개인화기랑 전술 장비 잘 챙기도록!"

그가 당부하며 시선을 보내자, 야시경과 통신 장비를 담당한 강정훈 중사와 최승희 중사가 고개를 끄덕이거나 엄지손가락을 쳐들어 반응했다.

때맞춰, 버스 운전병이 도착했고 그는 전장형이 선탑자 좌석에 앉자 시동을 걸었다. 전장형은 차창 바깥에서 버스를 응시하고 있는 지역대장과 병기관, 지역대 통신장교를 발견했다. 전장형은 앉은 채로, 지역대장을 향해 거수경례를 했고 그가 역시 거수경례로 답례했다.

이윽고 버스가 움직이기 시작했고 전장형은 왼쪽 어깨 너머로 뒤쪽에 앉아 있는 중대원들을 살폈다. 그들은 모두 무표정한 모습으로 차창 밖을 응시하고 있었다. 버스가 수송부 지대를 벗어나고 부대 정문으로 향하면서 차내 조명이 꺼졌다. 조명이 꺼진 뒤에도 전장형은 그들을 응시하고 있었는데, 종종 지나치는 부대 안 가로등 불빛으로 그들의 표정이 보였다.

전장형이 예상했듯이 눈을 감고 잠을 청하는 중대원은 아무도 없었다.

*   *   *

2016년 7월 17일 12시 56분 일본, 도쿄, 하네다 공항 통제 구역

대한민국 공군 소속의 C-130기가 하네다 공항에 도착한 시간에는 강한 햇살이 활주로 전체를 달구고 있는 시점이었다. C-130기는 천천히 주기 공간에서 공항의 서쪽 구석에 위치한 격리 지역 내 격납고 쪽으로 움직였고 주기 공간이 끝나는 지점에서 자위대의 차량 한 대가 이들을 맞이한 후 앞서 갔다.

이윽고 수송기가 유도 차량을 따라간 뒤 격납고 근처에서 멈춰 섰고 엔진이 아이들 상태로 전환됐다. 그때가 돼서야 수송기의 후미 쪽 램프 도어가 천천히 아래쪽으로 개방되기 시작했고 707부대원들이 그 모습을 지켜봤다.

램프 도어가 완전히 개방되어 활주로 바닥에 닿자, 승무원이 전장형 대위를 향해서 엄지손가락을 쳐들어 보였다.

전장형은 이들의 먼 전방에 여러 대의 군용차량들과 AH-64DJ 아파치 헬기 2대가 주기되어 있는 곳을 살펴봤다. 그런 뒤, 좌우에 있는 활주로 구획들을 슬쩍 확인하고서 이종진 준위를 향해 고개를 끄덕여 보였다. 그러자 이종진 준위가 그의 후방에 서 있는 중대원들을 향해 양손을 들어 보이며 소리쳤다.

"2중대 이동!"

검정색 대테러복이 아닌 디지털 특전복 차림에, 태극기 패치 하나만을 어깨에 붙인 707부대원들이 각자의 더플백과 전술 장비를 챙겨 들고 수송기에서 활주로 바닥으로 걸음을 옮겼다.

그런데 전장형과 이종진을 바로 뒤따라 내려온 강정훈 중사가 별안간 활주로 바닥에 멈춰 선 뒤, 푸른 하늘을 향해 고개를 쳐들었다. 그리고 마치 산 정상에 올라와 상쾌한 공기를 마시는 듯한 행동을 만들어 보이고는 모두가 들을 수 있도록 큰 소리로 말했다.

"캬~! 야동의 왕국! 내가 다시 돌아왔다!"

그 말에 신영화 상사와 앞서 가던 전장형, 이종진이 피식 웃었지만 강정훈 곁을 지나치던 최승희 중사는 그를 향해 들릴 듯 말 듯한 소리로 반응했다.

"언제 사람 되냐? 잡놈의 새끼."

707부대원들이 수송기에서 50여 미터 정도 거리에 있는 대형 버스 쪽으로 향하는 동안 또 한 무리의 군복과 사복 차림의 사람들이 뒤늦게 C-130기에서 내렸다.

버스를 향해 걸어가는 동안 전장형은 신경이 쓰이는 듯한 표정으로 그들에게 시선을 보냈지만 이들에 대해서 단 한마디도 하지 않았다. 이종진 또한 그가 신경을 쓰고 있음을 몇 번 봤지만 의도적으로 모르는 척했을 뿐이었다.

"단결!"

전장형이 버스 앞에서 자신들을 기다렸던 특전사령부 소속 조주환 소령에게 거수경례를 했다. 조주환 소령은 거수경례로 답례하면서 인사를 건넸다.

"2중대, 오느라 고생 많았다. 두 사람, 오래간만이네. 우리 한 2년 만에 보는 건가?"

이종진 준위까지 악수를 나누고 조주환 소령은 버스 쪽으로 이들은 안내한 뒤 함께 걸었다. 잠시 후, 전장형은 수송기에서 내린 다른 인원들에 대해 조주환에게 물었다.

"작전장교님, 저쪽 인원들에 대해서 알고 계신 거 있습니까?"

조주환은 그들을 힐끗 본 후에 속삭이듯 대답했다.

"정보사 쪽 대북 분석 인원들이라고 하는데 여기 일본인들한테 적 정찰총국 전술에 대한 자문을 해 줄 거야. 저 인원들 중 몇 사람이 탈북한 정찰총국 군관들이라고 하는데 그것 때문에 다른 사람들이 자신들한테 접근하는 거 싫어할 거야. 오죽하면 여기로 올 때, 지들 수송기 따로 내달라고 했겠어? 동네 예비군도 아닌 우리 707 요원들이 함께 탑승한다고 해도 보안 유지, 어쩌고 하면서 C-130기를 따로 내달라고 하니. 내 참, C-130기가 무슨 수송부 찝차 배차 내는 것도 아니고. 아무튼 가까이 가지마. 저쪽 인원들은 그냥 없는 듯이 여기고 2중대 일만 보면 될 거야. 그래도 혹시 모르니 그 누구냐, 2중대에 맨날 말썽부리는 인원 통제만 신경 써서 해. 그 누구냐, 맨날 2중대 사고 치는 인원 있잖아? 미친 닭처럼 시끄럽게 싸돌아다니는."

"강정훈이요?"

이종진이 얼굴을 찡그리면서 두 사람의 대화에 끼어들자, 조 소령이 엄지와 검지를 튕기면서 반응했다.

"어, 맞아, 강 중사. 강 중사보고 쓸데없이 저 사람들한테 말 걸거나 시비 걸지 말라고 해. 아무튼, 저쪽은 '전역합동대테러본부' 분석 요원들하고 기밀실 안에서만 활동할 테니 2중대하고는 밖에서 함께 뛰어다닐 일도 없어. 그냥 무시해."

"전역합동대테러본부? 무슨 타이틀이 그렇게 깁니까? 어디 지역 향우회 이름 같네."

이종진의 한마디에 조주환 소령이 미소를 지었다. 그때 중대원들이 모두 버스에 탑승하고 이종진이 서둘러 탑승, 그들의 장비와 개인화기를 다시 확인하도록 주지시켰다.

전장형이 버스에 오르려 할 때 조 소령이 그의 어깨를 살짝 잡았다. 그러자 전장형이 그를 향해 돌아섰고 그는 자신의 입을 전장형의 귓가에 들이밀고 말했다.

"대대장님께서 2중대에게 미안하다고 하셨어. 대신, 여기서 조금만 고생해 주면 귀국한 후에 원 없이 쉬게 해 준다네. 수당도 엄청 챙겨 주실 거야. 조금만 고생해. 전 대위도 알잖아, 일본 군바리들. 이놈들, 북괴 놈들하고 맞짱 뜰 배짱도 없는 놈들이 지레 겁먹고 외신 보도에 이 대책 본부 간판 한번 보여 주려고 쇼하는 거야."

전장형은 대답 대신 미소를 지으면서 고개를 끄덕여 보였다. 그러자 조주환은 전장형에게 문서 폴더 하나를 건네주며 인사를 건넸다.

"나, 저쪽 정보사 인원들한테 잠깐 가 봐야 해. 버스 타면 일단 2중대 숙소로 안내해 줄 거야. 거기에서 따블빽 풀고 중식 먹은 다음에 14시에 합동대테러본부 건물로 와. 저기, 격납고야."

"감사합니다, 작전장교님."

조주환 소령은 2중대의 버스 뒤쪽에 있는 또 다른 버스로 향하는 정보사 병력을 향해 달려갔다.

전장형은 뜀걸음으로 달려가는 그의 뒷모습을 보다가 정보사 인원들 중 이들과 같이, 명찰과 계급장이 없는 디지털 픽셀 군복 차림의 사내 한 명과 눈이 마주쳤다. 선글라스를 착용하거나 전투모를 푹 눌러쓴 대부분의 인원들과 달리 얼굴을 완전히 내보이는 그는 전장형과 눈이 마주치자 시선을 돌리지 않고 걸음을 이어 갔다.

170센티미터가 조금 넘는 키에 마른 체형을 가진 그를 보면서, 전장형은 그가 분석요원이 아닌 실전에서 활동하는 군인 혹은 군인 출신이라 확신했다.

"중대장님. 인원, 장비 이상 없습니다."

이종진이 버스 위에서 고개를 내밀고 그에게 말을 건네자 전장형이 흠칫 놀랐다.

"왜요?"

이종진은 전장형이 놀라는 모습에 그가 주시하던 쪽으로 시선을 보냈다. 그러자 전장형과 시선을 교환하던 정보사 요원이 고개를 다른 쪽으로 돌린 뒤 걸음을 재촉했다.

"아뇨, 아무것도 아닙니다. 갑시다."

전장형은 버스 안으로 올랐고 민간인인지 군인인지 모를 운전사가 그를 향해 고개를 숙여 인사를 건넸다. 그리고 이들의 버스가 숙소를 향해 움직이기 시작했다.

*　　　*　　　*

2016년 7월 18일 15시 6분 북한, 함경남도, 신포, 제55 해상 훈련소

반잠수정 5척이 격침된, 해상 교전에서 살아남은 정찰병은 단 한 명도 없었다. 그리고 그 정찰병들의 시신 또한 바닷속에 가라앉았기 때문에 75정찰대대는 그들 정찰병들이 막사에 남겨뒀던 군복과 철갑모(방탄 헬멧) 따위를 연병장에 모아 놓고 그 앞에 제1위원장이 비공식적으로 하달하는 은이 입혀진 AK74 소총을 차례차례 하사했다.

이 특별한 총기들은 김승익 소장이 직접 인솔하는 트럭 편으로 운반해 왔고 75정찰대대 대대장 강민호 대좌가 정찰조원 한 명, 한 명에게 전달했다.

그 과정을 100여 명의 75정찰대대 소속 정찰병과 지원 병력이 지켜봤는데, 김승익 소장과 김기환 소좌도 그 광경을 지켜보고 있었다. 두 사람 역시 정찰병 출신이었기 때문에 이 광경에 대해서는 마음이 무겁기 그지없었다.

이윽고 강민호 대좌가 5개조 정찰병들의 군복과 장구류 앞에 은색 AK 소총을 내려놓는 과정을 마치고 그의 연설이 시작되었다. 제1위원장의 연설을 그대로 읽어 가는 그의 표정은 비장하거나 결의에 차 있다기보다는 허망함과 좌절감이 그대로 비치고 있었다.

연병장의 한쪽 구석, 나무 기둥들 아래에 서 있던 김승익은 그 모습을 보면서 자신도 모르게 고개를 가로저었다. 그의 좌측 뒤에 서 있던 김기환 소좌는 그의 모습을 빤히 지켜봤고 김승익이 그에게 입을 열었다.

"할 말이 있소, 기환 동무?"

"아닙니다, 2국장 동지."

김승익은 긴 한숨을 쉰 뒤에 고개를 슬쩍 돌려 김기환을 응시했다. 그런 뒤 나지막한 목소리로 말했다.

"앞으로 저 광경에 익숙해져야 할 것이오. 정찰병들이 희생되는 것이 이번이 마지막도 아닐 테니. 오래전에 작전국의 어느 장령 동지가 그랬다더군. 은밀한 전쟁 사업에는 정찰병 동무들이 가장 요긴한 재원이라고. 그런데 이번에, 이 큰 사업이 동지들의 결심지도(작전 계획)대로 진행된다면 아마 인민군 내의 정찰병들이 죄다 씨가 마를 지도 모를 것이오."

김기환은 그 말의 의미를 묻고 싶었지만 무거운 표정을 짓고 있는 김승익의 모습에 그냥 입을 다물고 있었다.

김승익은 정찰병들을 말없이 응시하다가 잠시 뒤, 자신의 지프 쪽으로 걸음을 옮겼다. 김기환 소좌는 그를 앞서가기 위해 지프로 먼저 달려갔다.

*　　　*　　　*

2016년 7월 18일 17시 31분 북한, 함경남도, 신포, 제55 해상 훈련소 외곽 도로

김승익 소장은 75정찰대대의 주둔지에서 빠져나온 뒤, 주둔지에서 내륙 지역으로 이어지는 비포장길을 타고 내려오다가 김기환 소좌로 하여금 어느 오솔길로 차량이 진입하도록 했다.

두 사람이 탑승한 지프는 차 한 대가 겨우 오갈 수 있는 오솔길을 한참을 타고 올라가다가 언덕 즈음에서 멈춰 섰다. 그곳은 언덕 아래쪽의 비포장도로를 내려다볼 수 있는 곳이었다.

김기환 소좌는 차에서 내려, 언덕 아래쪽 일대를 쌍안경으로 살펴봤다. 그리고 손목시계를 본 뒤, 휴대했던 미제 모토로라 무전기의 키를 잡고 누군가와 교신을 시작했다.

김승익은 그의 모습을 차 안에서 지켜보다가 김기환이 교신을 마친 뒤, 그에게 고개를 끄덕여 보이자 차량 문을 열고 나왔다. 그가 언덕 아래 전체를 내려다볼 수 있는 곳까지 걸어 나오자, 김기환이 그에게 쌍안경을 건네줬다.

하지만 김승익은 손사래를 치며 쌍안경이 필요 없다 의사 표시를 하고는 지프 앞쪽에 서서 팔짱을 꼈다.

"'오소리'가 도로 내 출현! 다음 지시를 기다린다!"

무전기에서 낯선 목소리가 들려오자, 언덕 바닥의 끝에 서 있던 김기환 소좌가 자세를 낮췄다. 그런 뒤, 언덕에서 한참 아래쪽에 있는 비포장도로의 가장 우측에서 나타난 또 다른 지프 한 대를 주시했다. 김기환은 어깨 너머로 김승익 소장을 슬쩍 보고서야 대꾸했다.

"오소리를 제거하라! 다시 말한다! 오소리를 제거하라!"

"접수! 오소리를 제거하겠다!"

김기환은 교신을 마치자, 두 사람의 관측 위치 10시 방향에 있는 산의 4부 능선을 쌍안경을 통해 주시했다.

먼 아래쪽에 있는 그곳, 수풀 속에서 괴한들이 움직이는 게 그의 시야에 포착됐다. 그들은 신형 얼룩무늬 군복을 착용하고 접철식 88식 보총과 RPK74 기관총으로 무장한 정찰병들이었다. 12명의 정찰병들은 모두 2곳의 장소에 매복 지점을 설치했는데, 가장 높은 곳에 위치한 자들은 3정의 경기관총과 7호 발사관을, 비포장도로 근처에 위치한 자들은 7호 발사관과 AT3 새거 대전차 유도 미사일을 휴대하고 있었다.

김기환과 김승익은 정찰병들이 미사일 휴대 케이스에서 꺼낸 미사일 몸체에 비행 날개들을 장착한 뒤, 발사 거치대에 설치하는 모든 과정을 말없이 지켜봤다.

이윽고 정찰병들이 표적으로 삼고 있는 75정찰대대에 소속된 지프가 매복 지점에서 100여 미터 정도의 거리에 들어왔다. 속도를 내느라, 긴 먼지를 꼬리처럼 달고 있던 차량이 감속하기 시작했다.

표적이 된 지프는 정찰병들의 매복 지점이 있는 곳 근처에서 급격한 좌회전을 하기 위해서 감속하는 것이었고 매복 병력은 그 틈을 타 공격을 할 계획이었다.

김승익은 한쪽 무릎을 꿇고 앉아 있는 김기환 곁으로 다가간 뒤, 그와 똑같은 자세로 지상을 내려다봤다.

이윽고 매복 지점 30미터 미만의 거리까지 다가오자, 무전기에서 매복 병력의 지휘자가 보고해 왔다.

"공격! 공격! 공격!"

차분한 그의 목소리가 들려오는 것과 동시에 지상 매복조의 위치에서 강력한 폭발력이 야기한 연기와 흙먼지가 비포장도로 쏟아져 나오는 게 두 사람의 시야에 들어왔다. RPG7의 고폭탄 발사음은 그 뒤에 울려 퍼졌다.

"펑! 펑!"

두 발의 PG7 고폭탄들은 오소리라 불리는 75정찰대대 대대장의 지프 우측면에 명중했다. 차체는 거인의 발에 차인 것처럼 진행 방향의 좌측으로 크게 들썩였지만 정지하지 않았다. 지프의 운전자는 매복조의 대전차 로켓 공격 직전에 그들을 발견하고 급가속했고 그 때문에 아직도 차량이 움직이고 있었다. 지프는 까만 연기를 내뿜으며 매복 지점에서 멀어져 갔지만 현장의 누가 보더라도 고폭탄의 위력에 제압된 상태였다. 탑승자들의 생존을 굳이 확인할 필요도 없을 정도로 엉망이었고 그 상태로 완만한 경사에 의해 굴러가는 상황이었다. 하지만 매복조의 2차 공격이 이어졌다.

잡풀 줄기들 속에서 짙은 회색의 물체가 불꽃을 내뿜으며 튀어 나갔고 잠시 뒤 새거 미사일이 차체 후방에 2차로 명중했다. 그 순간 강력한 섬광과 함께 훨씬 까만 연기와 흙먼지가 지프 전체를 삼켜 버렸다.

"콰앙!"

일대의 지면을 흔드는 강력한 폭발음이었다. 그 상태로 20여 초 이상의 시간이 흐르고 까만 연기 속에서 거센 불길이 치솟기 시작했고 그때서야 수풀 속에서 정찰병들이 나타났다.

그들은 전소 중인 차량을 향해 자동화기 총구를 겨눈 채 조심스럽게 접근했다. 이윽고 그들 중 지휘자가 김승익과 김기환이 서 있는 언덕 위를 올려다보며 무전기를 통해 보고했다.

"오소리 제압! 탑승한 인원 중 생존자가 없음을 확인!"

김승익은 김기환이 들고 있던 쌍안경을 채어 잡은 뒤, 불타는 지프 쪽을 살폈다. 전소 중인 지프를 향해 정찰병들이 다시 경기관총을 발사하고 있었다.

그들의 확인 사격과 별개로 이미 지프는 2발의 고폭탄과 1발의 대전차 유도 미사일 공격에 종잇장처럼 차체가 찢겨져 있는 상태였다. 그럼에도 매복 병력은 확인 사살을 하고 있었다.

김승익은 쌍안경을 김기환에게 넘겨주고 차량 보닛 위쪽에 기대섰다. 그는 만감이 교차하는 표정을 지으면서 방금 전 지켜본 75정찰대대의 대대장 강민호 대좌와 부대대장 백승철 중좌의 최후를 안타까워했다.

김기환 소좌는 김승익을 빤히 응시하고 있었고 한참이 돼서야 김승익은 그를 향해 한 손을 쭉 뻗었다. 그러자, 김기환이 내내 들고 있던 위성 휴대전화기의 번호를 누르고 나서 신호음이 가자마자 그에게 건네줬다.

김승익이 전화기를 귓가에 대고 조금 뒤, 수화기 건너편에서 누군가의 목소리가 들려왔다.

"어떻게 됐소?"

목소리의 주인공은 한성현 중장이었다.

"오소리가 완벽하게 제거됐습니다. 다음 단계로 들어가겠습니다."

"고생 많았소."

"일없습니다."

통화를 마친 뒤, 김승익은 묵직한 수화기를 든 채 전소된 차량에서 솟구쳐 오르는 까만 연기 기둥을 꼼짝 않고 응시했다.

〈다음 권에 계속〉

부록

부록 차례

1. 자위대의 장비와 무기

1. 89식 소총

자위대의 제식소총 64식 소총을 대체하고자, 1989년에 채택된 5.56밀리 돌격소총. 호와 공업에서 AR18 소총을 베이스로 개발, 제작하여 자위대뿐만 아니라 경찰 특수병력 SAT와 해상방위청에서도 운용하고 있다.

2. M249 SAW(Squad Automatic Weapon: 분대 지원 화기)

미군의 분대 지원 화기 M60 기관총을 대체하고자 채택된 FN 사의 5.56밀리 경기관총.

M249 기본형 외에 총신, 개 머리판, 급탄 시스템에 변형을 가한 M249 Para, M249 SPW, Mk.46 Mod 0, Mk.48 등의 모 델이 미군에 의해 운용되고 있 다. 육상 자위대 또한 M249를 분대 지원 화기로 운용 중이다.

3. M4A1 소총

미군의 제식소총 M16A2 소 총을 카빈형(단축형)으로 개발 한 M4 소총의 최종 버전이다. 연사 기능이 없는 M4와 달리 M4A1은 연사 가능을 갖췄고 미군 특수전 부대를 비롯한 많은 서방 권 군, 경찰 특수부대에서 운용 중이다.

4. 01식 경대전차 유도탄

자위대가 2001년 채택한 유도 형 대전차 미사일. 비냉각식 적외 선 유도 방식이기 때문에 교전 시 신속하게 표적에 대해 발사가 가 능하며 후폭풍 배출이 작아서 협 소한 공간에서도 발사가 가능하 다. (사진은 01식 대전차 유도탄과 유사한 미군의 재블린 대전차 미사일)

5. 74식 전차

육상자위대의 61식 전차를
대체하고자 개발된 고기동형
전차. 105밀리 강선포와 전
후좌우가 조절 가능한 유압식
현가장치, 레이저와 컴퓨터

제어식 사격 통제 장치를 갖춰 1974년 제식 채용 당시에는 높은 평가
를 받았다. 그리고 21세기인 현시점에도 90식 전차와 10식 전차에게
주력의 자리를 넘겨주지 못하고 노후화되면서 운용 중이다.

6. 90식 전차

1990년 채택된 육상자위대
의 3세대 주력 전차. 자동 장
전 장치가 장착된 120밀리 주
포와 최신식 사격 통제 장치,
복합 장갑과 1,500마력 파워

팩을 갖추고 있다. 하지만 생산된 전차 대부분이 홋카이도에 배치되
어 있기 때문에 홋카이도 북부 방면대 외의 다른 일본 지역에서는 여
전히 구식 74식 전차가 운용되는 상황이다.

7. 고마쓰 LAV(경장갑 차량)

자위대가 2002년에 채택한 경장갑 차량. 5명이 탑승하며 차체 위
쪽에 기관총이나 대전차 미사일을 탑재할 수 있다. 5.56밀리 탄과

7.62밀리 탄을 방호할 수 있는 장갑에 160마력의 출력을 갖췄으며 도로에서 시속 100킬로미터까지 주행할 수 있다.

8. AH-1S 코브라(Cobra)

베트남전 당시, 미 육군이 컨보이 및 근접 화력 지원을 위해 개발한 최초의 공격 헬리콥터. AH-1S는 과거 냉전 시절 유럽에서 바르샤바 조약군의 대규모 기갑 전력에 대응하기 위해 개발되어 TOW 대전차 미사일을 장착, 운용해 왔지만, 공중 강습 작전을 엄호하는 임무도 매우 빈번하게 수행한다.

9. AH-64DJ 아파치(Apache)

미 육군의 공격 헬기 AH-1 코브라의 대체 기종으로 선정되어 1984년부터 운용되기 시작한 보잉 사의 대전차/공격용 헬리콥터. 각종 전자 장비를 장착, 야간 공격 능력과 전천

후 비행 능력을 발휘하여 강력한 생존력과 무장 탑재 능력을 자랑한다. 육상자위대 또한 AH-64D 롱보우 장착형을 후지 중공업에서 라이선스로 생산, 운용 중이다.

10. UH-60JA 블랙호크(Black hawk)

미국의 시콜스키 사에서 미 육군의 주력 수송 헬기 UH-1의 후속 기종으로 개발한 다목적 헬리콥터. 대부분의 서방권 군에서 채용하여 병력 및 물자 수송, 건쉽, 의료 후송의 목적으로 현재에도 전 세계에서 활약하고 있다. 일본 또한 육상자위대에서 UH-60JA 기체를 채택하여 육자대의 공중 강습 작전을 위해 운용 중이다.

11. CH-47J 치누크(Chinook)

미국의 보잉 버톨 사에 의해 개발, 1968년 미 육군에 의해 실전 배치된 대형 수송 헬리콥터. 베트남전에서 입증했듯이 다수의 전투 병력 및 야포, 차량 등을 전투지대로 수송할 수 있는 뛰어난 능력을 자랑한다. 텐덤 로터 방식을 적용한 기

체로서 1960년대부터 오늘날까지 개량과 개조를 거듭하여 현역으로 운용 중이다. 자위대 또한 육상자위대 소속의 CH-47J 기체를 운용하고 있다.

12. UH-1J

1960년대부터 미군이 다목적으로 운용해 온 수송 헬리콥터. 미 육군은 UH-1 헬기를 도입함으로써 베트남전 당시, 헬리본 작전의 개념을 실행, 오늘날 회전익기를 운용하는 대규모 항공 기동 전술 수준에 이르렀다.

미군 외에 우리나라와 일본을 포함한 많은 서방권 국가들은 현재에도 UH-1 기체를 일부 운용하고 있다.

13. C-130H

미 공군과 서방권 공군이 폭넓게 운용하는 전술 수송기. C-130기는 단순한 병력, 물자 수송 능력 외에도 지형을 이용한 저공 침투 능력이 뛰어나며 탑승한 전투원들을 낙하산으로 침투시키거나 아니면 험한 비포장 활주로에 직접

착륙함으로써 병력과 장비를 작전 지역 내에 전개시킬 수 있다.

14. P-3C 오라이언(Orion)

미 록히드 사에서 개발,
1962년 미 해군에 의해 채택
된 4발 터보 프롭 대잠 초계
기. P-3기는 4,407킬로미터

의 작전 반경, 10~13시간의 체공 시간 그리고 해상, 해중 표적을 추
적, 제압할 수 있는 각종 감시, 탐지, 추적 장비와 폭뢰, 어뢰, 기뢰,
공대지 미사일과 같은 다양한 무장 능력을 자랑한다.

1990년대에 기체 생산이 중단될 때까지 수차례의 기체 및 작전 능
력 업데이트를 통해서 현재에도 전 세계에서 운용 중이다. 해상자위
대는 1995년 102기의 P-3기를 도입해서 운용함으로써 미 해군 다음
으로 최다 기체를 보유, 운용하고 있다.

15. SH-60K

미국 시콜스키 사에서 미
육군의 다목적 기체 UH-60
기체를 베이스로 개발한 해
상 작전용 헬리콥터. 1984년
SH-60B가 미 해군에 최초
로 실전 배치된 뒤로 현재까

지 임무 변화에 따른 다양한 탐지 장비와 무장 능력을 업그레이드해

온 기체들이 활약하고 있다. 해상자위대는 SH-60B 100여 대를 라이
선스 생산하였고 현재는 10년가량의 개발을 거쳐 SH-60K를 현역에
배치 중이다.

2. 국군과 미군의 무기, 장비

1. MP5A5

독일 HK 사에서 개발한 9밀리 기관단총. 1980년 영국 SAS 부대에 의한 이란 대사관 인질 구출 작전과 같은 실전 상황하에 뛰어난 성능을 인정받으면서 전 세계 특수부대원들이 선호하는 기관단총이 되었다. 높은 명중률과 신뢰성 덕분에 각국 특수부대뿐만 아니라 많은 국가의 경찰에서도 채택되었다. 소음 기능이 있는 MP5SD6 외에도 길이를 더 줄여 휴대성을 높인 MP5K 시리즈의 모델들도 역시 널리 사용된다.

2. HK416

HK 사가 기존의 가스 직동식 M4 소총을 가스 피스톤식으로 개량한 돌격소총. 개발 배경에 델타포스의 요구가 있었던 만큼 양산 직후부터 델타포스와 데브그루와 같은 미군의 티어1 특수전 부대들 그리고 서방권 특수부대, 경찰 특수부대가 다수 채택, 운용하고 있다.

3. SCAR-L

FN 사에서 개발, 출시한 특수작전용 돌격소총 (SCAR: Special Operation Forces Combat Assault Rifle). 5.56x45mm NATO탄을 사용하는 SCAR-L(Light)과 7.62x51mm NATO탄을 사용하는 SCAR-H(Heavy)가 미군 특수부대들에 의해 사용되고 있다. CQB 작전을 위한 총열 단축형 모델은 물론, SCAR-H 모델을 기반으로 하는 지정사수 소총과 저격총 또한 채택되었다. 많은 서방권 특수부대들과 마찬가지로 국군 707부대 또한 SCAR-L을 채용, 운용 중이다. (사진은 미군 씰 팀이 사용하는 SCAR-H 모델)

4. MP7A1

HK 사에 의해 2001년부터 양산 되기 시작, 이후로 미국 영국을 비롯한 많은 서방권 국가의 군 특수 부대와 경찰에서 MP5 기관단총을 대체하거나, MP5와 함께 운용되고 있는 4.6밀리 기관단총. FN 사의

P90 기관단총과 성능, 운용 목적에서 매우 유사하며, 소음기를 장착할 경우 뛰어난 효과가 있어서 데브그루와 같은 특수부대에서 선호하는 총기이다.

5. M110 SASS

유진 스토너의 아말라이트 AR10을 기반으로 나이츠 사에서 개발한 7.62밀리 소총이다. 원래의 명칭인 SR(Stoner Rifle) 25 대신 Mk.11 Mod 0

이라는 제식 명칭으로 씰 팀이 최초로 채택했고 이후 미 육군에서도 M110 SASS(Semi-Automatic Sniper System)이라는 제식 명칭으로 채택, 지정 사수 소총으로 운용하고 있다.

6. AI AW50F

영국의 Accuracy Internation 사가 제작한 저격소총. 뛰어난 내

구성과 명중률, 다양한 탄종을 가진 라인업을 갖춘 AW(Artic Warfare) 시리즈는 최초 소요를 제기한 영국군뿐만 아니라 서방권의 대부분의 특수부대, 경찰 특수부대에서 채용, 운용 중이다.

그중 탄종 50구경탄을 사용하는 AW50은 대물 저격총으로 각국 특수부대에 의해 채택된 바 있다. (사진은 AWM 모델)

7. M249 SPW/Mk.46 mod 0

M249 SPW

Mk.46 Mod 0

M249 경기관총의 특수작전용 버전. M249 기관총의 총열의 길이와 개머리판을 축소하고 급탄부를 개량한 뒤, 피카티니 레일 시스템을 적용한 모델들로서 M249 SPW(Special Purpose Weapon)와 Mk.46 Mod 0이 미군 특수부대에 의해 운용되고 있다.

8. USP(택티컬)

HK 사에서 1990년대 초에 공개한 자동 권총. 미군 특수전부대들을 위한 Mk.23 권총과 함께 병행 개발되었지만 Mk.23보다는 평가가 좋은 편이었다. 주로 9밀리 탄과 45구경탄을 사용하는 USP 택티

컬, 컴팩트 모델들이 미국과 우
리나라를 비롯한 서방권 국가
들의 군 특수부대, 경찰에서 채
택, 운용 중이다.

9. SOFLAM(AN/PEQ-1)

미군 특수부대가 적 표적에
대해 근접화력지원이나 전술폭
격을 유도하고자 운용하는 레이
저 표적 지시기. 최대 10킬로미
터까지 레이저와 GPS를 이용한
정밀한 표적 지정이 가능하다.

10. MH-60M 페이브 호크(Pave Hawk)

미 육군의 다목적 수송 헬기
UH-60 헬기를 특수작전용으
로 개량한 기체. UH-60에 비
해 증강된 야간 항법 장치, 대
레이더 탐지 장치, 그리고 기수

에 공중급유용 프로브를 장착하여 장거리 저공 침투 비행이 가능하
다. 현재 미 육군의 모든 MH-60 시리즈 기체는 160특수전 항공 연
대에서 운용 중이다.

11. MH-47G 치누크(Chinook)

미 보잉 버톨 사의 CH-47 헬기의 특수작전용 기체. 공중 급유용 프로브와 추가 연료 탱크 그리고 FLIR, 기상레이더, 지형 추적 레이더 등의 최신 항법장치들을 탑재하여 미군 특수부대의 장거리 침투 작전을 지원한다. MH-60 기종들과 마찬가지로 160특수전 항공 연대의 주력 기체이다.

12. AH-6 '킬러 에그(Killer Egg)'

160 특수전 항공 연대의 특수작전용 공격 헬기. MH-6와 마찬가지로 특수 작전을 위해서 500MD 기종이 기본 모델을 개량했다. AH-6는 7.62밀리 미니건 2정과 2.75인치 로켓탄 발사기를 기체 양쪽의 윙에 장착하여 미군 특수전 부대들의 작전에 대해 근접 화력 지원을 제공한다. AH-6 헬기는 500MD를 기반으로 하는 다른 기체들에 비해서 가장 뛰어난 야간 비행, 공격 능력을 가지고 있다.

13. MQ-9 리퍼(Leaper)

최초의 실전용 드론 MQ-1 프레데터가 헬파이어 미사일을 이용하여 중요 표적을 제거했던 전술적 효과를 기반으로, 더욱더 강력한 무장 능력과 출력을 가진 MQ-9 리퍼가 개발, 실전에 배치됐다. MQ-9은 20미터까지 늘어난 양 주익에 총 6개소의 하드 포인트들을 갖춰, 수 발의 헬파이어 미사일들을 물론 GBU12 페이브 웨이Ⅱ와 같은 레이저 유도 폭탄 그리고 자위용 스팅어 미사일까지 장착 가능하다. 특수부대원들에 의한 지상 작전에 커다란 변화를 가져온 기체이다.

14. AC-130U 스푸키(Spooky)

2차 대전 당시 10여 정 이상의 중기관총을 탑재하고 지상 공격에서 뛰어난 능력을 발휘한 B-25J 미첼 폭격기와 베트남전에서 활약한 AC-47과 AC-130A기 등 여러 건십 기체들이 진화를 거듭한 끝에 현재의 AC-130H/U가 탄생했다. 그중 AC-130H기는 105밀리 유탄포, 20밀리 발칸포, 40밀리 보포스 포로 무장하여 미군이 투입된 다양한 전장에서 활약하다가 2015년 모든 기체가 퇴역하고 현재 25밀리 5연장 개틀링 포와 40밀리 보포스 포, 105밀리 유탄포로 무장한 AC-130U기가 활동 중이다.

15. F-15 이글(Eagle)

미 공군의 주력기인 전천후 제 공 전투기. 기본형 F-15A(단좌형)에 비해 기체 구조와 재질 그리고 무장 능력과 지상 공격 능력을 강화한 F-15E(복좌형)이 주로 운용되고 있다.

16. E-3 센트리(Sentry)

공중 경보 통제 시스템(AWACS)기로 통하는 E-3기는 보잉 707-320B 여객기를 베이스로 개발되었다. 기체의 상부에 장착된 회전식 레이돔으로 약 800킬로미터의 수색 범위를 감시하여 아군 항공 부대의 방어 작전, 공격 작전 및 기타 특수작전을 지원해 준다.

17. E-8 조인트 스타스(J-STARS)

E-3 AWACS가 공중 목표를 탐지하는 것과 달리 E-8은 지상 수색 범위 안에 있는 목표물의 수색, 감시 및 아군의 지상 작전 지원을 맡고 있다.

3. 북괴군 무기와 장비

1. AK 소총

공산권 국가들의
대표적인 제식 돌격
소총, 러시아에서 처
음 개발 사용되었지
만 이후, 중국, 북한

을 비롯한 대부분의 공산권 국가에서 라이선스로 생산하여 운용되었
다. 기본 모델인 AK47 소총부터 AKM을 거쳐 현재의 AK74까지 많
은 국가에서 운용해 왔다. 북한제 AK74인 88식 보총은 북한군의 주
력 소총이다.

2. AKS74U

러시아 칼라시니코프 사의 AK74 소총의 카빈형. AK74와 마찬가지로 5.45밀리 탄을 사용하지만 짧아진 총신과 접철식 개머리판 덕분에 휴대성이 좋아, 러시아와 동구권 국가들의 특수부대나 경찰 특수부대에서 사용해 왔다.

3. RPK74

서방권의 M60 기관총에 비견되는 공산권 군대의 경기관총, 40발 탄창이나 75연발 드럼탄창으로 급탄되며 AKM 소총을 기본 모델로 한 파생형이 있다. AK 소총이 5.45밀리 고속탄을 사용하는 AK74로 진화할 때, 동일한 탄을 사용하는 RPK74 경기관총이 개발, 운용되었다. 총신이 길고 무게가 무거워 반동이 적은 편이라서 명중률도 꽤 높다. 그러나 총신 교환이 쉽지 않은 단점을 가지고 있다.

4. Vityaz 기관단총(PP-19-01)

AK 소총을 기반으로 한 9밀리 기관단총. 작동 방식은 단순 블로우백, 클로우즈드 볼트식이며 러시아 군, 경찰 특수부

대에서 주로 운용하고 있다.

5. VZ61 스콜피온

1961년 구 체코슬로바키아에
서 전차 승무원, 공수부대원, 경
찰을 위해 개발된 기관권총으로
서 동구권에 널리 보급되었다.
이후로 동구권 특수부대와 테러
리스트들에 의해 애용되어 왔다.

보통 군용 권총탄에 비해 위력이 다소 약한 7.65밀리 탄을 사용한다.

6. M1911A1

M1911A1은 M9(M92F베 레 타)
이 미군의 제식권총이 되기 전까지
수십 년 동안 미군의 제식권총으로
운용되어 온 권총이다. 38구경 권
총보다 강력한 타격력과 저지력을
가지고 있기 때문에 현재에도 미군

특수전부대를 비롯한 일부 국가에서 운용되고 있으며 북한군 특수부
대와 공작원들 또한 사용하고 있다.

7. M18A1 크레모아

유효 살상 반경 100미터를 가진 지향성 대인 지뢰로서 대규모의

대인 표적에 효과적인 무기이다. 설치 장소를 크게 제한받지 않고, 또 강력한 폭발력으로 700발의 강철 구슬을 지향한 방향에 투사한다.

8. 7호 발사관(북한제 RPG7 대전차 로켓 발사기)

RPG7은 북한을 포함한 동구권에서 사용하는 대표적인 대전차 화기로써 베트남전부터 서방권 군대를 괴롭혀 왔다. 러시아와 중국, 그리고 대부분의 동구권 국가들이 오늘날 운용하고 있으며 소말리아, 아프가니스탄, 이라크와 같은 분쟁 지역에서 다수 사용 중이다. 북괴군은 7호 발사관이라는 북한제 RPG7을 운용하고 있다.

9. 화승총(북한제 SA7, SA16 휴대용 지대공 미사일)

SA7: 1959년에 개발되어 1966년부터 실전에 투입된 러시아제 휴대용 지대공 미사일. 일선에서 운용된 지는 상당한 시간이 지났지만, 현재 북한에서도 다수 운용되는 지대공 미사일이다.

SA16: 1970년 중반에 개발되어 1981년에 실전 배치되었다. 성능은 미제 스팅어 미사일과 동등하며 북한을 비롯하여 우리나라도 러시아에서 경협차관 상환용으로 들여와 운용 중이다.

10. 안둘기(AN-2 콜트)

1945년 구소련에서 개발된 수송기로 여러 공산권 국가에서 운용되어 왔다. 이 기종은 가볍고 튼튼한 데다가 제대로 된 활주로 없이, 거리만 확보된다면 어디에서도 뜨고 내릴 수 있는

장점을 가져 북한에서도 특수부대 침투용으로 이용되고 있다.

11. MI-24A 하인드(Hind)

구소련의 밀 사에서 개발한 동구권의 대표적인 건쉽, 수송 헬리콥터이다. 서방권의 건쉽들과 달리, 병력을 수송하는 강습 작전 지원 능력이 있으며 북한

군은 MI-24 헬기들을 다수 보유, 운용하고 있다.

12. MI-2 호플라이트(Hoplite)

1965년부터 구소련에서 생산된 기체로서 수송 및 화력 지원 그리고 다양한 공중 지원 작전에 투입되는 임무를 수행한다. 북괴군은 현재에도 노후화된 MI-2기들을 운용 중이다.